Tentada

The House of Night
Livro
6

4ª reimpressão - março/2014

P.C. Cast e Kristin Cast

Tentada

The House of Night
Livro
6

Tradução
JOHANN HEYSS

novo século

SÃO PAULO 2010

Tempted
Copyright © 2009 by P.C. Cast and Kristin Cast
All rights reserved.
Copyright © 2010 by Novo Século Editora Ltda.

PRODUÇÃO EDITORIAL	Equipe Novo Século
EDITORAÇÃO ELETRÔNICA	Sergio Gzeschnik
CAPA	Genildo Santana - Lumiar Design
TRADUÇÃO	Johann Heyss
PREPARAÇÃO DE TEXTO	Bel Ribeiro
REVISÃO DE TEXTO	Alessandra Kormann
	Guilherme Laurinto

Dados Internacionais de Catalogação na Publicação (CIP)
(Câmara Brasileira do Livro, SP, Brasil)

Cast, P. C.
  Tentada, livro 6 / P. C. Cast e Kristin Cast;
tradução Johann Heyss. –
  Osasco, SP: Novo Século Editora, 2010.

  Título original: Tempted.

  1. Ficção norte-americana I. Cast, Kristin.
II. Título III. Série

10-07549   CDD-813

Índices para catálogo sistemático:

1. Ficção: Literatura norte-americana   813

2010
IMPRESSO NO BRASIL
PRINTED IN BRAZIL
DIREITOS CEDIDOS PARA ESTA EDIÇÃO À
NOVO SÉCULO EDITORA LTDA.
Alameda Araguaia, 2190 – 11º andar – Conj. 1111
CEP 06455-000 – Barueri/SP
Fone (11) 2321-5080 – Fax (11) 2321-5099
www.novoseculo.com.br
atendimento@novoseculo.com.br

Kristin e eu gostaríamos de dedicar este livro à nossa fabulosa editora Jennifer Weis, com quem é um enorme prazer trabalhar; ela torna suportável o trabalho de reescrever. Nós te amamos, Jen!

Agradecimentos

Kristin e eu queremos novamente agradecer à nossa maravilhosa equipe da St. Martin's Press. Para nós, vocês passaram a fazer parte da família; adoramos sua gentileza, generosidade, criatividade e a fé que em nós depositam. Obrigada, obrigada, obrigada: Jennifer Weis, Anne Bensson, Matthew Shear, Anne Marie Tallberg, Brittney Kleinfelter, Katy Hershberger e Sally Richardson. Também queremos mandar beijos e abraços para nossa brilhante equipe de designers, Michael Storrings e Elsie Lyons. Obrigada, Jenny Sullivan, por seu excelente e assustadoramente apurado talento para revisar textos. Como sempre, agradecemos à nossa maravilhosa agente e amiga Meredith Bernstein, que mudou nossa vida com três palavrinhas: escola de vampiros. E, naturalmente, agradecemos aos nossos fãs! Especialmente aqueles que entram em contato conosco para dizer como a série *House of Night* passou a morar em seus corações.

1

Zoey

A lua crescente que acendia o céu noturno de Tulsa transbordava magia. O gelo que cobria a cidade e o Convento das Irmãs Beneditinas – logo após nosso grande confronto com um anjo caído e uma Grande Sacerdotisa ordinária – brilhava tanto à luz da lua que tudo ao nosso redor parecia tocado pela Deusa. Olhei para o círculo banhado pelo luar em frente à Gruta de Maria, o lugar de poder onde foram personificados, não fazia muito tempo, o Espírito, o Sangue, a Terra, a Humanidade e a Noite, que se uniram para triunfar sobre o ódio e as Trevas. A estátua de Maria, cercada por rosas de pedra e aninhada em uma prateleira no alto da gruta, parecia o ponto de referência da luz prateada. Olhei para a estátua. A expressão de Maria era serena; seu rosto coberto de granizo cintilava como se ela estivesse discretamente chorando de alegria.

Levantei os olhos para o céu. *Obrigada*. Fiz uma prece silenciosa para o belo crescente que simbolizava Nyx, minha Deusa. *Estamos vivos, Kalona e Neferet foram embora*.

– Obrigada – sussurrei para a lua.

Escute seu interior...

As palavras me vieram sutilmente, doces como folhas tocadas por uma brisa de verão, roçando minha consciência com tanta leveza que minha mente recém-desperta mal as percebeu, mas o comando sussurrado de Nyx foi impresso em minha alma.

Eu estava vagamente ciente de que havia muita gente (bem, freiras, novatos e uns vampiros também) ao meu redor. Ouvi a mistura de gritos, choro e até de risos que preenchia a noite, mas tudo parecia distante. Naquele momento, as únicas coisas que eu considerava verdadeiras eram a lua lá em cima e a minha cicatriz que ia de um ombro a outro, atravessando-me o peito. Senti algo latejando por dentro como resposta à minha prece silenciosa, mas não foi um latejamento doloroso. Não mesmo. Foi um calor familiar, um formigamento que me garantiu que Nyx havia, novamente, me Marcado como sendo dela. Eu sabia que, quando fosse olhar pela gola da minha blusa, veria uma nova tatuagem decorando aquela cicatriz sinistra e comprida com delicadas filigranas de safira – sinal de que estava seguindo o caminho da minha Deusa.

– Erik e Heath, procurem Stevie Rae, Johnny B e Dallas, depois deem uma olhada pelo terreno do convento para ver se todos aqueles *Raven Mockers* foram embora mesmo com Kalona e Neferet! – Darius gritou, rompendo meu tranquilo e meditativo clima de prece. E quando eu estava assim e levava um susto, era que nem ligar um iPod alto demais de repente e ter os sentidos invadidos pelo volume excessivo.

– Mas Heath é humano. Um *Raven Mocker* pode matá-lo num segundo – as palavras saíram de minha boca antes que as pudesse calar, provando de vez que ser lunática não era minha única característica debilóide.

Como era de se prever, Heath bufou como um sapo que enfrenta um gato.

– Zo, não sou nenhum fracote!

Erik, aproveitando para enfatizar sua condição de vampiro alto e forte e fazer a linha "meto-porrada-mesmo", deu uma risadinha sarcástica e disse: – Não, você é uma droga de um humano. Peraí, isso quer dizer que você *é mesmo* um fracote, então!

– Quer dizer que derrotamos os demônios e cinco minutos depois Erik e Heath ficam bancando os valentes um para o outro. Que previsível – Aphrodite disse, com aquele jeitinho irônico que era sua marca registrada. Mas, ao chegar ao lado de Darius, sua expressão mudou completamente quando se voltou para o guerreiro Filho de Erebus. – Oi, gostosão. Você está bem?

– Não precisa se preocupar comigo – Darius respondeu. Ele olhou nos seus olhos e praticamente se comunicaram por telepatia, tamanha a química que existia entre eles, mas, em vez de começar a beijá-la daquele jeito bruto que costumava fazer, ele se concentrou em Stark.

Aphrodite tirou os olhos de Darius e fitou Stark. – Putz, eeeca. Seu peito tá totalmente arrebentado.

James Stark estava parado entre Darius e Erik. Tá, bem, *parado* não era bem o termo. Stark estava inquieto e aparentando muita ansiedade.

Ignorando Aphrodite, Erik falou: – Darius, seria melhor levar Stark para dentro. Vou coordenar a busca por Stevie Rae e cuidar para tudo correr bem por aqui – suas palavras pareciam positivas, mas seu tom era do tipo "eu-sou-o-adulto-do-pedaço" e, quando ele bancou o condescendente e disse "Vou até deixar Heath ajudar", soou como um babaca afetado.

– Você vai me *deixar* ajudar? – Heath reagiu. – É *a sua mãe* quem vai me deixar ajudar.

– Ei, qual dos dois é o seu suposto namorado? – Stark me perguntou. Mesmo naquele estado terrível em que se encontrava, conseguiu atrair meu olhar ao dizer aquilo. Sua voz estava áspera, e ele pareceu assustadoramente fraco, mas seus olhos emitiam um brilho bem-humorado.

– Eu! – Heath e Erik disseram juntos.

– Ah, fala sério, Zoey, os dois são idiotas! – Aphrodite disse.

Stark começou a rir baixinho, o que se transformou em uma tosse, que mudou de novo, transformando-se em um doloroso ofego. Ele revirou os olhos e desmaiou, mole como uma folha de papel.

Com a rapidez típica de um guerreiro Filho de Erebus, Darius segurou Stark antes que ele caísse no chão.

– Tenho que levá-lo para dentro.

Senti que minha cabeça ia explodir. Caído nos braços de Darius, Stark parecia estar à beira da morte.

– Eu... Eu nem sei onde fica a enfermaria – gaguejei.

– Não tem problema. Vou pedir para um pinguim desses nos mostrar – Aphrodite disse. – Ei, você, freira! – ela gritou para uma das irmãs em trajes branco e preto que saíram correndo do convento para ver o resultado caótico produzido pela batalha que acabara de terminar.

Darius correu atrás da freira com Aphrodite logo atrás. O guerreiro olhou para mim rapidamente. – Não vem conosco, Zoey?

– Assim que puder – antes de começar a resolver meu assunto com Erik e Heath, ouvi uma voz vinda por trás de mim, e aquele sotaque familiar me salvou o dia.

– Vá com Darius e Aphrodite, Z. Eu cuido do Mané e do Manézão aqui. Vamos ver se não restou nenhum daqueles bichos-papões lá fora.

– Stevie Rae, você é a melhor de todas as melhores amigas – virei-me e a abracei rapidamente, adorando ver como ela parecia forte e normal. Na verdade, parecia tão normal que senti algo estranho quando ela recuou, sorriu para mim e vi, pela primeira vez, as tatuagens vermelhas que brotaram de seu crescente completo no meio da testa, que desciam pela lateral do rosto. Senti um calafrio desconfortável.

Sem entender minha hesitação, ela disse: – Não se preocupe com esses dois patetas. Estou acostumada a separar os dois – continuei parada, olhando para ela, e seu sorriso luminoso se desfez. – Ei, você sabe que sua avó está bem, não sabe? Kramisha a levou para dentro logo depois que Kalona foi banido, e a irmã Mary Angela me disse que ia lá dar uma olhadinha nela.

– É, eu me lembro de ver Kramisha ajudando-a com a cadeira de rodas. Só estou... – não completei a frase. Estava só o quê? Como conseguiria colocar em palavras que estava assombrada por uma sensação de que havia algo de errado, e como dizer isso à minha *melhor* amiga?

– Só está cansada e preocupada com um monte de coisas – Stevie Rae disse baixinho.

O que vi brilhar nos seus olhos foi compreensão? Ou foi outra coisa, algo mais sinistro?

– Tô ligada, Z., vou cuidar de tudo aqui. Agora você se preocupe só com Stark – ela me abraçou de novo e me deu um empurrãozinho em direção ao convento.

– Tá. Valeu – foi tudo que consegui dizer, e segui em direção ao convento, ignorando totalmente os dois patetas que estavam parados olhando pra minha cara.

Stevie Rae ainda disse enquanto eu me afastava: – Ei, diga para Darius ou alguém ficar de olho na hora. Falta mais ou menos uma hora para o sol nascer, e você sabe que eu e os novatos vermelhos não podemos pegar sol.

– Tá, vou lembrar. Sem problema – respondi.

O problema era que eu estava achando cada vez mais difícil *esquecer* que Stevie Rae não era mais a mesma.

2

Stevie Rae

– Muito bem, vocês dois, escutem aqui. Só vou dizer isso uma vez: *comportem-se*.

Parada entre os dois, Stevie Rae pôs as mãos na cintura e olhou feio para Erik e Heath. Sem tirar os olhos deles, gritou: – Dallas!

O garoto atendeu quase instantaneamente: – Que foi, Stevie Rae?

– Chame Johnny B. Diga a ele para sair com Heath para dar uma inspecionada na parte da frente do convento na Lewis Street e ver se os *Raven Mockers* foram mesmo embora. Você e Erik vão para o lado sul do edifício. Vou dar uma olhada naquele caminho cercado por árvores na Rua Vinte e Um.

– Sozinha? – Erik perguntou.

– Sim, sozinha – Stevie Rae respondeu na defensiva. – Esqueceu que posso pisar forte agora mesmo e fazer o chão tremer debaixo dos seus pés? Eu também posso te levantar e te jogar de bunda no chão, seu ciumento do caramba. Acho que dou conta de dar uma olhada nas árvores sozinha.

Ao lado dela, Dallas riu. – E eu tô achando que a vampira vermelha com afinidade com o elemento terra ganha do vampiro azul teatral.

Heath riu alto ao ouvir aquilo; e, como era de se esperar, Erik começou a querer puxar briga de novo.

— Não! — Stevie Rae interrompeu antes que os dois idiotas começassem a trocar socos de novo. — Se vocês não conseguem dizer nada de bom, então calem a droga dessa boca.

— Está querendo falar comigo, Stevie Rae? — Johnny B perguntou, parando ao seu lado. — Eu vi Darius carregando aquele garoto do arco e flecha para dentro do convento. Ele me disse pra te procurar.

— É — ela respondeu, aliviada. — Quero que você e Heath deem uma olhada na parte da frente do convento na Lewis Street, para ter certeza de que os *Raven Mockers* foram embora mesmo.

— Tô nessa! — Johnny B disse, dando um soco de brincadeira no ombro de Heath. — Vamos lá, zagueiro, mostre-me do que é capaz.

— É só prestar atenção nas drogas das árvores e nas drogas das sombras — Stevie Rae disse, balançando a cabeça enquanto Heath abaixava a sua e se esquivava, atingindo o ombro de Johnny B com socos ligeiros.

— Tranquilo — Dallas garantiu, começando a se afastar com Erik, que não disse nada.

— Sejam rápidos — Stevie Rae advertiu as duas duplas. — O sol vai sair daqui a pouco. Vamos nos encontrar em frente à Gruta de Maria daqui a meia hora mais ou menos. Berrem alto se encontrarem alguma coisa e todos nós iremos correndo.

Stevie Rae ficou observando os quatro caras para ter certeza de que estavam indo mesmo nas direções indicadas, até que deu meia-volta e, com um suspiro, começou sua própria missão. Caraca, isso é que era aporrinhação! Stevie Rae era doidinha por Z., mas estava ficando zoada com esse negócio de ter de lidar com os namorados de sua melhor amiga! Antigamente, ela achava Erik o cara mais gostoso do mundo. Mas, depois de passar dois dias com ele, passou a considerá-lo a maior mala sem alça do mundo, e com um ego insuportável. Heath era um doce, mas era apenas humano, e Z. tinha razão de ficar preocupada com ele. Os humanos morriam muito mais facilmente do que os *vamps*, mais até do que os novatos. Ela virou o pescoço para trás, tentando avistar Johnny B e Heath, mas a escuridão gelada e as árvores a engoliram e ela não viu ninguém.

Não que Stevie Rae ligasse de estar sozinha. Johnny B ia ficar de olho em Heath. Na verdade, ela estava feliz de se livrar um pouquinho dele e do ciumento do Erik. Os dois a fizeram gostar de Dallas. Ele era simples e tranquilo. Era meio que seu namorado. Os dois tinham um *rolo*, mas nada que atrapalhasse a sua vida. Dallas sabia que Stevie Rae tinha muito o que fazer, e a deixava cuidar de suas coisas. Mas ficava ao seu lado na hora do aperto. Tranquilinho, bonitinho e animadinho! Dallas era assim.

Z. bem que podia aprender comigo umas coisinhas sobre como lidar com os garotos, ela pensou enquanto avançava por entre o bosque de velhas árvores que cercava a Gruta de Maria e protegia o terreno do convento da agitação da Rua Vinte e Um.

Bem, uma coisa era certa: aquela era, mesmo, uma noite de merda. Stevie Rae não tinha dado nem doze passos ainda e suas mechas louras curtas já estavam ensopadas. Caraca, até seu nariz estava pingando! Ela esfregou o rosto com as costas da mão, limpando a mistura molhada e gelada de chuva e gelo. Tudo estava tão estranhamente escuro e silencioso. Era bizarro não ver nenhum sinal de trânsito funcionando na Rua Vinte e Um. Não havia carro algum na rua; nem uma viatura policial sequer. Stevie Rae escorregou e deslizou pela ladeira. Ela pôs os pés na estrada e só conseguiu se orientar graças à sua supermaravilhosa visão noturna de vampira vermelha. A impressão que dava era a de que, ao partir, Kalona levara consigo o som e a luz.

Sentindo-se esquisita, ela esfregou o rosto com as costas da mão para afastar os cabelos molhados e se recompor.

– Você está agindo como uma franguinha, e você sabe como franguinhas são estúpidas! – ela falou alto e ficou duplamente arrepiada quando suas palavras soaram ampliadas pelo gelo e pela escuridão.

– Por que diabos estou tão assustada?... Talvez por estar escondendo coisas de minha melhor amiga – Stevie Rae murmurou e apertou os lábios. Sua voz soou alta demais na noite escura e cheia de gelo.

Mas ela ia contar a Z. tudo que tinha de contar. Ia mesmo! Só que ainda não tinha tido tempo. E Z. já estava com a cabeça cheia demais, não precisava de mais um motivo para se estressar. E... e... era difícil falar sobre isso, até mesmo com Zoey.

Stevie Rae chutou um galho seco coberto de gelo. Ela sabia que o fato de ser ou não ser difícil não fazia a menor diferença. Ia falar com Zoey. Tinha que falar. Mas depois. Talvez bem depois mesmo.

Era melhor se concentrar no presente, pelo menos por enquanto.

Apertando os olhos e cobrindo-os com a mão para tentar protegê-los das gotas agudas de chuva gelada, Stevie Rae deu uma olhada nos galhos das árvores. Apesar da escuridão e da tempestade, ela estava enxergando bem e ficou aliviada ao ver que não havia corpos enormes e escuros espreitando acima dela. Achando mais fácil caminhar na lateral da estrada, desceu a Rua Vinte e Um, afastando-se do convento e mantendo os olhos sempre atentos para o alto.

Foi só ao se aproximar da cerca que separava o terreno das freiras e o condomínio chique que ficava ao lado que Stevie Rae sentiu o cheiro.

Sangue.

Um tipo errado de sangue.

Ela parou. De um jeito quase animalesco, Stevie Rae farejou o ar. Estava carregado do odor úmido e embolorado de terra coberta por gelo e pelo aroma revigorante das árvores invernais, um aroma que lembrava canela, e pelo cheiro penetrante, produzido pelo homem, do asfalto sob seus pés. Ela ignorou os cheiros e procurou se concentrar no sangue. Não era sangue humano, nem de novato, ou seja, não tinha cheiro de raio de sol e primavera, de mel e chocolate, de amor e vida, tudo que ela mais sonhava. Não, esse sangue tinha um cheiro muito pesado. Muito denso. Havia algo que não era humano, não mesmo, no cheiro desse sangue. Mas era sangue mesmo assim, e ela se sentiu atraída por ele, apesar de saber, no fundo da alma, que era totalmente errado.

Era o cheiro de uma coisa estranha, de uma coisa do outro mundo, que a levou aos primeiros respingos escarlates. Em uma escuridão tempestuosa do pré-alvorecer sem sol, mesmo com sua visão potente, só conseguiu ver umas manchas molhadas contra o gelo que pareciam cobrir a estrada e a grama ao lado. Mas Stevie Rae sabia que era sangue. Muito sangue.

Mas não havia nenhum animal e nenhum humano sangrando por ali. Somente um rastro de escuridão líquida engrossando a camada de gelo, afastando-se da rua e adentrando a parte mais densa do bosque atrás do convento.

Seus instintos de predadora se aguçaram instantaneamente. Stevie Rae seguiu com movimentos furtivos, mal respirando, mal fazendo ruído, acompanhando a trilha de sangue.

Foi debaixo de uma das árvores maiores que ela o encontrou, acocorado debaixo de um galho enorme e recém-quebrado, como se tivesse se recolhido para morrer.

Stevie Rae sentiu um calafrio de medo. Era um *Raven Mocker*.

A criatura era enorme. Maior do que ela pensava ao ver de longe. Estava deitado de lado, com a cabeça apoiada no chão, de modo que ela não podia ver seu rosto direito. A asa gigante que via não estava boa, dava para ver que estava quebrada, e o braço humano que jazia debaixo estava fazendo um ângulo esquisito e coberto de sangue. As pernas eram humanas também, e estavam dobradas como se ele tivesse morrido em posição fetal. Ela se lembrou de ter ouvido Darius dando um tiro enquanto ele, Z. e a galera desciam a Rua Vinte e Um em direção ao convento, desembestados que nem morcegos do inferno. Então o tiro fora para o alto.

– Caraca – ela sussurrou. – Deve ter sido uma queda sinistra.

Stevie Rae cercou a boca com as mãos em concha e estava pronta para dar um berro e chamar Dallas para que ele e os demais a ajudassem a arrastar o corpo para outro lugar, quando o *Raven Mocker* se mexeu e abriu os olhos.

Ela não se mexeu. Os dois se encararam. Os olhos vermelhos da criatura se arregalaram, parecendo surpresos e impossivelmente humanos naquela cara de pássaro. Ele olhou para os lados e para trás dela para ver se estava sozinha. Automaticamente, Stevie Rae se agachou, levantando as mãos na defensiva e se equilibrando para invocar a terra para fortalecê-la.

Então, ele falou.

– Mate-me. Acabe com isso – ele pediu, arfando de dor.

O som daquela voz era tão humano, tão completamente inesperado, que Stevie Rae soltou as mãos e deu um passo para trás.

– Você fala! – ela disse de repente.

Então, o *Raven Mocker* fez algo que chocou Stevie Rae profundamente e mudou de vez o rumo de sua vida.

Ele riu.

Foi um som seco e sarcástico que terminou com um gemido de dor. Mas foi uma risada que emoldurou as palavras com um toque de humanidade.

– Sim – ele disse, respirando com dificuldade. – Eu falo. Eu sangro. Eu morro. Mate-me e acabe logo com isso – ele tentou se sentar, como se quisesse morrer logo de uma vez, e o movimento o fez gritar de agonia. Ele revirou seus olhos por demais humanos e caiu no chão, inconsciente.

Stevie Rae agiu antes mesmo de pensar em tomar qualquer decisão. No começo, ela hesitou por um segundo. Mas agora ele desmaiara de cara para o chão, de modo que não foi difícil empurrar as asas de lado e puxá-lo por debaixo dos braços. Ele era grande, grande mesmo, tipo, do tamanho de um cara de verdade, e ela se preparou, achando que era pesado, mas não era. Na verdade, ele era tão leve que foi moleza carregá-lo, o que ela fez enquanto sua mente gritava: *Que diabo é isso? Que diabo é isso? Que diabo é isso?*

Que diabo ela estava fazendo?

Stevie Rae não sabia. Só sabia o que *não* ia fazer. Ela não ia matar o *Raven Mocker*.

3

Zoey

– Ele vai melhorar? – tentei sussurrar para não acordar Stark e, pelo jeito, não consegui, pois suas pálpebras fechadas estremeceram e seus lábios se levantaram ligeiramente em uma versão fantasmagórica e dolorida de seu semissorriso metidinho.

– Ainda não tô morto – ele respondeu.

– E eu não tô falando com você – retruquei, de um jeito bem mais irritado do que era minha intenção.

– Calma, *u-we-tsi-a-ge-hu-tsa* – vovó Redbird me repreendeu gentilmente enquanto a irmã Mary Angela, diretora do Convento das Irmãs Beneditinas, a ajudava a entrar na pequena enfermaria.

– Vó! Aí está a senhora! – corri para perto dela e ajudei irmã Mary Angela a acomodá-la em uma poltrona.

– Ela só está preocupada comigo – os olhos de Stark estavam novamente fechados, mas em seus lábios ainda havia um vestígio de sorriso.

– Eu sei, *tsi-ta-ga-a-s-ha-ya*. Mas Zoey é uma Grande Sacerdotisa em treinamento e precisa aprender a controlar suas emoções.

Tsi-ta-ga-a-s-ha-ya! Eu teria dado gargalhadas se vovó não estivesse tão pálida e com aparência tão frágil, e se eu não estivesse tão... bem... tão preocupada com tudo.

– Desculpe, vó. Eu devia me controlar, mas é muito difícil quando as pessoas que a gente ama vivem à beira da morte! – terminei de falar afobadamente e tive de respirar fundo para me recompor. – E a senhora já não deveria estar na cama?

– Já já, *u-we-tsi-a-ge-hu-tsa*, já, já.

– O que quer dizer *tsi-ta-ga-a-sei-lá-o-quê*? – a voz de Stark soou carregada de dor enquanto Darius passava um creme grosso sobre suas queimaduras. Mas, apesar do ferimento, ele parecia até satisfeito e curioso.

– *Tsi-ta-ga-a-s-ha-ya* – vovó corrigiu sua pronúncia – quer dizer galo de briga.

Os olhos dele brilharam, achando graça. – Todos dizem que a senhora é sábia.

– O que é menos interessante do que o que todos dizem de você, *tsi-ta-ga-a-s-ha-ya* – vovó respondeu.

Stark soltou uma risada alta e respirou, sugando o ar de tanta dor.

– Fique quieto! – Darius ordenou.

– Irmã, pensei que a senhora tivesse dito que havia um médico aqui – tentei não demonstrar o pânico que estava sentindo.

– Nenhum médico humano poderia ajudá-lo – Darius disse antes que a irmã Mary Angela pudesse responder. – Ele precisa descansar, ficar sossegado e...

– Descansar e ficar sossegado, tudo bem – Stark o interrompeu. – Como já disse, ainda não morri – ele encarou os olhos de Darius e eu vi o Filho de Erebus dar de ombros e balançar a cabeça brevemente, como se estivesse dando razão ao vampiro mais jovem.

Eu devia ter simplesmente ignorado a pequena interação entre os dois, mas minha paciência havia se evaporado horas antes.

– Vamos lá, o que vocês estão escondendo de mim?

A freira que estava ajudando Darius me lançou um olhar longo e frio e disse: – Talvez o menino ferido precise saber que seu sacrifício não foi em vão.

Suas palavras me fizeram sentir um choque de culpa que me tapou a garganta e não me deixou responder à mulher de olhar severo. O sacrifício que Stark pretendia fazer era dar a própria vida pela minha. Engoli em seco. Quanto valia minha vida? Eu era só uma garota, mal completara dezessete anos. E tinha feito uma besteira atrás da outra. Eu era a reencarnação de uma boneca criada para armar uma cilada para um anjo caído e, por conta disso, no fundo da minha alma, eu não tinha como deixar de amá-lo, mesmo sabendo que não devia... Não podia...

Não. Eu não valia o sacrifício da vida de Stark.

– Eu já sei disso – a voz de Stark não se alterou; de repente, ele soou forte e decidido. Pisquei os olhos para limpar as lágrimas e olhei nos seus olhos. – O que fiz é parte do meu trabalho – ele continuou. – Sou um guerreiro. Jurei dedicar minha vida a servir Zoey Redbird, Grande Sacerdotisa e Escolhida de Nyx. Isso significa que trabalho para nossa Deusa, e ser derrubado e um pouquinho tostado não significa grande coisa para mim se for para ajudar Zoey a derrotar os caras do mal.

– Falou certo, *tsi-ta-ga-a-s-ha-ya* – vovó disse.

– Irmã Emily, está liberada de sua função na enfermaria pelo resto da noite. Por favor, mande a irmã Bianca vir substituí-la. Creio que seria boa ideia a irmã passar um tempinho meditando sobre Lucas 6:37 – a irmã Mary Angela disse.

– Como desejar, irmã – a freira respondeu e saiu do recinto às pressas.

– Lucas 6:37? O que é isso? – perguntei.

– "Não julgueis e não sereis julgados; não condeneis e não sereis condenados; perdoai e sereis perdoados" – respondeu minha avó. Ela estava trocando um sorriso com a irmã Mary Angela quando Damien bateu de levinho na porta entreaberta.

– Podemos entrar? Tem alguém aqui precisando muito ver Stark.

Damien virou o pescoço para trás e fez um gesto como quem diz *"fique aí"*. O *ufff* baixinho que veio em seguida me fez perceber que *alguém* era, na verdade, uma *cachorra*.

– Não a deixe entrar – Stark fez careta de dor ao virar a cabeça bruscamente para não olhar para Damien nem para a porta. – Diga para o tal do Jack que agora ela é dele.

– Não – parei Damien quando ele começava a se afastar. – Faça Jack trazer Duquesa para dentro.

– Zoey, não, eu... – Stark começou, mas minha mão levantada o impediu de continuar.

– Pode trazê-la – repeti e fitei os olhos de Stark. – Você confia em mim?

Ele olhou para mim pelo que pareceu um tempo enorme. Percebi sua vulnerabilidade e sua dor claramente, mas finalmente ele assentiu com um movimento de cabeça e disse: – Confio em você.

– Venha, Damien – chamei meu amigo.

Damien virou-se, murmurou algo e foi para o lado. Jack, namorado de Damien, entrou primeiro. Estava com as bochechas rosadas e os olhos cintilando de desconfiança. Ele parou mais ou menos um metro à frente e se voltou para a porta novamente.

– Venha. Tudo bem. Ele está aqui – Jack persuadiu Duquesa pacientemente.

A labradora loura entrou no recinto, e fiquei surpresa ao ver como se movia graciosamente para um animal tão grande. Ela parou brevemente ao lado de Jack e olhou para ele, balançando o rabo.

– Tudo bem – Jack repetiu. Ele sorriu para Duquesa e enxugou as lágrimas que lhe escaparam dos olhos e agora desciam pelo rosto. – Ele está melhor agora – Jack apontou para a cama. Duquesa virou a cabeça na direção que ele apontou e olhou diretamente para Stark.

O garoto machucado e a cadela simplesmente se entreolharam enquanto todos os presentes seguraram o fôlego.

– Oi, garota linda – Stark falou com hesitação, a voz embargada de lágrimas. Duquesa levantou as orelhas e inclinou a cabeça. Stark levantou a mão e fez um gesto para que ela se aproximasse. – Venha cá, garota.

Como se o seu comando tivesse rompido uma barragem dentro da cadela, Duquesa se aproximou, agitada, choramingando, se balançando e fazendo *uuuff*, basicamente soando e agindo como se fosse um impossível filhotinho com seus cerca de cinquenta quilos.

– Não! – Darius ordenou. – Na cama, não!

Duquesa obedeceu ao guerreiro e se contentou em colocar a cabeça ao lado de Stark e enfiar seu narigão debaixo do sovaco dele, sacudindo o corpo todo, e Stark, com o rosto iluminado de felicidade, lhe fez carinho e ficou repetindo sem parar como sentira saudade e que ela era uma boa menina.

Só percebi que eu também estava em prantos quando Damien me deu um lenço de papel.

– Obrigada – murmurei e enxuguei o rosto. Ele sorriu brevemente para mim e foi para o lado de Jack, colocando o braço ao lado do namorado e dando tapinhas em seu ombro (e um lenço de papel para ele também). Ouvi Damien lhe dizer: – Vamos ver onde fica o quarto que as irmãs prepararam para nós. Você precisa descansar.

Jack fungou e soluçou, fez que sim com a cabeça e saiu do recinto com Damien.

– Espere, Jack – Stark chamou.

Jack olhou para a cama, onde Duquesa ainda estava repousando a cabeça junto ao corpo de Stark, que estava com o braço ao redor do seu pescoço.

– Você cuidou bem dela quando eu não pude.

– Não foi nada demais. Nunca tive cachorro antes e não sabia como eles eram legais – Jack ficou com a voz um pouquinho embargada, limpou a garganta e prosseguiu: – Eu... eu fico feliz por você não ser mais do mal, esquisito e tudo mais, e que ela possa voltar a ficar com você.

– É, falando nisso – Stark fez uma pausa e uma careta de dor ao se mexer. – Ainda não estou exatamente cem por cento e, mesmo quando estiver, não tenho certeza de qual vai ser a minha. Por isso acho que você me faria um grande favor se pudesse compartilhar Duquesa comigo.

– É mesmo? – o rosto de Jack se iluminou.

Stark balançou a cabeça com dificuldade. – Mesmo. Você e Damien poderiam levar Duquesa para o quarto com vocês, e quem sabe trazê--la de novo mais tarde?

– Com certeza! – Jack disse e então limpou a garganta e continuou: – É como eu disse. Ela não causou nenhum problema.

– Ótimo – Stark respondeu. Ele levantou o focinho de Duquesa com a mão e olhou nos olhos da labradora. – Estou bem agora, menina linda. Você pode ir com Jack enquanto me curo de vez.

Eu sei que ele deve ter ficado agoniado de dor, mas ele se sentou e se abaixou para beijar Duquesa e deixá-la lamber seu rosto.

– Boa garota... Esta é a minha menina linda... – ele sussurrou, beijou-a de novo e disse: – Vá com Jack agora! Vá! – e apontou para Jack.

Depois de dar mais uma lambida no rosto de Stark e soltar um gemidinho relutante, ela deu as costas para a cama e foi para o lado de Jack, balançando a cauda para ele e cheirando-o como forma de cumprimento, enquanto ele enxugava os olhos com uma das mãos e fazia carinho nela com a outra.

– Vou cuidar bem dela e trazê-la para cá assim que o sol se puser hoje. Tá?

Stark conseguiu sorrir. – Tá, obrigado, Jack! – e desabou nos travesseiros.

– Ele precisa descansar e ficar quieto – Darius disse a todos e continuou seu trabalho em Stark.

– Zoey, será que você pode me ajudar a levar sua avó para o quarto? Ela também precisa de descanso. A noite foi longa para todos nós – a irmã Mary Angela me pediu.

Tirei os olhos de Stark e me voltei para minha avó, e então fiquei olhando para aquelas duas pessoas das quais eu tanto gostava.

Stark percebeu o meu olhar. – Ei, vá cuidar de sua avó. Estou sentindo que o sol vai nascer daqui a pouco. Eu vou apagar geral quando amanhecer.

– Bem... tá certo – me aproximei da cama e fiquei parada, sem jeito, ao lado dele. O que eu ia fazer? Beijá-lo? Apertar sua mão? Levantar o polegar e rir como uma tapada? Tipo, ele não era meu namorado oficial, mas tínhamos uma ligação além da amizade.

Sentindo-me confusa e preocupada, e basicamente desconfortável, pus minha mão no ombro dele e sussurrei: – Obrigada por salvar minha vida.

Ele me olhou nos olhos e o resto do recinto desapareceu para mim. – Vou sempre tomar conta e garantir a segurança de seu coração, mesmo que o meu precise parar de bater para isso acontecer – ele me disse baixinho.

Eu me abaixei e beijei sua testa, murmurando: – Vamos tentar evitar que isso aconteça, tá?

– Tá – ele sussurrou.

– Te vejo de novo quando anoitecer – eu disse para Stark antes de finalmente me voltar para minha avó. A irmã Mary Angela e eu a levantamos, quase carregando-a pelo pequeno corredor para outro quartinho, tipo quarto de hospital. Vovó me pareceu pequena e frágil apoiando-se em meu braço, e senti um aperto no estômago de preocupação.

– Pare de se preocupar, *u-we-tsi-a-ge-hu-tsa* – ela disse enquanto a irmã Mary Angela arrumava os travesseiros ao seu redor, ajudando-a a se ajeitar.

– Vou pegar seu analgésico – irmã Mary Angela disse a vovó. – Também vou ver se as cortinas do quarto de Stark estão bem fechadinhas, de modo que vocês têm uns minutos para conversar. Mas, quando voltar, vou insistir para que você tome seu remédio e durma.

– Você é durona, Mary Angela – vovó disse.

– Olha quem fala, Sylvia – a freira respondeu e saiu às pressas. Vovó sorriu para mim e deu um tapinha na cama que estava ao seu lado.
– Venha se sentar perto de mim, *u-we-tsi-a-ge-hu-tsa*.

Sentei-me ao lado de minha avó, dobrando as pernas debaixo do corpo, tentando tomar cuidado para não balançar demais a cama. Seu rosto estava machucado e queimado pelo *airbag* que lhe salvara a vida. Parte do lábio e do rosto estava escurecida pelos pontos. Ela estava com a cabeça enfaixada e seu braço direito estava assustadoramente escuro.

– Não é irônico que meus ferimentos estejam tão feios, mas doam menos do que os ferimentos invisíveis dentro de você? – ela disse.

Comecei a dizer a minha avó que eu estava realmente bem, mas suas palavras seguintes atravessaram o que tinha restado da minha tentativa de negar.

– Quanto tempo faz que você sabe que é a reencarnação da boneca A-ya?

4

Zoey

– Senti atração por Kalona desde o primeiro segundo em que o vi – respondi lentamente. Eu não ia mentir para minha avó, mas nem por isso foi fácil contar a verdade. – Mas quase todos os novatos, e até os vampiros, sentiram-se atraídos por ele; na verdade, era como se estivessem todos enfeitiçados.

Vovó assentiu. – Foi o que Stevie Rae já me disse. Mas com você foi diferente? Foi mais do que essa aura mágica que ele tem?

– É. Comigo não foi só um encantamento – engoli em seco. – Não caí nessa história de ele ser Erebus encarnado, e eu sabia dos planos malignos que ele tinha com Neferet. Vi a escuridão que ele trazia. Mas eu também queria estar com ele, não apenas por acreditar que ele talvez pudesse escolher o caminho do bem, mas porque eu o *desejava*, mesmo sabendo que era errado.

– Mas você resistiu a esse desejo, *u-we-tsi-a-ge-hu-tsa*. Você escolheu seu caminho, o caminho do amor, da bondade e da sua Deusa, e assim a criatura foi banida. Você escolheu o amor – ela repetiu lentamente. – Que isso sirva de bálsamo para a ferida que ele deixou na sua alma.

A sensação de pânico e o aperto no peito começaram a se desfazer.

– Eu *posso* seguir meu próprio caminho – eu disse com mais convicção do que nunca desde que me dei conta de ser A-ya reencarnada.

Então franzi a testa. Não havia como negar que ela e eu tínhamos uma conexão. Podem chamar de essência, de alma, de espírito, do que for, mas era uma coisa que me conectava com um ser imortal. Isso era tão certo quanto a terra que o aprisionara por séculos. – Eu não sou A-ya – repeti mais lentamente –, mas minha história com Kalona não acabou. O que posso fazer, vó?

Vovó pegou minha mão e a apertou. – Como você disse, você segue seu caminho. E no momento esse caminho a está conduzindo a uma cama quentinha e a um bom *dia* de sono.

– Uma crise de cada vez?

– Uma *coisa* de cada vez – ela me corrigiu.

– E está na hora de seguir seu próprio conselho, Sylvia – irmã Mary Angela disse ao entrar no quarto com um copo descartável de água em uma das mãos e comprimidos na outra.

Vovó deu um sorriso cansado para a freira e pegou o remédio. Reparei que suas mãos tremiam quando ela colocou os comprimidos na língua e bebeu a água.

– Vó, vou deixar a senhora descansar agora.

– Eu te amo, *u-we-tsi-a-ge-hu-tsa*. Você se saiu muito bem hoje.

– Eu não teria feito nada disso sem a senhora. Também te amo muito, vó – abaixei-me e beijei sua testa e, quando ela fechou os olhos e se acomodou de novo nos travesseiros com um sorriso contente, saí do quarto com a irmã Mary Angela. Assim que chegamos ao corredor, comecei a enchê-la de perguntas: – A senhora arrumou quartos para todo mundo? Os novatos vermelhos estão bem? A senhora sabe se Stevie Rae mandou Erik e Heath e todo mundo dar uma olhada na área ao redor do convento? Está tudo tranquilo lá fora?

Irmã Mary Angela levantou a mão para conter minha incontinência verbal: – Filha, respire um pouquinho e me deixe falar.

Contive um suspiro, mas consegui ficar quieta ao seguir com a irmã Mary Angela pelo corredor, enquanto ela me explicava que as freiras haviam preparado uma área aconchegante no porão para os novatos vermelhos depois que Stevie Rae disse que ficariam bem confortáveis lá embaixo. Meu pessoal estava nos quartos de hóspedes lá em cima e, sim, os meninos tinham dado uma geral lá fora e não acharam *Raven Mocker* algum.

– Sabe, a senhora é incrível mesmo – sorri para ela quando paramos em frente a uma porta fechada no fim de um longo corredor. – Obrigada.

– Eu sou uma serva de Nossa Senhora, e você é muito bem-vinda – ela respondeu simplesmente e segurou a porta aberta para mim. – Esta escada leva ao porão. Disseram-me que a maioria dos meninos está lá embaixo.

– Zoey! Aí está você! Venha, tem que ver uma coisa. Você não vai acreditar no que Stevie Rae fez – Damien disse enquanto subia as escadas correndo em nossa direção.

Senti um nó no estômago. – O quê? – imediatamente comecei a descer para encontrá-lo. – Qual o problema?

Ele sorriu para mim. – Problema nenhum. É incrível – Damien pegou minha mão e me puxou.

– Damien tem razão – irmã Mary Angela disse, descendo as escadas atrás de nós. – Mas acho que incrível não é a palavra certa para o caso.

– A palavra certa seria algo do tipo terrível ou horrível? – perguntei.

Ele apertou minha mão. – Pare de se preocupar tanto assim. Você derrotou Kalona e Neferet, tudo vai dar certo.

Apertei sua mão também e forcei um sorriso para parecer menos preocupada, apesar de saber, no fundo do meu coração, no fundo da alma, que o que acontecera esta noite não tinha sido o fim nem representava vitória alguma. Aquilo na verdade tinha sido um terrível e horroroso começo.

– Uau! – olhei ao redor com perplexidade, sem conseguir acreditar.

– Uau ao quadrado, eu diria – Damien disse.

– Foi Stevie Rae quem fez isto mesmo?

– Jack disse que foi – Damien respondeu. Ficamos lado a lado e demos uma espiada pela escuridão da terra recém-escavada adentro.

– Na boa... Que *sinistro* – pensei alto.

Damien me olhou de um jeito estranho. – Como assim?

– Bem – fiz uma pausa sem saber direito o que queria dizer, mas sabia, com certeza, que aquele túnel me dava uma sensação esquisita. – *Hummm, é... ahn... bem escuro.*

Damien riu. – Claro que é escuro. É para ser escuro mesmo. É um buraco no chão.

– Para mim parece mais natural do que um buraco no chão – replicou irmã Mary Angela enquanto nos seguia até a boca do túnel, espiando conosco o buraco escuro. – Por alguma razão, ele me traz uma sensação agradável. Talvez seja o cheiro.

Nós três farejamos. Senti cheiro de... bem... de *terra*. Mas Damien disse: – É um cheiro encorpado e saudável.

– Como campo recém-arado – a freira concordou.

– Viu, não tem nada de sinistro, Z. Eu me esconderia aqui em caso de tornado, com certeza – Damien disse.

Sentindo-me excessivamente sensível e meio boba, expirei profundamente e dei uma olhada para dentro do túnel, tentando enxergar com olhos renovados e sentir com um instinto mais apurado.

– Posso usar sua lanterna por um instante, irmã?

– É claro – irmã Mary Angela pegou a lanterna grande, pesada e quadrada que trouxera do porão, de uma partezinha que ela chamava de seu celeiro de raízes. A tempestade de gelo que caíra em Tulsa nos últimos dias derrubara o fornecimento de energia do convento e do resto da cidade. Elas tinham geradores a gás, de modo que na parte principal do convento havia umas poucas lâmpadas elétricas acesas, bem como zilhões das velas que as freiras gostavam tanto. Mas no celeiro de raízes não havia eletricidade, e a única iluminação vinha da lanterna da freira. Joguei a luz da lanterna para dentro do buraco no chão.

O túnel não era dos maiores. Se eu abrisse os braços, poderia facilmente tocar os dois lados. Olhei para cima. O teto ficava a meio metro da minha cabeça. Farejei de novo, tentando encontrar a sensação agradável que a irmã e Damien estavam sentindo. Torci o nariz. O lugar fedia a breu, umidade, raízes e coisas que haviam sido arrancadas da superfície. Desconfiei que essas coisas se arrastavam e deslizavam, o que automaticamente fez minha pele tremer e se arrepiar.

Então procurei usar a cabeça. Por que eu achava tão nojento um túnel na terra? Eu tinha afinidade com a terra. Sabia conjurá-la. Não devia ter medo dela.

Rangendo os dentes, dei um passo para dentro do túnel. E outro. E mais outro.

– Ei, ahn, Z., não vá tão na frente. Você está com a única fonte de luz e eu não quero que a irmã Mary Angela fique para trás no escuro. Ela pode ficar com medo.

Balancei a cabeça e, sorrindo, dei meia-volta, iluminando com a lanterna a entrada, a cara preocupada de Damien e o rosto sereno da irmã Mary Angela.

– Você não vai querer que a *irmã* fique com medo do escuro, não é? – Damien distorceu a situação, cheio de culpa.

Irmã Mary Angela pôs a mão no ombro dele por um momento. – É gentileza sua pensar em mim, Damien, mas não tenho medo do escuro.

Olhei para Damien como quem diz *deixe de ser medroso,* quando senti uma coisa. O ar atrás de mim mudou. Eu sabia que não estava mais sozinha naquele túnel. Senti o medo galgando minha espinha e de repente tive vontade de sair correndo. Sair de lá o mais rápido possível e nunca, nunca mais voltar.

Quase corri. Então, de repente, me dei conta da situação e fiquei irritada. Eu havia acabado de encarar um imortal, um anjo caído, uma criatura com a qual estava ligada do fundo da minha alma. E não saí correndo. E não ia fazer isso agora.

– Zoey? O que é isso? – a voz de Damien soou distante, enquanto eu me virava para encarar a escuridão.

De repente uma luz intensa se materializou, como o olho brilhante de um monstro subterrâneo. Ela não era grande, mas era forte, e causou manchas temporárias em meu campo de visão, e foi me cegando parcialmente, de modo que, quando levantei a cabeça, o monstro parecia ter três cabeças que balançavam loucamente, além de ombros desproporcionais e grotescos.

Então, fiz o que qualquer pessoa razoável faria. Draguei o ar para dentro dos pulmões e soltei meu melhor berro de menina, e as três bocas do monstro de um olho só ecoaram o berro na hora, de modo assombroso. Ouvi Damien gritando atrás de mim e tive certeza de que até a irmã Mary Angela soltou um ofego assustado. Eu estava começando a fazer exatamente o que jurara a mim mesma que não faria, ou seja, sair correndo, quando uma das cabeças parou de gritar e se aproximou do jato de luz da lanterna.

– Merda, Zoey! Qual é o seu problema? Somos só eu e as gêmeas. Você quase nos matou de susto – Aphrodite me repreendeu.

– Aphrodite? – eu estava com a mão na altura do coração, tentando segurá-lo para que não saísse do peito.

– É claro que sou eu – ela respondeu, passando por mim com cara de revoltada. – Minha Deusa! Que sem noção!

As gêmeas ainda estavam paradas no túnel. Erin segurava uma vela grossa, apertando-a com tanta força que estava com as dobras do dedo brancas. Shaunee estava ao lado dela, tão perto que estavam apertando o ombro de uma no da outra. Pareciam congeladas, de olhos arregalados.

– Ah, oi – eu disse. – Não sabia que vocês estavam aqui.

Shaunee foi quem descongelou primeiro: – Que que cê acha? – ela passou a mão trêmula delicadamente na testa e se voltou para Erin. – Gêmea, ela me fez ficar branca de susto?

Erin piscou o olho para sua melhor amiga. – Não acho que isso seja possível – ela deu uma olhada para Shaunee. – Mas não, ela não fez você ficar branca. Você continua com sua linda cor de cappuccino. – Erin levou a mão que não estava segurando a vela aos cabelos grossos e louros e os ajeitou freneticamente. – Será que ela fez meu cabelo cair ou ficar prematura e repulsivamente grisalho?

Franzi a testa para as gêmeas. – Erin, seu cabelo não está caindo nem ficando grisalho, e Shaunee, não tem como você ficar branca de susto. Nossa, foram vocês quem me assustaram *primeiro*.

– Olha, da próxima vez que você quiser assustar Neferet e Kalona, é só dar um berro desses – Erin disse.

– É, parecia que tinha baixado *a louca* em você – Shaunee ecoou enquanto as duas passavam por mim.

Entrei com elas no celeiro de raízes onde Damien estava dando piti, mais *gay* do que nunca, e a irmã Mary Angela terminava de fazer o sinal da cruz. Abaixei a lanterna em direção a uma mesa cheia de coisas em jarras de vidro bizarras que pareciam conter fetos flutuantes na penumbra.

– Então, sério, o que vocês estão fazendo aqui embaixo? – perguntei.

– Dallas disse que foi assim que eles vieram da estação de trem para cá – Shaunee respondeu.

– Ele disse que aqui embaixo era legal e que Stevie Rae havia preparado tudo – Erin completou.

– E ele achou que podíamos vir aqui ver pessoalmente – Shaunee voltou a falar.

– E por que você está aqui com as gêmeas? – perguntei a Aphrodite.

– A dupla dinâmica precisava de proteção. E, naturalmente, foram me procurar.

– Mas como vocês de repente apareceram assim? – Damien perguntou antes que as gêmeas começassem com o bate-boca de sempre.

– Moleza – Erin foi voltando pelo túnel rapidamente, ainda carregando sua vela. Virou-se em nossa direção quando estava a poucos metros de onde eu estivera. – O túnel vira direto para a esquerda aqui – foi para o lado e sua luz desapareceu, então ela recuou e reapareceu. – Por isso nós só nos vimos na última hora.

– É realmente impressionante que Stevie Rae tenha conseguido fazer isso – Damien disse. Reparei que ele não se aproximou do túnel, preferindo ficar perto da lanterna.

Irmã Mary Angela chegou perto da entrada, tocou a lateral do buraco recém-escavado com reverência e disse: – Stevie Rae fez isto, mas fez com intervenção divina.

– Com "intervenção divina", a senhora se refere àquele papo de que a *Virgem-Maria-é-apenas-outra-forma-de-Nyx*? – o sotaque de Stevie Rae saiu do outro lado do celeiro de raízes, assustando-nos.

– Sim, filha. É exatamente o que quero dizer.

– Não quero ofendê-la, mas isso é a coisa mais esquisita que já ouvi – Stevie Rae disse e veio em nossa direção. Eu a achei pálida. Quando ela chegou perto de mim, senti um cheiro estranho, mas seu sorriso devolveu ao seu rosto a mesma expressão bonitinha e familiar de sempre. – Z., foi você quem deu aquele berro?

– Ahn, foi – não pude deixar de sorrir para ela. – Eu estava dentro do túnel e não esperava dar de cara com as gêmeas e Aphrodite.

– Bem, isso faz sentido. Aphrodite é meio monstruosa mesmo – Stevie Rae respondeu.

Eu ri, e então, aproveitando a oportunidade de mudar de assunto, disse: – Ahn... Falando em monstros, você encontrou algum *Raven Mocker* por aí?

Stevie Rae desviou o olhar do meu.

– Está tudo bem. Não precisa se preocupar com nada – ela respondeu rapidamente.

– Que bom – irmã Mary Angela disse. – Aquelas criaturas eram abomináveis com aquela mistura de homem e animal – um calafrio a fez estremecer. – Fico aliviada por estarmos livres deles.

– Mas eles não tiveram culpa – Stevie Rae disse bruscamente.

– Como é? – a freira pareceu bastante confusa com o tom defensivo de Stevie Rae.

– Eles não pediram para nascer indefinidos daquele jeito por causa dos estupros e das maldades. Eles são vítimas.

– Não tenho pena deles – eu disse, me perguntando por que Stevie Rae soava como se estivesse defendendo aqueles *Raven Mockers* nojentos.

Damien estremeceu. – Nós precisamos mesmo falar neles?

– Não, claro que não – Stevie Rae disse rapidamente.

– Ótimo. De qualquer forma, a razão pela qual trouxe Zoey cá para baixo foi para ela ver o túnel que você abriu, Stevie Rae. Vou te contar. Achei impressionante.

– Valeu, Damien! Foi legal demais quando percebi que podia mesmo abrir o túnel – Stevie Rae passou por mim e entrou na boca do túnel, onde foi instantaneamente cercada pela escuridão total que se desdobrava por trás dela como se fosse uma enorme cobra de ébano. Ela levantou os braços com as palmas voltadas para as paredes de terra do túnel. De repente, lembrei-me de uma cena de *Sansão e Dalila,* um filme antigo que assisti com Damien mais ou menos um mês antes. A imagem que me veio à memória foi de quando Dalila levou Sansão às cegas para ficar entre enormes pilares que sustentavam um estádio cheio de gente horrível que zombava dele. Ele retomou sua força mágica e terminou derrubando os pilares e destruindo a si mesmo e...

— Não é, Zoey?

— Ahn? — pisquei os olhos, um pouco transtornada pela cena triste e destrutiva que revivi em minha mente.

— Eu disse que Maria não abriu a terra para mim quando fiz o túnel; este poder quem me deu foi Nyx. Nossa! Você não está prestando a menor atenção ao que estou dizendo — Stevie Rae me repreendeu. Ela havia tirado as mãos das laterais do túnel e estava me olhando como quem pergunta *em que diabo você está pensando?*

— Desculpe, o que você estava dizendo sobre Nyx?

— É só que eu acho que Nyx e a droga da Virgem Maria não têm nada a ver uma com a outra; tenho certeza de que a mamãe de Jesus não me ajudou a abrir o túnel na terra — ela balançou um ombro. — Não quero magoá-la nem nada do tipo irmã, mas é o que penso.

— Você tem direito a opinião própria, Stevie Rae — a freira respondeu, calma como sempre. — Mas você devia saber que dizer que não acredita em algo não implica sua não existência.

— Bem, andei pensando nisso e, pessoalmente, não acho a hipótese tão improvável assim — Damien disse. — Você devia se lembrar que Maria aparece como uma das muitas faces de Nyx no *Manual do Novato 101.*

— Ahn... — retruquei. — É mesmo?

Damien me lançou um olhar de bronca que dizia claramente *você devia ser a melhor aluna.* Depois, assentiu com a cabeça e continuou, usando seu melhor tom professoral.

— É. Existe uma boa documentação atestando que, durante o influxo do cristianismo na Europa, os templos de Gaia, bem como os de Nyx, foram convertidos em templos de Maria muito antes de as pessoas se converterem à nova...

Com aquele falatório incessante de Damien como pano de fundo dei uma olhada para dentro do túnel. A escuridão era profunda e densa. Já não dava para enxergar nada poucos centímetros depois de Stevie Rae. Nada mesmo. Olhei fixo, imaginando silhuetas e formas se escondendo no escuro. Alguém ou *algo* podia estar se escondendo a poucos metros de nós sem ninguém perceber. E isso me dava medo.

Peraí, isso é ridículo!, disse a mim mesma. *É só um túnel.* Mesmo assim, meu medo irracional me empurrou para a frente. O que, infelizmente, me irritou e me fez ter vontade de recuar. Então, como qualquer figurante loura retardada de filme de terror, dei um passo escuridão adentro. E outro.

E fui engolida pelo breu.

Em minha mente eu sabia que estava a poucos passos do celeiro de raízes e dos meus amigos. Ouvi Damien tagarelando sobre religião e a Deusa. Mas não era minha mente que batia aterrorizada em meu peito. Meu coração, meu espírito, minha alma – chamem como quiserem – gritava em silêncio *Corre! Sai daí! Vai!*

Senti a pressão da terra como se não fosse um buraco no chão, e sim algo que me preenchia, me cobria... me sufocava... me prendia.

Comecei a respirar cada vez mais rápido. Sabia que devia estar com hiperventilação, mas não consegui parar. Eu quis recuar do buraco que serpenteava sob meus pés escuridão adentro, mas só consegui dar um passo trôpego para trás. Não consegui fazer com que meus pés me obedecessem! Pontos de luzes cintilaram em meus olhos, me cegando, e tudo foi ficando cinzento. E então fui caindo... caindo...

5

Zoey

A escuridão era implacável. Ela não me cegava apenas a vista; cegava-me todos os sentidos. Achei que estivesse arfando e me debatendo na tentativa de respirar, tentando achar alguma coisa, qualquer coisa que pudesse tocar, ouvir ou cheirar, qualquer coisa de real na qual pudesse me apoiar. Mas não senti nada. Eu só sabia do casulo de escuridão e do meu coração freneticamente disparado.

Será que eu tinha morrido?

Não, acho que não. Lembrava-me de estar no túnel sob o Convento das Beneditinas, a poucos metros de meus amigos. Fiquei surtada por causa da escuridão, mas não tinha caído dura.

Mas estava com medo. Lembro-me de morrer de medo. E então, virou tudo um breu só. O que tinha acontecido comigo? Nyx! Minha mente gritou. Socorro, Deusa! Por favor, me mostre algum tipo de luz!

– Ouça com sua alma...

Pensei que tinha gritado bem alto ao ouvir o doce e reconfortante som da voz da Deusa em minha mente, mas, quando suas palavras cessaram, só restou aquele silêncio inexorável e o breu.

Caraca, como eu ia fazer para ouvir com a alma?

Tentei me acalmar e ouvir alguma coisa, mas só havia silêncio. Um silêncio absoluto, preto, vazio, de sugar a alma, diferente de tudo que conhecia. Eu não tinha nenhum tipo de base que me guiasse por aqui, só sabia...

Então me dei conta, de um só golpe, e minha mente assimilou tudo. Eu tinha uma base para me guiar. Parte de mim já conhecia esta escuridão.

Eu não enxergava. Não sentia. Não conseguia fazer nada, a não ser me revirar por dentro, procurando pela parte de mim que talvez conseguisse extrair algum sentido disso, que talvez conseguisse me tirar de lá.

Minha memória deu um pulo, desta vez me levando de volta para muito antes daquela noite no túnel sob o convento. Os anos foram vencendo minha resistência até que, finalmente, voltei a sentir.

Meus sentidos foram voltando lentamente. Comecei a ouvir mais do que meus pensamentos. Uma batida ritmada pulsava ao meu redor, e dentro dela se entremeavam distantes vozes femininas. Voltei a ter olfato e reconheci o cheiro úmido que me fez lembrar o túnel do convento. Até que senti, enfim, a terra em minhas costas nuas. Tive apenas um instante para peneirar a inundação causada pelo retorno de meus sentidos antes de despertar de vez. Eu não estava sozinha! Minhas costas estavam apoiadas na terra, mas eu estava nos braços fortes de alguém.

Então ele falou.

– Ah, Deusa, não! Não deixe isto acontecer!

Era a voz de Kalona, e minha reação imediata foi gritar e me debater cegamente para fugir dele, mas não tinha controle sobre meu corpo, e as palavras que me vieram à boca não eram minhas de verdade.

– Sssh, não se desespere. Estou com você, meu amor.

– Você armou uma armadilha para mim! – *ele me acusou e senti o aperto de seus braços ao meu redor e reconheci a paixão fria de seu abraço imortal.*

– Eu salvei você – *minha estranha voz respondeu enquanto meu corpo se ajustava mais intimamente ao dele.* – Você não foi feito para habitar este mundo. Por isso tem estado tão infeliz e insaciável.

– Eu não tive escolha! Os mortais não entendem.

Envolvi seu pescoço com meus braços. Meus dedos mergulharam em seus cabelos macios e pesados. – Eu entendo. Fique aqui comigo, em paz. Sossegue aqui essa sua aflição. Eu vou ficar ao seu lado.

Senti que ele ia se render antes mesmo de ele falar.

– Sim – Kalona murmurou. – Vou enterrar em você minha tristeza e assim esgotar o desespero desta ansiedade.

– Sim, meu amor, meu consorte, meu guerreiro... Sim...

Foi nesse momento que me perdi dentro de A-ya. Não sabia dizer onde terminava seu desejo e começava minha alma. Se eu ainda tinha escolha, não queria ter. Só sabia que estava onde era meu destino estar, nos braços de Kalona.

Fomos os dois cobertos por suas asas, que não deixaram o gelo de seu toque me queimar. Seus lábios encontraram os meus. Exploramos um ao outro lenta, completamente, com uma sensação de encanto e entrega. Quando nossos corpos começaram a se mexer em uníssono senti um prazer absoluto.

E então, de repente, comecei a me dissolver.

– Não! – o berro saiu da minha alma como se tivesse sido arrancado. Eu não queria partir! Eu queria ficar com ele. Meu lugar era com ele!

Mas o fato é que não estava no controle da situação, e me senti murchando, voltando para a terra, enquanto A-ya choramingava, e sua voz embargada ecoou na minha mente: LEMBRE-SE...

Senti um tapa ardido no rosto, arfei profundamente, e a escuridão desapareceu. Abri os olhos, franzi a testa e pisquei ao me deparar com o brilho da lanterna.

– Eu me lembro – minha voz soou tão enferrujada quanto minha mente.

– Você se lembra de quem é ou vou ter que bater de novo? – Aphrodite perguntou.

Minha mente estava lenta, pois ainda gritava *não* por ter sido arrancada da escuridão. Pisquei os olhos outra vez e balancei a cabeça, tentando limpá-la.

– Não! – berrei com tanta emoção que Aphrodite automaticamente se afastou de mim.

– Tá bem – ela disse. – Pode deixar para me agradecer mais tarde.

A irmã Mary Angela tomou o lugar dela e se debruçou sobre mim, afastando meu cabelo do meu rosto, que estava suado e frio.

– Zoey, você está conosco?

– Sim – respondi com a voz presa.

– Zoey, o que foi isso? O que a fez hiperventilar? – ela me perguntou.

– Você não está doente, está? – a voz de Erin soou ligeiramente trêmula.

– Não está com vontade de tossir nem nada, não é? – Shaunee perguntou, soando tão preocupada quanto a outra gêmea.

Stevie Rae empurrou as gêmeas de lado para se aproximar de mim.

– Fale comigo, Z. Você está bem mesmo?

– Estou ótima. Não estou morrendo nem nada assim – meus pensamentos se reorganizaram, mas não consegui espantar os últimos traços do desespero que conheci com A-ya. Entendi que o medo dos meus amigos era que meu corpo tivesse começado a rejeitar a Transformação. Com um enorme esforço para me concentrar no aqui e agora, levantei a mão para Stevie Rae. – Vamos, me ajude a levantar. Já tô melhor.

Stevie Rae me puxou, tomando o cuidado de segurar meu cotovelo quando balancei de leve antes de recuperar o equilíbrio.

– O que aconteceu com você, Z.? – Damien perguntou enquanto me observava.

O que eu ia dizer? Será que devia assumir para meus amigos que tinha uma lembrança excepcionalmente intensa de uma vida passada na qual me entreguei para nosso atual inimigo? Eu sequer havia tido tempo de digerir aquele verdadeiro labirinto de novas emoções trazidas pela lembrança. Como ia explicar aquilo tudo aos meus amigos?

– Pode falar, filha. A verdade falada é sempre menos ruim do que a imaginada – irmã Mary Angela disse.

Eu suspirei e respondi: – Fiquei com medo do túnel!

– Com medo? Tipo, como se tivesse alguma coisa lá dentro? – Damien finalmente parou de olhar fixo para mim e lançou um olhar nervoso para dentro do buraco escuro.

As gêmeas deram alguns passos em direção ao celeiro de raízes, afastando-se do túnel.

– Não, não tem nada lá dentro – hesitei. – Pelo menos, acho que não. Enfim, não foi por isso que fiquei com medo.

– Você quer que a gente acredite que desmaiou por medo do escuro? – Aphrodite perguntou.

Todos ficaram olhando para mim.

Eu limpei a garganta.

– Olha, galera. Talvez seja alguma coisa que Zoey simplesmente não quer dizer – Stevie Rae interveio.

Olhei pra minha melhor amiga e percebi que, se não dissesse alguma coisa sobre o que havia acabado de acontecer comigo, depois não seria capaz de enfrentar aquilo que tinha de fazer em relação a ela.

– Você tem razão – disse a Stevie Rae. – Não quero falar sobre isso, mas vocês merecem saber a verdade – olhei para o resto do grupo. – Este túnel me deixou bolada porque minha alma o reconheceu – limpei a garganta e continuei: – Eu me lembrei de estar presa debaixo da terra com Kalona.

– Você quer dizer então que A-ya está dentro de você? – Damien perguntou baixinho.

Assenti. – Eu sou eu, mas também tenho, sei lá como, uma parte dela dentro de mim.

– Interessante... – Damien soltou um longo suspiro.

– Bem, que diabo isso quer dizer em relação a você e Kalona hoje? – Aphrodite perguntou.

– Não sei! Não sei! Não sei! – explodi, expondo com máxima sinceridade o estresse e a confusão sobre o que havia acabado de acontecer dentro de mim. – Eu não tenho droga de resposta nenhuma. Só tenho essa lembrança, e tive zero de tempo para digerir a história. Que tal vocês me darem um tempinho para eu arrumar as ideias?

Todo mundo começou a se mexer, resmungando "tudo bem" e me olhando como se eu estivesse ficando maluca. Ignorei o olhar pasmado dos meus amigos e as perguntas sem resposta e quase palpáveis sobre Kalona e me voltei para Stevie Rae: – Me explica como foi exatamente que você fez este túnel.

Percebi pelo ponto de interrogação nos olhos dela que meu tom de voz a deixou preocupada. Não soei tipo "Caraca! Acabei de desmaiar e preciso mudar de assunto porque tô com vergonha de ser uma boneca reencarnada", falei como Grande Sacerdotisa.

— Bem, nem foi nada demais — Stevie Rae parecia nervosa e desconfortável, como se estivesse se esforçando muito para parecer que estava de boa, quando na verdade estava bastante bolada. — Ei, tem certeza de que está bem? Será que não é melhor a gente subir e arrumar um refrigerante de cola ou algo assim para você? Tipo, se este lugar te provoca *flashback*, seria melhor conversar em outro lugar.

— Eu tô bem. No momento só quero saber do túnel — olhei firme nos olhos dela. — Portanto, me diga como foi que fez o túnel.

Senti que os outros garotos, bem como a irmã Mary Angela, nos observavam com curiosidade, sem entender nada, mas continuei me concentrando em Stevie Rae.

— Tá... Bem... Você sabe que existem túneis da época da Lei Seca debaixo de praticamente todo edifício do centro da cidade, não sabe?

— Sei.

— Você se lembra também de quando eu disse que tinha saído para reconhecer o terreno e ver onde os túneis iam dar?

— Lembro sim.

— Tá. Então, encontrei este túnel parcialmente encoberto sobre o qual Ant falou para todos no outro dia, aquele que sai dos túneis debaixo do Edifício Philtower e tal.

Eu assenti de novo, impaciente.

— Bem, ele estava cheio de terra, mas, quando fui sentindo o buraquinho que deixaram no meio dele, removi um monte de terra e enfiei o braço, e então senti ar fresco do outro lado. Acabei pensando que o túnel devia continuar do outro lado. Então, empurrei com a força da minha mente, das mãos e do meu elemento. E a terra respondeu.

— Respondeu? Tipo se mexeu, ou algo assim? — perguntei.

— Tipo se mexeu. Como eu quis. Na minha cabeça — ela fez uma pausa. — É meio difícil de explicar. Mas o que aconteceu foi que a terra que fechava o túnel acabou se desintegrando e eu entrei pelo buraco maior que se abriu, que dava para um túnel bem, *bem* velho.

— E esse túnel velho era feito de terra, não revestido de concreto, como os túneis debaixo da estação no centro, certo? — Damien disse.

Stevie Rae sorriu e assentiu, fazendo os cabelos louros roçarem nos ombros. – É! E, em vez de dar no centro, ele dava no meio da cidade.

– O túnel vem de lá? – tentei calcular mentalmente quantos quilômetros seriam, mas não consegui. É claro, sou retardada para matemática, mas mesmo assim dava para saber que era longe pra caramba.

– Não. O que aconteceu foi que descobri o túnel cheio de terra e meio que fui abrindo, fui explorando. Bem, ele começa em um dos desdobramentos do Edifício Philtower. Achei esquisito, mas também achei irado o túnel terminar depois do centro da cidade.

– Como você sabia? – Damien a interrompeu. – Como você podia saber onde dava o túnel?

– Para mim foi mole! Eu sempre sei onde fica o norte, sabe, a direção do meu elemento terra. Depois que acho o norte, posso achar qualquer lugar.

– Hummm – ele respondeu.

– Continue – pedi. – E daí?

– Parei com o túnel por ali. Antes de você me dar aquele bilhete dizendo para encontrar vocês aqui na casa das irmãs. Foi lá que parei. Tipo, claro que eu tinha intenção de voltar e continuar depois, mas não era minha prioridade. Quando você me disse que talvez tivesse de trazer a galera para cá, não consegui parar de pensar no túnel de terra. Lembrei-me de que ele seguia nesta direção antes de acabar. Pensei aonde queria ir e como gostaria que o túnel seguisse naquela direção. Então voltei a empurrar a terra, como tinha feito para aumentar o buraco, só que com mais força. Então, bem, de repente, de uma hora para a outra, a terra fez o que mandei, e aqui estamos nós! Tchã-tchã! – ela terminou com um grande sorriso e um floreio.

Dentro do silêncio que cercou a explicação de Stevie Rae, a voz da irmã Mary Angela soou completamente normal e razoável, o que me fez gostar dela ainda mais do que já gostava.

– Extraordinário, não é? Stevie Rae, você e eu podemos discordar da origem do seu dom, mas, mesmo assim, ainda fico impressionada com o alcance dele.

– Obrigada, irmã! Também acho que a senhora é extraordinária, especialmente para uma freira.

– Como você enxergou lá dentro? – perguntei.

– Bem, eu não tenho problema nenhum em enxergar no escuro, mas o resto da galera já não se sai tão bem, então trouxe uns lampiões que achei nos túneis da estação – Stevie Rae apontou para uns lampiões a óleo que, eu não havia reparado, estavam nos cantos escuros do celeiro de raízes.

– Mesmo assim, o caminho é longo – Shaunee disse.

– Sério mesmo. Devia ser um breu sinistro – Erin completou.

– Que nada, a terra não tem nada de sinistro para mim, nem para os novatos vermelhos – ela deu de ombros. – Como eu disse, não foi nada demais. Na verdade, foi superfácil.

– E você conseguiu trazer todos os novatos vermelhos para cá sem problemas? – Damien perguntou.

– Aham!

– Todos quais? – perguntei.

– Como assim, todos quais? Isso não faz nenhum sentido, Z. – ela disse. – Eu trouxe todos os novatos vermelhos que vocês já conheciam, além de Erik e Heath. De quem mais você está falando? – suas palavras soaram normais, mas ela terminou dando uma risada nervosa e desviando o olhar do meu.

Senti um nó no estômago. Stevie Rae *ainda* estava mentindo para mim. E eu não sabia o que fazer em relação a isso.

– Acho que talvez Zoey esteja se sentindo confusa por estar exausta, e nem podia ser diferente depois da noite que ela teve – a mão quente de irmã Mary Angela no meu ombro foi tão reconfortante quanto sua voz. – Estamos todos cansados – ela acrescentou e sorriu também para Stevie Rae, as gêmeas, Aphrodite e Damien. – Não falta muito para amanhecer. Vamos acomodá-los com seus outros amigos. E dormir. Tudo vai ficar mais claro depois que vocês estiverem bem descansados.

Concordei com a cabeça, esgotada, e deixei que irmã Mary Angela nos conduzisse pela saída das entranhas do celeiro de raízes, subindo novamente a escada que havíamos descido não fazia muito tempo. Mas, ao invés de continuar a subir e pegar a escada que levava para o convento, a freira abriu uma porta que havia no patamar da escada e na qual eu não havia reparado ao passar por lá antes, quando estava correndo atrás de Damien. Havia uma escadaria menor que levava à área do porão, um porão grande, mas de aparência normal, de cimento, que fora transformado pelas freiras de lavanderia gigante em dormitório provisório. Havia um monte de beliches espalhados pelas duas paredes, um de frente para a outro, com cobertores e travesseiros, parecendo bastante aconchegantes. Havia um monte do tamanho de um garoto em uma das camas e, pelo pedacinho de cabelo que escapava por baixo do cobertor, que ele havia puxado até o alto da cabeça, dava para ver que era Elliott, dormindo que nem uma pedra. Os demais novatos vermelhos estavam agrupados na área das máquinas de lavar e secar, sentados naquelas cadeiras dobráveis de metal que deixavam minha bunda gelada. Eles estavam de frente para uma enorme televisão de tela plana colocada em cima de uma das lavadoras. Estavam bocejando muito, o que indicava que já devia mesmo estar perto do amanhecer, mas pareciam hipnotizados pelo que estavam vendo na tevê. Dei uma olhada na tela e senti meu rosto cansado se abrir em um enorme sorriso.

– *A Noviça Rebelde*? Eles estão assistindo *A Noviça Rebelde*? – ri.

Irmã Mary Angela olhou para mim levantando uma das sobrancelhas. – É um de nossos DVDs favoritos. Achei que os novatos também fossem gostar.

– É um clássico – Damien exclamou.

– Eu achava aquele garoto nazista gatinho – Shaunee disse.

– Mas ele trai os Von Trapp – Erin rebateu.

– E mostra que não é tão gatinho assim – Shaunee continuou enquanto as gêmeas pegavam umas cadeiras dobráveis e se juntavam aos outros novatos em frente à tevê.

– Mas todos gostam de Julie Andrews – Stevie Rae afirmou.

– Ela devia dar uma porrada naqueles mimadinhos – Kramisha disse de seu lugar em frente à tevê. Ela virou o pescoço para trás e deu um sorriso cansado para irmã Mary Angela. – Desculpe por falar "porrada" irmã, mas eles são umas pestes.

– Eles só precisavam de atenção e compreensão, como qualquer criança – a irmã respondeu.

– Eca, vomitei. Sério mesmo – Aphrodite quase gritou. – Vou chamar Darius para ir para o quarto antes que vocês comecem a cantar *How Do You Solve a Problem like Maria?*[1] e eu tenha que cortar os meus lindos pulsos – ela balançou a cabeça e começou a sair do porão.

– Aphrodite – irmã Mary Angela chamou. Quando Aphrodite parou e se virou para olhar, ela continuou: – Creio que Darius ainda esteja com Stark. Não tem problema em procurá-lo para dar boa-noite, mas seu quarto fica no quarto andar. Você vai ficar com Zoey, não com o guerreiro.

– Ih – eu sussurrei.

Aphrodite revirou os olhos. – Por que isso não me surpreende? – e seguiu seu rumo, resmungando sozinha.

– Desculpe, Z. – Stevie Rae disse depois de revirar os olhos para Aphrodite pelas costas. – Eu gostaria de dividir o quarto com você de novo, mas acho melhor ficar aqui embaixo. Eu me sinto melhor debaixo da terra depois que o sol nasce e, além disso, preciso ficar perto dos novatos vermelhos.

– Tudo bem – respondi um pouco rápido demais. *Então, agora nem quero mais ficar sozinha com minha melhor amiga?*

– Todos os outros estão lá em cima? – Damien perguntou. Eu o vi olhando ao redor e achei que estava procurando Jack.

Mas eu não estava procurando *nenhum* dos meus namorados. Na verdade, depois daquela exibição idiota de testosterona lá fora, a ideia de não ter namorado nenhum me agradava cada vez mais.

E também havia Kalona, e aquela lembrança indesejada.

– Sim, está todo mundo lá em cima no refeitório, ou então já foram dormir. Ei, Terra chamando Zo! Olha só. As freiras têm um estoque gigantesco de Doritos variados, e eu até achei um refrigerante de cola para você, cheio de cafeína e açúcar – Heath disse enquanto dava os últimos três passos porão adentro.

---

1 Canção que faz parte da trilha sonora do filme *A Noviça Rebelde*. (N.T.)

6

Zoey

– Obrigada, Heath – contive um suspiro quando ele veio para perto de mim, sorrindo e me oferecendo Doritos sabor *nacho cheese* e uma lata de refrigerante de cola.

– Z., se você está bem mesmo, eu gostaria de ver onde Jack está para saber se Duquesa está bem e depois dormir uma pequena eternidade – Damien disse.

– Tranquilo – respondi logo, não queria que Damien dissesse nada a Heath sobre minha lembrança de A-ya.

– Cadê o Erik? – Stevie Rae perguntou para Heath enquanto eu virava a lata de refrigerante de cola.

– Ele ainda está lá fora, dando uma de dono do pedaço.

– Vocês acharam alguma coisa depois que fui embora? – a voz de Stevie Rae de repente ficou tão incisiva que vários novatos vermelhos tiraram os olhos da cena do filme em que Maria e os Von Trapp cantam *My Favorite Things*.

– Que nada, Erik é um bundão, ficou só conferindo as partes que eu e Dallas já tínhamos visto.

Dallas tirou os olhos da tevê ao ouvir seu nome. – Tudo bem lá fora, Stevie Rae.

49

Ela fez um gesto de *vem cá* para Dallas, e ele veio correndo. Ela baixou a voz e disse: – Conte tudo.

– Eu já te disse lá fora antes de você descer aqui – Dallas respondeu e voltou a olhar para as imagens de pôneis cor de creme e *strudel* de maçã na tela da tevê.

Stevie Rae deu um tapa no seu braço. – Dá para prestar atenção? Não estou mais lá fora. Agora estou aqui. Então me conta *de novo*.

Dallas suspirou, passou a prestar total atenção nela, dando um sorriso bonitinho e indulgente.

– Tá, tá. Mas só porque você está pedindo com jeitinho – Stevie Rae fez cara feia para ele. – Erik, Johnny B, o Heath aqui – ele parou e assentiu para Heath – e eu... Nós procuramos como você mandou, o que não foi brincadeira, pois o gelo está bastante escorregadio e tá mega-frio lá fora – ele fez uma pausa. Stevie Rae ficou olhando em silêncio até ele continuar: – Enfim, *como você já sabe,* estávamos fazendo isso enquanto você saiu para procurar pela Rua Vinte e Um. Depois de um tempinho, nos encontramos na gruta. Foi quando achamos aqueles três corpos na esquina de Lewis com a Vinte e Um. Você disse pra gente dar um jeito neles e foi embora. Nós fizemos o que você disse e então Heath, Johnny B e eu entramos para nos secar, comer e assistir à tevê. Acho que Erik ainda está dando uma olhada lá fora.

– Por quê? – a voz de Stevie Rae soou ríspida.

Dallas deu de ombros. – Deve ser o que Heath disse. O cara é um bundão.

– Corpos? – irmã Mary Angela perguntou.

Dallas assentiu. – É, nós achamos três *Raven Mockers* mortos. Darius atirou para cima e pegou neles, porque tinham furos de balas no corpo.

Irmã Mary Angela baixou a voz. – E o que você fez com as criaturas mortas?

– Joguei nas latas de lixo atrás do convento, como Stevie Rae mandou. Tá gelado lá fora. Os corpos não vão apodrecer. E não vai aparecer nenhum caminhão de lixo tão cedo por aqui com esse gelo todo e tal. Achamos que podiam ficar lá até resolvermos o que vamos fazer com eles.

– Ah! Ôh, meu Deus! – a cara da freira ficou branca.

– Você colocou nas lixeiras? Eu não mandei vocês colocarem nas lixeiras! – Stevie Rae praticamente berrou.

– Sssh! – Kramisha protestou, e o pessoal que estava assistindo à tevê olhou de cara feia.

Irmã Mary Angela fez menção para que a seguíssemos e nós cinco subimos a escada que dava no corredor do convento, saindo do porão.

– Dallas, eu *não* acredito que você jogou os corpos nas lixeiras! – Stevie Rae partiu para cima dele quando já estávamos longe e fora do alcance do ouvido dos demais.

– O que você esperava que fizéssemos com eles, que cavássemos um túmulo e rezássemos uma missa? – Dallas perguntou e deu uma olhada para a irmã Mary Angela. – Desculpe, não quis blasfemar, irmã. Meus velhos são católicos.

– Tenho certeza de que você não falou por mal, filho – disse a freira, soando um tanto abalada. – Corpos... Eu... Eu não havia pensado nos corpos.

– Não se preocupe com isso irmã – Heath deu um tapinha esquisito no ombro dela. – A senhora não tem que se envolver com eles. Sei o que a senhora está sentindo. Todo esse negócio de homem alado, Neferet, *Raven Mockers*, bem, é bem duro de...

– Eles não podem ficar nas lixeiras – Stevie Rae falou por cima de Heath como se não o tivesse ouvido. – Não é certo.

– Por que não? – perguntei calmamente. Até então eu tinha ficado quieta porque estava estudando Stevie Rae, observando bem como estava ficando cada vez mais irritada.

De repente, Stevie Rae não demonstrou mais se incomodar em me olhar nos olhos.

– Porque não é certo, por isso – ela repetiu.

– Eles eram monstros em parte imortais que fariam de tudo para nos matar em questão de segundos se Kalona mandasse – lembrei-a.

– Parte imortal e parte o quê? – Stevie Rae me perguntou.

Olhei para ela franzindo a testa, mas Heath respondeu antes de mim: – Parte pássaros?

– Não – Stevie Rae não estava olhando para mim, mas me encarando. – Parte ave não, essa é a parte imortal. Eles têm sangue parte imortal, parte humana. *Humana,* Zoey. Eu tenho pena da parte humana e acho que ela merece algo melhor do que ser jogada na lata de lixo.

Havia algo no olhar dela e no som de sua voz que estava realmente me incomodando. E respondi com a primeira coisa que me passou pela cabeça. – É preciso mais do que um acidente sanguíneo para eu ter pena de alguém.

Os olhos de Stevie Rae cintilaram e seu corpo balançou, quase como se eu lhe tivesse dado um bofete. – Acho que isso nós temos de diferente.

De repente entendi por que Stevie Rae conseguia sentir pena dos *Raven Mockers*. Devia estar tendo uma identificação bizarra com eles. Ela tinha morrido e depois, devido ao que eu achava que ela chamava de acidente, ressuscitou *sem* boa parte de sua humanidade. Então, por causa de outro "acidente" retomou sua humanidade. Pensando assim, acho que Stevie Rae sentia pena deles por saber que ela mesma era parte monstro, parte humana.

– Olha – eu disse baixinho, desejando que estivéssemos de volta à Morada da Noite e pudéssemos conversar de boa como fazíamos antes. – Há uma enorme diferença entre um acidente fazer alguém já nascer ferrado e algo terrível acontecer *depois* de a pessoa nascer. Por um lado você é o que é, e, por outro, algo tentou transformá-la numa coisa que você não é.

– Ahn? – Heath não entendeu.

– Acho que Zoey está tentando dizer que entende por que Stevie Rae sente pena dos *Raven Mockers* mortos, apesar de não ter nada em comum com eles – irmã Mary Angela tentou explicar. – E Zoey tem razão. Essas criaturas são seres das trevas, e apesar de eu também ficar desconfortável com a morte deles, eu entendo que eles precisavam morrer.

Stevie Rae tirou os olhos dos meus. – As duas estão erradas. Não é o que penso, mas não vou mais falar sobre isso – ela começou a andar pelo corredor, afastando-se rapidamente de nós.

– Stevie Rae? – chamei.

Ela nem olhou para mim. – Vou procurar o Erik, ver se está tudo bem mesmo lá fora e mandá-lo entrar. Mais tarde converso contigo – deu as costas e saiu batendo uma porta que, presumi, dava para fora do prédio.

– Ela não costuma agir assim – Dallas observou.

– Vou rezar por ela – sussurrou irmã Mary Angela.

– Não se preocupe – Heath disse. – Ela volta logo. O sol está quase saindo.

Esfreguei o rosto com a mão. O que eu deveria ter feito era ir atrás de Stevie Rae, botar a garota contra a parede e fazê-la contar exatamente o que estava se passando. Mas não podia lidar com mais esse problema naquele momento. Não tinha sequer conseguido resolver meu problema com as lembranças que tinha de A-ya. Eu sentia que ela estava no fundo da minha mente, guardada como um segredo cheio de culpa.

– Zo, tudo bem? Você está com cara de quem precisa dormir. Todos nós precisamos – Heath disse, bocejando.

Pisquei os olhos e dei um sorriso cansado. – É verdade. Quero dormir. Mas primeiro preciso falar com Stark rapidinho.

– *Bem* rapidinho – irmã Mary Angela me alertou.

Assenti e, sem olhar para Heath, disse:– Hummm, tá bem. Vejo vocês daqui a umas oito horas.

– Boa-noite, filha – irmã Mary Angela me abraçou e sussurrou: – E que Nossa Senhora a abençoe e a proteja.

– Obrigada, irmã – sussurrei também, abraçando-a forte. Quando a soltei, Heath me surpreendeu ao segurar minha mão. Olhei para ele com um ponto de interrogação nos olhos.

– Vou com você até o quarto de Stark – ele disse.

Sentindo-me derrotada, dei de ombros, e fomos descendo o corredor de mãos dadas. Não falamos nada, apenas caminhamos. A mão de Heath era quente e familiar, e caminhei tranquilamente ao seu lado. Eu estava começando a relaxar quando Heath limpou a garganta.

– Ei... Ahn... Quero pedir desculpas pela palhaçada lá fora com o Erik. Foi babaquice. Eu não devia ter deixado ele me provocar – ele tentou se desculpar.

– É isso mesmo, você não devia ter deixado, mas ele sabe ser irritante – respondi.

Heath sorriu. – Diz pra mim. Você vai dar o fora nele de uma vez, não vai?

– Heath, sem chance de eu falar sobre Erik com você.

Ele sorriu mais ainda. Eu revirei os olhos.

– Você não me engana. Eu te conheço. Você não gosta de cara mandão.

– Cala a boca e continue caminhando – ordenei, mas apartei sua mão, e ele fez o mesmo com a minha. Ele tinha razão. Eu não gostava de cara mandão, e ele me conhecia bem, bem demais.

Demos a volta no corredor. Havia uma agradável janela panorâmica com um recanto em frente, com direito a um banco confortável que parecia perfeito para leitura. No peitoril havia uma linda estátua de porcelana de Maria com várias velas votivas queimando ao lado. Heath e eu diminuímos o passo, parando ao lado da janela.

– Muito lindo – eu disse baixinho.

– É, eu nunca prestei muita atenção em Maria. Mas todas essas estátuas dela iluminadas por velas são muito legais de ver. Você concorda com a freira? Será que Maria é Nyx e Nyx é Maria?

– Não faço ideia.

– Nyx não fala com você?

– É, às vezes fala, mas nunca tocamos no assunto "Jesus" – respondi.

– Bem, acho que você devia perguntar na próxima vez.

– Talvez eu pergunte.

Ficamos lá de mãos dadas, observando a dança das chamas amarelas ao redor da estátua brilhante. Eu estava pensando como seria bom se minha Deusa me visitasse em um momento em que eu não estivesse cheia de estresse causado por situações de vida ou morte, quando Heath disse: – Quer dizer que Stark fez Juramento para servi-la como guerreiro.

Eu o observei atentamente à procura de sinais de que estivesse aborrecido ou com ciúme, mas só vi curiosidade em seus olhos azuis.

– É, ele fez sim.

– Dizem que é uma ligação muito especial.

– É sim – respondi.

– É ele o cara que não erra o alvo, não é?

– É.

– Então, ficar com ele ao lado é como ser protegida pelo Exterminador do Futuro?

Depois dessa, eu sorri. – Bem, ele não é tão grande quanto o Arnold, mas acho que a comparação é bem boa.

– Ele também ama você?

Sua pergunta me pegou de surpresa, e eu não soube o que dizer. Como fazia desde que estávamos no ensino fundamental, Heath pareceu saber exatamente o que dizer.

– Apenas me diga a verdade, só isso.

– É, eu acho que ama sim.

– E você o ama?

– Talvez – respondi com relutância. – Mas isso não muda o que sinto por você.

– Mas o que isso significa para nós dois agora?

Foi estranho perceber que suas palavras lembraram a pergunta de Aphrodite sobre como eu me sentia em relação a Kalona depois de vivenciar a lembrança de A-ya. Fiquei perplexa, pois não tinha resposta para nenhuma das duas perguntas. Esfreguei minha cabeça, que já estava começando a latejar na têmpora direita.

– Acho que ficamos Carimbados e irritados.

Heath não disse nada. Só ficou me olhando com aquele sorriso triste que eu conhecia tão bem e que, mais forte do que se houvesse uns dez holofotes piscando entre nós, deixava mais claro como eu o estava magoando. Eu estava ficando arrasada.

– Heath, eu sinto tanto. Eu só... Eu só... – minha voz ficou embargada e tentei de novo. – Eu só não sei o que fazer em relação a um monte de coisas no momento.

– Eu sei – Heath se sentou no banco e levantou os braços para mim. – Zo, vem cá.

Balancei a cabeça. – Heath, eu não posso...

– Eu não vou pedir nada – ele me interrompeu com firmeza. – Vou te dar uma coisa. Vem cá.

Fiquei olhando com cara de quem não estava entendendo nada, e ele suspirou, esticou o braço, segurou minhas mãos e gentilmente puxou para seu colo meu corpo rígido, mas que não ofereceu resistência, e me abraçou. Ele apoiou o rosto no alto da minha cabeça, como sempre fazia depois de crescer, mais ou menos na época do novo ano do fundamental, quando ele ficou maior que eu. Com o rosto apertado na curva entre seu pescoço e seu ombro, senti seu cheiro. Era o cheiro da minha infância, de longas noites de verão sentada no quintal com ele, perto do mata-mosquito, ouvindo música e conversando; de festas depois dos jogos, nas quais eu ficava pendurada no braço dele enquanto montes de garotas (e de garotos também, aliás) falavam entusiasmados dos passes sensacionais de Heath em campo; dos longos beijos de boa-noite e da paixão que senti ao descobrir o amor.

E me dei conta de repente de que, enquanto eu estava envolvida por uma sensação de familiaridade e segurança, também estava relaxando. Dei um suspiro e me aninhei junto a ele.

– Está melhor? – Heath murmurou.

– Tô – respondi. – Heath, eu realmente não sei...

– Não diz nada! – ele apertou os braços em volta de mim e depois aliviou o abraço de novo. – Agora não quero que você se preocupe nem comigo, nem com Erik, nem com esse cara novo. Quero apenas que você se lembre de *nós*, de como as coisas têm sido entre nós por todos esses anos. Estou aqui com você, Zo. Apesar de toda essa merda que não consigo entender, estou aqui. E nós somos um do outro. Meu sangue que o diga.

– Por quê? – perguntei, ainda nos seus braços. – Por que você ainda está aqui, querendo ficar comigo, mesmo sabendo de Erik e de Stark?

– Porque eu te amo – ele disse simplesmente. – Te amo desde sempre, e vou te amar pelo resto da vida.

Senti lágrimas latejando meus olhos e pisquei com força, tentando não chorar.

– Mas Heath, Stark não vai sumir. E não sei o que vou fazer com Erik.

– Eu sei.

Respirei fundo e disse ao soltar o ar: – E dentro de mim existe uma ligação com Kalona, mesmo eu não querendo.

– Mas você disse não para ele, você colocou o cara pra correr.

– Sim, mas eu... Eu tenho lembranças que estão presas na minha alma, e elas têm tudo a ver com quem eu era em outra vida, e nela eu estava com Kalona.

Ao invés de me fazer zilhões de perguntas ou de se afastar de mim, ele me apertou mais forte. – Vai dar tudo certo – ele disse, soando bastante sincero. – Você vai dar um jeito em tudo isso.

– Não sei como. Nem sei o que fazer com você.

– Não tem que *fazer* nada comigo. Eu tô com você. E pronto – Heath fez uma pausa e acrescentou rapidamente, como se quisesse fazer as palavras saírem da sua boca: – Se eu tiver que dividir você com os vampiros, vou dividir.

Ainda nos seus braços, levantei a cabeça para olhar para ele.

– Heath, você é ciumento demais para eu acreditar que você aceitaria que eu ficasse com outro cara.

– Não disse que aceito. Claro que não gosto, mas não quero ficar sem você, Zoey.

– Isso é bizarro demais – eu disse.

Ele segurou meu queixo quando tentei desviar o olhar. – É bizarro mesmo. Mas o fato é que, enquanto formos Carimbados, sei que vou ter com você algo que ninguém mais tem. Eu posso te dar algo que nenhum desses grandões candidatos a Drácula pode chegar perto de te oferecer. Posso te dar algo que imortal nenhum pode.

Olhei bem para ele. Seus olhos estavam molhados de lágrimas. Ele pareceu tão mais velho do que seus dezoito anos que quase senti medo. – Não quero fazer você ficar triste. Não quero estragar sua vida.

– Então pare de tentar me afastar de você. Nós somos um do outro.

Tá, eu sei que foi erro meu, mas, em vez de responder que não podíamos dar certo juntos, aninhei-me em seus braços e me deixei abraçar. É, foi egoísmo da minha parte, mas me perdi em Heath e no toque do passado. O jeito que ele me segurava era perfeito. Ele não tentou forçar a barra comigo. Não me agarrou nem ficou se esfregando em mim. Não tentou me apalpar. Sequer pensou em se cortar e me fazer beber seu sangue, o que automaticamente despertaria uma paixão entre nós que nos faria perder o controle. Heath apenas me abraçou gentilmente e murmurou, dizendo como me amava e que tudo ia dar certo. Eu senti seu coração batendo. Senti o sangue encorpado e apetitoso que havia dentro dele, tão quente e tão perto... Mas naquele momento eu precisava mais daquela sensação de familiaridade, do nosso passado em comum e da força de sua compreensão do que de seu sangue Carimbado.

E foi então que Heath Luck, meu namoradinho de infância, se tornou meu consorte de verdade.

7

Stevie Rae

Sentindo-se uma perfeita imbecil, Stevie Rae bateu a porta do convento e saiu na noite gelada. Ela não estava realmente aborrecida com Zoey, nem com aquela freira superlegal, apesar de um pouco biruta.

– Caraca! Detesto ferrar assim com as coisas! – gritou para si mesma. Ela não queria ferrar tudo para valer, mas parecia que estava mergulhando em um monte de merda e afundando quanto mais se mexia.

Zoey não era idiota. Ela sabia que havia algo de errado. Isso era óbvio, mas como podia começar a contar tudo? Havia tanta coisa para explicar. *Ele* em si já era motivo de muita explicação. Não era sua intenção que isso acontecesse. Menos ainda a parte do *Raven Mocker*. Caraca! Antes de ela encontrá-lo quase morto, jamais teria considerado possível. Se alguém lhe tivesse avisado antes, ela teria rido e dito "Que nada, isso não vai acontecer".

Mas era possível, pois havia acontecido. *Ele* acontecera.

Enquanto perambulava pelo convento silencioso à procura do *pentelho* do Erik, que era bem capaz de descobrir esse último e mais terrível segredo, e realmente jogar a merda no ventilador, ela tentou entender como diabos havia se enfiado em uma confusão dessas proporções. Por que ela o salvara? Por que não chamara Dallas e os outros para resolver o problema? Até ele tinha sugerido isso antes de desmaiar.

Mas ele havia falado. Soara tão humano. E ela não conseguiu matá-lo.

– Erik! Cadê ele, diabo? Erik, vem cá! – ela deu um tempo em sua batalha interna e gritou noite adentro. Noite? Stevie Rae deu uma olhada para o leste e pôde jurar ter visto o começo do amanhecer se manifestar na escuridão com sua típica cor de ameixa. – Erik! Hora de aparecer para entrar! – ela berrou pela primeira vez. Parou e olhou ao redor do silencioso terreno do convento. Passou os olhos na estufa que fora temporariamente transformada em cocheira para os cavalos que Z. e o resto da gangue haviam cavalgado para fugir da Morada da Noite. Mas não foi bem a estufa que lhe chamou a atenção, e sim o pequeno galpão de aparência inocente ao lado. Ele parecia totalmente normal, apenas uma extensão sem janelas. A porta nem estava trancada. Ela devia saber. Ela havia entrado ali não fazia muito tempo.

– Ei, o que houve? Você viu alguma coisa ali?

– Ah, merda! – Stevie Rae deu um pulo e se virou, com o coração batendo tão forte no peito que quase não conseguiu respirar. – Erik! Você quase me mata de susto! Dá para fazer algum barulho antes de aparecer assim do nada?

– Desculpe, Stevie Rae, mas você estava *me* chamando.

Ela empurrou uma mecha loura de cabelo para trás da orelha e tentou ignorar o fato de estar com a mão tremendo. Simplesmente Stevie Rae não era boa nesse negócio de ficar espreitando por aí e escondendo as coisas de seus amigos. Mas ela empinou o queixo e forçou seus nervos a se acalmarem, e a forma mais fácil de fazer isso era dar uma boa mordida no *pentelho* do Erik.

Stevie Rae olhou feio para ele. – É, eu estava te chamando porque era para você estar lá dentro com todo mundo. Que diabo ainda está fazendo aqui, afinal? Você deixou Zoey preocupada, como se ela estivesse precisando de mais motivo para se estressar justamente agora, não é?

– Zoey estava preocupada comigo?

Stevie Rae fez um esforço para não demonstrar sua impaciência com Erik. Ele era tãããão irritante. Comportava-se como se fosse o namorado mais perfeito do mundo em um momento e, no outro, de repente virava um canalha arrogante. Ela tinha que falar com Z. sobre ele. Isto é, se Z. ainda lhe desse ouvidos. As duas não andavam lá muito próximas ultimamente. Segredos demais... Coisas demais entre as duas...

– Stevie Rae! Quer prestar atenção? Você disse que Zoey estava me procurando?

Ela acabou demonstrando sua impaciência. – Você devia estar lá dentro. Heath, Dallas e os outros já estão. Zoey sabe disso. Ela queria saber onde diabos você tinha se enfiado e por que não está onde devia estar.

– Se ela estava preocupada, devia ter vindo pessoalmente.

– Eu não disse que ela estava preocupada! – Stevie Rae explodiu, irritada com o egocentrismo de Erik. – E Z. tem muito mais o que fazer do que ficar bancando sua babá.

– Não preciso de droga de babá nenhuma.

– É mesmo? Então por que tive que vir aqui procurá-lo?

– Sei lá. Eu já estava voltando. Só queria dar uma última olhada no terreno. Achei que seria boa ideia dar uma olhada na parte que Heath ficou de conferir. Você sabe que os humanos não enxergam direito à noite.

– Johnny B não é humano e estava com Heath – Stevie Rae suspirou. – Entre logo. Pegue algo para comer e roupas limpas. Alguma freira vai lhe dizer onde dormir. Vou dar mais uma olhada ao redor antes de o sol sair.

– *Se* o sol sair – Erik disse, franzindo os olhos para olhar para o céu.

Ela acompanhou seu olhar e, sentindo-se totalmente sem noção, percebeu que estava chovendo de novo, só que a temperatura ainda permanecia entre o congelamento e o degelo, de modo que o céu estava, novamente, cuspindo gelo.

– Essa porcaria de tempo não é do que a gente estava precisando – Stevie Rae murmurou.

– Bem, pelo menos vai ajudar a lavar o sangue daqueles *Raven Mockers* – Erik respondeu.

Imediatamente, Stevie Rae olhou para a cara dele. Merda! Ela não tinha pensado no sangue! Será que eles tinham seguido a trilha do sangue que adentrava o galpão? Isso sim era deixar um anúncio em letras garrafais dizendo *Estou aqui!*. Ela viu que Erik estava esperando que ela dissesse alguma coisa.

– É, hummm, você tem razão. Acho que vou jogar um pouco de gelo e galhos quebrados e tal para cobrir o sangue daqueles três pássaros – ela disse com casualidade fingida.

– Deve ser melhor mesmo, para o caso de algum humano aparecer durante o dia. Quer ajuda?

– Não – ela respondeu rápido demais, e então deu de ombros forçadamente. – Com meus superdons de *vamp* vermelha, vai ser rapidinho. Moleza.

– Bom, então está bem – Erik começou a se afastar, mas hesitou. – Ei, talvez você queira dar uma olhada nas marcas de sangue no limite do bosque perto dos condomínios ao lado e da estrada. A coisa estava feia por lá.

– Ah, tá, eu conheço o lugar. Com certeza.

– Ah! Onde você disse que Zoey estava?

– Ahn, Erik, não me lembro de ter dito nada.

Erik franziu a testa, esperou e, ao ver que ela continuava apenas olhando para ele, finalmente perguntou: – E aí? Onde ela está?

– Da última vez que a vi, estava conversando com Heath e a irmã Mary Angela no corredor em frente ao porão. Mas acho que ela deve ter ido falar com Stark primeiro e agora já deve estar na cama. Ela parecia cansada pra caramba.

– Stark... – Erik murmurou algo incompreensível após o nome do garoto e deu meia-volta, seguindo em direção ao convento.

– Erik! – Stevie Rae gritou, irritada consigo mesma por ter feito a estupidez de tocar nos nomes de Heath e de Stark. Ela esperou que ele olhasse para trás e disse: – Como melhor amiga de Z., vou lhe dar um conselho: ela já passou por coisas demais por hoje para ainda ter que resolver problemas com o namorado. Se ela estiver com Heath, é porque quer ver se ele está bem, não porque está de amorzinho com ele. E o mesmo em relação a Stark.

— E daí? — Erik perguntou, o rosto sem um pingo de expressão.

— *E daí* que você deve comer alguma coisa, trocar de roupa e cair na cama *sem* ir atrás dela para encher o saco.

— Ela e eu estamos *juntos*, Stevie Rae. Que história é essa de dizer que o namorado dela vai "encher o saco" por querer estar com ela?

Stevie Rae segurou o riso. Zoey ia simplesmente acabar com a raça dele. Ela deu de ombros. — Então tá. Foi só um conselho, só isso.

— Tá bom, até mais — Erik deu meia-volta e saiu batendo os pés em direção ao convento.

— Para um cara inteligente, até que ele tem atitudes bem estúpidas — Stevie Rae disse baixinho enquanto o observava se afastar com suas costas amplas. — Claro que minha mãe, se me ouvisse dizer isso, diria que é o roto falando do esfarrapado.

Ela deu um suspiro e olhou com relutância para as latas de lixo parcialmente camufladas perto do estacionamento das freiras. Evitou olhar, pois não queria visualizar a pavorosa imagem dos corpos amassados lá dentro.

— No lixo — ela pronunciou as palavras lentamente, como se tivessem certo peso, e reconheceu para si mesma que o minissermão que ouvira de Zoey e da irmã Mary Angela talvez até tivesse sua razão de ser, mas mesmo assim ainda estava muito contrariada.

Tudo bem que ela havia exagerado, Stevie Rae pensou, mas realmente achara aquela história de jogarem os corpos dos *Raven Mockers* no lixo o fim da picada, e não era nem só por causa *dele*. Seus olhos se voltaram para o galpão que ficava ao lado da estufa.

Ela ficara incomodada com o que haviam feito com os corpos dos *Raven Mockers* porque não acreditava que uma vida tivesse mais valor que outra, nenhum tipo de vida. Era perigoso se achar uma espécie de deus que pode decidir quem merece viver ou não. Stevie Rae entendia disso muito mais do que a freira ou Zoey jamais seriam capazes. Além de sua própria vida, ou, melhor dizendo, sua própria *morte* ter sido bagunçada por uma Grande Sacerdotisa que começou a se achar uma Deusa encarnada, ela mesma, Stevie Rae, chegou a se achar no direito de interferir na vida dos outros quando precisasse, a seu bel-prazer. Ficava doente só de lembrar que fora flagrada naquele estado de raiva e violência. Ela tinha deixado para trás aquele tempo de Trevas e optara pelo bem, pela luz e pela Deusa, e este era o caminho que ia seguir. E por isso, quando alguém resolvia que a vida não significava nada, fosse a vida que fosse, ela ficava realmente aborrecida.

Ou pelo menos foi isso que Stevie Rae disse a si mesma ao começar a atravessar o terreno do convento, seguindo a direção *oposta* ao jardim do galpão.

Segura a onda, garota... segura a onda... ela ficou repetindo sem parar enquanto dava a volta rapidamente pelo fosso para entrar no bosque e seguir a trilha de sangue da qual se lembrava tão bem. Encontrou um galho grosso quebrado do qual ainda saía um monte de ramos e o levantou tranquilamente, feliz por ter a força extra que fazia parte de seu novo *status* de vampira vermelha Transformada. Usando o galho como vassoura, varreu o sangue, parando de vez em quando para jogar outro galho quebrado ou um arbusto inteiro sobre as manchas vermelhas que entregavam tudo.

Seguindo pelo caminho que fizera antes, virou à esquerda, afastando-se da rua e voltando para o gramado das freiras, do outro lado da cerca. Stevie Rae não tinha ido muito longe quando, como da outra vez, encontrou uma enorme mancha de sangue.

Só que desta vez não havia um corpo sobre o sangue.

Cantarolando *(Baby) You Save Me,* de Kenny Chesney, para tentar se distrair, tratou de apagar logo as manchas de sangue e então seguiu a trilha de pingos que já sabia ia encontrar, chutando gelo e galhos sobre os indícios, pois a trilha de sangue terminava bem no jardinzinho do galpão.

Ela ficou olhando fixo para a porta, suspirou e deu a volta pelo galpão em direção à estufa. A porta estava destrancada e não foi difícil girar a maçaneta. Ela entrou no edifício e parou um pouquinho, procurando respirar fundo e inalar o cheiro de terra e de coisas crescendo que se misturava ao tempero novo de três cavalos que estavam alojados por lá temporariamente. Stevie Rae queria acalmar os sentidos, e o calor daquele lugar era um contraponto ao tempo úmido e gelado que parecia ter lhe penetrado a alma. Mas não se permitiu descansar muito tempo. Não podia. Tinha coisas a resolver, e muito pouco tempo antes do amanhecer. Para um vampiro vermelho nunca era confortável estar desabrigado, exposto e vulnerável durante o dia, mesmo que o sol estivesse sendo tapado pelas nuvens e pelo gelo.

Não levou muito tempo para Stevie Rae encontrar o que precisava. As freiras sem dúvida gostavam de fazer as coisas à moda antiga. Em vez de um sistema moderno de mangueiras, interruptores e coisas metálicas, elas tinham baldes, bacias e regadores com longos bicos perfurados para regar delicadamente os brotos, além de um monte de instrumentos que eram evidentemente muito utilizados e bem cuidados. Stevie Rae encheu um balde com água fresca de uma das muitas torneiras, pegou uma bacia, umas toalhas limpas de uma pilha que achou em uma prateleira usada para guardar luvas de jardinagem e potes e, então, ao sair, parou perto de uma bandeja de musgo que lhe pareceu um carpete grosso e verde.

Ficou parada, mordendo o lábio, indecisa, enquanto sua intuição guerreava com seu lado racional, até que finalmente se rendeu e puxou um fio de musgo. Então, murmurando para si mesma que *não sabia como sabia o que sabia*, saiu da estufa e voltou para o galpão.

Parou em frente à porta e concentrou sua atenção. Direcionou todo seu instinto de predadora para sentir, farejar, ver alguém, *alguma coisa* espreitando. Nada. Não havia ninguém do lado de fora. A chuva com neve que estava caindo e o adiantado da hora mantinham todos dentro de casa, aconchegados e aquecidos.

– Todos que têm um mínimo de noção – murmurou para si mesma.

Deu mais uma espiada ao redor, transferiu todas as coisas que estava carregando para uma das mãos e, com a outra livre, tocou a tranca da porta. *Tá, tá. Acabe logo com isso. Talvez ele esteja morto e você nem precise lidar com mais este megavacilo da sua parte.*

Stevie Rae apertou a tranca e abriu a porta. Torceu o nariz de imediato. Um sopro da simplicidade terrena da estufa, este pequeno prédio que recendia a gás, óleo e bolor, misturava-se ao cheiro de um tipo de sangue *errado*.

Ela o deixara do outro lado do galpão, atrás do cortador de grama motorizado e das prateleiras onde ficavam materiais como tesouras de jardinagem, fertilizantes e partes de borrifadores. Espiou mais para o fundo e conseguiu perceber uma silhueta escura, mas imóvel. Aguçou os ouvidos e só ouviu o gelo batendo no telhado.

Temendo o momento inevitável em que teria de olhar para ele, Stevie Rae adentrou o galpão contra sua vontade e fechou a porta com firmeza. Passou pelo cortador de grama e pelas prateleiras para chegar perto da criatura que jazia do outro lado do galpão. Ao que parecia, ele não se mexera após ter sido meio que arrastado, carregado e literalmente jogado naquele canto cerca de duas horas antes. Ele estava todo amassado, em posição fetal, sobre o lado esquerdo do corpo. A bala que lhe atravessara o peito furara sua asa e saíra do corpo, destruindo-a completamente. A enorme asa negra estava ensanguentada, acabada e inutilizada. Stevie Rae achou que ele devia ter quebrado um dos tornozelos também, pois estava terrivelmente inchado e, mesmo na escuridão do galpão, dava para ver como estava contundido. Na verdade, seu corpo todo estava bem arrasado, o que não era surpresa. Ele levara um tiro quando estava voando, e os enormes carvalhos que cercavam o terreno do convento retardaram sua queda, impedindo que morresse de imediato, mas ela realmente não sabia a dimensão do estrago. Só sabia que o interior do corpo dele estava tão arrebentado quanto o lado de fora parecia estar. Até onde sabia, ele estava morto. Sem dúvida parecia estar morto. Ela observou seu peito e não teve cem por cento de certeza, mas sua impressão foi a de que não estava respirando. Devia estar morto. Ela continuou olhando, sem vontade de se aproximar e incapaz de dar as costas e ir embora.

Será que estava louca de pedra? Por que não parou para pensar antes de arrastá-lo para lá? Ela olhou fixo para ele. Ele não era humano.

Nem mesmo era animal. Deixá-lo morrer não era bancar a toda-poderosa; ele nem devia ter nascido.

Stevie Rae estremeceu. E continuou parada, como que paralisada pelo horror do que fizera. O que seus amigos diriam se descobrissem que ela havia escondido um *Raven Mocker*? Será que Zoey romperia com ela? E como os novatos vermelhos reagiriam à presença desta criatura? Como se eles já não tivessem problemas demais com o mal e com as Trevas?

A freira tinha razão. Ele não lhe devia inspirar pena. Ela resolveu levar a toalha e o resto das coisas de volta para a estufa, entrar no convento, chamar Darius e contar que havia um *Raven Mocker* no galpão. E então deixaria o guerreiro fazer sua parte. Se ele já não estivesse morto, Darius daria um jeito nisso. Na verdade, seria uma forma de acabar com o sofrimento daquele homem-pássaro. Ao tomar a decisão, ela soltou um longo suspiro que não percebera que estava prendendo, e ele abriu os olhos vermelhos para fitar os dela.

– Acabe com isso... – a voz do *Raven Mocker* estava fraca e cheia de dor, mas era clara, absoluta e inegavelmente humana.

E pronto. Stevie Rae entendeu por que não havia chamado Dallas e os demais ao encontrá-lo. Quando ele lhe pediu que o matasse da outra vez, sua voz era a de um homem de verdade, um homem ferido, abandonado e com medo. Ela não conseguira matá-lo na ocasião e agora não estava conseguindo lhe dar as costas. Aquela voz fazia toda a diferença, pois, mesmo parecendo um ser impossível e improvável, era como a de um cara normal que estava tão desesperado e sentindo tanta dor que esperava que o pior lhe acontecesse.

Não, isso era errado. Ele não só esperava que o pior lhe acontecesse, ele *queria* que acontecesse. Estava sofrendo horrivelmente e não conseguia enxergar outra saída a não ser a própria morte. Para Stevie Rae, apesar de ele ter culpa por boa parte do próprio sofrimento, isso por outro lado só o tornava muito, muito humano. Ela sabia como era isso. Conhecia bem aquela completa desesperança.

8

Stevie Rae

Stevie Rae controlou seu impulso automático de recuar, pois, com ou sem voz humana, e deixando de lado por enquanto a questão da humanidade que havia nele, a verdade era que se tratava de um enorme homem-pássaro cujo sangue tinha um cheiro totalmente errado. E estava totalmente a sós com ela.

– Olha, eu sei que você está machucado e tudo, por isso não está pensando direito, mas, se eu fosse te matar, não teria te arrastado para cá – ela forçou a voz para que soasse normal e, em vez de se afastar, como desejava, ficou onde estava e fitou aqueles olhos vermelhos frios que pareciam tão bizarramente humanos.

– Por que você não me mata? – as palavras saíram como um sussurro debilitado, mas a noite estava tão silenciosa que Stevie Rae não teve dificuldade para ouvir.

Ela podia fingir não entender o que ele dissera, mas estava cansada de mentiras e evasivas, por isso continuou olhando nos olhos dele e disse a verdade: – Bem, na verdade, isto tem mais a ver comigo do que com você, e é uma história longa e confusa. Acho que não sei direito por que não te mato, mas sei que gosto de fazer as coisas do meu jeito, e garanto que não sou muito fã de sair matando por aí.

Ele a encarou até ela ficar sem graça e disse, enfim: – Pois devia.

Stevie Rae levantou as sobrancelhas. – Eu devia o que, te matar ou fazer as coisas do meu jeito? Você precisa ser mais específico. Ah, e talvez fosse bom ser menos mandão. Você não está em condições de me dizer o que eu *devia fazer*.

Nitidamente perdendo o que lhe restava de força, ele começou a fechar os olhos, mas as palavras dela o fizeram abrir os olhos de novo. Ela viu algum tipo de emoção mudando a expressão da face dele, mas seu rosto era tão estranho, tão diferente de tudo ou de todos a quem ela estava acostumada que não conseguiu decifrar aquela expressão. Seu bico preto se abriu como se fosse dizer alguma coisa, mas, naquele momento, um tremor lhe sacudiu o corpo. Em vez de falar, ele fechou bem os olhos e soltou um lamento. Foi um som cheio de uma agonia totalmente humana.

Ela se aproximou dele sem pensar. Ele abriu os olhos novamente e, apesar de cheios de dor, concentraram-se nela com aquelas esferas vermelhas. Stevie Rae parou e falou lenta e claramente: – Olha, a parada é a seguinte. Eu trouxe água e umas ataduras para fazer curativo, mas não acho legal ficar te encontrando se você não me der sua palavra de que não vai tentar nada que eu não vá gostar – desta vez Stevie Rae teve certeza de ver surpresa naqueles olhos humanos vermelhos.

– Não consigo me mexer – ele falava com hesitação, deixando claro o esforço que estava fazendo para pronunciar as palavras.

– Quer dizer que você me garante que não vai me morder nem fazer nada que não seja legal?

– Ssssim – a voz do homem-pássaro ficou toda gutural e a palavra foi pronunciada com um sibilo, o que Stevie Rae não achou nada confiável. Mesmo assim, empinou a coluna e assentiu, como se ele não tivesse acabado de soar como uma cobra.

– Bem. Então, tá. Vamos ver o que posso fazer pra você se sentir melhor.

Então, antes que ela pudesse botar um pouco de bom-senso naquela cabeça desmiolada que tinha, foi diretamente até o *Raven Mocker*. Jogou as toalhas e o musgo no chão ao lado dele e abaixou o balde de água com muito cuidado. Ele era grande mesmo. Ela se esquecera disso. Bem, talvez tivesse na verdade bloqueado sua memória, porque "esquecer" aquele tamanho era bem difícil. Não tinha sido exatamente fácil puxá-lo/carregá-lo para dentro do galpão antes que Erik, Dallas, Heath ou *alguém* a visse, apesar de tê-lo achado estranhamente leve para o tamanho que tinha.

– Água – a voz dele foi quase um grasnado.

– Ah, é, tá certo! – Stevie Rae deu um pulo e tateou à procura da concha de sopa. A concha caiu no chão e, constrangida e esgotada, ela deixou cair de novo. Teve de pegar, limpar com a toalha, e finalmente mergulhá-la na água. Ela se aproximou dele. Ele se mexeu com movimentos debilitados, sem dúvida tentando levantar um braço, mas gemeu de novo e seu braço continuou pendurado, inútil como sua asa quebrada. Sem parar para pensar no que estava fazendo, Stevie Rae se curvou, levantou os ombros dele gentilmente, empurrou a sua cabeça para trás e levou a concha ao bico. Ele bebeu, sedento.

Quando ele acabou de beber, ela o ajudou a se deitar de novo, mas primeiro ajeitou uma das toalhas debaixo da cabeça dele.

– Bom, não tenho mais nada para limpar você além de água, mas farei o melhor possível. Ah, e eu trouxe umas tiras de musgo. Se eu colocar nas suas feridas, vai ajudar – ela não se deu ao trabalho de explicar que, na verdade, não sabia como sabia que musgo era bom para as feridas dele; essa era apenas mais uma das informações que lhe vinham do nada de vez em quando. Podia não entender nada sobre determinado assunto, mas, de repente, passava a saber como limpar um machucado, por exemplo. Ela queria acreditar que era Nyx lhe sussurrando, como sussurrava para Zoey, mas a verdade era que não tinha certeza se era mesmo a Deusa. – Basta continuar escolhendo o bem ao invés do mal... – ela murmurou para si mesma e começou a rasgar uma toalha em tiras.

O *Raven Mocker* abriu os olhos e a fitou com cara de quem não estava entendendo nada.

– Ah, não ligue para mim. Eu falo sozinha. Até quando não estou sozinha. É tipo a minha versão própria de terapia – ela fez uma pausa e olhou nos olhos dele. – Isto vai doer. Tipo, vou tentar fazer com cuidado e tal, mas você está bem ferrado.

– Vá em frente – ele disse com aquela voz sussurrada e dolorida que soava humana demais para vir de uma criatura de aparência tão inumana.

– Bem, lá vai – Stevie Rae trabalhou da maneira mais rápida e delicada que pôde. O buraco no peito dele estava terrível. Ela lavou com água e tirou o máximo de galhos e sujeira que pôde. Suas plumas tornavam superesquisito o que ela estava fazendo. Tinha um peito, tinha pele debaixo das plumas, mas era esquisito pra caramba! Ele tinha *plumas* e debaixo delas Stevie Rae encontrou um montinho peludo e preto, macio como algodão-doce de feira.

Ela olhou para o rosto dele. O homem-pássaro recostou a cabeça no travesseiro improvisado com a toalha. Seus olhos estavam bem fechados, e sua respiração estava ofegante.

– Desculpe, eu sei que isso dói – ela disse, e recebeu como resposta só um resmungo incompreensível que, ironicamente, o tornou mais parecido ainda com um cara. Sério mesmo. Todos sabem que o resmungo é um dos métodos de comunicação mais usados pelos homens. – Bom, acho que já posso colocar o musgo – ela falou mais para acalmar os próprios nervos do que os dele. Arrancou um pedaço de musgo e cuidadosamente o aplicou sobre o ferimento. – Agora que já não está sangrando tanto, nem está tão ruim – ela continuou tagarelando, apesar de ele mal responder. – Olha, vou ter de virar você um pouquinho – Stevie Rae o virou de barriga para baixo para tratar o resto do machucado. Ele enfiou o rosto na toalha e gemeu de novo. Stevie Rae falou rapidamente, odiando ouvir aquele som agoniado. – O buraco aqui nas costas, por onde saiu a bala, é maior, mas não está tão sujo, então não tenho que limpar muito.

Foi preciso mais musgo para cobrir o buraco, mas ela terminou logo. E, então, se voltou para as asas. A esquerda estava bem encolhida. Não parecia ter sido atingida. Mas a direita era outra história. Estava totalmente ferrada, esmagada, ensanguentada e pendurada, inerte, caída para o lado.

– Bem, acho que está na hora de admitir que estou totalmente fora do meu ambiente aqui. Tipo, o ferimento causado pelo tiro era feio, mas pelo menos eu sabia o que fazer com ele. Sabia *mais ou menos*. Mas sua asa é outra coisa. Não faço a menor ideia de como cuidar dela.

– Amarre-a em mim. Use as tiras de pano – sua voz era sombria. Ele não olhou para ela, ainda estava de olhos bem fechados.

– Tem certeza? Talvez fosse melhor deixar assim.

– Dói menos... se estiver... amarrada – ele disse com dificuldade.

– Caraca... que merda. Então, tá – Stevie Rae começou a rasgar outra toalha em longas tiras, depois as amarrou. – Muito bem. Vou colocar sua asa nas costas mais ou menos na mesma posição da sua outra asa. Certo?

Ele meneou a cabeça uma vez.

Ela respirou fundo, se preparou e pegou a asa. Ele se sacudiu e arfou. Ela soltou a asa e deu um pulo para trás. – Merda! Desculpe! Droga!

Ele apertou os olhos como fendas e levantou a cabeça para fitá-la. Entre um ofego e outro, ele disse: – Faz. Logo.

Ela rangeu os dentes, debruçou-se sobre ele e, tentando ignorar os gemidos de dor, recolocou a asa esmigalhada em uma posição que lembrava vagamente a asa boa. Então, mal parando para respirar, ela disse: – Você vai ter que aguentar firme para eu amarrar a asa.

Stevie Rae sentiu que ele retesou os músculos e levantou o corpo, apoiando-se no braço esquerdo para ficar meio sentado. Seu torso se afastou do chão do galpão para ela rapidamente passar as tiras de toalha por baixo, imobilizando a asa.

– Pronto, consegui.

Ele desmoronou. Seu corpo inteiro tremia.

– Agora vai ser o tornozelo. Acho que também está quebrado.

Ele balançou a cabeça novamente.

Ela rasgou mais tiras de toalha e as amarrou naquele tornozelo, de aparência surpreendentemente humana, do mesmo jeito que se lembrava de ver o instrutor de vôlei amarrar nos seus, na época em que fazia o ensino médio na Henrietta High, cujo time oficial era o Galinhas Guerreiras.

Galinhas Guerreiras? Tá, a mascote oficial de sua cidade natal sempre foi boba, mas só naquele momento Stevie Rae se tocara de que era superengraçado, e teve de morder o lábio para não gargalhar histericamente.

Felizmente se controlou, após respirar e expirar duas vezes, conseguiu perguntar: – Está doendo muito em mais algum lugar?

Ele balançou a cabeça, dizendo que não.

– Bom, então vou parar de mexer, porque acho que já cuidei da pior parte – ele fez que sim com a cabeça, e ela se sentou no chão ao lado dele, enxugando as mãos trêmulas em uma das toalhas que haviam sobrado. E então ficou lá, olhando para ele e pensando que diabo ia fazer agora. – Eu vou te dizer uma coisa – ela falou em voz alta. – Espero nunca mais ter que amarrar outra asa quebrada na droga da minha vida.

Ele abriu os olhos, mas não disse nada.

– Bem, foi totalmente horrível. Essa asa deve doer mais do que um braço ou perna quebrada, não é?

Stevie Rae estava falando de nervoso e não esperava que ele respondesse. E se surpreendeu quando ele disse: – Dói.

– É, foi o que pensei – ela continuou, como se fossem duas pessoas normais tendo uma conversa normal. A voz ainda estava fraca, mas pareceu mais fácil para ele falar, e ela achou que imobilizar sua asa realmente ajudara a diminuir a dor.

– Eu preciso de mais água – ele pediu.

– Ah, claro – ela pegou a concha e ficou satisfeita de ver que suas mãos tinham parado de tremer. Desta vez ele conseguiu se levantar e virar a cabeça sozinho. Ela só teve que derramar a água na boca da criatura, ou bico, ou seja lá qual for o nome certo.

Como já estava em pé, Stevie Rae achou melhor pegar os pedaços ensanguentados de toalha, pensando que seria uma boa ideia deixá-los longe do galpão. O faro dos novatos vermelhos não era tão bom quanto o dela, mas também não era tão subdesenvolvido quanto o dos novatos normais. Ela não queria dar motivo para nenhum deles vir farejar a área. Após uma rápida busca pelo galpão, encontrou sacos de lixo e de grama supergrandes, nos quais enfiou os trapos. Sem parar para pensar muito, pegou três toalhas que não havia usado, abriu-as e cobriu o *Raven Mocker* o máximo possível.

– Você é a Vermelha?

Stevie Rae deu um pulo ao ouvir sua voz. Seus olhos estavam fechados, e ele ficara tão quieto enquanto ela limpava que achou que estava dormindo, ou talvez desmaiado de cansaço. Mas, agora, aqueles olhos humanos estavam abertos de novo e concentrados nela.

– Não sei o que responder. Eu sou uma vampira vermelha, se é isso que quer saber. A primeira vampira vermelha – ela pensou brevemente em Stark e em suas tatuagens vermelhas completas, o que fazia dele o segundo vampiro vermelho, e imaginou onde ele se encaixaria em seu mundo, mas não ia falar dele para o *Raven Mocker* de jeito nenhum.

– Você é a Vermelha.

– Bem, então tá, acho que sou.

– Meu pai disse que a Vermelha era poderosa.

– Eu sou poderosa – Stevie Rae disse sem hesitação, e então olhou firmemente para ele e continuou: – Seu pai? Você quer dizer Kalona?

– Sim.

– Você sabe que ele foi embora.

– Eu sei – ele desviou seu olhar. – Eu devia estar com ele.

– Sem ofensa, mas pelo que sei de seu paizinho, acho melhor você estar aqui e ele ter ido embora. Ele não é exatamente um cara legal. Sem contar Neferet, que ficou completamente louca de pedra. Os dois são verdadeiras maçãs podres.

– Você fala demais – o homem-pássaro fez uma careta de dor.

– É, é um hábito que tenho – *hábito nervoso*. Mas isso ela não disse. – Olha, você precisa descansar. Tenho que ir embora. Além do mais, o sol já começou a subir faz cinco minutos, e isso significa que tenho que ir para dentro. Só estou podendo sair agora porque o céu está cheio de nuvens.

Ela amarrou o saco de lixo para fechá-lo e pôs o balde de água com a concha perto dele, isto é, *se* ele conseguisse pegar alguma coisa.

– Então, tchau. Eu vou embora, ahn, até mais – ela começou a se afastar às pressas, mas parou ao ouvir a voz dele.

– O que você vai fazer comigo?

– Ainda não sei – Stevie Rae suspirou, irritada, cutucando as unhas umas nas outras de nervoso. – Olha, acho que você está seguro aqui pelo menos por um dia. O tempo não vai melhorar e as freiras não aparecerão por aqui. Todos os novatos provavelmente ficarão lá dentro até o sol se pôr. Até lá devo saber o que fazer com você.

– Ainda não entendi por que você não conta aos outros sobre mim.

– É. Bem, então somos dois. Tente descansar. Eu volto.

Ela estava com a mão no trinco da porta quando ele falou de novo:
– Meu nome é Rephaim.

Stevie Rae olhou para trás e sorriu para ele.

– Oi. O meu é Stevie Rae. Prazer em conhecer, Rephaim.

Rephaim observou a Vermelha sair do galpão. Contou cem inspirações depois que ela fechou a porta e então começou a virar o corpo até se forçar a ficar sentado. Agora que estava totalmente consciente, queria avaliar seus ferimentos.

Seu tornozelo não se quebrara. Estava doendo, mas dava para mexer. As costelas estavam machucadas, mas pelo jeito não havia nenhuma quebrada. O ferimento à bala no peito era sério, mas a Vermelha limpara o ferimento e o cobrira com musgo. Se não infeccionasse e apodrecesse, ia ficar bom. Ele conseguia mexer o braço direito, apesar de ser difícil, e se sentiu estranhamente duro e fraco.

Enfim, passou a se concentrar na asa. Rephaim fechou os olhos e sondou mentalmente o próprio corpo, procurando sentir os tendões, ligamentos, músculos e ossos, as costas e a ponta da asa quebrada. Ele arfou, quase sem conseguir respirar, e sentiu o real tamanho do estrago causado pela bala e pela terrível queda que sofrera. Jamais seria capaz de voar novamente.

Dar-se conta da realidade foi tão horrível que sua mente se recusou a pensar naquilo, então resolveu pensar na Vermelha e tentar se lembrar de tudo que seu pai lhe dissera sobre seus poderes. Talvez se lembrasse de alguma coisa que explicasse o comportamento incomum dela. Por que não o matara? Talvez ainda fosse matá-lo, ou talvez, ao menos, contar aos amigos que ele estava lá.

Se fosse o caso, paciência. Sua vida estava acabada, pelo menos aquela à qual estava acostumado. Ele preferia morrer lutando contra qualquer um que tentasse mantê-lo cativo.

Mas não parecia que ela o estivesse aprisionando. Ele pensou bem, forçando a mente a funcionar em meio a tanta dor, exaustão e desespero. *Stevie Rae*. Foi o nome que ela dissera. Por que iria querer salvá-lo senão para aprisioná-lo e usá-lo? Tortura. Fazia sentido querer mantê-lo vivo para que ela e seus aliados pudessem forçá-lo a contar o que sabia sobre seu pai. Que outra razão ela teria para não matá-lo? Ele teria feito a mesma coisa se tivesse tido a sorte de encontrá-la na situação em que ele estava.

Eles vão descobrir que o filho de um imortal não é facilmente derrubado, ele pensou.

Superestressado e com suas reservas de força esgotadas, Rephaim desmoronou. Ele tentou ficar em uma posição que aliviasse a agonia que arrasava seu corpo cada vez que respirava, mas era impossível. Só o tempo poderia aliviar sua dor física. Mas nada seria capaz de aliviar a dor que sentia no fundo da alma por nunca mais poder voar. Nunca mais ser inteiro.

Ela devia ter me matado, ele pensou. *Talvez eu consiga convencê-la se da próxima vez ela voltar sozinha. E, se voltar com seus aliados e tentar me torturar para me fazer revelar segredos sobre meu pai, não serei só eu quem vai sentir dor.*

Pai? Onde o senhor está? Por que me abandonou?

Esse foi o último pensamento de Rephaim antes de ficar inconsciente e dormir.

9

Zoey

— Ei, lembre-se de que você prometeu à freira que ia para a cama. E tenho certeza de que isso não significa ir para a cama *dele* — Heath apontou com o queixo a porta do quarto de Stark.

Olhei para Heath levantando as sobrancelhas.

Ele suspirou. — Eu disse que dividiria você com esses vampiros idiotas se fosse preciso, mas não disse que ia gostar disso.

Balancei a cabeça. — Você não está *me dividindo* com ninguém esta noite. Eu só vou ver se Stark está bem, depois vou dormir na minha cama. Sozinha. Sem mais ninguém. Entendeu?

— Entendi — ele sorriu e me deu um beijinho leve. — Até mais, Zo.

— Até mais, Heath.

Fiquei olhando enquanto ele andava pelo corredor. Ele era alto e musculoso, e parecia mesmo um zagueiro dos bons. Estava pronto para receber sua bolsa integral na Universidade de Oklahoma no próximo ano, e então, depois de terminar a faculdade, ia ser policial ou bombeiro. Qualquer que fosse sua escolha, uma coisa era certa, Heath ia ser um cara do bem.

Mas será que poderia fazer tudo isso, será que *ia* fazer tudo isso, e também ser consorte de uma vampira Grande Sacerdotisa?

Sim. Mil vezes sim. Eu vou me certificar de que Heath tenha o futuro que sonhou e planejou desde que éramos crianças. Claro que algumas partes serão diferentes. Nenhum de nós tinha planejado esta história de vampiros. Algumas partes serão difíceis. Tipo, bem, toda a história de vampiros em si. Mas a verdade é que gosto demais de Heath para forçá-lo a sair da minha vida, e também gosto demais dele para estragar sua vida. E, sendo assim, vamos ter que arrumar um jeito de dar certo. Ponto final. Fim.

– Você vai entrar, ou vai ficar aí fora estressando?

– Caraca, Aphrodite! Dá para parar de aparecer de fininho e quase me matar de susto?

– Não tem ninguém aparecendo de fininho, e "caraca" é o que, palavrão? Porque, se for, acho que vou ter que ligar para a Patrulha da Boca Suja e pedir sua prisão – Darius veio atrás de Aphrodite no corredor e olhou para ela como quem diz *comporte-se*, o que a fez suspirar e dizer: – Então, Stark não morreu ainda.

– Deus, grata pela notícia. Você acaba de me fazer sentir *tão* melhor – eu disse sarcasticamente.

– Não enche meu saco, tô tentando ser legal.

Voltei minha atenção para o único adulto responsável na área e perguntei a Darius: – Ele está precisando de alguma coisa?

O guerreiro hesitou por um breve instante, mas foi um instante que captei. Então ele respondeu: – Não. Ele está bem. Acredito que vá se recuperar completamente.

– *Bem...* – respondi, imaginando que diabo estaria realmente acontecendo. Será que Stark estava mais machucado do que Darius estava dizendo? – Vou dar uma olhadinha bem rápida nele e depois vou dormir – arqueei uma sobrancelha para Aphrodite. – Você e eu somos colegas de quarto. Darius está com Damien e Jack. Ahn, isso significa que você não vai dormir com ele porque as freiras iam surtar. Você tá ligada, né?

– Ah. Não. Mas você nem precisava me passar esse sermão de boa samaritana! Até parece que não sei me comportar decentemente. Você se esquece de que meus pais são praticamente donos de Tulsa? Meu. Pai. É. Prefeito. Não acredito que tenho de aguentar esta merda! – Darius e eu ficamos olhando, sem palavras, enquanto Aphrodite dava um piti

80

de proporções históricas. – Eu ouvi o que a droga da freira disse. Além do mais, este convento não é exatamente romântico. Até parece que quero fazer um sexo gostoso enquanto os pinguins ficam se benzendo e rezando. Eca. É ruim. Deusa! Acho que vou derreter se ficar muito tempo aqui.

Quando ela fez uma pausa para respirar, eu falei: – Não quis dizer que acho que você não saiba se comportar. Só queria que não se esquecesse, só isso.

– É mesmo? Dane-se. Você mente mal demais, Z. – ela foi para perto de Darius e o beijou na boca com vontade. – Até outra hora, paixão. Vou sentir sua falta na minha cama – ela me deu um olhar de repulsa. – Dê boa-noite ao namorado número três e entre logo no nosso quarto. Não gosto que me acordem depois que me recolho – Aphrodite virou a cabeça, jogando para trás os longos e lindos cabelos louros, e foi saindo.

– Ela é realmente incrível – Darius disse, olhando para ela romanticamente.

– Se você acha incrível um "pé no saco", então concordo com você – levantei a mão, abortando seu comentário "ela não é tão má assim" antes que ele o fizesse. – Não quero falar sobre sua namorada no momento. Só quero saber como Stark realmente está.

– Stark está ficando bom.

O vazio no fim da frase foi quase palpável. Lancei um olhar desconfiado para o guerreiro. – Mas...

– Mas nada. Stark está ficando bom.

– Por que tenho a impressão de que está faltando alguma coisa?

Darius esperou um segundo e então deu um sorriso um pouco acanhado. – Talvez porque a senhorita seja intuitiva o bastante para sentir que a coisa não acaba por aí.

– Bem, e o que é, então?

– É questão de energia, de espírito e de sangue. Ou melhor, de Stark precisar dessas coisas.

Pisquei os olhos umas duas vezes, tentando entender exatamente o que Darius estava dizendo. Suguei o ar entre os dentes, com a pulga atrás da orelha, sentindo-me uma completa idiota por não ter entendido antes.

– Ele foi ferido, como eu fui também, e ele precisa de sangue para ficar bom, como eu precisei. Bem, por que você não me disse nada antes? Droga! – fiquei tagarelando enquanto minha mente dava voltas. – Eu não gostaria muito que ele mordesse Aphrodite, mas...

– Não! – Darius interrompeu, parecendo bastante aborrecido só de pensar em Stark bebendo o sangue de sua namorada. – O fato de Aphrodite ser Carimbada com Stevie Rae torna seu sangue repulsivo para outros vampiros.

– Caraca! Vamos arrumar um saquinho de sangue ou, sei lá, tentar arrumar um humano que ele possa morder... – minha voz foi sumindo. Eu odiava, odiava pensar em Stark bebendo o sangue de alguém. Tipo, já tive que lidar com suas mordidas por fora antes de ele jurar servir como meu guerreiro e passar pela Transformação. Eu esperava que seus dias de morder outras garotas tivessem passado. Ainda espero! Mas não vou ser egoísta a ponto de impedir que ele faça o que precisa fazer para ficar curado.

– Eu já dei a ele um pouco do sangue que as irmãs tinham na enfermaria. Ele não corre risco de vida. Vai se recuperar.

– *Mas...* – estava ficando irritada com aquelas frases de Darius, todas parecendo faltar alguma coisa.

– Mas quando um guerreiro faz o voto de servir a uma Grande Sacerdotisa, cria-se uma ligação especial entre eles.

– É, eu já sei disso.

– Essa ligação vai além do Juramento. Desde tempos imemoriais, Nyx vem abençoando suas Grandes Sacerdotisas e os guerreiros que as servem. A senhorita e ele estão ligados um ao outro pela bênção da Deusa. E isso faz com que ele tenha conhecimento intuitivo sobre a senhorita, o que torna mais fácil protegê-la.

– Conhecimento intuitivo? Você quer dizer como uma Carimbagem? – *Deusa! Quer dizer que eu era Carimbada com dois caras?*

– Uma Carimbagem e um Elo de Guerreiro têm semelhanças. Ambos ligam duas pessoas. Mas uma Carimbagem é uma conexão de tipo mais rude.

– Mais rude? Como assim?

– Quero dizer que, apesar de Carimbagens acontecerem com frequência entre um vampiro e um ser humano por quem ele ou ela nutra sentimentos profundos, é uma conexão que se origina no sangue, governada por nossas emoções mais básicas: paixão, luxúria, desejo, fome, dor – ele hesitou, obviamente tentando escolher as palavras cuidadosamente. – Você sentiu essas coisas pelo seu consorte, não foi?

Sentindo as bochechas esquentarem, balancei a cabeça rapidamente.

– Compare esse elo com o de Juramento que a senhorita tem com Stark.

– Bem, não faz muito tempo que temos este elo. Eu realmente não sei muita coisa sobre isso – mas, já ao dizer aquelas palavras, dei-me conta de que já sabia que a conexão que tinha com Stark ia além de querer beber seu sangue. Na verdade, nem pensei em beber dele ou vice-versa.

– À medida que seu guerreiro continuar a servi-la, a senhorita entenderá melhor o elo que tem com ele. Seu laço com o guerreiro implica ele poder desenvolver a capacidade de sentir muitas das emoções que a senhorita sente. Por exemplo, se uma Grande Sacerdotisa é ameaçada de repente, o guerreiro a ela devotado pode sentir seu medo e seguir a trilha emocional que leva à sua Sacerdotisa, para que possa protegê-la de qualquer ameaça.

– Eu... Eu não sabia disso – gaguejei de nervoso.

Darius deu um sorriso triste. – Detesto dar uma de Damien, mas a senhorita realmente precisa arrumar um tempinho para ler seu *Manual do Novato*.

– É, isso está no topo da minha lista de prioridades assim que meu mundo parar de explodir. Bem, Stark pode saber se eu sentir medo. E o que isso tem a ver com o fato de ele estar ferido?

– Sua conexão não se resume à mera possibilidade de ele sentir seu medo. É também questão de energia e espírito. Seu guerreiro pode acabar sentindo várias de suas emoções mais fortes, especialmente à medida que seu tempo de serviço for aumentando.

A lembrança da intensa experiência emocional que compartilhei com A-ya enquanto ela aprisionava Kalona fez meu estômago dar um nó com a explicação de Darius.

– Continue.

– O guerreiro pode absorver as emoções de sua Sacerdotisa. E também pode absorver o espírito dela, especialmente se sua Sacerdotisa tiver afinidade forte. Muitas vezes ele consegue alcançar essa afinidade.

– Que diabo quer dizer isso, Darius?

– Quer dizer que ele pode literalmente absorver energia através do seu sangue.

– Está querendo dizer que Stark tem que *me* morder? – tá, admito que meu coração disparou só de pensar. Sério mesmo. Eu já era superatraída por Stark e sabia que trocar sangue com ele seria uma experiência quente.

E também ia deixar Heath arrasado. E tinha mais. E se depois de beber meu sangue Stark entrasse na minha mente e visse o que se passava em relação às minhas memórias de A-ya? Inferno! Inferno! Inferno! Inferno! Inferno! Inferno! Então me ocorreu outra ideia.

– Ei, espere aí. Você disse que Stark não podia morder Aphrodite porque ela é Carimbada com outra pessoa e os outros *vamps* não iam querer seu sangue. Eu sou Carimbada com Heath. Isso não deixa meu sangue estragado para Stark?

Darius balançou a cabeça. – Não, a Carimbagem só muda o sangue humano.

– Então, meu sangue serve para Stark?

– Sim, seu sangue com certeza o ajudaria a se recuperar, e ele sabe disso, razão pela qual estou tentando lhe explicar tudo isso – Darius continuou como se eu não estivesse tendo um minicolapso emocional bem na frente dele. – E a senhorita também precisa saber que ele se nega a beber do seu sangue.

– O *quê*? Ele se *recusa* a beber do meu sangue? – tá, certo, um segundo atrás eu estava preocupada com o que poderia acontecer se Stark me mordesse, mas isso não significa que quisesse ser rejeitada por ele!

— Ele sabe que a senhorita acabou de se recuperar de um ataque de *Raven Mocker*. A criatura quase a matou, Zoey. Stark não quer fazer nada que vá enfraquecê-la. Se ele beber seu sangue, não estará apenas absorvendo seu sangue, mas lhe tirando energia e espírito. Inclua aí também que ninguém sabe para onde foram Kalona e Neferet, e isso significa que não sabemos quando a senhorita terá de encontrá-los outra vez. Concordo com a decisão dele de se recusar a beber. A senhorita precisa recuperar totalmente suas forças.

— E o meu guerreiro também — rebati.

Darius suspirou e assentiu lentamente com a cabeça. — Concordo, mas ele pode ser substituído. A senhorita não.

— Ele não pode ser substituído! — respondi sem pensar.

— Não quero soar frio, mas a senhorita precisa ser sábia em *todas* as suas decisões.

— Stark não pode ser substituído — repeti teimosamente.

— Como quiser, Sacerdotisa — Darius abaixou levemente a cabeça e depois, de repente, mudou de assunto. — Agora que a senhorita entende as implicações de um Juramento de Guerreiro, gostaria de pedir sua permissão para me oferecer em Juramento formal.

Engoli em seco.

— Bem, Darius, eu gosto mesmo de você, e reconheço que tem cuidado de mim bem demais, mas acho que me sentiria meio esquisita de ter dois caras me servindo sob Juramento — como se eu já não tivesse problemas demais com homens.

Darius sorriu prontamente. Ele balançou a cabeça, e tive a clara impressão de que estava tentando não rir de mim.

— A senhorita não entendeu. Eu ficarei ao seu lado e liderarei todos os que fizerem sua guarda, mas gostaria de oferecer meu Juramento de Guerreiro a Aphrodite. É para isso que estou lhe pedindo permissão.

— Você quer se ligar a Aphrodite?

— Quero. Sei que não é normal um vampiro guerreiro se oferecer em Juramento a uma humana, mas Aphrodite não é uma humana normal.

– Eu sei bem disso – murmurei. E ele continuou como se eu não tivesse falado nada.

– Ela é uma verdadeira profetiza, o que a coloca na mesma categoria de uma Grande Sacerdotisa de Nyx.

– O fato de ela ser Carimbada com Stevie Rae não vai interferir no elo de vocês dois?

Darius deu de ombros. – Veremos. Estou disposto a arriscar.

– Você a ama, não é?

Ele olhou bem nos meus olhos e deu um sorriso caloroso. – Amo.

– Ela é uma mala sem alça.

– Ela é peculiar – ele rebateu. – E precisa de minha proteção, especialmente em dias vindouros.

– Bem, nisso você tem razão – dei de ombros. – Tá bem, você tem minha permissão. Mas, depois, não diga que não lhe avisei que ela é uma mala sem alça.

– Jamais me passaria pela cabeça. Obrigado, Sacerdotisa. Por favor, não diga nada a Aphrodite. Eu gostaria de me oferecer em Juramento em particular.

– Meus lábios estão totalmente selados – fiz uma pequena pantomima de fechar um zíper em meus lábios e jogar a chave fora.

– Então lhe dou boa-noite – Darius levou a mão ao coração, curvou-se e saiu.

10

Zoey

Eu fiquei no corredor, tentando organizar a loucura em que meus pensamentos tinham se transformado.

Uau! Darius ia pedir a Aphrodite para aceitar seu Juramento de Guerreiro. Nossa mãe. Um vampiro guerreiro e uma humana profetiza da Deusa. Ahn. Quem diria?

Detalhe igualmente bizarro: Stark podia sentir minhas emoções caso fossem fortes. Bem, eu tinha uma *forte* sensação de que isso seria inconveniente. E depois me dei conta de que estava tendo sentimentos fortes em relação a sentir vividamente as coisas e tentei parar com tudo, o que só me estressou, e ele provavelmente sentiu isso. Sem dúvida, ia acabar ficando doida.

Contendo um suspiro, abri a porta sem fazer barulho. A única luz que havia vinha de uma das enormes velas votivas, daquelas que só se acha naquelas lojas com imagens religiosas megabizarras. Essa vela não era tão estranha. Era cor-de-rosa, tinha uma linda imagem de Maria e cheirava a rosas.

Fui até a cabeceira de Stark, pé ante pé. Ele não parecia nada bem, mas não estava tão pálido e tão horrível como havia estado pouco tempo atrás. Ele parecia adormecido, pelo menos seus olhos estavam fechados, sua respiração estava regular e parecia relaxado. Ele estava sem camisa, com o lençol de hospital enfiado debaixo de seus braços, dando pra ver a borda de uma cobertura branca que deveria ser uma enorme atadura cobrindo-lhe o peito. Lembrei-me de como estava terrível a queimadura e pensei se, mesmo considerando as possíveis consequências, devia fazer um corte em meu braço como Heath fizera por mim e enfiar na sua boca. Ele provavelmente agarraria o braço sem pensar e beberia o que precisava para ficar bom. Mas será que ele ficaria bravo quando se desse conta do meu gesto? Provavelmente. Eu sabia que Heath e Erik ficariam, com certeza.

Droga. Erik. Eu não havia nem começado a encarar a situação com ele ainda.

– Pare de se estressar.

Dei um pulo e meu olhar instantaneamente se voltou para o rosto de Stark. Ele não estava mais de olhos fechados. E me olhava com uma expressão entre divertido e sarcástico.

– Pare de ficar xeretando mentalmente.

– Não estava xeretando. Foi quando você mordeu o lábio que percebi que estava estressada. Bem, acho que Darius já conversou com você.

– Já, sim. Você sabia de tudo que acontece como consequência do Juramento de Guerreiro antes de se oferecer?

– A maioria das coisas, sim. Quer dizer, estudei isso na escola, na aula de Sociologia *Vamp* no ano passado. Mas na prática é diferente.

– Você pode realmente sentir o que eu sinto? – perguntei com hesitação, quase com tanto medo de saber a verdade quanto de não saber.

– Estou começando a sentir, mas não é tipo escutar seus pensamentos nem nenhuma doideira do tipo. Só sinto as coisas às vezes, e sei que elas não vêm de mim. Quando começou a acontecer, ignorei, mas depois me dei conta do que estava acontecendo e prestei mais atenção – Stark começou a sorrir.

– Stark, tenho que dizer que continuo me sentindo espionada.

Ele fez uma cara bem séria. – Não estou te espionando. A coisa não é tipo eu ficar te seguindo com a mente. Não vou invadir sua privacidade; vou cuidar da sua segurança. Achei que você... – ele desviou o olhar sem completar o que ia dizer. – Deixa pra lá. Não é nada importante. Você só devia saber que não vou usar esta coisa entre nós dois pra ficar te perseguindo mentalmente feito um doente.

– Você pensou que eu o quê? Termine o que começou a falar.

Ele soltou um longo e exasperado suspiro e me olhou nos olhos outra vez. – O que comecei a dizer era que pensei que você confiava um pouco mais em mim. Essa é uma das razões pelas quais decidi me oferecer em Juramento para você, já que havia confiado em mim numa hora em que ninguém mais confiou.

– Eu confio em você – eu disse rapidamente.

– Mas acha que eu ia ficar te espionando? Não combina...

Da maneira que ele colocou as coisas, entendi seu ponto de vista, o que fez parte do meu surto inicial perder força. – Eu não acho que você fez de propósito, mas se minhas emoções ficarem muito na cara, ou sei lá, seria fácil para você, bem... – não completei, irritada com o desconforto daquela conversa.

– *Espiar*? – ele terminou para mim. – Não. Não vou. Digamos assim: vou prestar atenção no seu lado mental e espiritual e quando sentir medo. Fora isso, vou ignorar o que você sente – ele me olhou nos olhos e percebi que estava magoado. Droga! Não tive intenção de magoá-lo.

– Você vai ignorar *tudo* que sinto? – perguntei baixinho.

Ele fez que sim com a cabeça, e uma cara de dor por causa do movimento, mas sua voz saiu firme. – Tudo, menos o que precisar saber para cuidar de sua segurança.

Sem dizer nada, estiquei o braço lentamente e segurei sua mão. Ele não a tirou, mas também não disse nada.

– Olha, comecei esta conversa da forma errada. Eu confio em você. Só fiquei surpresa quando Darius me contou todo esse negócio de você saber o que sinto.

– Ficou surpresa? – os lábios de Stark se levantaram em um quase sorriso.

– Tá, talvez completamente surtada seja mais o caso. É que tem um monte de coisas rolando na minha vida, e acho que tô estressada.

— Tá estressada, com certeza — ele respondeu. — E *monte de coisas* quer dizer aqueles dois caras, Heath e Erik?

— Infelizmente, sim — respondi num sussurro.

Ele entrelaçou os dedos aos meus. — Esses caras não mudam nada. Meu Juramento nos conecta.

Por um segundo, ele falou de um jeito tão parecido com Heath que tive que me esforçar para não ficar irritada de novo.

— Não estou a fim de conversar sobre eles dois com você agora — *nem nunca,* eu pensei, mas não disse.

— Tô ligado. Também não tô a fim de conversar sobre esses manés — ele puxou minha mão. — Por que você não senta ao meu lado um pouquinho?

Eu me sentei cuidadosamente na beira da cama para não balançar o colchão nem machucá-lo.

— Não vou quebrar — ele disse, dando aquele seu sorriso metido.

— Você quase quebrou — respondi.

— Que nada, você me salvou. E vou ficar bom.

— E então, está doendo muito?

— Já me senti melhor antes. Mas aquele creme que as freiras deram para Darius passar na queimadura até que ajudou. Tirando a sensação de aperto no peito, praticamente não sinto nada — mas ao falar ele se remexeu, parecendo desconfortável. — E como estão as coisas lá fora? — Stark perguntou, mudando de assunto de repente antes que eu pudesse perguntar mais sobre como estava se sentindo. — Todos os *Raven Mockers* foram embora com Kalona?

— Acho que sim. Stevie Rae e os garotos acharam três deles mortos — fiz uma pausa, recordando a estranha reação de Stevie Rae quando Dallas disse que tinha colocado os corpos no lixo.

— Que foi?

— Não sei exatamente — respondi sinceramente. — Tem umas coisas acontecendo com Stevie Rae que estão me deixando preocupada.

— Tipo? — ele me estimulou a falar.

Olhei para nossas mãos entrelaçadas. Até onde podia me abrir? Será que eu realmente podia conversar com ele?

– Eu sou seu guerreiro. Você pode me confiar sua vida. Isso significa que também pode me contar seus segredos – novamente olhei nos seus olhos, e ele continuou, sorrindo docemente para mim. – Nós temos um Elo de Juramento. É uma ligação mais forte do que aquela entre Carimbados ou mesmo entre casais. Jamais a trairei, Zoey. Jamais. Você pode contar comigo.

Por um instante, me deu vontade de lhe contar tudo sobre minha memória de A-ya, mas, em vez disso, eu disse, sem pensar: – Acho que Stevie Rae está escondendo novatos vermelhos. E acho que eles são do mal.

O sorriso tranquilo de Stark se desfez e ele começou a se sentar, depois respirou de forma incisiva e ficou totalmente branco.

– Não! Você não pode se levantar! – pressionei seus ombros gentilmente para baixo.

– Você tem que contar para Darius – Stark me disse entredentes.

– Tenho que conversar com Stevie Rae primeiro.

– Não acho que seja...

– Sério mesmo! Tenho que conversar com Stevie Rae primeiro – segurei sua mão outra vez, tentando, com o toque, fazê-lo entender. – Ela é minha melhor amiga.

– Você confia nela?

– Eu quero confiar. E tenho confiado – meus ombros murcharam. – Mas se não falar a verdade quando eu conversar com ela, vou procurar Darius.

– Preciso sair desta droga de cama para impedir que sejamos cercados por inimigos!

– Eu *não* estou cercada de inimigos! Stevie Rae não é minha inimiga – e enviei uma prece em silêncio para Nyx, pedindo para que eu estivesse certa. – Olha, já escondi coisas dos meus amigos antes. Coisas ruins – arqueei uma das sobrancelhas e dei *aquele olhar* para ele. – Escondi *você* dos meus amigos.

Ele sorriu. – Bem, isso é diferente.

Não deixei que ele me tirasse do sério. – Não, na verdade, não é não.

– Tá bem, estou ouvindo o que você está dizendo, mas não concordo. Acho que não tenho chance de convencê-la a trazer Stevie Rae aqui quando for conversar com ela, não é?

Inclinei a testa na sua direção. – Bem pouco provável.

– Então me prometa que tomará cuidado e que não vai conversar com ela sozinha em nenhum lugar afastado.

– Ela jamais me agrediria!

– Na verdade, acho que ela não a agrediria, pois você controla os cinco elementos, enquanto ela, um só. Mas você não sabe que tipo de poderes têm esses novatos patifes que ela está escondendo e nem quantos são. E eu entendo de novatos vermelhos patifes. Por isso, prometa que vai tomar cuidado.

– Tá, tudo bem. Prometo.

– Ótimo – ele relaxou um pouco e voltou a se recostar no travesseiro.

– Ei, não quero que se preocupe comigo agora. Você precisa se concentrar em melhorar – respirei fundo para ganhar forças e continuei: – Acho que é melhor você beber do meu sangue.

– Não.

– Escuta, você quer poder me proteger, não é?

– É – ele respondeu, concordando contidamente.

– Então você tem que melhorar o mais rápido possível. Certo?

– Certo.

– E você vai melhorar mais rápido se beber do meu sangue. Então, o lógico é você beber logo.

– Você se olhou no espelho ultimamente? – ele me perguntou bruscamente.

– Ahn?

– Você faz alguma ideia de como parece esgotada?

Senti meu rosto esquentar. – Realmente não tenho tido tempo ultimamente de me preocupar com coisas como maquiagem e penteado – respondi na defensiva.

– Não estou falando de maquiagem nem de cabelo. E, sim, que você está pálida demais. Está com bolsas enormes debaixo dos olhos

— ele olhou para o ponto onde estava a enorme cicatriz em meu peito, debaixo da camiseta, de um ombro ao outro. – Como está o corte?

— Bem – com a mão livre puxei a camiseta para cima, mesmo sabendo que não estava expondo a cicatriz.

— Ei – ele disse gentilmente. – Já vi, esqueceu?

Olhei nos seus olhos. Não, eu não tinha esquecido. Na verdade, ele não tinha visto só a cicatriz, ele tinha me visto nua. Todinha. Pronto, agora minha cara inteira esquentou.

— Não estou falando para você ficar com vergonha. Só tô tentando fazê-la se lembrar de que você também quase morreu. Nós precisamos de você forte e bem, Zoey. Eu preciso que fique forte e bem. E é por isso que *não* vou lhe tirar nada agora.

— Mas eu também preciso que você fique forte e bem.

— Eu vou ficar bem. Olha, não se preocupe comigo. Pelo jeito, é praticamente impossível me matar – Stark deu seu lindo sorriso metidinho.

— Lembre-se do meu nível de estresse. *Praticamente* impossível não é o mesmo que impossível.

— Vou tentar me lembrar disso – ele puxou minha mão. – Deite aqui do meu lado um pouquinho. Eu gosto quando você fica perto.

— Tem certeza de que não vou te machucar?

— Tenho quase certeza de que você vai me machucar – ele sorriu, dando um tom jocoso às palavras. – Mas, mesmo assim, quero que fique perto. Vem pra cá.

Deixei ele me puxar para deitar ao seu lado. Aninhei minha cabeça cuidadosamente no seu ombro e olhei em seus olhos. Ele colocou um braço sobre meu corpo, me puxando mais para perto dele.

— Eu disse que não vou quebrar. Agora relaxe.

Suspirei e tentei relaxar. Levei meu braço à cintura dele, tomando cuidado para não sacudir seu corpo nem tocar seu peito. Stark fechou os olhos, e vi seu rosto mudar de tenso e pálido para relaxado e pálido à medida que respirava mais fundo. Juro que ele caiu no sono em menos de um minuto.

Era exatamente o que eu queria que ele fizesse. Respirei fundo três vezes, limpando os pulmões, me concentrei e sussurrei: – Espírito, venha para mim.

No mesmo instante percebi aquela comichão familiar dentro de mim, sentindo algo de inacreditavelmente mágico enquanto minha alma assimilava o quinto elemento, o espírito.

– Agora, bem devagar e com cuidado, delicadamente, vá até Stark. Ajude-o. Preencha-o. Fortaleça-o, mas *não o acorde* – falei baixinho, torcendo para ele continuar dormindo. Quando o espírito saiu de mim, senti o corpo de Stark enrijecer por um momento, depois ele tremeu e então soltou um longo, profundo e sonolento suspiro quando o espírito lhe trouxe um pouco de alívio e, tomara, de força também.

Fiquei observando mais um pouquinho; depois, lentamente, me soltei de Stark e, pedindo ao espírito com um sussurro para ficar com ele enquanto dormia, saí do quarto nas pontas dos pés, fechando a porta gentilmente.

Só tinha dado uns dois passos quando me dei conta de que não fazia a menor ideia de onde ir. Parei e senti os ombros murchando. Uma freira, que estava caminhando de olhos baixos apressada atrás de mim, parou ao meu lado e então nossos olhares se encontraram.

– Irmã Bianca? – ela me pareceu conhecida.

– Ah, Zoey, sim, sou eu. O corredor está tão escuro que quase não a vi.

– Irmã, acho que me perdi. A senhora pode me dizer onde fica meu quarto?

Ela deu um sorriso gentil, e me lembrei da irmã Mary Angela, apesar de ela não ser tão velha quanto a irmã Bianca.

– Siga o corredor até chegar à escada. Suba até o último andar, e acho que o quarto que você está dividindo com Aphrodite é o de número treze.

– *Número da sorte* – suspirei. – Faz sentido.

– Você acredita que fazemos nossa própria sorte?

Dei de ombros. – Na verdade, irmã, no momento estou cansada demais para saber no que acredito.

Ela deu um tapinha no meu braço. – Bem, então vá dormir. Vou rezar à Nossa Senhora e pedir por você. Sua intervenção é melhor do que qualquer dia de sorte.

– Obrigada.

Segui em direção à escada. Quando cheguei ao andar de cima, estava esbaforida como uma velha, e a cicatriz que atravessava meu peito ardia e pulsava no ritmo do meu coração. Abri a porta, saí para o corredor e encostei-me na parede, tentando recuperar o fôlego. Esfreguei o peito distraidamente e fiz uma careta, porque doeu mesmo. Puxei para baixo a gola da minha camiseta, torcendo para que aquela ferida idiota não estivesse aberta de novo. Quase perdi o fôlego ao ver a nova tatuagem que decorava ambos os lados da cicatriz elevada.

– Eu havia me esquecido disto – sussurrei para mim mesma. – Que demais!

Soltei um gritinho abafado, abaixei a gola e pulei para trás tão de repente que bati a cabeça na parede.

– Erik!

11

Zoey

– Pensei que você soubesse que eu estava aqui. Não estava tentando me esconder – Erik estava a menos de dois metros, recostado na parede perto da porta de número treze. Ele se levantou e, com seu típico sorriso de galã de cinema e seu gingado autoconfiante, veio se aproximando de mim. – Droga, Z., faz séculos que estou aqui esperando por você – ele abaixou a cabeça e, antes que eu pudesse dizer alguma coisa, plantou um beijo dos grandes na minha boca.

Eu o empurrei pelo peito e dei um passo para o lado, saindo do abraço que estava começando a me dar.

– Erik, não tô no clima para beijar.

Ele arqueou uma das sobrancelhas. – É mesmo? Foi isso o que você disse para Heath também?

– Eu não vou *mesmo* conversar sobre isso agora.

– Então vai conversar quando? Da próxima vez que eu tiver que presenciar você bebendo o sangue do seu namorado humano?

– Sabe de uma coisa? Você tem razão. Vamos conversar agora – senti que estava ficando cada vez mais irritada, não só por estar cansada e estressada, mas porque a atitude completamente insensível de Erik estava me deixando furiosa. Eu estava de saco cheio com a possessividade de Erik. Ponto final. – Heath e eu somos Carimbados. Ou você encara o fato, ou não. E nós não vamos voltar a discutir este assunto.

Observei seu rosto assumir uma expressão de quem estava "p" da vida, mas então, para minha surpresa, ele se controlou. Encolheu os ombros e soltou um longo suspiro, que terminou em um tipo de meio sorriso.

– Você fala como Grande Sacerdotisa.

– Bem, não me sinto muito como tal.

– Ei, desculpe – ele afastou uma mecha de cabelos negros que caíra sobre meu rosto. – Nyx lhe deu novas tatuagens, né?

– É – quase automaticamente agarrei a gola da minha camiseta e me recostei contra a parede para que ele não me tocasse. – Aconteceu quando Kalona foi banido.

– Importa-se de me mostrar?

Ele falou com aquela voz profunda e sedutora; o tom do namorado perfeito. Mas antes que ele pudesse se aproximar e achar que podia me ajudar a abaixar minha camiseta, levantei a mão e fiz sinal para que parasse.

– Agora não. Eu só quero dormir um pouco, Erik.

Ele parou de se aproximar e apertou os olhos. – E como está Stark?

– Está ferido. Coisa feia. Mas Darius diz que ele vai ficar bom – mantive um tom de voz reservado. O jeito dele estava me deixando super na defensiva.

– E você acabou de sair do quarto dele, não foi?

– Foi.

Nitidamente contrariado, ele passou a mão nos grossos cabelos negros. – É simplesmente demais.

– Ahn?

Ele jogou os braços para os lados do corpo num gesto que me pareceu de uma dramaticidade muito bem calculada.

– Todos esses caras! Eu tenho que aguentar Heath porque ele é seu consorte e, quando estou tentando me acostumar, aparece mais esse *outro* cara, o Stark – Erik disse o nome com desprezo.

– Erik, eu...

Ele falou por cima de mim, agindo como se eu não tivesse dito nada.

– É, ele fez um Juramento Solene para ser seu guerreiro. Eu sei o que isso significa! Ele vai estar sempre com você.

– Erik... – tentei falar outra vez, mas ele continuou tagarelando por cima de mim.

– Então vou ter que aguentar esse cara também. E, como se não bastasse, está na cara que tem alguma coisa rolando entre você e Kalona! Peraí! Todo mundo viu o jeito que aquele cara olha para você – ele ironizou. – Não está até parecendo aquela história do Blake?

– Pare – pedi baixinho, mas a raiva e a irritação que estavam se acumulando dentro de mim explodiram depois da referência sarcástica a Kalona, e o espírito, que eu invocara recentemente, carregou a palavra com um poder que fez Erik arregalar os olhos e dar um passo para trás. – Vamos acabar com isto – continuei. – Você *não* vai ter que aguentar mais cara nenhum porque a partir deste momento você e eu *não* estamos mais juntos.

– Ei, eu não...

– Não! Agora é a minha vez de falar. Terminamos, Erik. Você é possessivo demais e, mesmo que eu não estivesse exausta e estressada até o talo, duas coisas para as quais você parece não dar a mínima, mesmo assim não ia querer aguentar suas palhaçadas.

– Quer dizer que, depois de tudo que me fez passar, você pensa que pode simplesmente me dispensar assim?

– Não – sentindo o espírito dar voltas ao meu redor, eu o projetei em minhas palavras seguintes e avancei, encurralando-o. – Eu não *penso* nada. Eu *sei* que é assim que vai ser. Acabou. Agora você tem que ir embora antes que eu faça alguma coisa que me cause remorsos daqui a cinquenta anos – eu o empurrei com força de propósito, usando o poder dos elementos que estava fluindo através de mim, e Erik tropeçou.

Ele ficou completamente pálido. – Que diabo aconteceu com você? Você era tão doce. Agora parece um monstro! Estou cansado de você me trair com qualquer coisa que "vista calças". Você deve mesmo ficar com Stark e, Heath e Kalona. São eles que você merece! – ele passou por mim pisando duro e saiu batendo a porta que dava para a escada.

Igualmente furiosa, marchei até o quarto de número treze e abri a porta.

E Aphrodite quase caiu de cara no chão.

– Ooops – ela disse, passando os dedos pelos cabelos sempre perfeitos. – Acho que eu estava, ahn...

– Escutando a minha grande cena de rompimento com Erik? – completei para ela.

– É, era o que eu estava fazendo. E vou dizer que você está certa. É o tipo de cara que senta com a cabeça em vez da bunda. Além do mais, você não o traiu com todo mundo que "veste calças". Você e Darius são só amigos. Também tem Damien e Jack... bem, não que eles realmente contem, já que também gostam de quem "veste calças". Mesmo assim, foi um exagero ridículo.

– Você não está ajudando a me fazer sentir melhor – desabei sobre a cama cujos lençóis não estavam remexidos.

– Desculpe. Não sou muito boa nesse negócio de fazer as pessoas se sentirem melhor.

– Então você ouviu tudo?

– Ouvi.

– Até a parte sobre Kalona?

– Sim, e repito que ele é do tipo que senta com a cabeça em vez da bunda.

– Aphrodite, que diabo é esse negócio de sentar com a cabeça em vez da bunda?

Ela revirou os olhos exageradamente. – O Erik é assim, sua tapada. Enfim, como estava tentando dizer antes de você me interromper, foi a maior pisada na bola ele tocar no assunto de Kalona. Além do mais, Heath e Stark já davam motivos de sobra para alimentar seu ciúme idiota e sua insegurança. Foi totalmente desnecessário mencionar o sujeito alado.

– Eu *não* o amo.

– Claro que não. Você cansou de Erik. Agora, sugiro que você durma um pouco. A Deusa sabe como odeio dizer isto, mas você está com uma cara péssima.

– Obrigada, Aphrodite. É realmente de grande ajuda no momento saber que estou tão horrorosa quanto me sinto – eu disse sarcasticamente, preferindo não abordar o fato de ter dito que não amava *Kalona*, e não Erik.

– Às ordens. Estou aqui para isso.

Eu estava procurando uma resposta sarcástica à altura quando percebi o que ela estava usando, e uma risadinha incontrolável me escapou. Aphrodite, a Rainha da Moda, estava usando um camisolão branco de algodão que a cobria do pescoço aos pés; a barra chagava ao chão. Parecia uma devota Amish.[2]

– Ahn... O que é essa coisinha linda que você está usando?

– Não me provoque. Isto aqui é o que os pinguins chamam de roupa de dormir. Bem, eu quase consigo entender. Tipo, elas fazem esses votos de castidade ridículos, e ir para a cama com uma coisa destas torna o voto de castidade praticamente desnecessário. Sério mesmo. Este troço aqui quase me *embagulha*.

– Quase? – eu ri.

– Sim, espertinha, *quase*. E, antes que você se anime muito, dá uma olhadinha ali. Aquela coisa dobrada na ponta da sua cama não é um lençol extra. É sua própria peça de roupa de dormir à moda das freiras.

– Ah, bem, pelo menos parece confortável.

– Conforto é coisa de mariquinhas e gente feia.

Enquanto Aphrodite voltava para a cama com seu nariz empinado de sempre, fui até a pequena pia no canto do quarto, lavei o rosto e usei uma das escovas novas, ainda lacradas, para escovar os dentes. Então eu disse, como quem não quer nada: – Ei, ahn, posso perguntar uma coisa?

– Pergunta aí – ela disse, afofando os travesseiros.

– É uma pergunta séria.

– E daí?

– Daí que eu preciso de uma resposta séria.

---

2   Seita protestante que se estabeleceu nos Estados Unidos e Canadá durante o século XVIII. (N.T.)

– Tá, tudo bem. Pergunta – Aphrodite respondeu com seu jeitinho petulante.

– Você me disse que sabia que Erik era muito possessivo.

– Isso não é exatamente uma pergunta – ela retrucou.

Olhei para ela, pelo espelho, arqueando as sobrancelhas, e ela suspirou.

– Tá, sim, Erik era um grudento nível cinco.

– Hein?

Ela suspirou. – Grudento. Nível. Cinco. Foda, e não no bom sentido.

– Aphrodite, que língua é essa que você está falando?

– Adolescente americana. Megaclasse alta. Você também pode falar assim, com um pouquinho de imaginação e alguns palavrões de verdade.

– Deusa, me ajude – murmurei para mim mesma antes de continuar. – Tá, vamos lá. Erik era possessivo demais com você também.

– Foi o que acabei de dizer.

– E você ficava "p" da vida?

– É, com certeza. Foi basicamente por isso que terminamos.

Coloquei um pouco de pasta Crest na minha escova de dente. – Então você ficou "p" da vida. Você e Erik terminaram, mas você estava, ainda, ahn, toda, bem... – mordi o lábio por um segundo e tentei de novo. – Eu vi vocês dois, e você estava toda, ahn...

– Ah, que merda! Você pode falar que não vai derreter, não. Você me viu pagando boquete nele.

– Ahn, é – respondi, toda sem graça.

– Isso também não é uma pergunta.

– Tá bem! Lá vai a pergunta: você terminou com ele porque era ciumento e idiota, mas ainda tentava ficar com ele, tanto que estava fazendo *aquilo*. Eu não entendo por quê – falei sem pensar e enfiei a escova de dente na boca.

Observando o reflexo dela no espelho, vi suas bochechas corarem. Aphrodite jogou o cabelo para trás. Limpou a garganta. Então, me encarou pelo espelho.

– Eu não estava querendo Erik. Eu estava querendo controle.

– Hein? – perguntei entre bolhas de pasta Crest.

– As coisas começaram a mudar para mim na escola antes mesmo de você aparecer.

– Que coisas? – perguntei, depois de cuspir e enxaguar a boca.

– Eu sabia que havia algo de errado com Neferet. Era algo esquisito que estava me incomodando.

Enxuguei a boca e fui para perto da cama, tirei os sapatos e a roupa, vesti a camisola quente e macia de algodão e fui para a cama, aproveitando a oportunidade para ficar sossegada enquanto tentava traduzir em palavras a confusão que não calava em minha mente. Mas, sem que eu dissesse nada, Aphrodite continuou: – Você sabe que eu costumava esconder minhas visões de Neferet, não sabe?

Concordei. – E muitos seres humanos morreram por causa disso.

– É, você tem razão. Morreram. E Neferet nem ligava. Eu percebia. Foi quando comecei a sentir algo estranho. E foi aí que minha vida começou a andar pra trás. Eu não queria que minha vida mudasse. Queria continuar sendo a vaca de plantão que um dia seria Grande Sacerdotisa e que, de preferência, dominaria o mundo. Aí eu poderia mandar minha mãe pro inferno e, quem sabe, ficar tão poderosa que ia deixar a coroa apavorada de medo, que é o que ela merece – Aphrodite respirou fundo. – Mas não deu certo.

– Você preferiu ouvir o que Nyx dizia – falei baixinho.

– Bem, primeiro tentei de tudo para segurar minha posição de megera mor e ficar com o cara mais gostoso da escola. Mesmo ele sendo um babaca possessivo, fazia parte dos meus planos.

– Acho que faz sentido – respondi.

Aphrodite hesitou e acrescentou: – Fico doente só de lembrar.

– Lembrar de que, de fazer *aquilo* com Erik?

Ela levantou os lábios e balançou a cabeça, rindo um pouquinho: – Deusa, como você é puritana! Não, fazer *aquilo* com Erik na verdade não era ruim. Fico doente de lembrar como fui capaz de guardar segredo das minhas visões, jogando merda no caminho de Nyx.

– Bem, ultimamente você andou limpando a caca que talvez tenha deixado no Caminho de Nyx. E eu *não* sou puritana.

Aphrodite deu uma risadinha irônica.

– Você não fica nada bonita fazendo aquilo – eu disse.

– Eu sempre sou bonita – ela respondeu. – Terminou com as perguntas sérias que não são perguntas?

– Acho que sim.

– Ótimo. Minha vez. Você conseguiu conversar com Stevie Rae? Sozinha?

– Não, ainda não.

– Mas vai conversar.

– Ahã.

– Breve?

– O que você sabe?

– Tenho certeza de que ela está escondendo alguma coisa de você.

– Coisas tipo novatos vermelhos? Como você me disse antes? – Aphrodite não respondeu, o que fez meu estômago revirar. – E então? O que é?

– Parece que tem mais coisas acontecendo com Stevie Rae além de esconder um ou outro novato vermelho.

Não queria acreditar em Aphrodite, mas minha intuição dizia que ela estava falando a verdade, e meu bom-senso também. Por causa da Carimbagem com Stevie Rae, Aphrodite tinha uma conexão com minha melhor amiga que ninguém mais podia ter. Ou seja, Aphrodite sabia coisas sobre ela. Além do mais, por mais que eu não quisesse, não tinha como ignorar que Stevie Rae estava muito esquisita. – Você não pode me dizer nada mais específico?

Aphrodite balançou a cabeça. – Não. Ela está totalmente bloqueada.

– Bloqueada? Como assim?

– Bem, você sabe como a caipira da sua melhor amiga é, com aquele seu jeito de versão *country* de embaixadora da boa vontade, tipo "Ei, pessoal! Olha só como eu sou gente boa, boazinha que só! Cacacá! Cacacá!".

Aphrodite imitou o sotaque de Oklahoma de Stevie Rae um pouquinho bem demais, e franzi a testa severamente ao dizer: – Sim, eu sei que ela costuma ser aberta e sincera, se é isso que você quer dizer.

– É, bem, ela não está mais sendo tão aberta e sincera. Pode acreditar no que tô dizendo, e a Deusa é testemunha que eu bem que queria que você pudesse tirar de mim esta maldita Carimbagem. Ela está escondendo alguma coisa, e sinto que é algo muito mais importante do que uns meros novatos.

– Droga.

– Pois é – ela disse. – Mas, ei, não tem nada que você possa fazer quanto a isso agora, então é melhor dormir. Nosso mundo ainda vai precisar de salvação amanhã.

– Ótimo – respondi.

– Ah, falando nisso... Como vai seu namorado?

– Qual deles? – perguntei, mal-humorada.

– O sr. Flecha no Saco.

Dei de ombros. – Acho que está melhor.

– Você não deixou que ele te mordesse, né?

– Não – respondi num sussurro.

– Darius tinha razão quanto a isso, sabia? Por mais irritante que possa ser para alguns de nós, e por mais desqualificada que você pareça, você *é* a Grande Sacerdotisa no momento.

– O que me faz sentir tão melhor...

– Ei, tudo bem. Olha, o que estou dizendo é que você precisa estar cem por cento, não pode ser sugada como um Martini a mais no almoço da minha mãe no *Country* Clube.

– Sua mãe toma mesmo Martini no almoço?

– É claro que sim – Aphrodite balançou a cabeça com uma cara de nojo total. – Tente não ser tão ingênua. Enfim, não vá fazer nenhuma besteira só por se sentir protagonizando com Stark algum filme romântico campeão de bilheteria.

– Dá um tempo, tá? Não vou fazer nenhuma besteira! – debrucei-me e soprei a gorda vela que estava na mesa entre nossas camas.

A escuridão do quarto era bem aconchegante e, como nenhuma de nós duas disse nada por um tempinho, senti que estava começando a apagar, até que a voz de Aphrodite me puxou novamente a um estado de alerta total.

– Nós vamos voltar à Morada da Noite amanhã?

– Acho que temos que voltar – respondi vagarosamente. – Aconteça o que acontecer, a Morada da Noite é nosso lar, e os novatos e vampiros de lá são nosso pessoal. Temos que voltar para eles.

– Bem, é melhor dormir um pouco. Amanhã você vai aterrissar bem no meio do que um dos seguranças da minha mãe chamaria de uma porra de multidão enorme – Aphrodite disse com seu tom mais alegremente sarcástico.

Aphrodite continuava irritantemente certa.

12

Zoey

Depois da previsão sinistra, mas provavelmente correta de Aphrodite, pensei que não fosse conseguir dormir, mas fui derrotada pelo cansaço. Fechei os olhos e então, por um breve momento, não houve nada além do mais paradisíaco nada. Lamentavelmente, alegria nenhuma parecia durar muito na minha vida.

Em meu sonho a ilha era tão azul e tão linda que fiquei deslumbrada. Eu estava no alto... olhei ao redor... no teto de um castelo! Um daqueles castelos que parecem bem antigos, feitos de grandes blocos de pedra crua. O teto era muito irado. Cercado por aquelas pedras pontudas que pareciam dentes de gigantes. Havia plantas por toda parte no teto. Cheguei a reparar em limoeiros e laranjeiras com galhos pesados e cheios de frutas doces e cheirosas. No meio de tudo, havia uma fonte no formato de uma linda mulher nua, cujas mãos estavam levantadas sobre a cabeça, e daquelas mãos em concha emanava água cristalina. Algo na mulher de pedra me parecia familiar, mas algo continuava atraindo meu olhar do belíssimo jardim do teto do castelo para a vista, ainda mais impressionante, que se abria ao redor.

Segurei o fôlego. Fui para a borda do teto e olhei bem lá embaixo, para o mar azul-brilhante. A água era mais do que linda. Tinha cor de sonho, risada e céu de verão. A ilha em si mesma era formada por montanhas irregulares, cobertas por pinheiros incomuns que pareciam guarda-chuvas gigantes. O castelo ficava bem na montanha mais alta da ilha, e ao longe pude avistar vilarejos graciosos e uma linda cidadezinha.

Tudo era banhado pelo azul do mar, o que dava um clima de magia ao lugar. Respirei a brisa, sentindo cheiro de sal e de laranjas. O dia estava ensolarado, o céu totalmente sem nuvens, mas em meu sonho seu brilho não me incomodava os olhos nem um pouquinho. Eu adorei! Estava fazendo um friozinho e o vento não estava fraco, mas nem liguei. Gostava de sentir a vivacidade da brisa na pele. Naquele momento, a ilha estava com cor de água-marinha, mas eu podia imaginar como ficaria ao cair da tarde, quando o sol já não mais dominaria o céu. O azul se aprofundaria, escureceria e ficaria cor de safira.

Meu eu de sonho sorriu. Safira... A ilha ia ficar da mesma cor que as minhas tatuagens. Joguei a cabeça para trás e abri bem os braços para abraçar a beleza daquele lugar criado na minha imaginação adormecida.

– Então parece que não posso escapar de você, mesmo voando para longe – Kalona disse.

Ele estava atrás de mim. Sua voz me subiu pela pele das costas, arrastando-se como um inseto, alcançando os ombros e me envolvendo o corpo. Lentamente, fui soltando os braços nos lados do corpo. Mas não me virei.

– É você quem fica invadindo os sonhos das pessoas, não eu – fiquei contente por minha voz soar calma e hipercontrolada.

– Então você ainda não quer admitir que me atrai para si? – a voz dele era profunda e sedutora.

– Escute, não tentei encontrar você. Tudo que estava querendo ao fechar os olhos era dormir – falei quase automaticamente, não respondendo à pergunta que ele fizera e tentando não me lembrar da última vez que ouvi sua voz e fui envolvida por seus braços.

– Você está dormindo sozinha. Se estivesse com alguém, teria sido bem mais difícil ser tocada por mim.

Contive o desejo confuso que sua voz me dava e guardei bem aquela informação: dormir com alguém *de fato* dificultava seu acesso a mim, o que Stark já me dissera na noite anterior.

— Isso não é da sua conta — falei.

— Você tem razão. Todos esses filhos de homens que vivem ao seu redor, ansiosos para desfrutar de sua presença, estão completamente aquém de minhas preocupações.

Não me dei ao trabalho de corrigir a distorção que ele estava fazendo sobre o que eu dissera. Estava ocupada demais tentando manter a calma e me fazer acordar.

— Você me fez ir para longe, mas me encontra em seus sonhos. O que isso significa para você, A-ya?

— Meu nome não é esse! Não nesta vida!

— "Não nesta vida", você diz. Isso quer dizer que você aceitou a verdade. Você sabe que sua alma é a reencarnação da boneca feita pelas Ani Yunwiya para me amar. Talvez seja por isso que você fica vindo a mim em seus sonhos, porque, apesar de sua mente consciente continuar resistindo, sua alma, seu espírito, sua própria essência anseia por estar comigo.

Ele usou o termo antigo para o povo Cherokee da minha avó e meu. Eu conhecia a lenda. Um belo imortal alado fora viver em meio aos Cherokees, mas, em vez de ser um deus benevolente na terra, ele foi cruel. Abusava das mulheres e usava os homens. Enfim, as Sábias das tribos, conhecidas como Ghiguas, se reuniram e criaram uma boneca de terra. Elas deram vida a A-ya e, também, dons especiais. O objetivo era usar a luxúria de Kalona para atraí-lo para debaixo da terra e lá aprisioná-lo. O plano deu certo. Kalona não conseguiu resistir a A-ya e ficou preso debaixo da terra; pelo menos, foi onde ficou até Neferet libertá-lo.

E agora que eu compartilhava memórias com A-ya, sabia muito bem que aquela lenda era verdade.

Verdade, minha mente me lembrou. *Use a força da verdade para combatê-lo.*

— Sim —reconheci. — Eu sei que sou a reencarnação de A-ya — respirei fundo para retomar o equilíbrio, dei meia-volta e encarei Kalona. — Mas sou a reencarnação *atual* dela, o que significa que faço minhas próprias escolhas, e não vou escolher ficar com você.

– E mesmo assim você continua a vir para mim em seus sonhos.

Eu queria negar que tinha ido até ele, queria dizer alguma coisa inteligente, tipo Grande Sacerdotisa, mas só consegui ficar olhando para ele. Ele era tão lindo! Como sempre, estava com pouca roupa. Acho que a melhor descrição seria *quase sem roupa*. Ele estava de calça jeans e só. Pele bronzeada e perfeita, cobrindo-lhe os músculos com uma suavidade que me fez querer tocá-lo. Os olhos cor de âmbar de Kalona eram luminosos. E me fitavam com um calor e uma delicadeza que me tirou o fôlego. Ele parecia ter uns dezoito anos, mas, quando sorriu, pareceu ainda mais jovem, mais garoto, mais acessível. Tudo nele gritava *cara gostoso demais,* eu devia estar surtando!

Mas aquilo era mentira. Kalona era, na verdade, superpavoroso e superperigoso, e eu jamais poderia me esquecer disso, a despeito do que ele *parecesse* ser e do que as lembranças plantadas bem no fundo de minha alma quisessem que ele fosse.

– Ah, então você finalmente se digna a me dirigir o olhar.

– Bem, como você não quer ir embora e me deixar em paz, achei que devia agir com educação – respondi com falsa despreocupação.

Kalona jogou a cabeça para trás e riu. Foi um som contagiante, caloroso e muito sedutor. Que me deixou morrendo de vontade de acompanhá-lo naquela risada tão aberta. Quis tanto que quase dei um passo em direção a ele quando suas asas escolheram aquele momento para adejar. Elas se movimentaram e se abriram parcialmente, e os raios de sol cintilaram em suas negras profundezas, iluminando o índigo e a púrpura que costumavam se esconder no interior de sua escuridão.

Ver aquelas asas era como correr rumo a um muro invisível. Lembrei-me novamente do que ele era: um perigoso imortal caído na Terra que tinha intenção de me roubar o livre-arbítrio e, no final, minha alma.

– Não sei por que você está rindo – eu disse rapidamente. – Estou falando a verdade. Estou olhando para você porque sou educada, mas o que realmente quero é que você voe para longe e me deixe sonhar em paz.

– Ah, minha A-ya – ele fechou a cara. – Eu jamais vou deixá-la em paz. Você e eu somos ligados. Seremos a salvação, ou a ruína, um do outro – ele deu um passo em minha direção, e eu espelhei seu movimento dando um passo para trás. – Qual vai ser? Salvação ou ruína?

– Só posso responder por mim mesma – forcei minha voz a permanecer calma e consegui até falar com uma dose de sarcasmo, apesar de estar sentindo a pedra fria da balaustrada me pressionando as costas como se fosse uma parede de prisão. – Mas ambos me soam muito mal. Salvação? Nossa, você está me lembrando o Povo de Fé e, como eles o consideram um *anjo caído*, parece que você não entende muito de salvação. Ruína? Bem, falando sério, você *continua* me fazendo lembrar o Povo de Fé. Desde quando você se tornou esse chato religioso?

Bastaram dois passos para ele diminuir a distância entre nós dois. Seus braços se tornaram barras de ferro, aprisionando-me entre ele e a balaustrada. Suas asas tremeram, abrindo-se ao redor dele e ofuscando o sol com seu brilho negro. Senti aquele frio terrível e maravilhoso que dele sempre emanava. Eu devia ter sentido repulsa, mas não senti. Aquele frio terrível me atingiu o fundo da alma. Eu queria apertar meu corpo contra o dele e ser levada pela doce dor que ele podia trazer.

– Chato? minha pequena A-ya, meu amor perdido, ao longo de séculos os mortais me chamaram de muitas coisas, mas de *chato*, até agora, nunca.

Kalona se agigantou sobre mim. Ele era muito grande! E com toda aquela pele nua... Tirei meu olhar do seu peito e olhei bem dentro de seus olhos. Ele estava sorrindo para mim, perfeitamente à vontade e completamente sob controle. Ele era tão gostoso que mal conseguia respirar. Claro que Stark e Heath e, sim, Erik, eram caras bonitos, excepcionalmente bonitos, na verdade. Mas não eram nada comparados à beleza imortal de Kalona. Ele era uma obra-prima, a estátua de um deus que personificava a perfeição física, só que era ainda mais atraente por ter vida, por estar ali perto, por estar ali para mim.

– Eu... eu quero que você se afaste – tentei impedir que minha voz tremesse, mas não consegui.

– É isso mesmo que você quer, Zoey?

Fiquei abalada ao ouvi-lo dizer meu nome, mais até do que quando me chamava de A-ya. Meus dedos apertaram com força as pedras do castelo na tentativa de me estabilizar e não cair em seu feitiço. Respirei fundo e me preparei para mentir e lhe dizer que, sim, eu tinha toda a certeza do mundo de que queria que ele se afastasse de mim.

Use o poder da verdade. As palavras me adentraram a mente, sussurradas.

Qual era a verdade? Que eu tinha que me controlar para não cair nos braços dele? Que não conseguia parar de pensar em A-ya se rendendo a ele? Ou seria aquela outra verdade, a de que eu queria voltar a ser apenas uma garota normal cujos maiores problemas eram deveres de casa e garotas más?

Fale a verdade.

Pisquei os olhos. Eu *podia* dizer a verdade.

– No momento, o que realmente quero é dormir. Ser normal. Quero me preocupar com a escola, com o pagamento do seguro do carro e o preço alto da gasolina. E gostaria demais se você pudesse colaborar com alguma dessas coisas – encarei-o firmemente, permitindo que esta fração de verdade me desse força.

Ele deu um sorriso jovial e perverso. – Por que você não vem para mim, Zoey?

– Bem, sabe, porque isso não me traria nenhuma dessas coisas que acabei de mencionar.

– Eu podia lhe dar muito mais do que essas coisas mundanas.

– É, tenho certeza que sim, mas nada disso seria normal, e no momento o que realmente mais quero é uma boa dose de *normalidade*.

Ele me olhou nos olhos, e percebi que ele estava esperando que eu desse um passo em falso, que ficasse nervosa e gaguejasse, ou, pior ainda, entrasse em pânico. Mas eu tinha dito a verdade, o que era uma pequena, mas brilhante vitória para mim, pois me deu certo poder. Foi Kalona quem finalmente desviou o olhar, foi a voz de Kalona que de repente demonstrou hesitação e insegurança. – Eu não preciso ser assim. Por você, eu poderia ser mais – ele voltou a fitar meus olhos. – Eu podia escolher um caminho diferente com você ao meu lado.

Tentei não demonstrar o fluxo de emoções que suas palavras tinham causado dentro de mim ao alcançar aquela parte minha que fora despertada por A-ya.

Descubra a verdade, minha mente insistiu. E, novamente, descobri e disse: – Eu gostaria de poder acreditar em você, mas não acredito. Você é lindo e mágico, mas também é mentiroso. Não acredito em você.

– Mas podia acreditar – ele disse.

– Não – eu respondi sinceramente. – Acho que não podia, não.

– Tente. Dê-me uma chance. Venha para mim e me deixe lhe provar quem sou. Sinceramente, meu amor, diga uma palavrinha só, *sim* – ele se debruçou e, em um movimento simultaneamente gracioso, forte e sedutor, o imortal caído sussurrou em meu ouvido, roçando os lábios em minha pele o bastante para me deixar toda arrepiada. – Entregue-se a mim, e eu juro que torno verdade seus sonhos mais profundos.

Minha respiração estava alterada e apertei com força as palmas das mãos sobre a pedra nas minhas costas. Naquele instante, eu só queria dizer uma palavra: *sim.* Eu sabia o que aconteceria se a dissesse. Já passara por esse tipo de rendição através de A-ya.

Ele deu risada, com um som profundo e confiante.

– Vamos, meu amor perdido. Basta dizer uma palavra, *sim,* e sua vida mudará para sempre.

Seus lábios não estavam mais perto do meu ouvido. Seu olhar agora mergulhava no meu outra vez. Ele sorria pelos meus olhos adentro. Ele era jovem e perfeito, poderoso e gentil.

E eu quis tanto dizer que sim que tive medo de falar.

– Ame-me – ele murmurou. – Simplesmente me ame.

Minha mente ignorou o desejo que eu sentia por ele para processar o que estava ouvindo, e finalmente encontrei outra palavra para dizer que não fosse sim.

– Neferet – foi o que eu disse.

Ele franziu o cenho. – O que tem ela?

– Você diz que devo amar apenas você, mas não é descompromissado. Você está com Neferet.

O jeito seguro de Kalona desapareceu. – Neferet não é da sua conta.

Aquelas palavras me causaram um aperto no coração, fazendo-me entender que havia uma parte de mim que esperava que ele negasse estar com ela, esperava que ele dissesse que não estava mais com ela. A decepção me deu força, e eu disse: – Acho que ela é da minha conta sim. Da última vez que a vi, ela tentou me matar, e isso foi quando eu estava rejeitando você. Se disser sim a você, ela vai perder a cabeça, se é que ainda tem alguma. E virá para cima de mim. De novo.

– Por que estamos falando de Neferet? Ela não está aqui. Olhe toda a beleza que nos cerca. Pense em como seria governar este lugar ao meu lado; ajudar a trazer o jeito de antigamente de volta a este mundo que se modernizou demais – ele acariciou um dos meus braços. Ignorei a sensação que me subiu pela pele e os sinos soando o alarme em minha cabeça ao ouvi-lo falar em trazer de volta o jeito de antigamente, e procurei falar da forma mais adolescente que sabia.

– Sério mesmo, Kalona, realmente não quero mais drama com Neferet. Acho que não dou conta.

Ele levantou as mãos, frustrado. – Por que você insiste em falar na Tsi Sgili? Ordeno que a esqueça! Ela não é nada para nós.

No momento em que seus braços deixaram de me encurralar contra a parede de pedra, fui para o lado, decidida a manter certa distância entre nós dois. Eu precisava pensar, mas não conseguia com aqueles braços me envolvendo.

Kalona me seguiu e, desta vez, me encurralou contra uma das partes baixas do muro do teto, um vão entre os dentes de pedra. Eu só tinha apoio até a altura dos joelhos. De lá eu sentia o vento frio roçando minhas costas e soprando meus cabelos. E nem precisei olhar para trás. Sabia que a altura era vertiginosa e que o mar azul me aguardava lá embaixo, bem lá embaixo.

– Você não pode escapar de mim – Kalona apertou os olhos cor de âmbar. Vi a raiva começando a se formar debaixo da superfície de sedução. – E você precisa entender que vou dominar este mundo muito em breve. Vou fazer as coisas voltarem a ser como eram antigamente e, ao fazer isso, vou dividir essas pessoas modernas, separando o joio do trigo. O trigo vai ficar ao meu lado, crescendo e prosperando ao me alimentar. O joio será queimado e se transformará em um grande nada.

Senti algo terrível dentro de mim, como se fosse uma morte. Ele estava usando palavras antigas, poéticas, mas eu não tinha dúvida de que estava descrevendo o fim do mundo como o conhecemos, a destruição de um número imensurável de pessoas; vampiros, novatos e humanos. Sentindo-me enjoada, virei a cabeça para trás e olhei para ele como quem não está entendendo nada.

– Trigo? Joio? Desculpe, mas não entendi. Você precisa traduzir isso para eu entender.

Ele não disse nada por um longo momento. Apenas me observou em silêncio. Então, com um leve sorriso levantando os cantos dos seus lábios, ele fez um carinho com a mão no meu rosto.

– Você está fazendo um jogo perigoso, meu pequeno amor perdido – meu corpo ficou paralisado. Sua mão foi descendo lentamente do meu rosto, largando um rastro de calor gelado na minha pele. – Você está brincando comigo. Você acha que pode se fazer passar por alguma colegial que só pensa no vestido que vai usar ou no próximo garoto que vai beijar. Você já me subestimou antes. Eu te conheço, A-ya. Conheço bem demais.

Kalona continuou a descer sua mão e arfei, chocada, quando ele segurou meu seio. Ele esfregou o ponto mais sensível com o polegar e eu senti uma punhalada frígida de desejo que me abalou as estruturas. Por mais que tentasse me controlar para não tremer, não consegui. Lá, no teto do castelo do meu sonho, com o mar atrás de mim e Kalona na minha frente, eu estava presa pelo seu toque hipnótico, e tive uma certeza terrível de que não eram só as lembranças de A-ya que me levavam a ele. Era *eu mesma, meu coração, minha alma, meus desejos*.

– Não! Por favor, pare – quis falar com força, alto, ordenar de um jeito que ele não pudesse ignorar, mas soei sem fôlego, fraca.

– Parar? – ele riu de novo. – Acho que você perdeu contato com sua verdade. Você não quer que eu pare. Seu corpo anseia pelo meu toque. Você não pode negar. Portanto, pare com essa besteira de ficar resistindo. Aceite-me e assuma seu lugar ao meu lado. Acompanhe-me e, juntos, criaremos um novo mundo.

Balancei para o lado dele, mas consegui sussurrar: – Não posso.

– Se você não me acompanhar, será minha inimiga, e eu vou queimá-la com o resto do joio – enquanto ele falava, seu olhar passou do meu rosto para meus seios. Agora ele segurava os dois com as mãos. Seus olhos de âmbar ficaram mais suaves e pareciam sem foco quando me acariciou, mandando ondas de desejo que eu não queria pelo meu corpo. E uma sensação de náusea tomou conta do meu coração, da minha mente e da minha alma. Eu tremia tanto que minhas palavras soaram trêmulas: – Isto é um sonho... só um sonho. Isto não é real – falei como se quisesse me convencer do que dizia.

Seu desejo por mim o tornava ainda mais sedutor. Ele sorriu para mim de um jeito íntimo enquanto continuava a acariciar meus seios.

– Sim, você sonha. Apesar de haver aqui verdade e realidade, bem como seus desejos mais profundos e secretos. Zoey, neste sonho você é livre para fazer o que quiser. *Nós* podemos fazer qualquer coisa que você queira.

É só um sonho... repeti as palavras para mim mesma. *Por favor, Nyx, permita que a verdade a seguir me acorde.*

– Eu quero ficar com você – eu disse. Kalona deu um sorriso carregado de vitória, mas, antes que ele pudesse me prender em seu abraço imortal que eu já conhecia tão bem, acrescentei: – Mas a verdade é que, por mais que o queira, ainda sou Zoey Redbird, e não A-ya, e isso significa que nesta vida optei por seguir o caminho de Nyx. Kalona, não vou trair minha Deusa para ficar com você! – quando gritei as últimas palavras, me joguei para trás e caí do teto do castelo em direção à praia pedregosa lá embaixo, bem lá embaixo.

Entre meus próprios gritos, ouvi Kalona gritando meu nome.

13

Zoey

Sentei-me na cama, berrando como se alguém tivesse acabado de me jogar em um buraco cheio de aranhas. Meus ouvidos apitavam, e meu corpo tremia tanto que pensei fosse ficar doente, mas, em meio ao pânico, percebi que não era eu a única voz a berrar. Olhei para os lados na escuridão, forcei-me a calar a boca, inalei o ar desesperadamente e tentei me orientar. Onde diabos eu tinha ido parar? No fundo do mar? Será que tinha morrido arrebentada nas pedras da ilha?

Não... não... eu estava no Convento das Beneditinas... no quarto que me puseram para dividir com Aphrodite... que estava na cama ao lado da minha, berrando feito doida.

– Aphrodite! – berrei mais alto do que ela. – Pare! Sou eu. Tudo bem.

Ela parou de berrar, mas estava com a respiração curta, ofegante.

– Luz! Luz! – ela gritava, soando como se tivesse se mudado para a Terra dos Ataques de Pânico. – Eu preciso de luz! Preciso enxergar!

– Tá, tá! Peraí – lembrei-me da vela votiva na mesa entre nossas camas e tateei desajeitadamente à procura de um isqueiro. Tive que segurar com a mão esquerda o pulso da mão direita para conseguir acender a vela e, mesmo assim, precisei tentar cinco vezes para conseguir acendê-la. Enfim, o calor da luz da vela iluminou o rosto fantasmagoricamente branco de Aphrodite, cujos olhos eram sangue puro.

– *Aimeudeus*! Seus olhos!

– Eu sei! Eu sei! Merda! Merda! Merda! Ainda não estou enxergando nada – ela choramingou.

– Não se preocupe... não se preocupe... isso aconteceu da última vez. Vou pegar um pano molhado e um pouco de água, como fiz da outra vez e... – minhas palavras sumiram quando me dei conta do exato significado dos olhos escarlates de Aphrodite, e então parei entre a cama e a pia. – Você teve outra visão, não teve?

Ela não disse nada. Apenas afundou o rosto nas mãos e assentiu, soluçando.

– Está tudo bem. Vai dar tudo certo – fiquei repetindo sem parar enquanto corria até a pia, pegava uma toalha de mão e a molhava com água fria. Depois, enfim, peguei um dos dois copos que estavam ali e o enchi com água. Então voltei correndo para Aphrodite.

Ela ainda estava sentada na beira da cama com o rosto afundado nas mãos. Seu choro passou da histeria máxima a gemidinhos tristes. Ajeitei o travesseiro atrás dela.

– Tome, beba isto aqui. Depois, quero que se deite para eu colocar esta toalha molhada nos seus olhos – ela tirou as mãos do rosto e procurou o copo às cegas. Ajudei-a a encontrar o copo e fiquei olhando enquanto ela bebia tudo. – Vou pegar mais para você agora mesmo. Mas, primeiro, deite para eu colocar isto nos seus olhos.

Aphrodite se recostou no travesseiro. Ela piscava, sem nada enxergar. Estava horrível, de dar medo. Seus olhos estavam completamente ensanguentados e bizarros, fantasmagoricamente emoldurados pelo seu rosto pálido.

– Só vejo seu vulto, só um pouquinho – ela disse debilmente. – Mas você está toda vermelha, como se estivesse sangrando – Aphrodite terminou com um soluço.

– Não estou sangrando; estou bem. Isso já aconteceu antes, não lembra? E você ficou bem depois de fechar os olhos e descansar um pouco.

– Eu me lembro. Só não me lembrava de ser tão ruim.

Ela fechou os olhos. Dobrei a toalha e cobri seus olhos gentilmente com ela. E então menti: – Da última vez foi tão ruim quanto agora – com as mãos agitadas, Aphrodite tocou um pouco a toalha antes de ser colocada em seus olhos. Voltei para a pia e enchi o copo outra vez. Olhando para seu reflexo no espelho eu perguntei: – Foi alguma visão terrível?

Seus lábios se retorceram. Ela inalou profunda e tremulamente.
– Foi.

Voltei para o lado da cama. – Você quer mais água?

Ela fez quem sim com a cabeça. – Eu me sinto como se tivesse acabando de correr uma maratona por um deserto escaldante. Não que jamais passasse pela minha cabeça fazer uma coisa dessas. Suar daquele jeito não tem nada de elegante.

Fiquei feliz de ouvi-la soando novamente como a Aphrodite de sempre, sorri e levei sua mão ao copo de água outra vez. Então me sentei na cama de frente para ela e esperei.

– Sinto você olhando para mim – ela disse.

– Desculpe. Pensei que não dizer nada seria uma forma de demonstrar paciência – fiz uma pausa. – Você quer que eu chame Darius? Ou talvez Damien? Ou os dois?

– Não! – Aphrodite respondeu rapidamente. Eu a vi engolir em seco umas duas vezes e então, com uma voz mais calma, ela continuou: – Não vá a lugar nenhum por enquanto, tá? Não quero ficar sozinha agora, sem enxergar.

– Tá. Não vou a lugar nenhum. Você quer me falar da visão?

– Não muito, mas acho que tenho que falar. Vi sete vampiras. Elas pareciam importantes e poderosas, não restava dúvida de que eram todas Grandes Sacerdotisas. Estavam em um lugar lindo de morrer. Coisa de gente que nasceu em berço de ouro, nada daquelas merdas *nouveau riche* de mau gosto – revirei os olhos para ela, que, infelizmente, não viu. – No começo eu nem sabia que era uma visão. Achei que fosse um sonho. Eu estava observando as tais vampiras, sentadas em poltronas que pareciam tronos, e esperando que acontecesse alguma daquelas coisas bizarras que acontecem quando a gente sonha, tipo todas elas virarem o Justin Timberlake, se levantarem e começar a fazer *striptease* para mim, cantando que está na hora de trazer de volta a sensualidade de antigamente.

— Ahn — eu disse. — Que sonho interessante. Ele é gostoso de doer, apesar de estar ficando velho.

— Ah, dá um tempo. Você já tem homens demais na sua vida para sonhar com mais algum. Deixe o Justin para mim. Bem, enfim, elas não viraram o Justin, nem tiraram a roupa. Eu só estava imaginando o que estava acontecendo quando ficou megaóbvio que estava tendo uma visão porque Neferet apareceu.

— Neferet!

— É. Kalona estava com ela. Foi ela quem falou o tempo todo, mas as *vamps* não estavam olhando para ela, porque não conseguiam tirar os olhos de Kalona.

Eu não disse nada, mas entendi perfeitamente como elas se sentiam.

— Neferet estava dizendo alguma coisa sobre aceitar as mudanças que ela e Erebus traziam, de mudar tudo, de fazer as coisas voltarem a ser como eram antigamente... blá-blá-blá...

— Erebus! — interrompi sua tagarelice. — Ela ainda dizia que Kalona é Erebus?

— É, e ela também se dizia Nyx Encarnada, e abreviou para Nyx simplesmente, mas não peguei tudo que ela estava dizendo, porque foi aí que comecei a queimar.

— Queimar? Tipo pegar fogo?

— Bem, não fui *eu* exatamente. Foram algumas das *vamps*. Foi esquisito, uma das visões mais esquisitas que já tive, na verdade. Uma parte de mim estava observando Neferet conversar com as sete *vamps*, ao mesmo tempo em que outra parte saía da sala com elas, uma por uma. Senti que nem todas acreditavam no que Neferet estava dizendo, e foi com essas que fiquei. Até que elas queimaram.

— Você quer dizer que elas simplesmente pegaram fogo?

— É, mas foi muito estranho. De repente, me toquei de que elas estavam pensando coisas negativas sobre Neferet e, no minuto seguinte, pegaram fogo no meio de um campo. E não foram só elas que pegaram fogo – Aphrodite fez uma pausa e bebeu o resto do copo de água. – Muita gente pegou fogo com elas, humanos, *vamps* e novatos. Todo mundo queimou nesse mesmo campo, e parecia que a coisa estava se ampliando para o resto do mundo inteiro.

– O quê?

– É, foi ruim demais. Nunca tive qualquer visão com *vamps* morrendo. Bem, tirando aquelas duas que tive com você, e você é só uma novata, então não conta.

Fiz cara feia à toa, pois ela não estava enxergando mesmo.

– Você conhecia mais alguém além das *vamps* que pegaram fogo? Neferet e Kalona também estavam lá?

Aphrodite não disse nada por um momento. Então, tirou a toalha molhada dos olhos e piscou. Percebi que sua vista estava menos vermelha. Ela se voltou para mim, franzindo os olhos.

– Está melhorando. Já estou quase enxergando você. Bom, a visão termina assim: Kalona estava lá. Neferet não. Mas você estava. Com ele. Estou dizendo que você estava *com ele*. Ele estava pegando você, e você gostava. Ahn... Devo dizer que foi uma eca ter de assistir àquela pegação, principalmente porque estava vendo do ponto de vista das pessoas que estavam torrando, enquanto você ficava de baixaria. Basicamente estava mais do que claro que o fato de você ficar com Kalona provocava o fim do nosso mundo.

Esfreguei a mão trêmula no rosto, como se assim pudesse apagar a lembrança de mim mesma como A-ya nos braços de Kalona.

– Eu nunca vou ficar com Kalona.

– Tá, mas não vou dizer o que tô me preparando para dizer por ser escrota, pelo menos não desta vez.

– Vamos, diz logo.

– Você é A-ya reencarnada.

– Já sabemos disso – respondi de um jeito mais áspero do que tive intenção.

Aphrodite levantou a mão.

– Peraí. Não tô te acusando de nada. Mas essa garota Cherokee de antigamente com quem você divide a alma ou sei lá o que foi criada para amar Kalona. Não foi?

– Foi, mas você tem que entender que Eu. Não. Sou. Ela – pronunciei cada palavra lenta e claramente.

– Olha, Zoey, eu sei disso. Mas também sei que tem mais atração por Kalona do que está disposta a reconhecer provavelmente até para si mesma. Você já teve uma lembrança tão forte de quando era A-ya que até desmaiou. E se não conseguir controlar totalmente o que sente por ele pelo fato de essa atração estar entranhada na sua alma?

– Você acha que já não pensei nisso? Caraca, Aphrodite, vou ficar longe de Kalona! – berrei, sentindo-me frustrada. – *Completamente* longe dele. Não existe a menor possibilidade de eu estar com ele de novo, portanto sua visão não vai acontecer.

– Não é tão simples assim. A visão na qual você fica com ele não foi a única que tive. Na verdade, agora que parei para pensar, foi meio como aquelas visões idiotas que tive com a sua morte nas quais primeiro eu via você sendo decapitada e depois, na mesma droga de visão, eu me afogava com você. Estresse é pouco.

– É, eu me lembro. Era a *minha* morte que você estava vendo.

– É, mas até agora só fui *eu* quem vivenciou as suas mortes. Repetindo, não é *nada agradável*.

– Pode fazer o favor de terminar de contar as suas visões?

Ela me deu um olhar longo e sofrido, mas continuou.

– Então a visão se desfez, como aconteceu com as suas duas mortes que vi. Uma hora, você e Kalona estavam se chupando e fazendo baixaria. Ah, e eu me senti agoniada também.

– Bem, é, faz sentido. Você estava pegando fogo – respondi, frustrada por ela não terminar de contar a porcaria da visão.

– Não, quero dizer que senti *outro tipo* de agonia. Tenho quase certeza de que não vinha do pessoal que estava queimando. Tinha mais alguém lá, e com certeza era alguém que estava sendo coagido.

– Coagido? Que péssimo – meu estômago voltou a doer.

— É. Bastante desagradável. Uma hora as pessoas pegavam fogo, eu sentia uma agonia horrorosa, blá-blá-blá, e você de pegação com o anjo ruim. Aí tudo mudou. Era sem dúvida um dia diferente num lugar diferente. As pessoas ainda estavam pegando fogo e eu ainda sentia aquela agonia esquisita, mas em vez de ficar de baixaria com Kalona você saiu dos braços dele. Mas não foi muito longe. E você disse alguma coisa para ele. Sei lá o que você disse, mas mudou tudo.

— Como?

— Você matou Kalona, e o fogo parou.

— Eu matei Kalona?

— É. Pelo menos, foi o que me pareceu.

— O que eu disse a ele que tinha o poder de fazer isso?

Ela deu de ombros.

— Não sei. Não ouvi você. Eu estava tendo a visão do ponto de vista de quem estava pegando fogo, e sentido aquela agonia estúpida que não sabia de onde vinha; eu estava ligeiramente ocupada sentindo dor para prestar atenção a cada sílaba que você pronunciava.

— Tem certeza que ele morreu? Ele supostamente não morre, é imortal.

— Foi o que me pareceu. Você falou alguma coisa que o fez se desintegrar.

— Ele desapareceu?

— Na verdade, foi tipo uma explosão. Mais ou menos. É difícil descrever porque, bem, eu estava *pegando fogo* e, além disso, ele começou a brilhar, brilhar *mesmo*, tanto que nem deu para enxergar exatamente o que aconteceu. Mas posso dizer que ele meio que desapareceu e então o fogo parou, e tudo voltou a ficar de boa.

— Só foi isso o que aconteceu?

— Não. Você estava chorando.

— Hein?

— É, depois que matou Kalona, você chorou. De soluçar. Aí a visão acabou, e eu acordei com uma enxaqueca horrorosa e meus olhos doendo pra cacete. Ah, e você estava berrando que nem uma doida de pedra – ela olhou demoradamente para mim, como quem estivesse pensando. – Falando nisso, por que você estava berrando?

– Eu tive um pesadelo.

– Kalona?

– Não tô nem um pouco a fim de falar nisso.

– Só lamento. Você vai ter que falar. Zoey, eu vi o mundo inteiro pegando fogo enquanto você e Kalona se divertiam. Isso não é nada bom.

– Isso não vai acontecer – afirmei. – Não se esqueça de que você também me viu matando Kalona.

– O que aconteceu no seu sonho? – ela perguntou com insistência.

– Ele me ofereceu o mundo. Disse que vai fazer as coisas voltarem a ser como nos tempos de antigamente e que quer que eu seja a chefona de tudo ao seu lado. Essas palhaçadas. Eu não só disse não, mas também *de jeito nenhum*. Ele disse que ia queimar... – *ah, minha Deusa!* – Espera, você disse que as pessoas estavam pegando fogo em um campo? Será que era um campo de trigo?

Aphrodite deu de ombros.

– Acho que sim. Pra mim todo campo é a mesma coisa.

Senti um aperto no peito e uma pontada no estômago.

– Ele disse que ia separar o joio do trigo e queimar o joio.

– Que diabo é esse negócio de joio?

– Não sei direito, mas tenho quase certeza de que tem alguma coisa a ver com trigo. Vamos, tente lembrar. O campo onde eles estavam pegando fogo tinha uma vegetação dourada ou era verde, tipo palha de milho ou, sei lá, algo que não fosse trigo?

– Era amarelo. E alto. E bem farto. Acho que podia ser trigo.

– Então, o que Kalona ameaçou fazer no meu sonho basicamente se concretizou na sua visão.

– Só que no seu sonho você não cedia e não ficava de pegação com ele. Ou ficava?

– Não, nada disso! Eu me joguei de um penhasco, por isso acordei berrando daquele jeito.

Ela arregalou os olhos avermelhados. – Sério mesmo? Você pulou mesmo de um penhasco?

– Bem, pulei do alto de um castelo que ficava no alto de um penhasco.

– Parece ruim mesmo.

– Foi a coisa mais doida que já fiz, mas foi menos pior do que ficar com ele – estremeci ao me lembrar do toque dele e do desejo terrivelmente profundo que me fazia sentir. – Eu tive que me afastar dele.

– É, bem, você vai precisar repensar isso no futuro.

– Hein?

– Dá pra prestar atenção? Eu vi Kalona ganhando o mundo. Ele estava usando o fogo para queimar as pessoas e, quando eu digo pessoas, me refiro a *vamps e* humanos. E você o impediu. Sinceramente, acho que minha visão está nos dizendo que você é a única pessoa viva que *pode* impedi-lo. Por isso não pode ficar longe dele. Zoey, você vai ter que descobrir o que foi que disse que matou Kalona e depois *você vai ter* que procurá-lo.

– Não! Eu não vou com ele.

Aphrodite olhou para mim cheia de pena.

– Você vai ter que lutar contra esse negócio de reencarnação e destruir Kalona de uma vez por todas.

Ah, caramba, era o que eu estava pensando quando alguém bateu na porta.

14

Zoey

– Zoey! Você está aí? Me deixa entrar!

Em questão de segundos, levantei-me da cama e fui até a porta. Ao abri-la, me deparei com Stark apoiando-se no batente.

– Stark? O que você está fazendo de pé? – ele usava calça de hospital, sem camisa. Seu peito estava coberto por um enorme curativo que lhe envolvia o torso. Seu rosto estava branco que nem osso, e um véu de gotículas de suor cobria sua testa. Ele estava com a respiração curta e áspera e parecia que ia cair a qualquer segundo. Mas, com a mão direita, ele agarrava seu arco, no qual estava engatada uma flecha.

– Merda! Ele tem que entrar antes que desmaie. Se cair, não vamos conseguir levantá-lo de jeito nenhum, e ele é grande demais para ser arrastado.

Tentei segurá-lo, mas Stark me surpreendeu com sua força ao me empurrar.

– Deixa disso, estou bem – ele disse e entrou no quarto, olhando para os lados como se esperasse que alguém fosse pular de dentro do armário. – Não vou desmaiar – ele disse, irritado, enquanto tentava retomar o fôlego.

Eu parei em frente a ele para forçá-lo a prestar atenção em mim.

– Stark, não tem ninguém aqui. O que você está fazendo? Você não deveria nem ter saído da cama, que dirá subir escadas.

– Eu senti você. Você estava apavorada. Então vim.

– Eu tive um pesadelo, só isso. Não estava correndo perigo.

– Kalona? Ele apareceu no seu sonho de novo?

– De novo? Quanto tempo faz que você vem sonhando com ele? – Aphrodite perguntou.

– Se você não estiver dormindo com alguém, e não estou falando de uma colega de quarto, Kalona pode entrar nos seus sonhos se quiser – Stark respondeu por mim.

– Isso não tá cheirando bem.

– São só sonhos – falei.

– Nós temos certeza disso? – Aphrodite perguntou.

Ela perguntou a Stark, mas eu respondi: – Bem, não morri. Então foi só um sonho.

– Não morreu? Você precisa explicar isso – Stark me repreendeu. Sua respiração já estava normal e, apesar de ainda pálido, ele soou exatamente como o perigoso guerreiro que era, pronto para honrar seu Juramento Solene e proteger sua Grande Sacerdotisa.

– No sonho, Zoey se jogou do alto de um penhasco para fugir de Kalona – Aphrodite disse.

– O que ele fez com você? – a voz de Stark soou grave e cheia de raiva.

– Nada! – respondi rápido demais.

– Isso porque você pulou do penhasco antes que ele pudesse fazer alguma coisa – Aphrodite emendou.

– O que ele estava tentando fazer? – Stark perguntou outra vez.

Eu suspirei.

– O mesmo de sempre. Ele quer me controlar. Não é o que ele diz, mas é o que ele quer, e eu jamais darei o que ele quer.

Stark trincou o maxilar.

– Eu devia imaginar que ele ia tentar se aproximar através dos seus sonhos. Conheço os truques dele! Eu devia ter feito você dormir com Heath ou Erik.

Aphrodite deu uma risadinha sarcástica.

– Essa é nova. O namorado número três *quer* que você durma com o namorado número um ou número dois.

– Eu não sou namorado dela! – Stark praticamente rosnou. – Sou seu guerreiro. Fiz o Juramento Solene para protegê-la. O que representa muito mais do que uma paixonitezinha de merda ou um ciúme idiota.

Aphrodite ficou só olhando para ele e desta vez não teve o que dizer.

– Stark, foi só um sonho – minha voz demonstrou muito mais convicção do que sentia. – Kalona pode invadir meus sonhos quantas vezes quiser que o resultado vai ser sempre igual. Não vou ceder.

– É melhor mesmo, porque, se você ceder, todos nós estaremos seriamente ferrados – Aphrodite me alertou.

– O que ela quer dizer com isso?

– Ela teve outra visão, só isso.

– Só isso? Isso é que é ser desprestigiada – ela olhou demoradamente para Stark. – Então, Senhor Arqueiro, se você dormir com Zoey, Kalona fica longe dos sonhos dela?

– É provável – Stark respondeu.

– Então acho que você devia dormir com Zoey e, como três é demais numa situação dessas, vou cair fora daqui.

– Para onde você vai? – perguntei.

– Para onde Darius está, e estou me lixando se os pinguins não vão gostar. Sério mesmo, *estou* com uma dor de cabeça daquelas. Por isso *só* quero dormir, mas vou ficar com meu *vamp*. E pronto.

Ela pegou suas roupas e sua bolsa. Percebi que ia se enfiar no banheiro e trocar aquela camisola de velha antes de ver Darius, o que me fez lembrar que eu estava de camisola de velha. Sentei na cama e suspirei. Ah, é, ele já tinha me visto nua em pelo, o que era bem mais constrangedor do que me ver de camisola branca de algodão feito uma vovó. Meus ombros murcharam. Deusa, para uma garota com vários namorados, eu estava seriamente deixando a desejar no departamento visual.

Antes que Aphrodite saísse pela porta, eu disse: – Não comente sobre sua visão com ninguém antes de eu pensar um pouquinho. Quer dizer – me apressei em completar –, você pode contar a Darius, mas só para ele, tá?

– Tô ligada. Você quer evitar pânico. É você quem sabe. Eu também não estou a fim de ficar ouvindo a horda de nerds e as massas em geral dando ataque histérico. Durma um pouco, Z. Vejo você à noite – ela acenou discretamente para Stark e fechou bem a porta ao sair.

Stark veio se sentar pesadamente ao meu lado. Ele fez uma rápida careta, provavelmente sentindo dor no peito. Pôs o arco e a flecha na mesa ao lado e me deu um sorriso triste.

– Quer dizer que não vou precisar do arco e flecha?

– Você acha que vai?

– O que significa que minhas mãos agora estão convenientemente livres – ele abriu seus braços para mim e me olhou daquele seu jeitinho metido. – Por que você não vem para cá, Z.?

– Espera – corri até a janela para ganhar tempo enquanto pensava como eu era capaz de passar dos braços de um para outro. – Não posso descansar enquanto não tiver certeza de que você não vai se incinerar – balbuciei. Enquanto puxava as venezianas, não resisti e dei uma olhadinha para fora, e fui agraciada com a visão de um dia com pouquíssima luz. Era um mundo silencioso e cinzento, repleto de gelo e penumbra. Nada se movia. Era como se a vida fora do convento, junto com as árvores, a grama e os cabos de força derrubados tivesse congelado. – Bem, acho que isso explica como você chegou aqui sem fritar. Não tem sol lá fora – fiquei olhando pela janela, pasma com aquele mundo transformado em gelo.

– Eu sabia que não estava correndo perigo – Stark disse da cama em que estava. – Senti que o sol havia saído, mas o brilho não passa por todo o gelo e as nuvens. Vir para cá não foi problema – então ele acrescentou: – Z., você pode vir aqui? Minha mente diz que você está bem, mas meu instinto ainda acusa alguma coisa.

Dei meia-volta, surpresa em ver sumir da sua voz o tom arrogante. Saí da janela, me aproximei, dei-lhe minha mão e me sentei na beira da cama. – Eu *estou* bem, bem melhor do que você estaria se tivesse vindo correndo para cá no meio de uma manhã de sol.

– Quando senti seu medo, tive de vir. Mesmo arriscando a vida. Faz parte do Juramento que fiz.

– É mesmo?

Ele assentiu, sorriu e levou minha mão aos lábios.

– Mesmo. Você é minha senhora e minha Grande Sacerdotisa. E vou sempre protegê-la.

Levei a mão ao rosto dele e não consegui parar de olhar e, por alguma razão, isso de repente me fez chorar.

– Ei, não faz isso... não chora – Ele limpou as lágrimas do meu rosto. – Vem cá.

Sem dizer nada, deslizei ao seu lado, tomando cuidado para não esbarrar em seu peito. Ele me envolveu com o braço e eu me aconcheguei nele, desejando que o calor de seu toque varresse a memória da paixão fria de Kalona.

– Ele faz de propósito, sabia?

Nem precisei perguntar. Sabia que ele estava falando de Kalona. Stark continuou: – O que ele te faz sentir não é de verdade. Faz parte dos seus truques. Ele encontra a fraqueza da pessoa e a usa – Stark fez uma pausa, e percebi que ele queria dizer mais. Mas eu não queria ouvir. Queria me aninhar no porto seguro dos braços do meu guerreiro, queria dormir e esquecer.

Mas não consegui. Depois das lembranças de A-ya e das visões de Aphrodite, não dava para dormir.

– Vamos – eu disse. – Que mais?

Senti o braço dele me envolvendo com mais força.

– Kalona sabe que seu ponto fraco é a ligação que você tem com aquela garota Cherokee que o levou para a armadilha debaixo da terra.

– A-ya – lembrei-lhe.

– É, A-ya. Ele vai usar A-ya contra você.

– Eu sei.

Senti que ele relutou, mas acabou dizendo: – Você tem desejo por ele. Por Kalona. Ele a faz querê-lo. Você resiste, mas ele te toca.

Meu estômago afundou e senti vontade de vomitar, mas respondi com sinceridade: – Eu sei, e morro de medo.

– Zoey, acredito que você vá continuar dizendo não para ele, mas, se um dia ceder, pode contar comigo. Vou ficar entre você e Kalona, nem que seja a última coisa que faça.

Deitei a cabeça em seu ombro, lembrando muito bem que Aphrodite não havia dito nada sobre Stark estar presente em suas visões.

Ele virou a cabeça e me beijou de leve na testa.

– Ah, aliás, que linda camisola.

Uma risadinha inesperada me escapou.

– Se você não estivesse tão machucado, eu ia te dar uma porrada.

Ele deu seu sorrisinho metido.

– Ei, eu gostei. Fico imaginando que estou na cama com uma menina rebelde daqueles antigos internatos católicos esquisitos só para meninas. Quer me contar sobre você e suas amiguinhas peladas fazendo guerra de travesseiros?

Revirei os olhos para ele. – Ahn, talvez mais tarde, quando você não estiver mais se recuperando depois de quase morrer.

– Tá legal. Estou cansado demais para fazer qualquer coisa de impressionante mesmo.

– Stark, por que você não quer beber do meu sangue? Só um pouquinho – fui me aproximando, e ele começou a protestar. – Olha, Kalona não está aqui. Na verdade, pelo meu sonho dá para concluir que esteja bem longe, pois não tem ilha nenhuma perto de Oklahoma.

– Você não sabe onde ele está. No seu sonho, ele podia fazê-la achar que estava em qualquer lugar.

– Não, ele está em uma ilha – ao falar, senti que estava certa. – Ele tinha que ir para uma ilha para retomar as forças. Você faz ideia de onde seja? Já o ouviu conversar com Neferet sobre alguma ilha?

Stark balançou a cabeça.

– Não. Ele nunca disse nada sobre isso perto de mim, mas o fato de ser uma ilha indica que você o feriu. De verdade.

– O que significa que estou bem agora, e isso *também* quer dizer que não tem problema você beber do meu sangue.

– Não – ele repetiu, irredutível.

– Você não quer?

– Não seja insana! Eu quero, mas não posso. Não podemos. Agora não.

– Escuta, você precisa do meu sangue e da minha energia, ou espírito, ou sei lá, para melhorar – levantei o queixo para ele ver bem minha jugular. – Então, vamos lá. Me morde – fechei os olhos e respirei fundo.

Stark riu, o que me fez abrir os olhos e me deparar com ele segurando o peito de dor. Depois de parar um pouco para respirar, ele voltou a rir.

Olhei para ele de cara feia.

– Qual é a graça?

Stark conseguiu enfim se controlar.

– É que parece que você acabou de sair de um daqueles filmes antigos de Drácula. E devia estar falando do jeito esquisito que falam os vampiros desses filmes – ele fez uma cara medonha e mostrou os dentes.

Senti minhas bochechas começando a arder e me afastei dele.

– Deixa pra lá. Esquece que toquei no assunto. Vamos dormir e pronto, tá? – comecei a me virar para o lado, mas Stark me segurou pelo ombro, me fazendo virar para ele.

– Espera, espera... Tô fazendo besteira – de repente ele ficou sério. – Zoey – Stark tocou meu rosto. – Não vou beber do seu sangue porque *não posso*. Não porque não quero.

– É, já ouvi isso – eu ainda estava constrangida e tentei virar a cabeça, mas Stark me forçou a olhar para ele.

– Ei, desculpe – sua voz ficou grave e sexy. – Eu não devia ter rido de você. Devia ter dito logo a verdade, mas ainda sou novo nesse negócio de ser guerreiro. Preciso de um pouquinho de tempo para pegar o jeito da coisa – ele passou o polegar na maçã do meu rosto, seguindo a linha das tatuagens. – Devia ter dito que a única coisa que quero mais do que provar do seu sangue é saber que você está em segurança e forte – ele me beijou. – Além do mais, não preciso beber do seu sangue, pois sei que vou melhorar – ele esfregou os lábios nos meus. – Quer saber como sei disso?

– Ahã – murmurei.

– Sei disso porque sua segurança é minha força, Zoey. Durma agora. Estou aqui – ele se deitou, me aninhando ao seu lado.

Pouco antes de meus olhos se fecharem, sussurrei: – Se alguém tentar me acordar, você pode fazer o favor de matar?

Stark riu. – Como quiser, minha senhora.

– Ótimo – fechei os olhos e adormeci no abraço forte do meu guerreiro, protegida de sonhos e fantasmas do passado.

15

Aphrodite

— Sério mesmo, *gayzinhos*. Voltem para a cama *juntos,* eeeeca. Eu preciso do meu *vamp* pelo resto da noite — Aphrodite estava em pé, de braços cruzados, logo depois da porta do quarto onde estavam dormindo Darius, Damien, Jack e Duquesa. Ela reparou, sentindo uma ligeira irritação, que Damien, Jack e Duquesa estavam aninhados juntos em uma só cama. Eles estavam parecendo filhotinhos de cachorro, mas não era exatamente justo da parte dos pinguins acharem normal eles dormirem juntos, enquanto a obrigavam a dormir com Zoey. Ou pelo menos tentavam obrigá-la.

— Que foi, Aphrodite? O que houve? — Darius correu para perto dela, com uma das mãos vestindo uma camiseta para cobrir aquele peito lindo e com a outra calçando sapatos. Como sempre, ele já estava alerta bem antes dos outros, o que era outra razão para ela se apaixonar cada vez mais.

— Está tudo bem. É que Zoey está dormindo com Stark. *No nosso quarto*. E não tô a fim de segurar vela. Por isso também vamos fazer um pequeno remanejo.

— Está tudo bem com Zoey? — Damien perguntou.

— Acho que só agora as coisas ficaram melhores para o lado dela — Aphrodite respondeu.

– Não achei que Stark estivesse disposto a, bem, *fazer coisas* – Jack disse delicadamente, com cara de sono, os cabelos desgrenhados e os olhos inchados. Aphrodite achou que ele estava com mais cara de filhotinho de cachorro do que nunca, fofo mesmo. É claro que preferia arrancar os olhos a assumir isso em voz alta.

– Ele conseguiu subir até nosso quarto, então acho que está bem melhor.

– Iiiih, Erik não vai gostar disso – Jack disse alegremente. – Amanhã vai rolar um drama afetivo daqueles.

– O drama nesse departamento acabou. Z. deu o fora em Erik esta noite.

– É mesmo? – Damien perguntou.

– É, já estava na hora. Aquela palhaçada de ciúme tinha que acabar – Aphrodite disse.

– E Z. está bem mesmo? – Damien perguntou.

Aphrodite não gostou de ver o olhar tipicamente interessado de Damien. Ela não ia abordar o fato de Kalona ter entrado no sonho de Zoey e que era por isso que Stark estava dormindo com ela. Também não ia falar sobre sua visão, algo que teria o prazer de jogar a culpa em Zoey no futuro por ela ter guardado segredo sobre o assunto, o que deixaria Damien furioso. Assim, para afastar a Senhorita Fuxiqueira, ela levantou uma das sobrancelhas perfeitas e falou com seu típico tom de desprezo: – Você é quem, a mãe *gay* dela?

Como Aphrodite já previa, Damien franziu instantaneamente a sobrancelha.

– Não, sou amigo dela!

– Por favor. Que tédio. Até parece que ninguém sabe disso. Zoey. Está. Bem. Deusa! Dá um tempo para ela respirar um pouco.

Damien franziu o cenho.

– Eu a deixo respirar, sim. Só estava preocupado com ela, só isso.

– Cadê o Heath? Ele já sabe que ela terminou com Erik e que está, bem, *dormindo com Stark*? – Jack terminou a frase com um sussurro teatral.

Aphrodite revirou os olhos.

– Eu não estou nem aí para Heath e, a não ser que Z. precise de um lanchinho, acho que não deve estar muito interessada em saber onde ele está. *Ela está ocupada* – Aphrodite pronunciou as últimas palavras claramente. Ela realmente não gostava de magoar os sentimentos de Damien e seu namorado/namorada Jack, mas esse era o único jeito de deixar Damien de fora da história, e, mesmo assim, nem sempre dava certo. Ela se virou para Darius, que estava ao seu lado, observando-a de perto com uma expressão que misturava diversão e preocupação. – Pronto, gatão?

– É claro – ele olhou para Damien e Jack antes de fechar a porta. – Encontro vocês dois depois que anoitecer.

– Tá bom! – Jack cantarolou enquanto Damien fuzilava Aphrodite com olhos penetrantes.

Já no corredor, ela deu só uns dois passos e Darius pegou seu pulso e a fez parar. Antes que pudesse dizer alguma coisa, ele colocou as mãos nos seus ombros e olhou bem dentro de seus olhos.

– Você teve uma visão – ele disse simplesmente.

Aphrodite sentiu lágrimas brotando em seus olhos. Ela estava total e absolutamente louca por aquele homem enorme que a conhecia tão bem e parecia gostar tanto dela.

– É.

– Você está bem? Porque está pálida e seus olhos ainda estão avermelhados.

– Eu estou bem – ela respondeu, apesar de não soar convincente nem para si mesma. Ele a tomou nos braços e ela se deixou abraçar, sem palavras para expressar como se sentia fortalecida pela força dele.

– Foi tão ruim quanto da última vez? – ele perguntou.

– Foi pior – com o rosto enfiado no peito dele, Aphrodite falou tão baixinho e docilmente que qualquer pessoa que a conhecesse ficaria chocada.

– Outra visão de morte de Zoey?

– Não. Desta vez foi uma visão do fim do mundo, mas Zoey estava nela.

– Vamos voltar para o quarto dela?

– Não, ela está mesmo dormindo com Stark. Parece que Kalona andou entrando nos sonhos dela e, se ela dormir com algum cara, ele não entra no sonho.

– Ótimo – Darius respondeu. De repente, eles ouviram um som no fim do corredor e Darius puxou Aphrodite para o canto, escondendo-se nas sombras, enquanto uma freira passava sem nem perceber a presença dos dois.

– Ei, falando em dormir... Eu sei que Z. é a Grande Sacerdotisa, mas não é a única que está precisando de seu sono de beleza – Aphrodite sussurrou quando voltaram a ficar sozinhos no corredor.

Darius olhou para ela com uma cara pensativa.

– Você está certa. Deve estar exausta, especialmente depois de ter tido uma visão.

– Eu não estava falando só de mim, Sr. Machão. Estava pensando onde poderíamos ir por aqui e tive uma ideia, brilhante, se me permite dizer.

Darius sorriu.

– Claro que sim.

– Enfim. Lembro-me de que você disse às freiras pinguins que Stark não devia ser perturbado por, no mínimo, oito horas. Ou seja, ele não está em seu quarto bastante isolado, escuro e aconchegante. O quarto está, na verdade, tragicamente vazio – Aphrodite esfregou o nariz na lateral do pescoço dele, ficou na ponta dos pés e mordiscou o lóbulo da orelha.

Ele riu e passou o braço ao redor dela.

– Você é brilhante.

A caminho do quarto vazio de Stark, Aphrodite contou a Darius sobre a visão que teve e sobre o sonho de Zoey. Ele a escutou com muita atenção, o que foi a segunda coisa que a fez sentir tanta atração por ele.

É claro que a primeira era o fato de ele ser tão gostoso.

O quarto de Stark era aconchegante e escuro, iluminado por uma só vela. Darius puxou uma cadeira para perto da porta e a encaixou na maçaneta para impedir a entrada de qualquer um. Então, vasculhou as gavetas da cômoda no canto do quarto, pegou lençóis e cobertores e refez a cama, enquanto dizia qualquer coisa sobre não querer que ela dormisse nos lençóis de um vampiro ferido.

Aphrodite ficou observando Darius enquanto tirava as botas e a calça jeans, e depois tirou o sutiã por debaixo da blusa. Ela pensou que era esquisito sentir que alguém estava cuidando dela, alguém que na verdade parecia gostar dela pelo que era, aliás, uma enorme surpresa. Os caras gostavam dela por ser gostosa, ou por ser rica, popular, um desafio, ou, mais frequentemente ainda, por ser uma cachorra. Ela sempre achou impressionante como os caras adoravam as cachorras. Eles não gostavam dela por ela ser Aphrodite. Na verdade, normalmente nem perdiam tempo tentando descobrir quem ela era debaixo daqueles lindos cabelos, pernas compridas e jeito de durona.

Mas a coisa mais chocante em seu relacionamento com Darius, e aquilo estava com certeza se transformando em um relacionamento, era o fato de que eles ainda não tinham ido para a cama. Ainda. Claro que todo mundo achava que eles transavam que nem coelhos; e ela deixava que pensassem isso mesmo, até dava força. Mas não estavam indo para a cama. E, por alguma razão, isso nem parecia esquisito. Eles dormiam juntos e até já tinham dado uns amassos bem quentes, mas não passaram disso.

Subitamente chocada ao se dar conta disso, Aphrodite entendeu o que estava acontecendo entre ela e Darius. Eles estavam indo devagar e procurando conhecer melhor um ao outro. Conhecer de verdade. E ela estava descobrindo que gostava de ir devagar, quase tanto quanto gostava de conhecer Darius.

Eles estavam se apaixonando!

Essa ideia aterradora fez os joelhos de Aphrodite enfraquecerem de modo que, de repente, ela foi para a cadeira no canto do quarto e, sentindo-se tonta, sentou-se.

Darius terminou de fazer a cama e olhou para ela, confuso.

– O que você está fazendo aí?

– Só estou sentada – ela respondeu rapidamente.

Ele virou a cabeça para o lado.

– Você está bem mesmo? Você disse que pegou fogo com os vampiros em sua visão. Ainda está sentindo os efeitos dela? Você está pálida.

– Estou com um pouquinho de sede, e meus olhos ainda estão ardendo, mas estou bem.

Ao ver que ela continuou sentada do outro lado do quarto, sem fazer nenhum movimento de ir para a cama, ele deu um sorriso confuso e disse: – Não está cansada?

– É, tô sim.

– Quer que eu pegue água para você?

– Ah, não! Eu mesma pego. Sem problema – Aphrodite saltou da cadeira como uma daquelas marionetes bizarras amarradas por cordas e foi até a pia do outro lado do quarto. Estava enchendo com água um copinho de papelão quando Darius de repente veio por trás. Suas mãos fortes estavam novamente nos seus ombros. Desta vez seus polegares começaram a massagear gentilmente os músculos megatensos em sua nuca.

– Você concentra toda a sua tensão aqui – ele disse, passando da nuca para os ombros.

Aphrodite tomou o copo de água e não conseguiu mais se mexer. Darius massageou seus ombros em silêncio, dizendo com seus toques o quanto gostava dela. Enfim, ela deixou o copo escorrer de seus dedos. Sua cabeça ficou totalmente relaxada e ela respirou fundo, soltando um suspiro de prazer.

– Suas mãos são nada menos do que mágicas.

– Tudo por você, minha dama.

Aphrodite sorriu e apoiou a cabeça nas mãos dele, soltando-se cada vez mais. Ela adorava o fato de Darius tratá-la como se fosse sua própria Grande Sacerdotisa, mesmo ela não tendo mais Marca e mesmo que ela jamais pudesse ser uma vampira. Adorava o fato de ele não ter dúvida de que ela era especial para Nyx, de ter sido Escolhida pela Deusa. Ele deixava claro que não ligava a mínima se ela tinha Marca ou não. Ela adorava o fato de ele...

Aiminhadeusa! Ela o amava mesmo! Puta merda!

Aphrodite levantou a cabeça e se virou tão rápido que Darius levou um susto e deu um passo para trás, automaticamente abrindo espaço para ela.

– O que foi? – ele perguntou.

– Eu amo você! – ela disse sem parar para pensar, e depois levou a mão à boca, parecendo querer fechá-la quando já era tarde demais e as palavras já tinham saído como em uma explosão.

O guerreiro deu um longo e lento sorriso.

– Fico feliz de ouvi-la dizer isso. Eu também a amo.

Os olhos de Aphrodite começaram a se encher de lágrimas, e ela piscou com força para não deixá-las rolar rosto abaixo, passando por Darius em direção ao outro lado do quarto.

– Deusa! Que saco!

Em vez de responder àquele faniquito, Darius simplesmente ficou olhando enquanto ela ia para a cama. Aphrodite sentiu seu olhar firme enquanto pensava se devia se sentar na cama ou deitar para dormir. No final, ela não fez nem uma coisa nem outra, pois não gostou da cena que imaginou na cama. Ela já estava se sentindo vulnerável e exposta demais ali na frente dele, de camiseta, calcinha e nada mais, e se virou para encará-lo.

– Que foi? – ela perguntou com um arzinho petulante.

Ele inclinou a cabeça. Um sorriso triste se formou nos cantos de seus lábios. Ela achou que seus olhos pareciam décadas mais velhos do que o resto do rosto.

– Seus pais não se amam, Aphrodite. Pelo que você me falou, eles talvez não sejam capazes de sentir essa emoção por ninguém, e isso inclui você.

Ela levantou o queixo e olhou nos olhos dele.

– E qual é a novidade nisso que está dizendo?

– Você não é a sua mãe.

Ele pronunciou as palavras gentilmente, mas ela sentiu como se fossem mil punhais sendo cravados em seu coração.

– Eu sei disso! – Aphrodite sentiu seus lábios subitamente frios.

Darius se aproximou lentamente. Aphrodite pensou em como ele era lindo e como sempre parecera tão poderoso. Ele *a amava*? Como? Por quê? Será que ainda não tinha se dado conta de como ela era insuportável?

– Será que você sabe mesmo disso? Você *é* capaz de amar, mesmo que sua mãe não seja – ele disse.

Mas será que sou capaz de ser amada? Ela quis gritar a pergunta, mas não conseguiu. O orgulho falou mais alto para ela do que a compreensão que viu nos olhos de Darius, e se calou. Então, continuou a agir do modo que a fazia se sentir segura: continuou na defensiva.

– É claro que sei disso. Mas esta história entre nós dois não tem nada a ver. A verdade é que você é um vampiro. Eu sou humana. Eu poderia ser, no máximo, sua consorte, e nem isso posso, pois já sou Carimbada com a demente da Stevie Buscapé Rae. Carimbagem da qual parece que não consigo me livrar nem você me mordendo também – Aphrodite fez uma pausa, tentando não pensar na ternura que Darius demonstrara ao beber de seu sangue, mesmo o sangue de Carimbada tendo gosto ruim para ele. Ela tentou, sem sucesso, não pensar no prazer e na paz que encontrava em seus braços, tudo isso mesmo *sem* fazer sexo com ele.

– Eu não acho que esteja certa em relação a tudo isso. Você não é meramente humana, e sua Carimbagem com Stevie Rae não nos afeta. Para mim, isso é prova de como Nyx a considera importante. Ela sabe que Stevie Rae precisa de você.

– Mas você não precisa de mim – ela disse com amargura.

– Eu preciso de você sim – ele a corrigiu com firmeza.

– Pra quê? A gente nem trepa!

– Aphrodite, por que está fazendo isso? Você sabe que a desejo, mas nós somos muito mais do que corpos e luxúria. Nossa ligação vai além disso.

– Não sei como! – ela estava perigosamente perto de chorar de novo, o que a deixou ainda mais irritada.

– Eu sei – Darius eliminou o espaço que restava entre os dois e, segurando a mão de Aphrodite, ajoelhou-se na sua frente. – Quero lhe pedir uma coisa.

– Ah, Deusa! O quê? – será que ele ia fazer algo ridículo como pedi-la em casamento?

Ele levou o punho cerrado ao coração e olhou nos olhos dela.

– Aphrodite, Amada Profetisa de Nyx, eu lhe peço que aceite meu Juramento Solene de Guerreiro. Prometo, a partir de hoje, me dedicar a protegê-la com meu coração, minha mente, meu corpo e minha alma. Prometo ser seu acima de tudo e ser seu guerreiro até meu último suspiro neste mundo e no mundo do além, se for a vontade de Nossa Deusa. Você aceita meu voto?

Aphrodite foi tomada por uma onda inebriante de alegria. Darius queria ser seu guerreiro! Mas a alegria durou pouco, pois ela pensou nas implicações desse voto.

– Você não pode ser meu guerreiro. Zoey é sua Grande Sacerdotisa. Se você tiver que ser guerreiro de alguém, tem de ser dela – Aphrodite odiou dizer essas palavras, e mais ainda imaginar Darius se ajoelhando em frente a Zoey.

– Zoey é minha Grande Sacerdotisa, assim como também é sua, mas ela já tem um guerreiro. Fui testemunha do entusiasmo do jovem Stark por ter feito o voto e por agora estar na posição de guerreiro de Zoey. Ela não vai precisar de outro. Além do mais, Zoey já me deu permissão para me oferecer em Juramento a você.

– Ela fez o quê?

O guerreiro assentiu solenemente.

– Eu tinha de explicar a Zoey minhas intenções.

– Então você não está fazendo isso por impulso? Você pensou antes?

– É claro – ele sorriu para ela. – Quero protegê-la para sempre.

Aphrodite balançou a cabeça para os lados em negativa.

– Você não pode fazer isso.

O sorriso de Darius murchou.

– O voto é meu e ofereço a quem quiser. Sou jovem, mas tenho vastos talentos. Eu garanto que *posso* protegê-la.

– Não foi isso que quis dizer! Sei que você é bom... bom demais! Esse é o problema – Aphrodite começou a chorar em silêncio.

– Aphrodite, eu não entendo.

– Por que você quer ser meu guerreiro? Eu sou insuportável!

Ele voltou a sorrir.

– Você é especial.

Aphrodite balançou a cabeça.

– Eu vou magoar você. Eu sempre magoo todos que se aproximam de mim.

– Então é bom que eu seja um guerreiro forte. Nyx foi sábia ao me dar a você, e estou plenamente satisfeito com a escolha que nossa Deusa reservou para mim.

– Por quê? – agora as lágrimas corriam livremente pelo rosto de Aphrodite, pingando do queixo e ensopando a camiseta.

– Porque você merece alguém que a valorize além do dinheiro, da beleza e do *status*. Você merece alguém que a valorize pelo que é. Agora volto a perguntar. Você aceita meu voto?

Aphrodite olhou para aquele rosto forte e belo, e algo dentro dela se libertou ao visualizar seu futuro naquele olhar sincero e firme.

– Sim, eu aceito seu voto.

Darius se levantou dando um grito de alegria e pegou sua Profetisa no colo. Então a abraçou gentilmente até o sol se pôr enquanto ela chorava, desatando o nó de tristeza, solidão e raiva que lhe amarrava o coração há tanto tempo.

16

Stevie Rae

Stevie Rae normalmente não tinha problemas para dormir. Tá, isto é um clichê terrível, mas durante o dia ela dormia como se estivesse, digamos, morta. Mas não naquele dia. Naquele dia ela não conseguira calar sua mente, ou, para ser mais sincera, ela não conseguira calar a *culpa* em sua mente.

O que faria com Rephaim?

Ela devia contar a Zoey. Era o que devia fazer. Disso não restava dúvida.

– Claro, aí Z. ia dar um piti pior do que um gato de rabo comprido em um quarto cheio de cadeiras de balanço – ela murmurou para si mesma e continuou andando de um lado para o outro em frente à entrada do túnel do celeiro de raízes. Stevie Rae estava sozinha, mas ficava olhando furtivamente para os lados como se estivesse esperando que alguém a flagrasse.

E daí se alguém viesse procurá-la? Ela não estava fazendo nada de errado! Só não estava conseguindo dormir, só isso.

Pelo menos ela gostaria que fosse só isso.

Stevie Rae parou de andar e ficou olhando para a tranquilizadora escuridão do túnel que abrira na terra fazia pouco tempo. *Que diabo ela ia fazer com Rephaim?*

Não podia contar a Zoey, ela não entenderia. Nem Stevie Rae entendia a si mesma! Ela só sabia que não podia abandoná-lo. Não podia dedurá-lo a ninguém. Mas, quando saía de perto dele, quando não estava ouvindo sua voz nem vendo aquela dor tão humana nos seus olhos, quase entrava em pânico, preocupada por estar perdendo totalmente o juízo ao esconder aquele *Raven Mocker*.

Ele é seu inimigo! O pensamento ficou dando voltas em sua mente, girando e batendo as asas descontroladamente como um pássaro ferido.

– Não, no momento ele não é meu inimigo. No momento, ele está apenas machucado – Stevie Rae falou para dentro do túnel, para a terra que lhe dava força e equilíbrio.

Stevie Rae arregalou os olhos ao lhe ocorrer uma coisa. Era o fato de ele estar ferido que havia originado toda aquela confusão! Se ele estivesse inteiro e a tivesse atacado, ou a outra pessoa, ela não teria hesitado em proteger a si mesma ou alguém mais.

E se eu apenas o levasse para algum lugar onde ele pudesse se curar? Sim! Essa era a resposta! Ela não precisaria protegê-lo. A única coisa que ela não queria era entregá-lo para ser executado. Se o levasse para algum lugar seguro onde ninguém o incomodasse, Rephaim poderia melhorar e escolher seu próprio futuro. Ela resolvera! Talvez ele decidisse se juntar ao pessoal do bem contra Kalona e Neferet. Talvez não. De um jeito ou de outro, não era problema dela.

Mas para onde ele poderia ir?

Então, encarando o interior do túnel, ela percebeu a resposta perfeita, mas que implicava assumir alguns de seus segredos. E ela se perguntou se, ao fazer isso, Zoey entenderia por que ela deixara de lhe contar certas coisas. *Ela tinha que entender. Ela também tivera de tomar algumas decisões bastante impopulares antes.* De qualquer forma, Stevie Rae desconfiava cada vez mais que Zoey não se surpreenderia muito com o que ela tinha a dizer; sua amiga já devia estar com a pulga atrás da orelha a esta altura do campeonato.

Então ela ia contar tudo a Z., o que pelo menos seria uma garantia de que o lugar para onde ela mandasse Rephaim não se transformasse tão cedo em ponto de encontro de novatos. Ele não ia ficar exatamente sozinho nem em segurança total, mas não seria mais responsabilidade nem problema dela.

Sentindo-se animada e até ligeiramente tonta por ter encontrado uma solução para seu terrível problema, Stevie Rae se reequilibrou e conferiu as horas em seu relógio interno, sempre preciso. Tinha pouco mais de uma hora até o sol se pôr. Em um dia normal, ela jamais conseguiria escapar ilesa ao fazer o que estava planejando, mas hoje sentia que o sol estava muito fraco, tentando brilhar por entre as nuvens, mas sem conseguir atravessar a grossa camada de nuvens cinzentas, pesadas como o gelo que se instalara, pelo jeito em caráter permanente, sobre Tulsa. Ela tinha certeza de que não ia queimar se fosse para fora e, também, de que não haveria nenhuma freira enxerida com tanto gelo ainda caindo do céu e com tudo congelado e escorregadio do lado de fora do convento. O mesmo poderia ser dito sobre os novatos normais. Os vermelhos eram o menor de seus problemas, pelo menos entre o amanhecer e o entardecer. Eles ainda estavam pregados de sono em seus beliches no porão. É claro que todo mundo ia se levantar dentro de uma hora e, se conhecia Z., e ela a conhecia muito bem, haveria uma grande reunião para debater que direção seguir, o que significa que Zoey contaria com a sua presença.

Stevie Rae beliscou as unhas nervosamente. Seria durante o grande debate sobre "o que vamos fazer agora?" que teria de se abrir com Zoey e com todo mundo. Cara, ela não estava nada ansiosa pela hora da reunião.

Para completar a falta de vontade de ir àquela reunião, havia também o fato de Aphrodite ter tido outra visão. Stevie Rae não sabia o que ela tinha visto, mas através de sua Carimbagem sentira a mesma enorme confusão que sua Carimbada sentira por causa da visão, uma confusão que apareceu e sumiu, provavelmente indicando que ela estava caída no sono. O que era bom, pois Stevie Rae não queria que Aphrodite estivesse fisicamente alerta a ponto de sentir o que estava prestes a fazer. E, agora, só podia torcer para que Aphrodite já não soubesse demais.

— Então, é agora ou nunca. Hora de agarrar o touro à unha – Stevie Rae murmurou para si mesma.

Sem dar chance a si mesma de se acovardar, subiu rápida e silenciosamente os degraus do celeiro de raízes e entrou no porão do convento. Claro que todos os novatos vermelhos ainda estavam apagados. O ronco típico de Dallas ressoava pelo quarto escuro, quase a fazendo sorrir.

Ela foi para sua cama vazia e puxou o cobertor. Então, refez o caminho para o porão, seguindo com extraordinária segurança em meio ao breu até a boca do túnel. Entrou nele sem hesitar, adorando o cheiro e a sensação de estar cercada pela terra. Apesar de saber que o que estava prestes a fazer talvez fosse o maior erro de sua vida, a terra ainda assim a tocava e a acalmava, tranquilizando seus nervos à flor da pele como se fosse o abraço familiar de um pai ou uma mãe.

Stevie Rae deu alguns passos já dentro do túnel, e logo veio a primeira leve curva. Então parou e abaixou o cobertor. Respirou fundo três vezes, equilibrando-se. Quando falou, sua voz foi um leve sussurro, mas impregnada de tanto poder que o ar literalmente tremeu como se fosse uma onda de calor emanando do asfalto em um dia quente de verão.

— Terra, você é minha como eu sou sua. Eu a chamo, venha para mim – o túnel ao redor de Stevie Rae ficou instantaneamente tomado pelos aromas de feno e o som do vento soprando por entre as árvores. Ela sentiu a grama inexistente sob os pés. E não foi só isso. Sentiu também a terra ao redor de si, e foi esta a sensação de seu elemento: a da terra como uma entidade dotada de alma.

Ela levantou os braços e apontou com o dedo para o teto baixo do túnel de terra.

— Eu preciso que você se abra para mim. Por favor – o teto tremeu e caiu um pouco de terra, no começo lentamente, mas depois com um som parecido com o de uma velha suspirando, e a terra se abriu acima de Stevie Rae.

Ela pulou para trás por instinto, em direção à proteção das sombras do túnel, mas tinha razão quanto ao sol; realmente não estava dando para vê-lo nem senti-lo. Estava chovendo? Não, ela concluiu quando deu uma olhada no céu lúgubre e umas gotas lhe caíram no rosto, não estava chovendo; estava caindo granizo, bem forte, aliás, o que era melhor ainda para o que tinha a fazer.

Stevie Rae enrolou o cobertor ao redor dos ombros e começou a curta subida pelo lado desmoronado do túnel em direção ao mundo exterior. Ela emergiu não muito longe da Gruta de Maria, entre ela e as árvores que ladeavam a margem leste do convento. Estava tão escuro que parecia que o sol já havia se posto, mas mesmo assim Stevie Rae fez uma careta por causa do desconforto em razão da luz do dia, que a deixava vulnerável, mesmo a luz estando tão filtrada que era praticamente inexistente.

Ela espantou a sensação de desconforto e se recompôs rapidamente, avistando um pouco à esquerda o galpão onde deixara Rephaim. Abaixou a cabeça devido aos projéteis cortantes de chuva congelada e correu até o galpão. Como na noite anterior, ao tocar o trinco, não conseguiu deixar de pensar *Tomara que ele tenha morrido... Seria mais fácil se estivesse morto...*

O galpão estava mais quente do que ela havia imaginado e com um cheiro estranho. Além do cheiro de cortador de grama, de outros equipamentos de jardim movidos a combustível e de vários pesticidas e fertilizantes estocados nas prateleiras do galpão, tinha algo mais. Algo que lhe arrepiou a pele. Stevie Rae deu a volta pelo cortador de grama que estava no meio do caminho e passou a andar lentamente pelos fundos do galpão quando, de repente, se lembrou de que cheiro era aquele e parou completamente.

O galpão, com o aroma de Rephaim e de seu sangue, tinha o mesmo cheiro da escuridão que a cercara depois que "desmorrera", quando sua humanidade fora quase totalmente destruída. O cheiro a lembrava daquele tempo sombrio e dos dias e noites repletos de raiva e desejo, de violência e de medo. Ela soltou um ofego ao ligar uma coisa à outra e entender tudo. Os novatos vermelhos, aqueles *outros* novatos vermelhos, os mesmos que ela tanto relutara em revelar a Zoey, tinham esse mesmo cheiro. Não era uma combinação perfeita, e ela duvidava que um

nariz menos apurado do que o seu conseguisse perceber, mas ela conseguia. Ela percebia, sim. E um mau pressentimento fez seu sangue gelar.
– Você veio sozinha de novo – a voz de Rephaim se fez ouvir.

17

Stevie Rae

As palavras de Rephaim a alcançaram, vindas da escuridão. Sem ver o monstro que ele era, sua voz tinha uma qualidade que o fazia soar assombrosa e dolorosamente humana. Afinal fora isso que o salvara no dia anterior. Sua humanidade tocara Stevie Rae, e ela não conseguira matá-lo.

Mas agora ele estava soando diferente, mais forte do que antes. Ela ficou ao mesmo tempo aliviada e preocupada.

Mas espantou a preocupação. Ela não era nenhuma criança indefesa que fugia ao primeiro sinal de perigo. Era bem capaz de dar umas porradas naquele "passarinho". Stevie Rae empinou a coluna. Tomara a decisão de ajudá-lo a fugir, e era isso que faria, caraca.

– E quem você estava esperando? John Wayne e a cavalaria? – imitando a mãe quando um de seus irmãos ficava doente e manhoso, Stevie Rae foi em frente. A silhueta que antes era uma bola escura acocorada nos fundos do galpão ganhara nitidez, e ela o encarou com a cara mais cética que podia fazer. – Bem, você não morreu e está sentado. Deve estar se sentindo melhor.

Ele virou a cabeça levemente de lado.

– Quem é John Wayne e cavalaria?

– *A* cavalaria. Quer dizer que o pessoal do bem está a caminho. Mas não se anime. Não tem exército nenhum a caminho. Sou só eu mesmo.

– Você não se considera do bem?

Ele a surpreendeu com sua capacidade de conversar de verdade, e ela pensou que, se fechasse os olhos ou desviasse o olhar, quase conseguiria achar que ele era um cara normal. É claro que ela sabia que não era nada disso. Jamais poderia fechar os olhos perto dele nem desviar o olhar. E, se tinha uma coisa que ele não era, essa coisa era um cara normal.

– Bem, é, sou boa, mas não sou exatamente um exército – Stevie Rae olhou para ele, examinando-o de maneira exagerada. Ele ainda estava com a aparência péssima, bastante abatido, ensanguentado e arrebentado, mas não estava mais deitado de lado e todo encarquilhado. Estava sentado, recostado mais para o lado que estava melhor, o esquerdo, nos fundos do galpão. Ele havia arrumado as toalhas que ela deixara sobre seu corpo como se fossem fatias de cobertor. Seus olhos estavam luminosos e alertas, e jamais se desviavam do rosto dela. – E então, você está se sentindo melhor?

– Como você disse, não morri. Onde estão os outros?

– Eu já disse, os outros *Raven Mockers* partiram com Kalona e Neferet.

– Não. Estou falando dos outros filhos e filhas de homem.

– Ah, os meus amigos. A maioria está dormindo. Não temos muito tempo. Não vai ser fácil, mas acho que bolei um jeito de você sair daqui inteiro – ela fez uma pausa e parou de beliscar as unhas. – Você consegue caminhar, não é?

– Farei o que for preciso.

– Que diabo isso quer dizer? Diga simplesmente sim ou não. É importante.

– Sssssim.

Stevie Rae engoliu em seco ao ouvi-lo sibilar e concluiu que estava enganada ao pensar que o acharia normal se não tivesse de olhar para ele.

– Bem, tá, vamos logo com isso então.

– Onde você está me levando?

– A única coisa que consegui pensar é que preciso que vá para um lugar onde possa ficar em segurança e sarar. Você não pode ficar aqui.

Eles vão te achar, com certeza. Ei, você não tem o mesmo problema que seu pai quanto a ficar debaixo da terra, né?

– Eu prefiro o ccccccéu à terra – ele soou amargo, praticamente mordendo as palavras e sibilando com ênfase especial a palavra "céu".

Stevie Rae colocou as mãos na cintura.

– Quer dizer que você não pode ir para debaixo da terra?

– Prefiro não ir.

– Bem, você *prefere* ficar vivo e escondido debaixo da terra, ou aqui em cima, correndo o risco de ser encontrado e morto? – ou *pior*, ela pensou, mas não disse em voz alta.

Ele demorou um pouco para responder, e Stevie Rae começou a imaginar que talvez Rephaim não quisesse realmente viver, uma ideia que não havia levado em consideração. Mas achou que fazia sentido. Seus próprios amigos o abandonaram à morte, e o mundo moderno era tipo um zilhão de vezes diferente do que era na época em que ele estava vivo e encarnado antes, aterrorizando vilarejos Cherokees. Será que tinha feito uma besteira muito grande ao não deixá-lo morrer?

– Eu prefiro viver.

Pela expressão no rosto dele, Stevie Rae pensou que talvez suas palavras fossem uma surpresa tão grande para ele quanto para ela.

– Tá. Tudo bem. Então, você precisa sair daqui – ela deu um passo em direção a ele, mas parou. – Preciso fazer você prometer de novo que vai ser bonzinho?

– Estou fraco demaisssss para oferecer perigo – ele disse simplesmente.

– Tudo bem, então vou considerar que sua palavra de antes continua valendo. Basta você não tentar fazer nenhuma besteira e vamos conseguir resolver isso – Stevie Rae caminhou para perto dele e se agachou. – Acho melhor dar uma olhada nos seus curativos. Devem estar precisando ser trocados ou apertados antes de sairmos – ela conferiu metodicamente sua situação enquanto seguia comentando o que estava fazendo. – Bem, parece que o musgo está agindo. Não estou vendo muito sangue. Seu tornozelo está bem inchado, mas não acho que esteja quebrado. Pelo menos não estou sentindo nenhum osso quebrado – ela enfaixou de novo o tornozelo e apertou as demais ataduras, deixando a asa despedaçada por último. Stevie Rae começou a fixar os curativos que ficaram soltos nas costas de Rephaim que, até então em silêncio e totalmente imóvel, se encolheu e gritou de dor.

– Ah, droga! Foi mal. Sei que a asa está bem ruim.

– Amarre mais pedaços de pano ao redor da asa. Aperte mais contra o corpo. Não vou conseguir caminhar se você não imobilizar a asa completamente.

Stevie Rae assentiu.

– Vou fazer o que posso – ela arrancou mais tiras das toalhas e então ele se inclinou para que ela pudesse alcançar suas costas. Stevie Rae rangeu os dentes e trabalhou com o máximo de agilidade e gentileza que pôde, odiando vê-lo tremer e gemer de dor. Quando terminou com a asa, pegou um pouco de água com a concha e o ajudou a beber. Depois que ele parou de tremer, ela se levantou e estendeu as mãos para ele. – Bem, vamos agarrar o touro à unha.

Ele a fitou de um jeito nitidamente confuso, apesar da estranheza natural de seus traços de homem-pássaro.

Ela sorriu.

– Quero dizer levantar e enfrentar a situação, por mais difícil que seja.

Ele assentiu e lentamente estendeu as mãos para segurar as dela. Ela se preparou e puxou, dando-lhe tempo para se recompor. Ele soltou um ofego de dor e conseguiu se equilibrar, apesar de ter se apoiado um pouco no tornozelo machucado e não parecer muito firme.

Stevie Rae continuou segurando as mãos dele para que pudesse se acostumar a ficar de pé e, se por um lado ela se preocupava com a possibilidade de ele desmaiar, por outro pensou como era estranho ele ter mãos tão quentes e humanas. Ela sempre achou que os pássaros fossem frios e agitados. Na verdade, não gostava muito de aves, nunca gostara. As galinhas de sua mãe sempre a matavam de susto com seus berros, batendo asas feito loucas. De repente, teve um breve *flashback* de si mesma colhendo ovos quando uma galinha gorda voou para cima dela, por pouco não lhe atingindo os olhos.

Stevie Rae estremeceu e Rephaim soltou suas mãos.

– Você está bem? – ela perguntou para cobrir o silêncio desconfortável que se formara entre eles.

Ele fez que sim com um grunhido.

Ela concordou com a acabeça.

– Espere aí. Antes de tentar caminhar muito, vamos ver se arrumo algo para ajudar – Stevie Rae procurou em meio ao material de jardinagem e acabou optando por uma boa pá de ferro com cabo de madeira. Voltou para perto de Rephaim, comparou o tamanho da pá com o seu e, com apenas um movimento ágil, arrancou o cabo de madeira e lhe entregou. – Use isso aqui como bengala. Você sabe, para tirar um pouco do peso do seu tornozelo machucado. E pode se apoiar em mim um pouquinho, mas depois que entrarmos no túnel você vai ter que continuar sozinho, e aí vai precisar disto.

Rephaim pegou o cabo de madeira.

– Sua força é impressionante.

Stevie Rae deu de ombros.

– É bastante útil.

Rephaim tentou dar um passo para a frente usando o cabo de madeira para apoiar um pouco do peso e até conseguiu caminhar, mas Stevie Rae viu que estava sentindo muita dor. Mesmo assim, ele se arrastou sozinho até a porta do galpão, onde fez uma pausa e olhou para ela com expectativa.

– Primeiro vou enrolar isto aqui em você. Estou contando que ninguém vá nos ver, mas é possível que alguma freira bisbilhoteira esteja olhando pela janela, e, se estiver, só vai me ver ajudando alguém enrolado em um cobertor. Pelo menos é o que espero.

Rephaim assentiu e Stevie Rae enrolou nele o cobertor, colocando-o sobre a cabeça e prendendo a ponta na atadura sobre o peito do homem-pássaro.

– Meu plano é o seguinte: você conhece os túneis nos quais estávamos ficando debaixo da estação de trem desativada no centro da cidade, não conhece?

– Conheço.

– Bem, eu meio que os ampliei.

– Não entendi.

– Minha afinidade é com o elemento terra. Posso controlá-la, mais ou menos. Pelo menos alguns aspectos dela consigo controlar. Uma das coisas que recentemente descobri é que posso fazer a terra se mexer, tipo para abrir um túnel. E foi o que fiz para fazer uma ligação entre a estação e o convento.

– Foi esse tipo de poder que meu pai disse que você tinha.

Stevie Rae com certeza não queria falar com Rephaim sobre seu horroroso pai, nem pensar por que ele teria falado sobre ela e seus poderes.

– É, bem, enfim... abri parte do túnel que fiz para poder subir aqui. Não fica longe do galpão. Vou te ajudar a chegar lá. Quando chegar ao túnel, quero que vá por ele até chegar à estação de trem. Lá tem abrigo e comida. Na verdade, é legal pra caramba. Você vai ficar de boa por lá.

– E por que seus aliados não vão me achar nesses túneis?

– Primeiro, porque vou fechar o túnel que conecta a estação e o convento. Depois vou dizer aos meus amigos alguma coisa para fazer com que fiquem afastados dos túneis da estação por enquanto. E espero que "por enquanto" seja tempo suficiente para você sarar e se virar antes que eles apareçam.

– O que você vai dizer para eles ficarem longe dos túneis?

Stevie Rae suspirou e esfregou o rosto com as mãos.

– Vou contar a verdade. Que há mais novatos vermelhos, que eles estão escondidos nos túneis da estação e que são perigosos, pois não optaram pelo bem, e sim pelo mal.

Rephaim ficou em silêncio por vários segundos. E enfim disse:
– Neferet tinha razão.

– Neferet! Como assim?

– Ela vivia dizendo ao meu pai que tinha aliados entre os novatos vermelhos e que eles seriam soldados prontos a lutar por sua causa. Era desses novatos vermelhos que ela estava falando.

– Só pode ser – Stevie Rae murmurou com tristeza. – Eu não queria acreditar nisso. Queria acreditar que eles fossem acabar escolhendo a humanidade ao invés da escuridão. Só precisavam de tempo para esclarecer as coisas em suas cabeças, foi o que pensei. Acho que eu estava errada.

– São esses novatos que vão manter seus amigos longe dos túneis?

– Mais ou menos. Na verdade, sou eu quem vai mantê-los afastados. Vou ganhar tempo para você e para eles – ela olhou nos seus olhos. – Mesmo se eu estiver errada.

Sem dizer mais nada, ela abriu a porta, foi para o lado dele, levantou seu braço e o colocou sobre seus ombros, e assim os dois saíram em direção ao anoitecer gelado.

Stevie Rae sabia que Rephaim estava sofrendo dores terríveis ao sair do galpão em direção à abertura no chão que ela fizera e que dava no túnel. Mas o único som que ele emitiu foi o de sua respiração difícil. Apoiou todo seu peso sobre Stevie Rae, que ficou novamente surpresa com o calor e a sensação familiar de um braço masculino sobre o ombro, misturado ao corpo emplumado que ela estava ajudando a carregar. Ela ficou olhando para ele, quase morta de medo de que alguém, como o irritante metido a macho do Erik, aparecesse. O sol velado estava se pondo. Stevie Rae podia senti-lo se afastando do céu coberto de gelo. Era questão de tempo para que os novatos, os *vamps* e as freiras começassem a se mexer.

– Vamos lá, você está indo bem. Você consegue. Temos que nos apressar – ela ficou murmurando para Rephaim, encorajando-o e tentando acalmá-lo em meio ao medo e culpa que ela sentia.

Mas ninguém gritou nem correu atrás deles e, em muito menos tempo do que previra, Stevie Rae chegou à abertura para o túnel.

– Vá descendo de costas, com as mãos e os pés. Não é longe. Vou segurá-lo a maior parte do caminho para te ajudar a ficar firme.

Rephaim não perdeu tempo nem energia com palavras. Ele assentiu e tirou o cobertor de cima das costas, e então Stevie Rae segurou seu braço bom – contente por ser grande e aparentemente forte e resistente, ainda que ele pesasse menos do que ela – e o ajudou a desaparecer lenta e dolorosamente terra adentro. Depois, o seguiu. No túnel, Rephaim se recostou na parede de terra, tentando ganhar fôlego. Stevie Rae bem que queria poder descansar, mas a sensação sinistra na nuca gritava que os outros estavam acordando e que viriam atrás dela e a *encontrariam com seu Raven Mocker!*

– Você tem que continuar sozinho. Vai. Sai daqui. Vá por lá – ela apontou para o breu em frente a eles. – O escuro vai ser dos grandes. Desculpe, mas não tenho tempo de pegar uma lanterna. Tudo bem para você seguir no escuro?

Ele assentiu.

– Eu sempre prefiro a noite.

– Ótimo. Siga esse túnel até chegar ao ponto em que as paredes de terra passam a ficar cimentadas. Aí você vira à direita. A coisa vai ser confusa, pois quanto mais perto você chegar da estação, mais túneis vão aparecer. Mas fique no principal. Ele estará iluminado, ou pelo menos espero que esteja. De um jeito ou de outro, se você seguir em frente vai encontrar iluminação, comida e quartos com camas e tudo.

– E os novatos escondidos.

Ele não perguntou, mas Stevie Rae respondeu.

– É. Quando os outros novatos vermelhos e eu estávamos morando lá, eles ficavam afastados dos túneis principais e dos nossos quartos e tudo mais. Não sei o que estão fazendo agora porque não estamos mais lá e, sinceramente, não sei o que farão com você. Não acho que vão querer comer você, porque seu cheiro não é nada apetitoso. Mas não tenho certeza. Eles são... – ela fez uma pausa à procura das palavras certas. – Eles são diferentes de mim... e do resto de nós.

– Eles são da escuridão. Como já disse, estou bem acostumado a ela.

– Tá certo. Bem, vou acreditar que você vai ficar de boa – Stevie Rae fez outra pausa, sem saber o que dizer, até que finalmente voltou a falar. – Então, acho que a gente se vê qualquer hora dessas.

Ele a encarou sem dizer nada.

Stevie Rae se irritou.

— Rephaim. Você tem que ir. Agora. Aqui não é seguro. Assim que você pegar o rumo do túnel vou fechar essa parte com terra para que ninguém possa segui-lo por aqui, mas mesmo assim você precisa se apressar.

— Não entendo por que você trai seu pessoal para me ajudar – ele disse.

— Não estou traindo ninguém; apenas não quero matá-lo! – ela gritou, e então baixou a voz. – Por que deixar você ir embora significa trair meus amigos? Não posso estar simplesmente escolhendo pela vida ao invés da morte? Olha, escolhi o bem ao invés do mal. Qual a diferença que há entre isso e deixar você vivo?

— Você não acha que ao me salvar está fazendo uma escolha por aquilo que você chama de mal?

Stevie Rae olhou para ele longamente antes de responder.

— Então disse isso para a sua consciência. Você escolhe o que vai ser na vida. Seu pai foi embora. Os outros *Raven Mockers* também. Minha mãe costumava cantar uma canção boba para mim quando eu era criança, fazia alguma besteira e acabava me machucando. Ela cantava que eu precisava me levantar, sacudir a poeira e dar a volta por cima. E é isso que você precisa fazer. Só estou lhe dando a chance de fazer isso – Stevie Rae estendeu a mão. – Então, espero que da próxima vez que nos encontrarmos, não seja como inimigos.

Rephaim olhou para a mão estendida de Stevie Rae, depois para seu braço e para a mão outra vez. Então, lentamente, quase com relutância, ele a segurou. Não foi um aperto de mão tradicional, e sim a tradicional saudação dos vampiros, um segurando no antebraço do outro.

— Eu lhe devo a vida, Sacerdotisa.

Stevie Rae sentiu o rosto corar.

— Pode me chamar de Stevie Rae. Não me sinto muito Sacerdotisa no momento.

Ele abaixou a cabeça.

— Então é a Stevie Rae que devo a vida.

— Faça a coisa certa e me considerarei recompensada – ela disse. – *Merry meet*, *merry part* e *merry meet* outra vez, Rephaim.

Ela tentou soltar o braço da mão dele, mas ele não soltou.

– Eles são todos como você, os seus aliados?
Ela sorriu.
– Que nada, eu sou mais esquisita que a maioria deles. Sou a primeira vampira vermelha, e às vezes acho que isso faz de mim uma espécie de experimento ou experiência.
Ainda segurando o braço dela, ele disse: – Eu fui o primeiro dos filhos de meu pai.
Apesar de ele continuar olhando-a fixamente, ela não conseguiu decifrar a expressão em seu rosto. Tudo que viu à meia-luz do túnel foi o formato humano de seus olhos com aquele brilho vermelho de outro mundo, o mesmo brilho vermelho que assombrava seus sonhos e às vezes tomava conta de sua vista, tingindo tudo de escarlate, de raiva e de Trevas. Ela balançou a cabeça e disse, mais para si mesma: – Ser o primeiro pode ser difícil.
Ele assentiu e finalmente soltou seu braço. Sem dizer mais nada, ele deu meia-volta e saiu se arrastando escuridão adentro.
Stevie Rae contou lentamente até cem e levantou os braços.
– Terra, eu preciso de você outra vez – no mesmo instante seu elemento respondeu, preenchendo o túnel com os aromas de um prado primaveril. Ela respirou fundo antes de continuar. – Derrube o teto. Encha esta parte do túnel. Feche o buraco que fez para mim; tampe-o, deixe-o lacrado de novo para que ninguém mais passe aqui.
Ela recuou antes de a terra em frente e em cima começar a se mexer, para depois cair como chuva, deslocando-se e se solidificando até não restar mais nada, a não ser um muro concreto de terra na sua frente.
– Stevie Rae, que diabo você está fazendo?
Stevie Rae se voltou, apertando a mão sobre o coração.
– Dallas! Você quase me fez cuspir a alma pela boca de susto! Caraca, acho que você quase me fez sofrer um ataque cardíaco, na boa.
– Desculpe. É tão difícil espreitar você que achei que você sabia que eu estava aqui.
Com o coração mais disparado ainda, Stevie Rae observou o rosto de Dallas, tentando ver se havia algum sinal de que ele soubesse que não

estivera sozinha, mas ele não pareceu desconfiado, irritado nem traído. Apenas curioso e meio triste. Suas palavras confirmaram que ele não estava lá a tempo de ver Rephaim.

– Você fechou o túnel para impedir o resto deles de ir para o convento, não é?

Stevie Rae assentiu e tentou não transparecer na voz o alívio que estava sentindo.

– É. Achei que não era uma boa permitir que eles tivessem acesso direto às freiras.

– Elas seriam aperitivos para eles – os olhos de Dallas cintilaram perversamente.

– Não seja nojento – mas ela não conseguiu deixar de lhe sorrir. Dallas era realmente adorável. Além de ser seu namorado não oficial, também era um gênio em relação a tudo que tivesse a ver com eletricidade, encanamento ou qualquer coisa que se encontrasse na Home Depot[3], basicamente.

Ele também sorriu para ela, aproximou-se e tocou um dos seus cachos dourados.

– Não estou sendo nojento, mas franco. E você não vai me dizer que nunca lhe passou pela cabeça como seria fácil devorar essas freiras.

– Dallas! – ela lhe lançou um olhar feio, verdadeiramente chocada com o que ele havia dito. – Nem morta que já pensei em devorar uma freira! Soa até mal. E, como já disse antes, não é bom ficar pensando muito em devorar pessoas. Não faz bem.

– Ei, relaxe gatinha. Estou só zoando – ele olhou para o muro de terra atrás dela. – E como você vai explicar isso a Zoey e para o resto do pessoal?

– Vou fazer o que já devia ter feito antes. Vou falar a verdade.

– Pensei que você queria ficar na sua em relação aos outros novatos por pensar que eles acabariam ficando como a gente.

– É, bem, estou começando a achar que pensei errado.

---

3   Loja de departamentos americana. (N.T.)

– Tudo bem, você é quem sabe. Você é nossa Grande Sacerdotisa. Conte a Zoey o que quiser. Na verdade, você pode fazer isso agora mesmo. Zoey acabou de convocar uma reunião no refeitório. Eu vim te avisar.

– Como você soube onde me encontrar?

Ele sorriu para Stevie Rae outra vez e pôs o braço nos seus ombros.

– Eu te conheço, gatinha. Não foi muito difícil imaginar onde você estava.

Eles começaram a caminhar juntos para fora do túnel. Stevie Rae levou o braço à cintura de Dallas. Ela se apoiou nele, contente por ter um cara de verdade ao seu lado. Era um alívio seu mundo voltar a ser o que ela achava normal. Tirou Rephaim da mente. Simplesmente ajudara alguém que estava ferido, só isso. E agora estava terminado. Sério mesmo, ele era só um *Raven Mocker* gravemente ferido. Que tipo de problema poderia causar?

– Você me conhece, é? – ela bateu com o seu quadril no dele.

Ele apertou o corpo contra o dela.

– Não tanto quanto ainda quero conhecer, gatinha.

Stevie Rae riu, ignorando o fato de soar meio maníaca em seu esforço de ser normal.

Ela também ignorou o fato de ainda sentir o cheiro pesado de Rephaim em sua pele.

18

Zoey

Eu estava naquele estado mágico e nebuloso entre o sono e o despertar quando ele me puxou para junto do seu corpo. Ele era tão grande e, forte e duro, totalmente em contraste com sua presença física e o hálito doce e leve que vinha dos delicados beijos que me dava na lateral do pescoço, causando um formigamento que me fazia tremer.

Eu estava quase adormecida e não queria acordar de vez ainda, mas suspirei de alegria e estiquei meu pescoço, facilitando para ele. Seus braços me envolvendo eram a coisa mais perfeita. Eu adorava ficar perto dele e estava pensando como era bom saber que Stark era meu guerreiro quando murmurei, sonolenta: – Você deve estar mesmo se sentindo melhor.

Seu toque se tornou mais sensual e menos delicado.

Estremeci de novo.

Então, minha mente inebriada registrou duas coisas simultaneamente. A primeira: eu não estava tremendo por gostar do que ele estava fazendo, apesar de não restar dúvida de que gostava. Eu estava tremendo porque seu toque era *frio*. A segunda: o corpo junto ao meu era grande demais para ser de Stark.

Naquele instante, ele sussurrou: – Está vendo como sua alma anseia por mim? Você virá para mim. Você está destinada a vir, e eu estou destinado a esperar por você.

Arfei de susto, acordei e me sentei.

Eu estava completamente sozinha.

Calma... calma... calma... Kalona não está aqui... está tudo bem... foi só um sonho...

Sem pensar, automaticamente comecei a controlar minha respiração e a colocar rédeas nas minhas emoções, que estavam nitidamente a um triz do descontrole.

Stark não estava no quarto, e a última coisa que queria era que ele viesse correndo por sentir meu pânico, afinal de contas, eu não estava correndo nenhum perigo real. Podia não ter certeza de um monte de coisas, mas de uma não tinha a menor dúvida: não queria que Stark começasse a pensar que não podia sair nunca do meu lado.

Sim, eu era louca por ele, e era uma felicidade ter aquela ligação, mas não era por isso que eu ia querer que achasse que eu não podia fazer nada sem ele. Ele era meu guerreiro, não minha babá nem meu perseguidor e, se ele começasse a pensar que teria de me vigiar constantemente... ficar que nem um bobalhão me olhando enquanto eu durmo...

Contive um gemido de horror.

A porta que dava para o banheirinho compartilhado pelo meu quarto e pelo quarto ao lado se abriu e Stark entrou, olhando diretamente para mim. Ele estava de calça jeans e camiseta preta com o logo do *Street Cats Catholic Charities*, enxugando os cabelos molhados com uma toalha. Acho que devo ter me acalmado e dado um jeito na minha cara de pânico, pois assim que me viu sentada na cama, sozinha e sem correr qualquer perigo, sua expressão de preocupação se transformou em sorriso.

– Ei, você está acordada. Foi o que pensei. Você está bem?

– Tô de boa – respondi logo. – Só que acordei quando estava quase caindo da cama. Quase surtei.

Seu sorriso ganhou aquele jeito metidinho de sempre.

– Você provavelmente deu pela falta do meu corpo quente e gostoso, tentou achá-lo e quase rolou para fora da cama.

Olhei para ele arqueando a sobrancelha.

– Tenho certeza de que não foi isso – a menção ao seu corpo (sim, quente e gostoso, mas não vou deixá-lo pensar que estou de quatro) me fez observá-lo, e me dei conta de que era bonito sim, no sentido de ser mais do que quente e gostoso. Ele estava bem menos pálido do que estava na hora em que fomos dormir, pisando com mais firmeza e segurança.

– Você parece melhor.

– Eu estou melhor. Darius tinha razão, sarei rápido. Boas oito horas de sono e três saquinhos de sangue que peguei quando você estava roncando bastaram, me fizeram sentir bem melhor – ele foi até a cama, inclinou-se e me beijou de leve. – Acrescente a isso o fato de eu saber que posso impedir que você tenha pesadelos com Kalona, e eu diria que estou pronto para encarar qualquer coisa.

– Eu não ronco – falei com a maior firmeza, então suspirei e envolvi sua cintura com meus braços, apoiando-me nele e deixando a força de sua presença física espantar o que restava do pesadelo com Kalona. – Que bom que você está se sentindo melhor.

Será que eu devia dizer a Stark que Kalona ainda estava invadindo meus sonhos, mesmo ele estando tão perto e concentrado em me proteger? Provavelmente. Talvez, se contasse, as coisas viessem a tomar um rumo diferente. Mas, só pensei em não estragar o alto-astral que ele estava demonstrando, por isso descansei em seus braços, até que me lembrei de que nem havia escovado os cabelos nem nada. Passei os dedos no meu cabelo de quem acabou de acordar, virei o rosto para não lançar meu bafo de quem ainda não escovara os dentes no rosto de Stark e saí de seus braços para ir ao banheiro. Virei a cabeça para trás e disse: – Pode me fazer um favor enquanto tomo banho?

– Claro – ele me lançou seu sorrisinho metido, o que me transmitiu imediatamente o quanto ele estava se sentindo bem. – Quer que esfregue suas costas?

– Ahn, não. Mas obrigada. Acho – nossa, parece que os homens não pensam em outra coisa! – Quero que você reúna os novatos, tanto os vermelhos quanto os azuis, e também Aphrodite, Darius, a irmã Mary

Angela, minha avó e qualquer um que você ache que precise estar na discussão de quando e como vamos voltar à escola.

– Prefiro esfregar suas costas, mas tudo bem. Seu desejo, minha dama, é uma ordem – ele abaixou a cabeça e me saudou com a mão sobre o coração.

– Obrigada – minhas palavras saíram suaves. A expressão de respeito e confiança de Stark subitamente me deixou à beira das lágrimas.

– Ei – seu sorriso se desfez. – Você parece triste. Está tudo bem?

– Estou só muito agradecida por ter você como meu guerreiro – e era verdade, apesar de não ser toda ela.

Seu sorriso estava de volta.

– Você é uma Grande Sacerdotisa sortuda.

Balancei a cabeça em fingida censura à sua infinita presunção e pisquei os olhos, afastando aquelas lágrimas ridículas.

– Reúna o pessoal para mim, tá?

– Tá. Quer fazer o encontro no porão?

Fiz uma careta.

– De jeito nenhum. Que tal você pedir à irmã Mary Angela para ser no refeitório? Aí podemos comer e conversar.

– Pode deixar.

– Obrigada.

– Até daqui a pouco, minha dama – ele me saudou formalmente de novo, com os olhos brilhando, e saiu apressado do quarto.

Mais lentamente, entrei no banheiro. Escovei os dentes mecanicamente e entrei debaixo do chuveiro. Fiquei um bom tempo apenas deixando a água quente cair sobre mim. Então, quando senti que estava mais calma, pensei em Kalona.

Eu relaxei nos braços dele. E não estava revivendo uma das lembranças de A-ya, nem mesmo sob sua influência, mas me entreguei quando ele me tocou, e o resultado foi tão aterrorizante quanto revelador. Parecia certo estar com ele. Tão certo que o confundi com meu guerreiro, com quem eu era ligada através de um Juramento Solene! E não parecia sonho. Eu estava acordada demais, perto demais da consciência plena. Aquela última visita de Kalona me abalara profundamente.

– Por mais que tente lutar contra isso, minha alma o reconhece – sussurrei para mim mesma. E então, como se meus olhos estivessem com inveja da água que já corria pelo meu rosto, comecei a chorar.

Achei o refeitório seguindo meu nariz e meus ouvidos. Ao longo do corredor, ouvi vozes conhecidas rindo em meio aos ruídos de pratos e talheres, e pensei brevemente se as freiras realmente não se importavam com aquela verdadeira invasão de adolescentes futuros vampiros. Parei em frente à grande entrada arqueada do salão, certificando-me de como as freiras estavam se dando com o pessoal. Havia três fileiras de mesas compridas. Pensei que fosse vê-las agrupadas de um lado, isoladas de nós, mas não. Claro que, no geral, elas estavam sentadas em duplas e trios, mas cercadas pelos novatos – vermelhos e azuis –, e todos conversavam, o que matava completamente a imagem estereotipada que eu tinha do refeitório das freiras como um lugar de preces e tranquilas (e tediosas) reflexões.

– Vai ficar enrolando aí parada ou entrar de uma vez?

Virei-me e vi Aphrodite e Darius parados atrás de mim. Estavam de mãos dadas, parecendo bastante radiantes e, como as gêmeas diriam, tão alegres que doía.

– *Merry meet*, Zoey – Darius me saudou formalmente, mas seu sorriso deu um toque caloroso e espontâneo ao gesto respeitoso.

Olhei para Aphrodite como quem diz "pelo menos um dos dois tem educação", antes de sorrir para o guerreiro.

– *Merry meet*, Darius. Vocês dois parecem bastante felizes. Pelo jeito, arrumaram onde dormir – fiz uma pausa, olhei para Aphrodite outra vez e completei: – Dormir ou sei lá o quê.

– Eles me garantiram que só *dormiram* – irmã Mary Angela enfatizou a palavra ao se aproximar da porta do refeitório.

Aphrodite revirou os olhos para a freira, mas não disse nada.

– Darius me explicou que o anjo caído andou visitando seus sonhos e que Stark, ao que parece, é capaz de afugentá-lo – ela disse com seu jeito típico de ir direto ao ponto.

– E o que Stark fez? – Heath veio correndo me dar um abraço forte e um selinho nos lábios. – Preciso dar uma porrada nele?

– Pouco provável que você consiga – Stark disse, vindo do refeitório para se juntar a nós.

Ao contrário de Heath, ele não me agarrou, mas seu olhar era tão quente e íntimo que pareceu me tocar tanto quanto o abraço que acabara de ganhar.

De repente senti uma espécie de *namoradoclaustrofobia*. Tipo, teoricamente um mini-harém de garotos parecia uma ótima ideia, mas eu estava rapidamente descobrindo que, assim como certas calças jeans de grife, a ideia era melhor que a realidade. Como se para reforçar meus pensamentos, Erik resolveu se juntar ao grupo naquele instante. Vênus, a novata vermelha com quem Aphrodite dividia o quarto antigamente, estava praticamente colada a ele. Eca. Nada mais que eca.

– Oi, pessoal. Rapaz, estou faminto! – Erik disse, exibindo seu sorriso caloroso de astro de cinema do qual eu costumava gostar tanto.

De canto de olho, vi Heath e Stark ficarem boquiabertos com o grude repentino de Erik e Vênus, e então me dei conta de que meus outros dois namorados não sabiam que eu tinha dado o fora em Erik. Dei um suspiro de pura irritação e, em vez de ignorá-lo dando o gelo que gostaria de ter dado, também lhe dirigi um sorriso tão luminoso quanto falso.

– Oi Erik, oi Vênus. Bem, se estão com fome, vieram ao lugar certo. O cheiro neste refeitório está bom demais.

O sorriso de Erik murchou por um breve instante, mas sem dúvida começara a usar seu talento de ator para parecer que ele já tinha me esquecido tipo uns quinze segundos após terminarmos.

– Oi, Zoey. Não tinha te visto. Como sempre, cercada de homens – ele passou por mim dando uma risadinha cínica e esbarrando no ombro de Stark.

– Se eu atirar uma flecha e pensar em um bundão, você ficaria surpresa se atingisse Erik? – Stark me perguntou com uma voz alegre e tranquila.

– Eu não me surpreenderia – Heath respondeu.

– Pois eu digo, por experiência pessoal, que Erik tem uma bunda linda – Vênus disse e seguiu Erik para dentro do refeitório.

– Ei, Vênus, tenho uma palavra para você – Aphrodite a chamou. Vênus hesitou e virou o pescoço para a ex-companheira de quarto. Aphrodite deu seu melhor sorriso de desprezo e disse: – Estepe – ela fez uma pausa, deu um sorriso falso e disse: – Boa sorte para você.

Foi quando percebi que todos os olhos do refeitório estavam voltados para nós e que todos tinham parado de conversar.

Erik fez um breve gesto possessivo com a mão e Vênus foi em sua direção feito um cachorrinho. Ela entrelaçou o seu braço ao de Erik e apertou o seio junto ao cotovelo dele. E então começaram os sussurros em uníssono.

– *Erik e Zoey terminaram!*
– *Erik está com Vênus!*
– *Zoey e Erik não estão juntos!*
Ah, que se dane.

19

Zoey

– Nunca gostei dele – Heath me beijou no alto da cabeça e esfregou meus cabelos como se eu tivesse dois anos de idade.

– Você sabe que odeio quando faz isso! – reclamei, tentando ajeitar meu cabelo que já estava todo armado porque, pelo jeito, as freiras não acreditavam em ferro de engomar.

– Eu também nunca gostei dele – Stark pegou minha mão e a beijou. E olhou nos olhos de Heath: – Não gosto muito desse negócio de você e Zoey serem Carimbados, mas não tenho problema nenhum com você.

– Também sou tranquilo com você, cara – Heath devolveu. – Mas não gosto muito desse negócio de você dormir com Zo.

– Ei, faz parte da função de guerreiro, tomar conta dela e tal.

– Pausa para vomitar – Aphrodite disse. – Aliás, patetas da testosterona, fiquem sabendo que foi Z. quem deu o fora em Erik, por mais que ele tente distorcer a história. Lembrem-se de que ela pode fazer o mesmo com vocês se ficarem irritantes demais – ela se desvencilhou de Darius, veio para perto de mim com passos decididos e olhou nos meus olhos. – Está pronta para encarar as massas "pé no saco"?

– Em um segundo – voltei-me para a irmã Mary Angela. – Como minha avó acordou?

– Exausta. Receio que ontem ela tenha se esforçado além da conta.

– Ela está bem?

– Vai ficar.

– Talvez seja melhor eu aparecer no quarto dela e... – comecei a sair do refeitório, mas Aphrodite segurou meu pulso.

– Vovó vai ficar boa. No momento, tenho certeza de que sua avó prefere que você resolva o que a gente vai fazer do que fique se estressando com ela.

– Estressar? Alguém falou em se estressar? – Stevie Rae dobrou o canto do corredor com Dallas ao lado. – Oi, Z.! – ela me deu um abraço forte. – Desculpe por fazer você esquentar a cabeça. Acho que nós duas andamos muito estressadas ultimamente. Me perdoa? – ela sussurrou.

– É claro – sussurrei em resposta e tentei não torcer o nariz ao abraçá-la. Ela estava fedendo a porão, terra e algo mais que não consegui identificar. – Ei – chamei-a rápido e baixinho. – Terminei com Erik e ele está com Vênus na frente de todo mundo.

– Bem, isso é tão ruim quanto sua mãe esquecendo do seu aniversário – ela disse em voz alta, sem prestar atenção à plateia.

– É – confirmei. – Maior vacilo mesmo.

– Você vai encarar ou sair com o rabo entre as pernas? – ela me perguntou com um sorrisinho lindo e malicioso.

– O que é que você acha, Ado Annie? – Aphrodite perguntou. – Z. não é de fugir da briga.

– Quem é Ado Annie? – Heath perguntou.

– Sei lá – Stark deu de ombros.

– É uma personagem do musical *Oklahoma*! – irmã Mary Angela disse, tentando limpar a garganta para conter o riso. – Podemos tomar o café da manhã? – sorrindo, a freira foi para o refeitório.

Suspirei e tive vontade de sair berrando pelo corredor na direção oposta.

– Vamos, Z. Vamos entrar e comer alguma coisa. Além do mais, tenho uma coisa para dizer que vai fazer seus problemas com namorados parecerem nada – Stevie Rae agarrou minha mão e a balançou, puxando-me para a sala de jantar. Seguidas por Stark, Heath, Darius, Aphrodite e Dallas, nos sentamos ao lado da irmã Mary Angela na mesma mesa onde Damien, Jack e as gêmeas já estavam sentados.

– Ei, Z.! Até que enfim você acordou! Dá só uma olhada nessas panquecas deliciosas que a freira nos preparou – Jack veio me avisar.

– Panquecas? – meu mundo se iluminou no mesmo instante.

– É! Travessas e mais travessas disto e de bacon e batatas fritas picadas. É melhor do que a IHOP!⁴ – ele deu uma olhada para a mesa e gritou: – Ei! Passem-me as panquecas!

As travessas começaram a se aproximar e a minha boca, a salivar. Eu simplesmente *adoro* panquecas.

– Nós gostamos mais de rabanadas⁵ – Shaunee disse.

– É, panquecas são doces e moles demais – Erin acrescentou.

– Panquecas não são doces e moles demais – Jack rebateu.

– *Merry meet*, Z. – Damien me cumprimentou com a clara intenção de abortar a polêmica panquecas x rabanadas.

– *Merry meet* – sorri para ele.

– Ei, tirando seu cabelo armado, você está com uma cara bem melhor – Jack disse.

– Obrigada. Acho – respondi, já dando uma boa mordida na minha panqueca.

– Eu acho que ela está linda – Stark disse de seu lugar à mesa, um pouquinho depois de Zoey.

– Eu também. Gosto do cabelo da Zoey depois que ela acaba de acordar – Heath sorriu para mim.

Eu estava revirando os olhos para ambos quando a voz de Erik atravessou o recinto em minha direção.

– Nossa, aqui está muito, muito cheio – ele estava de costas para nós, o que não o impediu de projetar sua voz insolente.

---

4 International House of Pancakes – Casa Internacional das Panquecas, rede de restaurantes americana especializada em café da manhã. (N.T.)
5 Em inglês, *French toast*, o que, no contexto, implica um tom mais "elegante" ou esnobe (N.T.)

Por que as separações tinham de ser difíceis? Por que Erik não podia abrir mão de agir como canalha? *Porque você o magoou de verdade*, foi o que me veio à mente, mas estava cansada de ficar me preocupando com os sentimentos dele. Ele era um cafajeste possessivo! Além de ser hipócrita pra cacete. Ele me chamou de vagabunda, mas não deixou passar nem um dia sequer para ficar com outra. Que coisa.

– Espera, Erik com Vênus? – a voz de Jack me chamou a atenção.

– Nós terminamos ontem à noite – eu disse, servindo-me de mais panquecas com ar de indiferença e acenando para Erin me passar a travessa de bacon.

– É, foi isso que Aphrodite nos disse. Mas agora ele está com *Vênus*? Assim, de uma hora para outra? – Jack repetiu, encarando Erik e a garota citada, que estava tão grudada nele que parecia uma espécie de sanguessuga sufocante. Não sei como ele estava conseguindo comer. – Pensei que ele fosse um cara legal – Jack pareceu incrivelmente jovem e desiludido, como se Erik tivesse destruído seu mito de cara legal.

Dei de ombros.

– Está tudo bem, Jack. Erik não é má pessoa. Nós é que não damos certo *juntos* – tentei consolá-lo, chateada de vê-lo daquele jeito. Então, para mudar de assunto, anunciei: – Aphrodite teve outra visão.

– O que foi que você viu? – Damien lhe perguntou.

Aphrodite deu uma olhada para mim e eu assenti de modo quase imperceptível.

– Kalona queimando *vamps* e gente.

– *Queimando*? – Shaunee falou na hora. – É o tipo de coisa que sou capaz de encarar. Eu sou a Miss Fogo.

– Isso aí, gêmea – Erin vibrou.

– Compartilhadoras de cérebro, *vocês* não estavam na visão – Aphrodite apontou para as gêmeas com seu garfo melado. – Mas tinha fogo, sangue, horror e coisas do tipo na visão. Vocês duas deviam estar fazendo compras.

Shaunee e Erin olharam para Aphrodite apertando os olhos de raiva.

– Zoey estava onde? – Damien perguntou.

Os olhos de Aphrodite procuraram os meus antes de responder.

– Zoey estava lá. Em uma das minhas visões, isso era bom. Na outra, já não era.

– E isso quer dizer o quê? – Jack perguntou.

– A visão foi confusa. Acho que vi também uma faca de dois gumes.

Para mim era óbvio que ela estava enrolando, mas, na hora que abri a boca para mandá-la contar tudo, Kramisha, que estava sentada na mesma mesa, à minha direita, levantou o braço e agitou o pedaço de papel que tinha na mão.

– Eu sei o que quer dizer – ela disse. – Pelo menos em parte. Escrevi isto aqui ontem à noite, antes de dormir – ela sorriu para a irmã Mary Angela. – Depois que acabamos de ver aquele filme de freiras.

– Que bom que você gostou, querida – irmã Mary Angela disse.

– Eu gostei, mas ainda acho que aqueles garotos eram maus.

– Dá para parar de enrolar? – Aphrodite perguntou.

– Você podia ser um pouquinho mais paciente – Kramisha pediu. – E educada. Seja como for, é para Zoey. Tome, passe para ela.

O pedaço de papel passou de mão em mão até chegar a mim. Como todo mundo provavelmente já imaginava, era um dos poemas de Kramisha. Eu contive um suspiro.

Como se estivesse lendo minha mente, Aphrodite disse: – Por favor, diga que não é outro daqueles poemas proféticos. Deusa, eles me dão dor de cabeça!

– Então é melhor preparar um estoque de Tylenol – eu disse. Li a primeira linha, pisquei os olhos e os voltei para Aphrodite. – O que foi que você acabou de falar? Não falou algo sobre uma faca?

– Ela disse que o fato de você estar lá com Kalona era uma faca de dois gumes. Por isso estou lhe dando o poema agora, ao invés de esperar uma oportunidade mais discreta. – Kramisha olhou feio para Erik e acrescentou: – Não sou deste tipo sem noção que fica expondo assuntos particulares em público.

– Esta é a primeira linha do poema: *Uma faca de dois gumes* – eu disse.

– Que sinistro – Stevie Rae observou.

– Se é – exclamei, olhando fixo para o poema. – Bota sinistro nesta história.

– O que você quer fazer em relação a isso? – Damien me perguntou.

– Quero que meus amigos me ajudem a decifrar este poema. Mas quero fazer isso em casa – anunciei simplesmente.

Damien sorriu e assentiu.

– Casa. Isso soou bem.

Olhei para Aphrodite.

– O que você acha?

– Acho que estou sentindo muita falta do chuveiro Vichy do banheiro da minha suíte.

– Darius? – perguntei.

– Acho que precisamos voltar antes de parar para nos concentrarmos em alguma coisa.

– Shaunee e Erin?

Elas se entreolharam, e então Erin respondeu: – Casa. Com certeza.

– Stevie Rae?

– Bem, tenho que dizer uma coisa a vocês todos antes de poder tomar qualquer grande decisão.

– Tá, vá em frente – dei-lhe força.

Stevie Rae respirou fundo e expirou entre os lábios tensos e cerrados, como se estivesse fazendo teste de asma. Suas palavras vieram logo em seguida, rápidas e claras, alcançando todo o salão.

– Há mais novatos vermelhos além desses que estão aqui. Eles não mudaram quando eu mudei com esses. Ainda são do mal. Eu acho... Acho que eles ainda devem estar ligados a Neferet – ela se virou para mim e seus olhos imploravam por compreensão. – Não disse nada porque queria dar uma chance a eles. Achei que iam reencontrar seu lado humano se ficassem na deles, pensando por si mesmos, ou então que talvez eu pudesse ajudá-los. Sinto muito, Z. Eu não queria causar problemas, e nunca tive intenção de mentir para você.

Eu não podia ficar chateada com Stevie Rae. Só aliviada por ela finalmente confessar a verdade.

– Às vezes a gente não pode dizer aos amigos tudo que gostaria – respondi.

Stevie Rae soltou um suspiro sentido.

– Ah, Z.! Você não está com ódio de mim?

– É claro que não. Eu também tive que guardar uns segredos sórdidos antes, por isso consigo entender.

– Onde eles estão? – a pergunta de Damien poderia soar áspera, mas ele perguntou com gentileza e um olhar de compreensão.

– Estão nos túneis da estação. Por isso fechei agora há pouco o túnel de terra que fiz para o pessoal chegar aqui. Não quero que os outros nos sigam e causem problemas para as freiras.

– Você devia ter nos avisado ontem à noite – Darius disse. – Teríamos providenciado guardas para o período em que todos estavam dormindo.

– Havia novatos vermelhos marginais do outro lado do túnel? – irmã Mary Angela levou as mãos ao rosário que pendia de seu pescoço.

– Ah, irmã, a senhora não estava correndo perigo. Darius, juro que não era necessário colocar ninguém de guarda! – ela explicou rapidamente. – Esses garotos são seriamente afetados pela luz do sol. Eles jamais ficam vagando de dia, nem mesmo dentro dos túneis.

O cenho franzido de Darius indicava que ele ainda achava necessário montar guarda. Irmã Mary Angela não disse nada, mas seus dedos entremeados ao rosário demonstravam sua preocupação. Foi quando percebi que nenhum dos novatos vermelhos disse nada. Olhei para o único vampiro vermelho que existia além de Stevie Rae.

– Você sabia desses outros novatos?

– Eu? De jeito nenhum. Eu teria contado imediatamente – Stark disse.

– Eu devia ter contado logo. Sinto muito mesmo – Stevie Rae se desculpou.

– Às vezes a gente enterra a verdade e fica difícil desenterrar – eu lhe disse, e então olhei ao redor para os demais novatos vermelhos. – Vocês todos sabiam, não é?

Kramisha tomou a palavra.

– Sabíamos. Não gostamos daqueles garotos. Eles são sinônimo de encrenca.

– E fedem – disse a pequena Shannoncompton do fim da mesa.

– Eles são uó – Dallas disse. – E me lembram de como eu era.

– E não gostamos de lembrar – acrescentou o musculoso Johnny B. Voltei minha atenção novamente para Stevie Rae.

– Tem mais alguma coisa que você queira me dizer?

– Bem, acho que não é boa ideia voltarmos aos túneis da estação no momento, por isso também acredito que voltar para a Morada da Noite é uma boa ideia.

– Então está combinado. Vamos pra casa – confirmei.

20

Zoey

– Concordo que cada um deve voltar para seu lugar, mas sua avó devia ficar aqui – Aphrodite disse de repente. – Não sabemos o que há para enfrentar na Morada da Noite.

– Suas visões mostraram mais alguma coisa? – perguntei, percebendo que Aphrodite olhava para Stevie Rae.

Aphrodite balançou a cabeça lentamente.

– Não, já contei tudo. Só estou com uma intuição, só isso.

Stevie Rae riu de um jeito nervoso.

– Bem, caramba, Aphrodite. Estamos todos apreensivos e com os nervos à flor da pele, é normal. Nós acabamos de pôr pra correr uns bichos-papões do inferno, mas isso não é razão para estressar Zoey.

– Não estou estressando ninguém, caipirona – Aphrodite respondeu. – Só estou sendo cuidadosa.

– Evitar correr riscos é sinal de sabedoria – Darius disse ponderadamente.

Como não havia nada de errado em tomar cuidado, abri a boca para concordar com eles, mas Stevie Rae se voltou para Darius e, com um tom frio e monótono, disse: – Não é porque você fez o Juramento Solene de Guerreiro para ela que tem que concordar com tudo que ela diz.

– O quê? – Stark disse. – Você se ofereceu em Juramento para Aphrodite?

– É mesmo? – Damien perguntou.

– Uau, legal demais – Jack exclamou.

Erik soltou uma risadinha irônica na mesa de trás.

– Estou chocado em ver que Zoey não acrescentou você à sua coleção particular.

Aí não aguentei mais. E berrei com ele: – Ah, vá pro inferno, Erik!

– Zoey! – irmã Mary Angela arfou.

– Desculpe – murmurei.

– Não se desculpe – Aphrodite disse, olhando feio para Stevie Rae. – Inferno não é palavrão. É um lugar. E algumas pessoas merecem ser mandadas para lá.

– O que foi? – Stevie Rae perguntou com ar inocente. – Você não queria que todo mundo ficasse sabendo sobre você e Darius?

– Assunto *meu* – Aphrodite respondeu.

– Como eu disse antes – Kramisha assentiu com ar inteligente –, não tem nada a ver ficar expondo assuntos particulares em público – e voltou seus olhos escuros para Stevie Rae: – Eu sei que você é a nossa Grande Sacerdotisa e tudo, não quero que entenda como desrespeito, mas acho que você recebeu educação para saber que isso não se faz.

Stevie Rae pareceu se arrepender imediatamente.

– Tem razão, Kramisha. De repente pensei que não fosse nada demais. Tipo, todo mundo ia saber cedo ou tarde – ela sorriu para mim e deu de ombros. – Um Juramento de Guerreiro não é exatamente algo que se possa esconder – ela se virou para Aphrodite. – Desculpe, não tive intenção de ser cruel.

– Não estou interessada em suas desculpas. Não sou Zoey. Não acredito automaticamente em tudo que você diz.

– Ok, agora *chega*! – gritei. Raiva e frustração fizeram minhas palavras ganhar em poder, e percebi que vários novatos se encolheram. – Todos vocês precisam me ouvir agora e entender uma coisa de uma vez por todas. Não podemos lutar contra um mal que pode acabar com o mundo se ficarmos de picuinha uns com os outros! Stevie Rae e Aphrodite, vocês se acostumem ao fato de serem Carimbadas e tentem não se constranger mutuamente – os olhos de Aphrodite transmitiram mágoa, e os de Stevie Rae, perplexidade, mas continuei. – Stevie Rae, não me esconda coisas importantes, mesmo que tenha suas razões para isso – olhei diretamente para Erik, que se virara na cadeira para me encarar. – E, Erik, temos problemas muito mais sérios do que o fato de você ficar revoltadinho porque terminei com você – ouvi Stark dando risada e me voltei para ele. – E você, fique na sua.

Stark levantou as mãos como quem se rendia.

– Só estou rindo porque o Grande Erik foi finalmente posto em seu lugar.

– O que é péssimo da sua parte, já que você sabe muito bem como essa história com você, Erik e Heath me fez sofrer.

O sorriso de Stark desapareceu.

– Darius, lá fora está um frio medonho, mas você acha que dá para dirigir o Hummer até a Morada da Noite? – perguntei.

– Acho que sim – disse o guerreiro.

– Quem cavalga bem? – no mesmo instante, várias mãos se levantaram, como se eu fosse professora e eles estivessem com medo de arrumar encrenca. – Shaunee, você e Erin podem ir no cavalo que as trouxe – olhei para os outros que ainda estavam de mão levantada. – Johnny B, você e Kramisha podem ir na outra égua?

– Podemos sim – ele respondeu e Kramisha assentiu rapidamente, então ambos baixaram as mãos.

– Stark, você pode vir na minha garupa em Persephone – falei sem olhar para ele. – Damien, Jack, Aphrodite, Shannoncompton, Vênus e... – olhei para a novata vermelha morena cujo nome não conseguia recordar.

– Sophie – Stevie Rae disse com hesitação, como se estivesse com medo de que eu fosse lhe arrancar a cabeça.

– E Sophie. Vocês vão com Darius no Hummer – olhei para Stevie Rae. – Pode providenciar que os outros novatos vermelhos e Erik cheguem em segurança à Morada da Noite?

– Se é isso o que você quer que eu faça, então farei – ela confirmou.

– Ótimo. Terminem o café da manhã e vamos para casa – levantei-me e procurei abarcar todas as freiras com meu olhar: – Estou mais agradecida pelo que as senhoras fizeram por nós do que sou capaz de dizer em palavras. Enquanto eu estiver viva, as Irmãs Beneditinas terão a amizade de uma Grande Sacerdotisa – e então virei-me para sair. Ao passar por Stark, percebi que ele começava a se levantar, mas olhei nos seus olhos e balancei a cabeça. – Vou me despedir sozinha da minha avó – senti que ele ficou magoado, mas limitou-se a me saudar respeitosamente e a dizer: – Como desejar, minha dama.

Ignorando o rastro de silêncio que deixei atrás de mim, saí do salão sozinha.

– Quer dizer, *u-we-tsi-a-ge-hu-tsa,* que você deixou todo mundo com raiva? – vovó perguntou enquanto eu andava de um lado para o outro após lhe contar tudo que havia acontecido.

– Bem, todo mundo, não. Magoei algumas pessoas, em vez de deixá-las furiosas.

Vovó me observou atentamente por um bom tempo. Quando finalmente falou, suas palavras foram tipicamente sucintas e diretas.

– Isto não é do seu feito, portanto, você deve ter tido uma boa razão para agir assim.

– Bem, estou com medo e confusa. Ontem me senti uma Grande Sacerdotisa. Hoje voltei a ser uma garota. Estou tendo problemas com namorados e com minha melhor amiga, que vem me escondendo coisas.

– Isso tudo indica que nem você nem Stevie Rae são perfeitas – minha avó disse.

– Mas como vou saber se é só isso mesmo? E se eu for uma vagabunda fútil e Stevie Rae tiver passado para o lado do mal?

– Só o tempo dirá se você fez mal em confiar em Stevie Rae. E eu acho que você devia parar de ser tão rígida consigo mesma por ficar atraída por mais de um garoto. Você está fazendo escolhas certas no que se refere aos relacionamentos de sua vida. Pelo que você disse, Erik agiu de modo controlador e rude. Muitas jovens teriam feito vista grossa a essas coisas por ele ser, como vocês dizem, *tão gostoso!* – vovó fez uma péssima imitação do jeito adolescente de falar. – Você vai aprender a se equilibrar entre Heath e Stark, muitas Grandes Sacerdotisas fazem isso. Ou não, caso se decida que se dedicar a um homem só é o melhor para você. Mas, querida, isso é algo que você ainda tem muitos, muitos anos para resolver.

– Acho que a senhora tem razão.

– É claro que tenho razão. Sou velha. O que significa que também percebo que tem algo mais lhe perturbando além dos garotos e de Stevie Rae. O que é, Zoey Passarinha?

– Eu tive uma lembrança de A-ya, vó.

O único sinal da perplexidade que minha avó sentiu foi o suspiro fundo que deu.

– E essa lembrança inclui Kalona?

– Sim.

– Agradável ou desagradável?

– As duas coisas! Começou aterrorizante, mas à medida que fui me aproximando de A-ya, a coisa mudou. Ela o amava, vó. Eu senti isso.

Vovó assentiu e falou lentamente.

– Sim, *u-we-tsi-a-ge-hu-tsa,* isso faz sentido. A-ya foi criada para amá-lo.

– Eu fico com medo, e isso me faz perder o controle! – gritei.

– Sssh, minha filha – vovó me consolou. – Somos todos afetados por nossos passados, mas cabe a nós não deixar que o que fizemos determine o que viremos a fazer.

– Mesmo no fundo da alma?

– Especialmente no fundo da alma. Pergunte a si mesma de onde vem seu dom.

– Bem, vem de Nyx – respondi.

– E a Deusa concedeu seu dom por meio do seu corpo ou da sua alma?

– Da alma, é claro. Meu corpo é só a concha da minha alma – fiquei surpresa com a firmeza de minha voz. Pisquei os olhos, surpresa. – Tenho de me lembrar que agora a alma é *minha,* e tratar A-ya como mais uma lembrança do passado.

Vovó sorriu.

– Ah, pronto, eu sabia que você ia voltar a encontrar seu bom-senso. Quando erramos, seja nesta vida ou em outra, devemos aprender com esses erros, que se transformam em oportunidades.

Não se meus erros permitirem que Kalona incendeie o mundo, pensei, quase alto demais, mas então minha avó fechou os olhos. Ela pareceu tão cansada e, machucada e *velha* que senti um gelo no estômago.

– Desculpe por jogar tudo isso sobre a senhora, vó.

Ela abriu os olhos e deu um tapinha na minha mão.

– Nunca mais peça desculpas por se abrir comigo, *u-we-tsi-a-ge--hu-tsa.*

Dei um beijo de leve na sua testa, tomando cuidado para não ferir nenhum dos seus cortes e machucados.

– Eu te amo, vó.

– E eu te amo também, *u-we-tsi-a-ge-hu-tsa.* Vá com a Deusa, e que nossos ancestrais te abençoem.

Eu acabara de tocar a maçaneta quando sua voz soou entre nós duas, cheia de força, convicção e mais sábia do que nunca.

– Fique sempre com a verdade, *u-we-tsi-a-ge-hu-tsa.* Não se esqueça, como nosso povo jamais se esqueceu, de que existe um poder maior nas palavras que expressam a verdade.

– Farei o meu melhor, vó.

– E é só isso que sempre vou esperar de você, minha Passarinha.

21

Zoey

A viagem de volta à Morada da Noite foi lenta, esquisita e desagradável.

Foi lenta porque, apesar de Shaunee e eu aquecermos os cascos dos cavalos com nossa afinidade com o fogo para podermos descer a Rua Vinte e Um e virar à esquerda no sinal de trânsito da Rua Utica (que estava totalmente escura) foi um percurso escorregadio, gelado e difícil.

Foi esquisito porque estava tudo miseravelmente escuro. Simplesmente não parecia que as coisas estavam *certas* ao vermos nossa cidade no breu. Parece simplista dizer isto, principalmente vindo de uma garota que podia ser chamada de filha da noite ou sei lá o que, mas o mundo não é a mesma coisa com as luzes apagadas.

E foi desagradável porque Shaunee e Erin ficavam olhando para mim como se elas pensassem que eu fosse uma bomba prestes a explodir. Johnny B e Kramisha mal falavam comigo, e Stark, que estava comigo na garupa de Persephone, minha impressionante égua, nem se permitiu colocar as mãos na minha cintura.

Eu? Eu só queria ir para casa.

Darius vinha no volante do Hummer atrás de nós, seguindo-nos a uma velocidade de tartaruga para ele, apesar de os três cavalos estarem galopando com certa firmeza. Os novatos vermelhos, liderados por Stevie Rae e Erik, seguiam o Hummer. Tirando o carro e os cascos dos cavalos, a noite estava tão silenciosa quanto escura, apesar de um galho ou outro, vez por outra, ceder ao peso do gelo e cair, fazendo um barulho terrível e assustador.

Ainda sem dizer nada, fiz Persephone virar à esquerda na Rua Utica.

– Quer dizer que você não vai nunca mais falar comigo? – perguntei a Stark.

– Eu vou falar com você – ele respondeu.

– Por que sempre parece que tem um "mas" no fim de cada frase?

Ele hesitou e praticamente senti sua tensão, até que finalmente Stark deu um longo suspiro e disse: – Não sei se fico chateado com você ou se peço desculpas pela merda que aconteceu no refeitório.

– Bem, o que rolou no refeitório não foi culpa sua. Pelo menos, a pior parte não foi.

– É, eu sei disso, mas também sei que você ficou magoada com toda essa história do Erik.

Eu não soube o que responder, então continuamos cavalgando em silêncio por um tempo, até que Stark limpou a garganta e disse: – Você foi bem dura com todo mundo.

– Eu tinha que acabar com a briga, e achei que esse era o jeito mais rápido.

– Da próxima vez você podia tentar dizer algo tipo "pessoal, vamos calar a boca e parar de briga", sei lá, talvez seja coisa da minha cabeça, mas acho que faz mais sentido do que pegar pesado com seus amigos.

Segurei a vontade de rebater dizendo que queria vê-lo fazendo melhor do que fiz. Em vez disso, pensei no que ele disse. E provavelmente ele tinha razão. Não me senti confortável com o fato de ter dado bronca em todo mundo, principalmente por boa parte de "todo mundo" consistir em amigos meus.

– Da próxima vez vou tentar me sair melhor – finalmente eu disse.

Stark não pareceu se sentir triunfante. Também não bancou o machão paternalista. Apenas pôs as mãos nos meus ombros, apertou, e falou: – O fato de você ouvir de verdade as pessoas é uma das coisas que mais gosto em você.

Senti que fiquei corada ao ouvir o cumprimento inesperado.

– Obrigada – agradeci baixinho. Passei os dedos na juba fria e molhada de Persephone e gostei quando ela virou as orelhas para trás em resposta. – Você é mesmo uma boa menina – sussurrei para ela.

– Pensei que você já tinha reparado que não sou menina – Stark disse, com um sorriso arrogante na voz.

– Eu reparei, sim – ri, e a tensão entre nós se evaporou. As gêmeas, Johnny B e Kramisha olharam para nós com sorrisos hesitantes.

– Então, bem, eu e você estamos de boa? – perguntei.

– Você e eu estaremos *sempre* de boa. Sou seu guerreiro, seu protetor. Não importa aonde você vá, eu a estarei guardando.

Quando minha garganta ficou limpa, permitindo-me falar, eu disse: – Ser meu guerreiro nem sempre é um trabalho fácil.

Ele deu uma gargalhada alta e prolongada, e envolveu minha cintura com os braços, dizendo: – Zoey, às vezes ser seu guerreiro vai ser um "megapé no saco".

Eu ia dizer que talvez a mãe dele fosse um "megapé no saco", mas seus braços me envolviam e seu toque era tão tranquilizador. Então resmunguei que ele era cheio de titica e me deixei relaxar novamente.

– Você sabe – ele disse. – Se conseguir deixar de lado a loucura causada pelo temporal e toda essa confusão de Kalona e Neferet, o gelo é bem legal. É quase tipo sair do mundo real e viajar para uma terra doida de inverno constante. Tipo um lugar onde mora a Bruxa Branca.

– Aaah, *O Leão, a Feiticeira e o Guarda-Roupa!* Adorei esse filme.

Ele limpou a garganta.

– Eu não assisti.

– Você não assistiu? – arregalei os olhos e dei uma rápida olhada para trás. – Você leu o livro?

– Livros – ele disse, enfatizando o plural. – C. S. Lewis escreveu muito mais que a série *Crônicas de Nárnia*.

– Você leu?

– Li.

– Ahn – respondi, sentindo-me estupefata (como diria minha avó).

– Qual é o problema? Ler é bom – ele disse na defensiva.

– Eu sei! Que bom que você lê. Na verdade, acho show você ler – e achava mesmo. Adoro garotos bonitos e com cérebro.

– É mesmo? Bem, então é bem possível que você se interesse pelo fato de eu ter acabado de ler O *Sol é para Todos*.[6]

Sorri e lhe dei uma cotovelada.

– Todo mundo já leu esse.

– Eu li cinco vezes.

– Nããão.

– É sim. Sei trechos de cor.

– Palhaçada sua.

E então Stark, meu guerreiro grande, mau e macho, levantou a voz e, imitando uma garota sulista, disse: – "Tio Jack, o que é uma mulher da vida?"

– Acho que não é essa a citação mais importante do livro – repliquei, mas ri assim mesmo.

– Tá. E que tal esta: "Nenhuma professora vagabunda e melequenta vai me forçar a fazer nada"!

– Você tem uma mente doentia, James Stark – eu estava sorrindo e me sentindo aquecida e feliz quando pegamos a longa estrada que levava à Morada da Noite. E só pensava em como aquele lugar parecia carregado de magia, todo iluminado e receptivo, quando reparei que havia mais luzes acesas do que as dos geradores e dos antiquados lampiões a óleo. Então me dei conta de que a luz não vinha de nenhum dos edifícios da escola. Vinha de uma área entre o Templo de Nyx e a escola em si.

Senti Stark ficar tenso no mesmo instante.

– Que foi? – perguntei.

– Pare os cavalos – ele disse.

---

[6] Livro de Harper Lee, que deu origem ao filme homônimo, lançado em 1962, estrelado por Gregory Peck. (N.T.)

– Eia! – puxei as rédeas de Persephone e gritei para que Shaunee e Johnny B fizessem o mesmo com seus cavalos. – O que está havendo?

– Fique de olhos bem abertos. Esteja pronta para voltar para o convento. Volte imediatamente se eu mandar voltar. E não espere por mim! – foi tudo o que Stark disse antes de descer de Persephone e correr a toda velocidade até o Hummer.

Virei-me e vi que Darius já estava saindo do Hummer, enquanto Heath assumia a direção. Os dois guerreiros conversaram brevemente, então Darius chamou Erik, os novatos vermelhos (menos as meninas) e Stevie Rae. Eu estava prestes a fazer Persephone voltar em direção ao Hummer quando Stark se aproximou de mim outra vez.

– O que foi? – perguntei.

– Algo está pegando fogo no terreno da escola.

– Você pode me dizer de onde vem? – perguntei a Shaunee.

– Não sei – Shaunee respondeu, franzindo a testa em concentração. – Mas parece algo sagrado.

Sagrado? Mas que diabo?

Stark segurou as rédeas de Persephone para atrair minha atenção.

– Veja debaixo das árvores.

Olhei para a direita, para a fileira de pereiras que cercavam a pista que dava para a Morada da Noite. Havia algo debaixo delas... Sombras dentro de sombras de silhuetas vergadas. Senti o estômago revirar ao me dar conta do que estava vendo.

– *Raven Mockers* – eu disse.

– Eles *tão* mortos – Kramisha falou.

– Temos que conferir. Temos que ter certeza – Stevie Rae afirmou. Ela se juntou aos novatos vermelhos e a Erik.

– É o que faremos – Darius disse. Então, tirando uma faca de dentro do casaco de couro, virou-se para Stark. – Fique com Zoey.

Ele acenou para que Stevie Rae e Erik o seguissem e avançou em direção às árvores. Não demorou muito.

– Morto – ele gritava à medida que conferia um por um.

Quando o grupo voltou a se juntar a nós, não pude deixar de reparar como Stevie Rae tinha ficado pálida.

– Você está bem? – perguntei-lhe.

Ela olhou para mim, com olhos bastante assustados.

– Tô – ela respondeu rapidamente. – Tô bem. Só... – sua voz falhou, e ela voltou o olhar para os corpos medonhos debaixo das árvores.

– É que eles fedem – Kramisha disse, e todos olhamos para ela. – Bem, é verdade. Esses *Raven Mockers* têm qualquer coisa de podre no sangue.

– O sangue deles fede mesmo. Eu sei, pois tive de me limpar depois que Darius atirou em alguns que estavam voando sobre o convento – Stevie Rae falou rapidamente, parecendo incomodada com o assunto.

– Foi esse cheiro que senti em você! – fiquei aliviada por finalmente identificar o cheiro esquisito.

– Todos nós precisamos nos concentrar no aqui e agora – Darius nos alertou. – Não sabemos o que está acontecendo aqui – ele apontou para o ponto no terreno da escola de onde vinha a luz crepitante do fogo.

– O que é isso? A escola está realmente pegando fogo? – Stevie Rae falou em voz alta o que todos nós estávamos pensando.

– Eu posso dizer o que é – a voz assustou todos nós, menos os três cavalos, o que devia ter sido suficiente para eu saber quem estava nas sombras do estádio esportivo. – É uma pira funerária – disse Lenobia, a professora de Equitação e uma entre os poucos *vamps* adultos que haviam ficado do nosso lado depois que Kalona e Neferet tomaram conta da escola.

Ela foi direto aos cavalos, cumprimentou-os e viu como estavam, ignorando todo mundo até concluir que eles estavam bem. Finalmente, ela levantou os olhos, ainda esfregando o focinho de Persephone, e disse: – *Merry meet*, Zoey.

– *Merry meet* – respondi automaticamente.

– Você o matou?

Balancei a cabeça.

– Nós o afugentamos. O poema de Kramisha estava certo. Quando nós cinco nos unimos, conseguimos bani-lo através do amor. Mas quem...

– Neferet morreu ou só fugiu com ele? – ela me interrompeu.

– Fugiu. Para quem é a pira funerária? – não podia mais esperar para perguntar.

Os lindos olhos azul-cinzentos de Lenobia encontraram os meus.

– Anastasia Lankford perdeu a vida. O último gesto de Rephaim, filho favorito de Kalona, antes de chamar os irmãos para ir atrás de vocês no convento, foi cortar sua garganta.

22

Zoey

Stevie Rae soltou um ofego horrorizado que foi repetido por todos nós, mas Darius não hesitou e perguntou: – Sobrou algum *Raven Mocker* vivo por aqui?

– Nenhum. Que suas almas apodreçam eternamente no ponto mais profundo do Mundo do Além – Lenobia respondeu com amargura.

– Morreu mais alguém? – perguntei.

– Não, mas havia muitos feridos. A enfermaria ficou abarrotada. Neferet era nossa única curandeira de verdade, e agora que ela... – a voz de Lenobia foi sumindo.

– Então Zoey precisa cuidar dos feridos – Stark disse.

Lenobia e eu enrugamos as testas, olhando para ele sem entender.

– Eu? Mas eu sou...

– Você é o que temos de mais próximo de uma Grande Sacerdotisa. Se há novatos e vampiros feridos na Morada da Noite, eles precisam de sua Grande Sacerdotisa – Stark explicou com simplicidade.

– Especialmente ela tendo afinidade com o espírito. Não há dúvida de que você pode ajudar os feridos – Darius acrescentou.

– Você têm razão, é claro – Lenobia concordou, afastando as mechas de cabelos platinados que lhe caíram sobre o rosto. – Desculpe. A morte de Anastasia acabou comigo. Não estou pensando com clareza

– ela sorriu para mim, mas foi mais uma careta do que um sorriso de verdade. – Sua ajuda é necessária e bem-vinda, Zoey.

– Farei tudo que puder – falei com fingida segurança, mas a verdade era que só de pensar em pessoas feridas meu estômago revirava.

– Todos vamos ajudar – Stevie Rae falou alto. – Se uma afinidade pode ajudar, talvez cinco ajudem cinco vezes mais.

– Talvez – Lenobia disse, ainda com cara de arrasada e triste.

– Vai ajudar a trazer a esperança de volta.

Olhei em volta e, para minha surpresa, vi Aphrodite indo para o lado de Darius e lhe dando o braço. Lenobia olhou para ela com ceticismo. – Acho que vocês vão perceber que as coisas mudaram na Morada da Noite, Aphrodite.

– Tudo bem. Estamos nos acostumando com esse negócio de tudo ficar mudando – Aphrodite respondeu.

– É, mudar já é quase a nossa rotina – Kramisha reforçou, e vários outros manifestaram sua concordância.

Eu estava tão orgulhosa deles que quase chorei.

– Acho que estamos todos prontos para voltar para casa – eu disse.

– Casa – Lenobia repetiu a palavra de um jeito triste e fraco. – Então me sigam para ver no que se transformou a sua casa – ela deu meia-volta, emitiu um som gutural e, como se fossem um só, os três cavalos a seguiram, sem receber comando nenhum de nossa parte.

Da entrada principal da escola passamos ao estacionamento, que foi onde Darius fez sinal para que Heath estacionasse o Hummer e onde todos fizemos uma pausa para descer dos cavalos e nos reagruparmos. A lateral do edifício dos professores e da enfermaria bloqueava nossa visão do terreno da escola, de modo que víamos apenas as sombras fantasmagóricas projetadas pelas chamas.

A não ser pelo fogo crepitando ao consumir a madeira, a escola estava em silêncio absoluto.

– A coisa é séria – Shaunee disse baixinho.

– Como assim? – perguntei.

– Senti tristeza nas chamas. A coisa é séria – ela repetiu.

– Shaunee tem razão – Lenobia disse. – Vou levar os cavalos para a estrebaria. Você quer vir comigo ou prefere... – sua voz foi desaparecendo à medida que seus olhos foram atraídos pelas sombras adejantes que a luz do fogo projetava sobre os galhos dos carvalhos antigos que havia por todo o centro do terreno da escola. Assim, todos nós vimos as sombras pavorosas que dançavam ao sabor das chamas.

– Vamos entrar – eu disse, apontando para o coração da escola. – Melhor encarar logo.

– Volto assim que acabar de cuidar dos cavalos – Lenobia disse e sumiu pela escuridão adentro seguida pelos cavalos.

Senti a mão firme e quente de Stark em meu ombro.

– Não se esqueça de que Kalona partiu, e Neferet também. Por isso, tem de cuidar dos novatos e *vamps*, o que deve ser simples depois de tudo que você passou – ele parecia querer me dar força.

Heath se levantou e veio para meu outro lado.

– Ele tem razão. Cuidar dos novatos e *vamps* não pode ser tão difícil quanto encarar Neferet e Kalona.

– É nosso lar, não importa o que tenha acontecido – disse Darius.

– Sim, nosso lar. Está mais do que na hora de voltarmos – Aphrodite reforçou.

– Vamos ver que tipo de bomba Neferet nos deixou – eu disse bruscamente.

Afastei-me de Stark e Heath, conduzindo todos à calçada que rodeava a linda fonte e a área do jardim em frente à entrada dos professores e às portas arredondadas de madeira, tipo portas de castelo, que ficavam ao lado da pequena torre, que era na verdade um centro de mídia. Enfim, avistamos o terreno central da escola.

– Ah, Deusa! – Aphrodite arfou.

Meus pés pararam sem um comando consciente da minha parte. A cena com que me deparei foi simplesmente tão macabra que não consegui avançar. A pira funerária era um enorme monte de fogo brotando da lenha que fora colocada embaixo e ao redor de um banco de madeira do tipo usado em piqueniques. Sei que era um banco de piquenique porque, apesar de estar queimando, a estrutura ainda estava totalmente reconhecível, assim como o corpo sobre a mesa. A professora Anastasia, a bela esposa de nosso Mestre de Esgrima, Dragon Lankford, estava com uma roupa longa e solta, coberta por um manto de linho. Era horrível perceber seu corpo debaixo do tecido. Seus braços estavam cruzados sobre o peito e seus cabelos longos pendiam rumo ao chão, estalando ao arder em chamas.

Um barulho terrível atravessou a noite, parecido com o choro triste de uma criança, e meu olhar, que estava preso à pira medonha, se voltou para um ponto perto da lateral do banco. Dragon Lankford estava lá, ajoelhado, de cabeça baixa e com os longos cabelos cobrindo o rosto, mas mesmo assim dava para perceber que estava chorando. Ao lado dele estava um gato enorme que logo reconheci; era Shadowfax, seu Maine Coon, que estava encostado a ele, olhando para seu rosto. Em seus braços estava uma delicada gata branca que uivava e tentava se soltar, aparentemente tentando se jogar na pira com sua vampira.

– Guinevere – sussurrei. – É a gata de Anastasia – tapei a boca com a mão, tentando conter o choro que se formava dentro de mim.

Shaunee passou rapidamente por nós e caminhou até a pira, parando mais perto do lago do que qualquer um de nós teria conseguido. Ao mesmo tempo, Erin foi para o lado de Dragon. Shaunee levantou os braços e chamou em voz alta: – Fogo! Venha para mim!

Depois, ouvi a voz suave de Erin chamando a água. Enquanto a pira e o corpo eram subitamente envoltos e camuflados pelas chamas, Dragon foi cercado por uma névoa fria que me pareceu feita de lágrimas. Damien foi mais para perto de Erin.

– Vento, venha para mim – ele chamou. Damien direcionou uma brisa suave para que soprasse para longe o cheiro terrível de carne queimada.

Stevie Rae acompanhou Damien.

– Terra, venha para mim – ela chamou. No mesmo instante, a brisa que soprou para longe o cheiro de morte foi tomada pelo delicado aroma de um prado, trazendo à mente imagens primaveris e de vegetação crescendo nos verdes prados de nossa Deusa.

Eu sabia que minha parte vinha em seguida. Cheia de tristeza, caminhei até Dragon e pus uma das mãos gentilmente em seu ombro, que balançava por causa de seus soluços. Levantei minha outra mão e disse:
– Espírito, venha para mim – quando senti o lindo movimento do elemento em resposta a meu chamado, continuei: – Toque Dragon, espírito. Acalme-o, e a Guinevere e a Shadowfax também. Ajude-os a suportar a dor – e então, concentrei-me para direcionar o espírito através de mim para alcançar Dragon e os dois gatos arrasados. Guinevere parou de uivar. Senti o corpo de Dragon se encolher, e ele lentamente levantou a cabeça e olhou nos meus olhos. Seu rosto estava terrivelmente arranhado e havia um corte profundo abaixo do olho esquerdo. Lembrei-me da última vez que o vi combatendo três *Raven Mockers*. – Abençoado seja, Dragon – eu disse baixinho.

– Como conseguirei suportar, Sacerdotisa? – sua voz era a de um homem totalmente acabado.

Senti um instante de pânico, tipo *tenho só dezessete anos! Não posso ajudá-lo!* Então, fechando um círculo perfeito, o espírito saiu de Dragon em espiral, passou por mim e entrou no Mestre de Esgrima outra vez, enquanto eu extraía forças de meu elemento.

– Você vai voltar a estar com ela. Ela está com Nyx agora. Ela vai ficar esperando por você nos prados da Deusa, ou então renascerá e sua alma o encontrará novamente nesta vida. Você vai conseguir suportar por saber que o espírito nunca tem fim de verdade, que nós nunca acabamos de verdade.

Os olhos de Dragon procuraram os meus, e eu encarei seu olhar com firmeza.

– Eles foram derrotados? Aquelas criaturas foram embora?

– Kalona e Neferet foram embora. Os *Raven Mockers* também – afirmei.

– Ótimo... ótimo... – Dragon baixou a cabeça e ouvi sua prece discreta a Nyx, pedindo à Deusa para cuidar de sua amada até o reencontro.

Apertei seu ombro uma vez e então, sentindo-me uma intrusa, afastei-me, respeitando a privacidade de seu momento de luto.

– Abençoada seja, Sacerdotisa – ele disse sem mexer a cabeça.

Eu devia ter dito algo mais maduro e sábio, mas na hora a emoção foi tanta que não consegui falar. Stevie Rae de repente estava ao meu lado, com Damien ao lado dela. Erin se afastou de Dragon e veio para meu outro lado e Shaunee foi para o lado dela. Ficamos parados em silêncio respeitoso, formando um círculo não traçado, mas presente, enquanto o fogo carregado de magia de Shaunee terminava de consumir o que restava do corpo físico de Anastasia.

O silêncio que nos cercou só foi rompido pelos sons das chamas e de Dragon murmurando preces. Foi quando me ocorreu outra coisa. Olhei ao redor da pira. Dragon a pusera no meio da trilha pavimentada, que fazia um círculo entre o Templo de Nyx e os principais prédios da escola. Era uma boa escolha. Havia espaço de sobra para o fogo. E também para os outros professores e novatos, que deviam estar lá, parados ao lado de Dragon, enviando preces a Nyx por Anastasia, bem como por seu companheiro, não se intrometendo em seu luto, mas marcando presença em silêncio para demonstrar amor e apoio.

– Não tem ninguém lá com ele – eu disse baixinho, sem querer que Dragon ouvisse a revolta em minha voz. – Cadê a droga do resto do povo?

– Ele não devia estar lá sozinho – Stevie Rae falou, enxugando as lágrimas de seu rosto. – Isso não está certo.

– Eu estava com ele até sentir os cavalos chegando – Lenobia disse, aproximando-se de nós.

– E o resto do pessoal? – perguntei.

Ela balançou a cabeça, e vi em seu rosto que estava tão revoltada quanto eu.

– Os novatos estão nos dormitórios. Os professores, em seus quartos. O resto está na enfermaria. Quer dizer, o resto que se daria ao trabalho de vir ficar aqui com ele.

– Isso não faz o menor sentido – eu não conseguia assimilar o que estava acontecendo. – Como seus alunos e os professores não se deram ao trabalho de vir ficar com ele?

– Kalona e Neferet podem ter partido, mas seu veneno permaneceu aqui – Lenobia disse de um jeito soturno.

– Você precisa ir para a enfermaria – Aphrodite me chamou, vindo atrás de nós. Percebi que Lenobia continuou olhando para a pira e para Dragon.

– Vão – ela disse. – Vou ficar aqui com ele.

– Nós também – Johnny B adiantou-se. – Ele era meu professor favorito antes, sabe?

Eu entendi. Johnny B quis dizer antes de morrer e desmorrer.

– Vamos todos ficar – Kramisha disse. – Não é certo ele ficar sozinho, e você e nosso pessoal têm coisas para resolver lá dentro – ela voltou os olhos para o lado da enfermaria. – Vamos – ela gritou e os demais novatos vermelhos saíram das sombras para ficar ao lado de Dragon, criando um círculo ao redor da pira.

– Eu também vou ficar – agora era Jack quem falava. Ele estava chorando muito, mas não hesitou em assumir seu lugar no círculo que os novatos vermelhos estavam fazendo. Duquesa ficou ao seu lado, com o rabo entre as pernas e as orelhas caídas, parecendo entender tudo. Sem dizer nada, Erik foi para o lado de Jack. Então Heath me surpreendeu ficando ao lado de Erik. Ele assentiu para mim solenemente e abaixou a cabeça.

Não senti firmeza na minha voz, então simplesmente me virei e, seguida pelo meu círculo, além de Aphrodite, Stark e Darius, fizemos nossa reentrada na Morada da Noite.

23

Zoey

A enfermaria da escola não era das maiores. Na verdade, eram só três quartinhos tipo de hospital em um dos andares do edifício dos professores. Por isso não era surpresa ver gente machucada saindo dos quartos. Não que não fosse chocante ver que, além das camas, havia três colchões no chão, cada um com um novato ferido. Lá dentro, todos olharam com surpresa quando meu grupo e eu paramos na entrada.

– Zoey? – levantei os olhos, tentando não encarar os feridos e não sentir o cheiro de sangue que pairava no ar ao nosso redor, e vi duas vampiras correndo na minha direção. Eram as assistentes de Neferet, mais ou menos o equivalente a enfermeiras, e tive que puxar pela memória para me lembrar de que a loura alta se chamava Safira e a oriental baixinha, Margareta. – Você também se machucou? – Safira perguntou, avaliando rapidamente minha aparência.

– Não, estou bem. Estamos todos bem – afirmei. – Na verdade, viemos para ajudar.

– Sem um curandeiro, fizemos o que nos foi possível – Margareta disse secamente. – Nenhum dos novatos corre risco imediato de vida, apesar de que nunca se sabe como um ferimento pode afetar a Transformação, de modo que é sempre possível que vários deles possam...

— Tá, eu sei, entendi – interrompi-a antes que ela dissesse "morrer" em alto e bom som na frente do grupo de garotos que podia mesmo acabar morrendo. Nossa, isso é que é falta de tato.

— Não estamos aqui como médicos – Damien explicou. – Mas porque nosso círculo é poderoso, e dentro dele podemos ajudar a aliviar o sofrimento dos feridos.

— Nenhum dos demais novatos está aqui – disse Safira, como se isso fosse razão para também não estarmos.

— Nenhum dos demais novatos tem afinidade com os elementos – respondi.

— Nós realmente fizemos tudo que era possível – Margareta repetiu friamente. – Sem uma Grande Sacerdotisa...

Desta vez foi Stark quem a interrompeu.

— Nós temos uma Grande Sacerdotisa, portanto, está na hora de vocês darem licença e deixarem que ela e seu círculo ajudem esses jovens.

— É, cai fora – Aphrodite interveio, literalmente peitando a *vamp*.

As duas vampiras recuaram, mas senti seus olhares gelados de desaprovação.

— Qual é o problema dessas duas? – Aphrodite perguntou baixinho enquanto seguíamos pelo corredor.

— Não faço ideia – respondi. – Não as conheço direito.

— Mas eu, sim – Damien disse suavemente. – Trabalhei como voluntário na enfermaria quando era terceiro-formando. Elas sempre foram austeras. Pensei que fosse porque lidam com novatos à morte.

— "Austeras"? – Shaunee perguntou.

— Stevie Rae, pode pedir para Damien traduzir? – Erin pediu.

— Austera quer dizer "severa e meio sinistra". Sabe, você devia mesmo ler mais.

— Eu ia dizer isso – Stark disse, e Damien suspirou.

Por incrível que pareça, tive de conter um sorriso. As circunstâncias eram ruins, mas ver meus amigos agindo normalmente fazia tudo parecer um tiquinho melhor.

— Concentrem-se, horda de nerds. Vocês vieram ajudar os novatos. Austera Um e Austera Dois não interessam – essa era Aphrodite.

– Referência a Dr. Seuss⁷. Eu gosto – Stark disse, sorrindo para mim daquele jeito sedutor, como quem diz "veja só como *sempre* gostei de ler".

Aphrodite fez cara feia para ele.

– Eu disse que era hora de concentração, não de dar mole.

– Stevie Rae? – um cara chamou de um colchão na metade do corredor, interrompendo-nos.

– Drew? – Stevie Rae perguntou e correu para o seu lado. – Drew, você está bem? O que aconteceu? Seu braço está quebrado? – o braço do garoto estava em uma tipoia. Um de seus olhos estava inchado e roxo e tinha um corte no seu lábio, mas ele conseguiu sorrir para Stevie Rae.

– Fico contente de ver que você não está mais morta.

Ela sorriu. – Ei, eu também. E, pelo que sei, não recomendo muito esse negócio de morrer e desmorrer, então trate de descansar e melhorar – ela voltou a ficar séria ao ver os ferimentos dele e acrescentou logo: – Mas você vai ficar bem. Não precisa se preocupar.

– Não é nada demais. Não quebrei o braço, só desloquei quando estava lutando com um *Raven Mocker*.

– Ele tentou salvar Anastasia – meus olhos seguiram a voz da garota, que veio de dentro do quarto de hospital, ao lado de onde Drew estava deitado. A porta estava aberta e pude ver a novata meio reclinada na cama, com um braço em um daqueles trecos de alumínio para apoio que ficam acoplados às camas de hospital. Seu antebraço estava envolto em gaze grossa. Também havia um corte feio que começava na lateral do pescoço e desaparecia debaixo da camisola de hospital que estava usando. – Ele quase conseguiu salvá-la.

– Quase não adianta nada – Drew disse firmemente.

– Quase é mais do que muitos fizeram – a garota rebateu. – Pelo menos você tentou.

– Que diabo aconteceu, Denio? – Aphrodite perguntou, passando por mim e entrando no quarto da garota. De repente percebi, quem era

---

7   Dr. Seuss, pseudônimo de Theodos Seuss Geises, famoso escritor de livros infantis norte-americano; (N.T.)

a garota. Ela e suas duas amigas, chamadas Enyo e Pemphredo (por causa das três irmãs de Górgone e Scilla), faziam parte do grupo de megeras íntimas de Aphrodite antes de eu chegar à Morada da Noite e, como já disse a própria Aphrodite, a vida dela implodir. Preparei-me para ouvir Denio responder a Aphrodite com uma patada, pois nenhuma de suas "amigas" continuara chegada dela depois que ela deixou de ser a queridinha de Neferet e eu tomei seu lugar como Líder das Filhas das Trevas. Felizmente, a garota não respondeu com agressividade, apesar de soar frustrada e bastante irritada.

– Nada aconteceu. Bem, quer dizer, a não ser que você ficasse contra aqueles malditos pássaros do inferno. Nesse caso, eles atacavam. Nós... – ela apontou para fora da enfermaria com o braço bom – ... ficamos contra eles. Dragon e Anastasia também.

– Eles atacaram a professora Anastasia enquanto Dragon lutava contra vários deles na rua. Ele nem chegou perto de conseguir ajudá-la. Nem viu nada acontecer – agora era Drew quem falava. – Eu agarrei um deles e puxei, tirando-o de cima dela, mas veio outro por trás de mim.

– Eu agarrei esse – agora era Denio quem falava. Ela apontou para o outro lado do corredor. – Ian tentou ajudar quando a coisa se voltou contra mim. O *Raven Mocker* quebrou a perna dele como se fosse um galho seco.

– Ian Bowser? – perguntei, enfiando a cabeça para dentro do quarto para o qual Denio apontara.

– É, sou eu – disse o garoto magrinho, mas bonitinho, que estava com a perna para cima, toda engessada. Ele estava tão branco que sua pele mal contrastava com os lençóis brancos.

– Isso parece estar doendo – eu lhe disse. Eu o conhecia da aula de Teatro. Ele tinha a maior queda pela professora Nolan – antes de ela ser assassinada mais ou menos um mês atrás.

– Já tive momentos melhores – ele respondeu, tentando sorrir.

– É, todos nós tivemos momentos melhores – replicou uma garota em um colchão mais para o fim do corredor.

– Hanna Honeyyeager! Não te vi aí – Damien disse, passando por mim e indo para o lado da garota. Então entendi por que ele não havia reparado nela antes de ela falar. Hanna estava coberta por um enorme edredom branco, debaixo do qual desaparecia, pois era a garota mais branca que já tinha visto em toda a minha vida. Sabe essas louras tão brancas que nunca ficam bronzeadas? Além disso, estava sempre de bochechas rosadas por vergonha ou surpresa. Só a conhecia por causa de Damien. Eu o ouvira conversar com ela sobre flores; pelo jeito, a garota era o maior crânio quando o assunto era qualquer coisa que brotasse. Lembrava-me disso sobre ela, e também do fato de todo mundo sempre chamá-la pelo primeiro e último nomes, mais ou menos tipo Shannon-compton, só que ninguém tinha associado as duas antes.

– O que aconteceu com você, meu bem? – Damien se agachou e pegou sua mão. Sua cabecinha loura estava enrolada com gaze manchada de sangue na testa.

– Quando atacaram a professora Anastasia, gritei com os *Raven Mockers*. Muito – ela contou.

– Ela tem uma voz aguda pra caramba – disse um garoto que estava no último quarto de hospital, mas nem consegui ver quem era.

– Bem, ao que parece os *Raven Mockers* não curtem vozes agudas – disse Hanna Honeyyeager. – Um deles me derrubou.

– Peraí – Erin marchou pelo corredor com passos rápidos em direção ao quarto do garoto que não consegui ver. – É você, T.J.?

– Erin!

– Ah. Minha. Deusa! – Erin berrou e correu até ele. Logo atrás dela, Shaunee gritou: – Cole? E o Cole?

– Ele não os enfrentou – T.J. respondeu com voz embargada, o que fez Shaunee parar na porta, como se tivesse levado um soco na cara.

– Não enfrentou? Mas... – a voz de Shaunee foi sumindo, como se estivesse completamente confusa.

– Ah, cara, que merda! Veja só suas mãos! – a perplexidade de Erin atravessou os limites do quarto do garoto.

– Mãos? – eu repeti.

– T.J. é boxeador. Até se classificou para os últimos Jogos de Verão contra os vampiros adultos – Drew explicou. – Ele tentou derrubar

Rephaim. Não deu certo como ele esperava, e o homem-pássaro arrancou suas mãos.

– *Ah, Deusa, não* – ouvi Stevie Rae dizer baixinho, completamente horrorizada.

Shaunee ficou parada em frente ao quarto de T.J. com cara de quem não sabia o que fazer consigo mesma, e senti uma energia ruim demais. Cole e T.J. eram tipo melhores amigos e estavam ficando com as gêmeas. T.J. estava pegando Erin e Cole, Shaunee. Os dois casais saíram juntos várias vezes. Só consegui ficar me perguntando como um deles foi enfrentar os *Raven Mockers* e o outro, não.

– Exatamente o que eu gostaria que me explicassem – só percebi que eu havia falado em voz alta depois que Darius falou, completando meu pensamento.

A última garota no corredor respondeu.

– Simplesmente aconteceu. A estrebaria pegou fogo, depois Neferet e Kalona surtaram. Os *Raven Mockers* ficaram doidos. Eles não mexiam com quem não entrasse no caminho deles, e foi o que fizemos até um deles pegar a professora Anastasia. Então alguns de nós tentaram ajudá-la, mas a maioria dos novatos simplesmente correu para os dormitórios.

Olhei para a garota. Ela tinha cabelos ruivos muito lindos e olhos azuis luminosos e igualmente belos. Seus dois bíceps tinham sido enfaixados com gaze, e um lado de seu rosto estava machucado e inchado. Eu podia jurar que jamais a vira antes na vida.

– Quem é você, caramba? – perguntei.

– Eu sou a Red – ela deu um sorriso tímido e balançou os ombros. – É, meu nome é óbvio, mas é este. Hummm, vocês não me conhecem porque acabei de ser Marcada. Foi pouco antes de cair a tempestade de gelo. A professora Anastasia foi minha mentora – ela engoliu em seco e piscou os olhos para conter as lágrimas.

– Sinto muito mesmo – eu disse, pensando como devia ser terrível para ela, recém-Marcada, recém-arrancada de sua família e de tudo que conhecia, e de repente vir parar no meio daquele caos.

– Também tentei ajudá-la – Red disse. Uma lágrima escapou e escorreu por seu rosto. Ela limpou, fazendo uma careta de dor ao mexer o braço. – Mas aquele *Raven Mocker* enorme me cortou nos braços e me jogou numa árvore. Não consegui fazer nada, a não ser ficar olhando quando ele... – sua voz tremeu, quase chorando.

– Nenhum dos professores estava com vocês? – Darius perguntou com um tom de voz áspero, apesar de ser óbvio que sua raiva não era direcionada a Red.

– Os professores sabiam que os *Raven Mockers* tinham simplesmente ficado superexcitados porque Neferet e seu consorte estavam muito aborrecidos. Nós sabíamos que era melhor não provocá-los mais ainda – Safira respondeu de um jeito truncado de onde ela e Margareta ainda estavam, na entrada do corredor da enfermaria.

Perplexa, virei-me para ela.

– Eles *simplesmente ficaram superexcitados*? Você tá me zoando? Essas criaturas estavam atacando os novatos da Morada da Noite, e nenhum de vocês fez nada porque não queriam provocá-los mais ainda?

– Imperdoável! – Darius quase cuspiu a palavra.

– E Dragon e a professora Anastasia? Eles obviamente não caíram nessa teoria furada de não provocar os desgraçados – Stark também soava revoltado.

– Será que você não sabe o que aconteceu melhor do que qualquer um, James Stark? Lembro-me de que você era bem próximo de Neferet e Kalona. Recordo-me até de ter te visto sair da escola com eles – Margareta disse com a voz mais tranquila do mundo.

Stark deu um passo em direção a ela, os olhos começando a brilhar com um tom perigosamente vermelho. Agarrei seu pulso.

– Não! Não é brigando entre nós que vamos vencer esta parada – eu disse para ele e depois me voltei para as duas vampiras. – Stark foi com Neferet e Kalona porque sabia que iam atacar a mim *e* Aphrodite *e* Damien *e* Shaunee *e* Erin *e* um convento inteiro cheio de freiras – a cada "e" que dizia, eu dava um passo em direção a Safira e Margareta. Senti a força elemental do espírito, que tinha acabado de invocar para acalmar Dragon, revirando-se perigosamente ao meu redor. As vampiras também sentiram, pois ambas deram vários passos atrás. Parei para me controlar, abaixar o tom de voz e a pressão sanguínea. – Ele ficou do nosso lado, *contra* eles. Neferet e Kalona não são quem vocês pensavam. Eles são um perigo para todo mundo. Mas no momento não tenho tempo para tentar convencê-las de algo que já devia ser óbvio quando um cara alado surgiu de uma explosão no chão em meio a uma verdadeira chuva de sangue. Agora estou aqui para ajudar esse pessoal e, como vocês parecem não gostar da ideia, acho que seria ótimo se corressem para seus quartos como o resto da Morada da Noite.

Parecendo chocadas e ofendidas, as duas vampiras subiram apressadas a escadaria que dava para os quartos dos professores. Suspirei. Acabara de dizer a Stark que não venceríamos a parada brigando entre nós e, em seguida, eu as ameacei. Mas, quando me voltei para nosso grupinho na enfermaria, fui recebida com sorrisos, vivas e aplausos.

– Eu queria mandar essas vacas embora desde que cheguei aqui – gritou Denio de seu quarto, dando um sorriso radiante para mim.

– Depois é a *ela* que chamam de Terrível – Aphrodite disse, obviamente referindo-se ao fato de *Denio* significar *terrível* em grego.

– Só sou boa nesse negócio de sentir o que as pessoas estão sentindo. Não consigo derrubá-las com um elemento nem com cinco – Denio respondeu, esfregou o braço machucado distraidamente e então se voltou novamente para Aphrodite. – Ei, eu não devia ter sido a cachorra que fui com você nesses últimos meses. Desculpe.

Achei que Aphrodite fosse bufar e pegar pesado com a garota. Tipo, Denio tinha sido péssima com ela, bem como suas outras supostas amigas.

– É, bem, todos nós fazemos merda de vez em quando. Deixa pra lá – Aphrodite disse, surpreendendo-me totalmente.

– Você pareceu tão madura agora – eu lhe disse.

– Você não tem um círculo para traçar? – ela me devolveu.

Sorri, pois tive certeza de ver suas bochechas ficando rosadas.

– Na verdade, tenho sim – olhei para Stevie Rae, Damien e Shaunee e disse em voz alta: – Erin, você pode parar de bancar a enfermeira um pouquinho para participar deste círculo?

Ela saiu do quarto de T.J. como se fosse um daqueles bonecos que saltam de dentro de caixas.

– Sim, na boa.

Percebi que ela e Shaunee não se entreolharam, mas não havia nem tempo nem energia para me meter em problemas das gêmeas no momento.

– Bem, para que lado fica o norte, garota da terra? – perguntei a Stevie Rae.

Ela se dirigiu para a porta do corredor e ali ficou.

– É aqui o norte, com certeza.

– Tudo bem. O resto do pessoal sabe o que fazer – eu disse.

Cada um assumiu seu lugar com uma postura bastante profissional: Damien no leste, representando o ar; Shaunee ao sul, representando o fogo; Erin no oeste, representando a água; e Stevie Rae representando a terra firmemente plantada no norte. Quando estavam todos prontos, assumi meu lugar no centro do círculo. Começando com Damien no leste, chamei cada elemento para dentro do nosso círculo, seguindo na direção do relógio até terminar chamando o espírito para mim mesma.

Eu estava de olhos fechados durante a invocação e, quando o círculo se completou, eu os abri e vi um fio prateado brilhante nos unindo. Joguei a cabeça para trás, levantei os braços e gritei com alegria ao ser tocada por todos os cinco elementos.

– Como é bom estar em casa!

Meus amigos riram, felizes e plenos, preenchidos por seus elementos e, mesmo que por um só momento, prontos para esquecer o caos e as provações que nos cercavam.

Mas não a dor. Eu não esqueceria a razão pela qual traçara o círculo, apesar de ser fácil se deixar levar pela emoção dos elementos. Concentrei-me e me acalmei. Com uma voz forte e confiante, comecei a falar: – Ar, fogo, água, terra e espírito, eu os chamei ao nosso círculo por uma razão específica. Nossos amigos novatos da Morada da Noite foram feridos. Não sou curandeira. Tecnicamente, nem sou Grande Sacerdotisa – fiz uma pausa e dei uma olhada para fora do círculo, deparando-me com o olhar de Stark. Ele piscou para mim. Eu sorri e continuei: – Mas meu propósito é claro. Gostaria que vocês, por favor, tocassem esses garotos e garotas. Não posso curá-los, mas posso lhes pedir que deem alívio e força para que eles consigam se curar por si mesmos. Na verdade, acho que é isto o que todos queremos: oportunidade de cura. Em nome de Nyx, e através do poder de seus elementos, preencham esses novatos! – concentrando minha mente, meu corpo e minha alma, lancei as mãos para cima, imaginando os elementos rodopiando através de mim e passando para o pessoal que estava ferido.

Ouvi exclamações de surpresa e prazer e até alguns gemidos de dor quando os cinco elementos giraram ao redor da enfermaria, preenchendo os novatos. Fiquei onde estava, servindo de condutor vivo para os elementos até meus braços doerem e meu corpo inteiro pingar de suor.

– Zoey! Eu disse "chega"! Você já os ajudou. Feche o círculo.

Ouvi Stark falar e me dei conta de que ele já estava falando comigo fazia um tempinho, mas eu estava me concentrando tanto, e por tanto tempo, que ele literalmente teve que berrar para finalmente me alcançar.

Exausta, abaixei as mãos e sussurrei agradecimentos sinceros e despedidas aos cinco elementos. Então, deixei de sentir as pernas e caí sentada no chão.

24

Zoey

– Não, eu não preciso de uma cama na enfermaria – repeti pela terceira vez para Stark, que não parava de me olhar com cara de preocupado. – E aqui não tem mais nenhuma cama, aliás.

– Ei, eu tô me sentindo bem melhor – Denio disse. – Você pode ficar com a minha cama, Z.

– Obrigada, mas não – respondi. E estendi a mão para Stark. – Só quero que você me ajude a levantar, tá?

Ele franziu a testa e me olhou de um jeito desconfiado, mas me ajudou a levantar. Levantei-me procurando ficar bem firme para que ninguém percebesse que eu estava vendo o quarto rodar como se estivesse passando um minitornado ao meu redor.

– Acho que ela parece estar pior ainda do que eu – Drew falou de seu colchão no chão.

– *Ela* pode ouvir – respondi. – Eu estou bem – passei a vista ainda embaçada em cada um dos feridos. Todos pareciam melhor, o que foi um enorme alívio para mim. Então risquei de minha lista mental a tarefa "ver se os feridos não estavam sentindo dor e morrendo horrivelmente". Hora da tarefa seguinte. Contive um suspiro, pois não queria desperdiçar oxigênio. – Bem, as coisas melhoraram por aqui. Portanto, Stevie Rae, precisamos resolver, *antes de o sol* sair, onde os novatos vermelhos vão ficar quando ele nascer.

— Boa ideia, Z. — Stevie Rae respondeu, sentada no chão perto de Drew. Então me lembrei de que, antes de morrer e desmorrer, ela tinha uma quedinha pelo garoto; vê-la dando mole para ele me causou um momento de alegria egoísta, pois eu tinha sentido que rolava um clima entre ela e o novato vermelho chamado Dallas. Podia ser péssimo da minha parte pensar isto, mas seria legal se minha melhor amiga e eu pudéssemos conversar sobre as agruras de ter vários namorados.

— Z.? Você acha que é boa ideia?

— Ah, desculpe, o quê? — dei-me conta de que Stevie Rae estava falando comigo à toa enquanto eu estava torcendo para que ela tivesse um zilhão de namorados (ou pelo menos dois).

— Eu disse que os novatos vermelhos podem ficar nos quartos vazios dos dormitórios. Deve ter espaço suficiente, mesmo se tiverem de dormir três em cada quarto. Podemos vedar bem as janelas. Não é tão bom quanto ficar debaixo da terra, mas dá para o gasto, pelo menos até essa droga de tempestade de gelo parar e conseguirmos pensar em alguma outra coisa.

— Tá, então vamos cuidar disso. E, enquanto eles estiverem dando um jeito nos quartos, *nós*... — pronunciei a palavra cuidadosamente, indicando com o olhar o círculo formado por Aphrodite, Darius e Stark — ... precisamos conversar com Lenobia.

Minha gangue assentiu, todos parecendo ligados no fato de que precisávamos saber logo o que havia acontecido na Morada da Noite enquanto estávamos fora.

— Vocês todos vão ficar bem — eu disse ao pessoal que estava ferido enquanto meus amigos se despediam para sairmos de lá.

— Ei, valeu, Zoey — Drew gritou.

— Você é uma ótima Grande Sacerdotisa, mesmo que ainda não seja uma de verdade — Ian gritou de seu quarto.

Não sabia se devia agradecer àquele elogio torto, então parei na entrada da enfermaria, olhando para o pessoal e pensando que, tirando o fato de terem acabado de enfrentar os *Raven Mockers* e testemunhado a morte da professora, eles estavam bem normais.

Foi quando me ocorreu. Eles *pareciam normais*. No dia anterior, quase a escola inteira, com exceção do meu grupo e de Lenobia, Dragon e Anastasia, caíra no encanto hipnótico de Kalona e Neferet e não agira de modo nada normal.

Voltei para a entrada da enfermaria.

– Eu tenho uma pergunta para todos vocês. Pode soar esquisito, mas quero respostas sinceras, mesmo que seja um pouco constrangedor.

Drew sorriu, olhando por cima do meu ombro, onde eu tinha certeza que estava minha melhor amiga.

– Pergunte o que quiser, Z. Amiga de Stevie Rae já tem minha simpatia.

– Ahn, obrigada Drew – consegui não revirar meus olhos para ele. – Mas a pergunta é para todos. A parada é a seguinte: vocês achavam que tinha algo de errado com os *Raven Mockers*, ou mesmo com Kalona e Neferet, antes de a professora Anastasia ser atacada?

Não foi surpresa Drew responder primeiro.

– Eu não confiava no cara das asas, mas não sei dizer por quê – e deu de ombros. – Sei lá, talvez por ele ter asas. É bizarro demais.

– Achei o cara gostoso, mas aqueles filhos dele, meio homens, meio pássaros, eram nojentos demais – Hanna Honeyyeager disse.

– É, os *Raven Mockers* eram nojentos, mas até Kalona era *velho*, não sei como tantas novatas ficaram a fim dele – Red completou. – Tipo, George Clooney é um gato e tal, mas é velho demais, e eu não ia querer, tipo, pegar o cara. Por isso não sei como praticamente todo mundo queria ficar com Kalona.

– E vocês? – perguntei aos outros.

– Como você já disse, Kalona explodiu do chão. Simplesmente bizarro – Denio fez uma pausa, olhou para Aphrodite e continuou: – Além disso, algumas de nós já sabíamos que Neferet não era o que parecia ser.

– É, você sabia, mas não fez nada – a voz de Aphrodite não soou irritada nem maldosa. Ela estava apenas ressaltando um fato, um fato desagradável, porém verdadeiro.

Denio levantou o queixo.

— Eu fiz — ela mostrou o braço enfaixado. — Mas era tarde demais.

— Para mim, depois que a professora Nolan foi assassinada, eu sentia que nada estava certo — Ian disse lá do quarto. — A história com Kalona e os *Raven Mockers* foi mais ou menos por aí.

— Percebi o que ele estava fazendo com meus amigos — T.J. gritou do último quarto no fim do corredor. — Estavam agindo feito zumbis, acreditando em tudo que ele dizia. Quando eu tentava falar alguma coisa, tipo perguntar como podiam ter certeza de que ele era mesmo Erebus encarnado, eles riam da minha cara ou ficavam bolados comigo. Mas desde o começo não gostei dele. E aqueles malditos homens-pássaros eram do mal. Não entendo como todo mundo caiu na deles logo de cara.

— Nem eu, mas isso é algo que vamos descobrir — eu disse. — No momento, vocês não precisam se preocupar com nada disso. Kalona partiu, e Neferet e os *Raven Mockers,* também. Agora vocês só têm que ficar bons. Tá certo?

— Tá! — eles me responderam, soando mais bem-dispostos do que na hora em que cheguei.

Por outro lado, eu tinha ficado um lixo depois de canalizar os cinco elementos e gostei quando Stark agarrou meu braço para que eu pudesse me apoiar nele ao caminhar. Por incrível que pareça, o gelo e a chuva tinham parado. Abriram-se brechas nas nuvens, que vinham cobrindo o céu ao longo de dias, através das quais dava para vislumbrar o céu estrelado. Meu olhar se voltou para o meio do terreno da escola. O fogo, que tinha consumido por completo a pira de Anastasia, estava começando a se apagar, mas Dragon continuava ali ajoelhado; Lenobia parou ao lado dele, com uma das mãos pousada em seu ombro. O círculo era composto por novatos vermelhos, Erik, Heath e Jack, todos dispostos ao redor da pira funerária. Estavam quietos e nas expressões de seus rostos havia respeito por Dragon e sua amada.

Fiz um sinal para que meu grupo me acompanhasse um pouquinho mais para dentro das sombras para falarmos mais reservadamente.

— Precisamos conversar, mas sem plateia. Stevie Rae, você pode transferir para alguém a tarefa de preparar os quartos para o seu pessoal?

— Claro, Kramisha é tão organizada que chega a ser obsessiva. Além do mais era sexta-formanda quando morreu e desmorreu. Conhece isto aqui muito bem.

— Ótimo. Então deixe isso com ela — virei-me para Darius. — Agora temos que nos livrar dos corpos dos *Raven Mockers*. Com sorte esse temporal passou mesmo, o que significa que os humanos vão começar a aparecer assim que amanhecer. Eles não podem encontrar essas criaturas.

— Eu cuido disso — Darius se adiantou. — Vou chamar os novatos vermelhos para me ajudar.

— O que vocês vão fazer com os corpos? — Stevie Rae perguntou.

— Queimar — Shaunee respondeu, depois olhou para mim. — Se você não se importa.

— É perfeito assim — concordei. — Só não queimem perto da pira de Anastasia. Dragon não aguentaria.

— Queime-os no muro leste. Onde o nojento do pai deles saiu da terra — Aphrodite olhou para Shaunee. — Tem como você queimar também o carvalho velho que quebrou quando Kalona escapou?

— Posso fazer *qualquer coisa* pegar fogo — ela respondeu.

— Então vá com Darius e o resto do pessoal e preste atenção para que nem uma pena sequer dessas criaturas deixe de ser reduzida a cinzas. Depois vocês vão para o meu quarto. Tudo bem?

— Tudo bem — Darius e Shaunee responderam juntos.

Achei esquisito Erin não dizer nada para a gêmea, mas, quando Shaunee começou a seguir Darius até o círculo de novatos vermelhos, ela gritou: — Depois te conto tudo, gêmea.

— É claro, gêmea — Shaunee disse, olhando para trás para sorrir para Erin.

— Bem, nós realmente precisamos de Lenobia conosco — dei uma olhada para a Mestre de Equitação, que estava ao lado de Dragon. — Mas não sei como tirá-la de lá.

— Fale com ele — Damien sugeriu.

Lancei-lhe meu típico olhar de interrogação.

– Dragon entende como Kalona e Neferet são perigosos. Ele vai entender que precisamos de Lenobia – o olhar de Damien se voltou para o vampiro, que ainda estava de joelhos. – Ele vai ficar lá, sofrendo, até achar que está na hora de ir embora. Não podemos mudar isso, nem apressá-lo. Por isso apenas lhe diga que precisa de Lenobia.

– Você é um garoto esperto, sabia? – perguntei.

– Afirmativo – ele respondeu sorrindo.

– Tudo bem – soltei um longo e exaurido suspiro. – Stevie Rae, explique a Kramisha o que ela precisa fazer. O resto de vocês me encontra no meu quarto. Vou para lá assim que conseguir que Lenobia me acompanhe.

– Z., vou dizer para Jack ajudar Kramisha – Damien me avisou.

Levantei as sobrancelhas para ele.

– O seu quarto não é tão grande. Além do mais posso contar tudo a ele depois. Agora *nós* precisamos focar nossas mentes.

Concordei e comecei a caminhar em direção a Lenobia e Dragon. Vi Darius e Stevie Rae ao meu redor puxando os garotos para o canto e conversando baixinho com eles. Damien acariciou a cabeça de Duquesa enquanto conversava com o namorado.

Enquanto isso, Stark continuou ao meu lado. Não precisei olhar para ele. Dava para senti-lo. Eu sabia que, se tropeçasse, ele não ia me deixar cair. E também sabia que ele entendia melhor do que ninguém exatamente o quanto me desgastara canalizar os elementos na enfermaria. Como se estivesse lendo minha mente, ele sussurrou: – Você vai poder se sentar daqui a pouco. E então vou arrumar algo para você comer e beber.

– Obrigada – sussurrei em resposta. Ele pegou minha mão e juntos fomos até Lenobia e Dragon. Os gatos estavam quietos, apesar de ambos estarem aninhados junto ao corpo de Dragon. Seu rosto inchado e arrasado estava molhado de lágrimas, mas ele tinha parado de chorar.

– Dragon, preciso que Lenobia venha comigo um pouquinho. Não quero deixá-lo sozinho aqui, mas realmente preciso falar com ela.

Ele levantou os olhos para mim. Acho que jamais vi alguém tão triste.

– Não vou ficar sozinho. Shadowfax e Guinevere estarão comigo, e nossa Deusa também – ele disse e voltou seu olhar para a pira. – Ainda não estou pronto para deixar Anastasia.

Lenobia apertou seu ombro.

– Eu já volto, meu amigo.

– Estarei aqui.

– Vou ficar esperando com Dragon. Kramisha não precisa de mim. Ela já tem muitos novatos para dar ordens – Jack me disse. Ele e Damien se juntaram a nós. Duquesa parou a alguns metros e ficou deitada na grama com o focinho nas patas. Os gatos não prestaram atenção nela. – Quer dizer, se você não se importa, gostaria de ficar com você – ele terminou, falando com Dragon de um jeito nervoso.

– Obrigada, Jack – Dragon respondeu, tentando controlar a voz embargada. Jack assentiu, enxugou os olhos e, sem dizer mais nada, sentou-se ao lado de Dragon e começou a acariciar Shadowfax carinhosamente.

– Mandou bem – eu disse baixinho a Jack.

– Estou orgulhoso de você – Damien sussurrou para Jack e o beijou gentilmente no rosto, fazendo-o sorrir entre lágrimas.

– Tá – eu disse. – Vamos nos encontrar no meu quarto.

– Lenobia, Zoey vai ter que fazer um desvio pela cozinha – Stark disse bruscamente. – Nós encontramos você no dormitório assim que possível.

Lenobia assentiu distraidamente, já caminhando em direção aos dormitórios com Damien, Erin e Aphrodite.

– Por que você... – só comecei, e Stark já me cortou.

– Confie em mim. É disso que você precisa.

Ele segurou meu cotovelo e me levou ao centro do edifício da escola, perto do corredor que dava para o refeitório. Estávamos perto da porta do refeitório quando ele disse: – Entre no refeitório. Vou pegar uma coisa e já volto.

Cansada demais para questionar, fui em frente. Foi esquisito ver o lugar tão vazio. O saguão estava iluminado por metade dos lampiões a gás que normalmente ardiam àquela hora da noite. Dei uma olhada no relógio. Passava um pouquinho da meia-noite. A escola devia estar em plena atividade, com novatos e professores *vamps* por toda parte. Eu queria que o lugar estivesse abarrotado. Queria poder reverter o tempo e fazer os últimos dois meses desaparecerem para que pudesse voltar a me preocupar com o veneno de Aphrodite e a achar Erik um gostosão inalcançável.

Quis voltar no tempo para quando não sabia nada sobre Kalona, sobre A-ya, morte e destruição. Eu queria ser normal. Queria tanto que me dava enjoo no estômago.

Caminhei lentamente para o refeitório, que também estava completamente vazio e mais escuro do que o corredor. Nada de cheiro de comida gostosa, nada de pencas de garotos e garotas fofocando sobre os outros, nada de professores olhando feio para quem comia Doritos.

Tropecei no banco de piquenique que costumava dividir com meus amigos e resolvi deixar meus joelhos descansarem, sentando-me pesadamente no banco de madeira bem lustrada. Por que Stark me pedira para vir para o refeitório? Será que ia tentar cozinhar para mim? Por um segundo, sua imagem de avental amarrado na cintura foi quase engraçada. Então me dei conta de por que ele me forçara a entrar. Uma das geladeiras da enorme cozinha da escola era cheia de sacos de sangue humano. Naquele momento, ele estava provavelmente pegando vários sacos de sangue para me dar como se fossem caixinhas de um suco vermelho e espesso.

Tudo bem, sei que é nojento, mas fiquei com água na boca. Stark tinha razão. Eu tinha que recarregar as baterias, e um ou dois sacos de sangue seriam uma boa maneira de fazer isso.

– Zo! Aí está você! Stark me disse que você estaria aqui.

Pisquei os olhos, surpresa, e ao me virar dei de cara com Heath entrando no refeitório, sozinho.

E de repente entendi que tinha entendido apenas uma parte. Stark tinha ido buscar sangue para mim, mas, em vez de vir de uma das gigantescas geladeiras de aço inoxidável, viria do lindo jogador de futebol Heath.

Ai, droga.

25

Rephaim

Foi difícil acordar. Mesmo no nebuloso estado mental que era a fronteira entre a consciência e a inconsciência, antes mesmo de sentir plenamente a dor que se apossara de seu corpo castigado, Rephaim sentiu o cheiro dela.

Primeiro pensou que estava de volta ao galpão e que o pesadelo tinha acabado de começar, logo após o acidente, quando ela aparecera não para matá-lo, mas para lhe dar água e tratar de suas feridas. Então deu-se conta de que estava quente demais para ainda estar no galpão. Ele se mexeu levemente e a dor que sentiu ao acordar totalmente o fez se lembrar.

Estava debaixo da terra, nos túneis para onde ela o mandara, e ele odiava estar ali.

Não era um ódio próximo da paranoia, como aquele que seu pai sentia. Rephaim simplesmente detestava a sensação de confinamento subterrâneo. Não havia céu, nem nada verde crescendo sob seus pés. Ele não podia levantar voo debaixo da terra. Não podia...

Os pensamentos do *Raven Mocker* cessaram bruscamente.

Não. Ele não ia pensar na asa irreversivelmente ferida e nas implicações que isso lhe traria para o resto da vida. Não podia pensar nisso. Ainda não. Não com seu corpo ainda tão fraco.

Rephaim então pensou nela.

Era fácil pensar nela, afinal seu cheiro estava por toda parte.

Ele se mexeu de novo, desta vez tomando mais cuidado com a asa quebrada. Com o braço bom puxou o cobertor por sobre si e se aninhou no calor da cama. A cama dela.

Mesmo estando debaixo da terra, sentiu-se estranha e ilogicamente seguro por estar em um lugar que era dela. Ele não entendia por que ela lhe causava esse efeito singular. Rephaim só sabia que seguira as indicações de Stevie Rae, mas, em meio à agonia e à exaustão, dera-se conta de que na verdade estava seguindo o cheiro da Vermelha. Aparentemente, foi isso que o guiou pelos túneis desertos. Ele foi parar na cozinha e se forçou a comer e a beber. Os novatos tinham deixado geladeiras cheias de comida. Geladeiras! Aquele era um dos vários milagres dos tempos modernos que ele vinha observando por anos a fio, desde quando existia apenas em forma de espírito. Havia passado o que lhe parecera uma eternidade esperando... Sonhando com o dia em que poderia tocar, sentir sabores e viver de verdade outra vez.

Rephaim concluíra que gostava de geladeiras. Entretanto, ainda não tinha certeza se gostava mesmo do mundo moderno. No pouco tempo em que voltara a ter corpo físico, percebera que a maioria dos humanos modernos não tinha nenhum respeito pelo poder dos antigos. O *Raven Mocker* não contou os vampiros como os antigos. Eles não passavam de brinquedos atraentes. Diversões, distrações. Apesar do que seu pai dizia, não eram dignos de comandar ao seu lado.

Seria por isso que a Vermelha o deixara viver? Por ser fraca e ineficiente demais? Por ser *moderna* demais para fazer o que devia e matá-lo?

Então ele pensou na força que ela demonstrou, uma força impressionante que não era só física. Ela também comandou o elemento terra com tamanha maestria que ele se abriu em obediência. Isso não era fraqueza, de forma alguma. Até seu pai falara dos poderes da Vermelha. Neferet também avisara que a líder dos Vermelhos não devia ser subestimada.

E lá estava ele, atraído pelo cheiro, para a cama dela, onde estava praticamente aninhado.

Soltando um gemido de desgosto, ele saiu do calor confortável dos cobertores, travesseiros e do grosso colchão, pondo-se em pé, apoiando-se na mesa que havia perto da cama, lutando para ficar ereto e não se deixar derrubar pela implacável escuridão que o cercava.

Ele ia refazer o caminho de volta à cozinha. Ia comer e beber outra vez. E acender todas as luzes que pudesse. Rephaim ia se dedicar à própria recuperação, e então poderia ir embora daquele lugar, que mais parecia uma tumba, e procurar seu pai na superfície, encontrar seu lugar no mundo.

Rephaim afastou o cobertor que servia de porta no quarto de Stevie Rae e foi mancando para dentro do túnel. *Já estou melhorando... Mais forte... Não tenho que usar bengala para caminhar,* disse a si mesmo. A escuridão era quase total. Havia velas ao longo do corredor, protegidas por invólucros para não apagarem, mas muitas já tinham derretido. Rephaim apertou o passo. Ele acenderia velas novas nas paredes assim que se alimentasse. Resolveu que beberia até os sacos de sangue assim que achasse uma das geladeiras, apesar de não lhe apetecer muito. Seu corpo precisava de combustível para se recuperar, assim como as lamparinas precisavam de combustível para queimar.

Lutando contra a agonia causada por cada movimento, Rephaim dobrou a curva no túnel e finalmente entrou na cozinha. Abriu a primeira geladeira e estava tirando de dentro dela um saco de presunto fatiado quando sentiu a lâmina fria de uma faca na parte de baixo das costas.

– Um movimento que não me agrade, passarinho, e corto sua medula no meio. *Assim* você morre, não morre?

Rephaim ficou absolutamente imóvel.

– Sim, morro.

– Ele já me parece meio morto de qualquer forma – disse outra voz, também feminina.

– É, essa asa está totalmente ferrada. Ele não está com cara de ser capaz de fazer merda nenhuma contra nós – agora era um homem que falava.

A faca continuou na altura da medula.

– É por nos subestimarem que estamos aqui. Por isso nunca subestimamos ninguém. Tão ligados? – disse a voz que pertencia à mulher com a faca na mão.

– É, foi mal, Nicole.

– Eu entendi.

– Então, passarinho, a brincadeira vai ser assim: eu vou para trás e você dá meia-volta bem devagarzinho. Não banque o espertinho. Minha faca não vai estar espetada em você, mas Kurtis e Starr estão armados. Um movimento em falso e você morre bonitinho, como se eu cortasse sua medula.

Ela espetou a ponta da faca em Rephaim o bastante para fazer pingar sangue.

– Ele fede! – disse a voz masculina que pertencia a Kurtis. – Nem dá pra comer.

Nicole o ignorou.

– Você entendeu, passarinho?

– Entendi.

Ela parou de espetar a ponta da faca, e Rephaim ouviu o som de seus passos para trás.

– Vire-se.

Rephaim obedeceu e se deparou com três novatos. As luas crescentes vermelhas em suas testas os identificavam como parte do rebanho da Vermelha. Mas ele soube instantaneamente que, apesar de também vermelhos, eram tão diferentes de Stevie Rae quanto a lua do sol. Ele deu uma olhada rápida para Kurtis, um novato de porte avantajado, e Starr, uma loura de aparência comum. Ambos lhe apontavam armas. Foi em Nicole que ele prestou mais atenção. Ela era, sem dúvida, a líder. E tinha sido ela que o fizera sangrar, coisa que Rephaim jamais esqueceria.

Nicole era uma novata baixinha com longos cabelos negros e olhos grandes de um tom castanho tão escuro que chegavam quase a ser pretos. Rephaim olhou para aqueles olhos e ficou completamente chocado: Neferet estava lá! Nos olhos daquela novata espreitava a mesma mistura de escuridão e inteligência que Rephaim vira tantas vezes no olhar da Tsi Sgili. O *Raven Mocker* ficou tão profundamente perplexo que por um momento só conseguiu ficar olhando, pensando *será que meu pai sabe que ela conseguiu a habilidade de se projetar?*

– Droga! Parece que ele viu um fantasma – Kurtis disse, a arma balançando para cima e para baixo ao ritmo de suas risadas.

– Pensei que você tivesse dito que não conhecia nenhum *Raven Mocker* – Starr disse de um jeito claramente desconfiado.

Nicole piscou os olhos e a sombra familiar de Neferet sumiu, deixando Rephaim pensando se não teria somente imaginado.

Não. Rephaim não imaginou nada. Neferet estivera presente, mesmo que por um só instante, dentro da novata.

– Jamais vi um treco desses na minha vida – Nicole se dirigiu a Starr, apesar de continuar de olho em Rephaim. – Está me chamando de mentirosa?

Nicole não levantara a voz, mas Rephaim, acostumado a todo tipo de poder e perigo, teve de reconhecer que aquela novata borbulhava com uma agressividade que mal conseguia conter.

Starr obviamente também reconheceu, pois instantaneamente recuou.

– Não, não, não. Eu não quis dizer nada assim. Só achei esquisito o jeito que ele surtou quando te viu.

– Foi esquisito mesmo – Nicole disse suavemente. – E talvez fosse bom perguntar a ele por quê. Então, passarinho, o que veio fazer no nosso território?

Rephaim notou que Nicole na verdade não fez a pergunta que disse que faria.

– Rephaim – ele disse, tentando imprimir força ao tom de voz. – Meu nome é Rephaim.

Todos os três arregalaram os olhos, como se estivessem surpresos por ele ter nome.

– Ele até que soa quase normal – Starr disse.

– Ele pode ser tudo, menos normal, e é melhor você se lembrar disso – Nicole rebateu. – Responda, *Rephaim*.

223

– Escapei para dentro dos túneis depois de ser ferido por um guerreiro da Morada da Noite – ele respondeu sinceramente. A intuição de Rephaim, que tão bem lhe serviu por séculos, o avisou para não falar sobre Stevie Rae porque, apesar de estes serem sem dúvida os novatos vermelhos do mal que ela protegera, não faziam realmente parte de seu rebanho nem a seguiram.

– O túnel entre aqui e o convento desmoronou – Nicole disse.

– Estava aberto quando entrei.

Nicole deu um passo em direção a ele e farejou o ar.

– Você está com cheiro de Stevie Rae.

Rephaim fez um gesto com a mão que estava boa, descartando o que ela dissera.

– Estou com o cheiro da cama onde dormi – ele inclinou a cabeça para o lado, como se não estivesse entendendo o que ela estava dizendo. – Você disse que estou com o cheiro de Stevie Rae. Ela não é a Vermelha, sua Grande Sacerdotisa?

– Stevie Rae é uma vampira vermelha, mas não é Grande Sacerdotisa! – Nicole soltou uma risadinha de escárnio e seus olhos adquiriram um brilho vermelho.

– Não é sua Grande Sacerdotisa? – Rephaim cutucou. – Mas tinha uma Sacerdotisa vampira vermelha chamada Stevie Rae com um grupo de novatos contra meu pai e sua rainha. Ela tinha as mesmas marcas que vocês. Ela não é sua Grande Sacerdotisa?

– Foi nessa batalha que você se feriu? – Nicole ignorou a pergunta para fazer a sua própria.

– Foi.

– O que aconteceu? Cadê Neferet?

– Ela se foi – Rephaim não escondeu a amargura em sua voz. – Ela voou pra longe com meu pai e os meus irmãos que ainda estão vivos.

– Para onde eles foram? – Kurtis perguntou.

– Se eu soubesse, não estaria me escondendo na terra feito um covarde. Estaria ao lado do meu pai, que é o meu lugar.

– Rephaim – Nicole o observou atentamente. – Já ouvi seu nome antes.

O *Raven Mocker* manteve silêncio, pois sabia que era melhor se ela viesse a entender quem ele era sem ter que se gabar de sua posição como um exibido qualquer.

Quando seus olhos se arregalaram, ele soube que ela se lembrara de ter ouvido seu nome.

– Ela disse que você era o favorito de Kalona, seu filho mais poderoso.

– Sim, este sou eu. Quem é a tal que falou de mim?

Nicole voltou a ignorar sua pergunta. – O que era aquilo cobrindo a porta do quarto no qual você dormiu?

– Um cobertor xadrez.

– Era o quarto de Stevie Rae – Starr disse. – Por isso ele está com o cheiro dela.

Nicole agiu como se Starr não tivesse dito nada.

– Kalona partiu sem você, mesmo você sendo seu favorito.

– Sssssim – Rephaim sibilou sua raiva ao reconhecer aquela verdade.

Nicole falou com Kurtis e Starr.

– Vocês sabem que isso significa que eles vão voltar. Esse passarinho é favorito de Kalona. Ele não vai deixá-lo aqui para sempre. Assim como nós somos os favoritos dela. Ele vai voltar atrás dele; e ela vai voltar atrás de nós.

– Você está falando da Vermelha, Stevie Rae?

Em um movimento tão rápido que fez seu corpo virar um borrão, Nicole passou para o lado de Rephaim, segurou-lhe os ombros castigados e levantou o enorme *Raven Mocker* do chão com um só movimento e, sem soltá-lo, jogou-o contra a parede lateral do túnel, apertando-lhe as costas. Com os olhos vermelhos flamejantes, ela falou com seu bafo mofado: – Se liga, passarinho. Stevie Rae, ou a Vermelha, como você fica chamando, não é nossa Grande Sacerdotisa. Ela não é nossa chefe. Ela não é uma de nós. Ela está colada em Zoey e aquele bando, e isso não é legal. Nós não temos Grande Sacerdotisa, tá ligado, temos uma rainha, e seu nome é Neferet. Agora, que obsessão é essa com Stevie Rae?

Rephaim foi tomado por uma dor intensa. Sua asa quebrada estava pegando fogo, acendendo seu corpo com uma agonia incandescente. Ele desejou com todas as forças ficar são de novo para poder destruir essa novata vermelha arrogante com uma só bicada.

Mas não estava são. Estava fraco, ferido e abandonado.

– Meu pai queria capturá-la. Ele disse que ela é perigosa. Neferet não confia nela. E não estou obcecado. Só estou seguindo a vontade de meu pai – ele respondeu com a voz embargada de dor.

– E se nós conseguíssemos saber se você está realmente dizendo a verdade? – Nicole perguntou. E, então, apertou ainda mais o braço dele, fechou os olhos e abaixou a cabeça.

Por incrível que pareça, Rephaim sentiu as palmas da mão dela esquentando. O calor irradiava através dele, rastreando sua corrente sanguínea, batendo no ritmo frenético de seu coração e lhe surrando o corpo.

Nicole se arrepiou e estremeceu, então abriu os olhos e levantou a cabeça. Sorriu astutamente. Ela continuou a apertá-lo contra a parede por mais um longo minuto antes de soltá-lo. Olhando para o chão, onde ele estava todo franzido, ela disse: – Ela salvou você.

– Que merda é essa? – Kurtis berrou.

– Stevie Rae o salvou? – Starr disse.

Nicole e Rephaim agiram como se ninguém tivesse dito nada.

– Salvou – Rephaim arfou, lutando para controlar a respiração e não desmaiar. E não disse mais nada, só ficou tentando entender o que tinha acabado de acontecer enquanto sentia a dor que irradiava de sua asa. A novata vermelha fizera algo com ele ao tocá-lo, algo que lhe permitira ter acesso à sua mente, talvez até à sua alma. Mas ele também sabia que ele era diferente de qualquer ser que ela já havia tocado antes; seus pensamentos seriam difíceis ou mesmo impossíveis de ler, por maior que fosse o dom da novata vermelha.

– Por que Stevie Rae fez isso? – Nicole perguntou.

– Você leu minha mente. Você sabe que não faço ideia de por que ela fez isso.

— Isso é verdade – ela disse lentamente. – Também é verdade o que percebi, que você não tem nenhum sentimento negativo por ela. Por quê?

— Não entendi o que você quer dizer. Sentimento negativo? Isso não faz sentido para mim.

Ela zombou.

— Não faz sentido... Até parece que alguma coisa faz sentido para você. Sua mente é a coisa mais bizarra que já vi. Então, passarinho, você diz que ainda está fazendo o que seu pai mandou. No mínimo, isso quer dizer que você quer capturá-la, talvez matá-la.

— Meu pai não queria que a matassem. Ele queria que ela fosse levada a ele intacta para que pudesse estudá-la e talvez usar seus poderes – Rephaim disse.

— Não interessa. Mas o problema é que, ao ler essa sua mente de passarinho, não achei nada indicando que você estava querendo capturá-la.

— Por que eu ia pensar nisso agora? Ela não está aqui.

Nicole balançou a cabeça.

— Não, sabe, isso é muito esquisito. Se você quisesse pegar Stevie Rae, *ia querer mesmo,* ela estando aqui ou não.

— Isso não tem lógica.

Nicole olhou fixo para ele.

— Olha, o que quero saber é o seguinte: você está do nosso lado ou não?

— Do seu lado?

— É, do nosso lado. Vamos matar Stevie Rae – ela falou de modo objetivo ao passar para o lado dele em sua velocidade sobrenatural e agarrar-lhe o braço com sua mão de ferro. Os bíceps de Rephaim esquentaram instantaneamente quando ela começou a vasculhar seus pensamentos. – E então, qual é a sua escolha? Está do nosso lado ou não?

Rephaim sabia que não tinha resposta. Nicole podia não conseguir ler seus pensamentos, mas sem dúvida tinha poder para descobrir coisas que era melhor continuarem escondidas. Tomando a decisão rapidamente, encarou o olhar escarlate da novata vermelha e disse sinceramente: – Sou filho de meu pai.

Ela o encarou, queimando-lhe o braço com a mão quente e os olhos brilhando de tão vermelhos. E então sorriu daquele jeito dissimulado outra vez.

– Boa resposta, passarinho, pois foi isso o que mais vi no seu cérebro de passarinho. Você com certeza é filho do seu pai – ela o soltou. – Bem-vindo ao meu grupo, e não se preocupe. Como seu pai não está aqui no momento, acho que ele não vai se importar se Stevie Rae estiver morta ou viva quando você a capturar.

– Morta é mais fácil – Kurtis disse.

– Com certeza – Starr disse.

Nicole riu de um jeito tão parecido com Neferet que as plumas da nuca de Rephaim se arrepiaram. *Pai! Cuidado!* Ele berrou mentalmente, *a Tsi Sgili não é o que parece!*

26

Zoey

– Heath, o que você está fazendo aqui?

Heath levou a mão ao peito como se eu lhe tivesse dado um tiro e cambaleou, arfando ironicamente. – Essa sua frieza está me matando, baby!

– Você é uma toupeira – devolvi. – Se tem alguma coisa te matando é a completa falta de bom-senso. E então, o que você está fazendo aqui? Achei que estava queimando passarinhos lá fora com Darius e Shaunee.

– Bem, eu ia, porque eles bem que poderiam precisar de minha força super-humana para ajudar – ele olhou para mim mexendo as sobrancelhas e parou. Então se jogou no banco ao meu lado. – Mas Stark veio me procurar dizendo que você precisava de mim, então aqui estou eu.

– Stark se enganou. Você devia voltar para ajudar Darius.

– Você não parece estar bem, Zo – ele disse, perdendo totalmente o tom brincalhão.

Eu suspirei.

– Andei segurando umas barras, só isso. Como todos nós.

– Você se ferrou toda para ajudar o pessoal que está ferido.

– É, pois é. Mas vou ficar boa. Só preciso terminar o que tenho que fazer por hoje para dormir. Só isso.

Heath ficou olhando para mim um pouquinho sem dizer nada e então me estendeu a mão. Estendi a mão e entrelacei meus dedos aos dele num reflexo automático.

– Zo, estou fazendo de tudo para não surtar com esse negócio de você ter essa *coisa* especial com Stark, essa coisa que você não pode ter comigo.

– É um Elo de Guerreiro. Eu só posso ter esse elo com um vampiro – eu disse como quem lamenta, e de fato lamentava muito ficar magoando esse cara que eu amava desde o ensino fundamental.

– É, ouvi falar. Enfim, o que eu estava dizendo é que estou tentando lidar com essa história sua com Stark, mas fica mais difícil ainda quando você me dá o fora.

Não consegui responder nada porque sabia exatamente o que ele, na verdade, estava querendo dizer. Foi por isso que Stark o mandara me procurar. Heath queria que eu bebesse seu sangue. Só de pensar, minha boca salivava e minha respiração se alterava.

– Eu sei que você quer – ele sussurrou.

Incapaz de olhar nos seus olhos, abaixei a cabeça e fiquei olhando para nossas mãos entrelaçadas. À meia-luz do refeitório vazio, quase não dava para ver as tatuagens nas palmas das minhas mãos, e nossas mãos pareceram tão normais e me lembraram tanto como as coisas eram entre nós antigamente.

– Você sabe que quero que faça isso.

Então olhei nos seus olhos.

– Eu sei que sim. Mas não consigo, Heath.

Achei que ele fosse explodir e ficar "p" da vida, mas ele simplesmente murchou. Seus ombros caíram e ele balançou a cabeça.

– Por que você não me deixa te ajudar do único jeito que sei que posso?

Respirei fundo e lhe disse a verdade completa.

– Porque no momento não consigo lidar com a parte que envolve sexo.

Ele fez uma cara de quem estava realmente surpreso.

– Essa é a única razão?

– Sexo é uma razão das grandes – retruquei.

– Bem, é, não que eu saiba por experiência própria, mas entendo o que você quer dizer.

Senti o rosto esquentar. Heath ainda era virgem? Pensei que, depois de eu ter sido Marcada e me mudado para a Morada da Noite, minha ex-melhor amiga tivesse se jogado pra cima dele. Na verdade, eu *sabia* que a periguete da Kayla tinha praticamente feito isso.

– E Kayla? Pensei que vocês estivessem ficando depois que fui embora.

Ele deu uma risadinha nada alegre.

– Bem que ela queria. Mas não, caramba, nem pensar. Não peguei Kayla. Só existe uma garota no mundo para mim – ele desfez a expressão triste e séria e sorriu para mim. – E, apesar de você ser bem crescidinha e Grande Sacerdotisa, e tecnicamente não ser mais só uma "garota", para mim você ainda é a minha garota.

Continuei sem saber o que dizer. Sempre achei que perderia a virgindade com Heath, mas cometi a terrível besteira de perdê-la com Loren Blake, o que foi literalmente o maior erro da minha vida. Eu ainda ficava revoltada só de pensar e ainda sentia uma culpa muito grande.

– Ei, pare de pensar em Blake. Você não pode mudar o que aconteceu com ele, por isso vamos esquecer.

– Você agora lê mentes?

– Sempre consegui ler sua mente, Zo – seu sorriso desapareceu. – Bem, ultimamente acho que não ando mais tão bom nisso.

– Sinto muito por tudo isso, Heath. Odeio magoar você.

– Não sou mais criança. Eu sabia no que estava me metendo quando peguei minha caminhonete para vir atrás de você em Tulsa. As coisas podem não ser fáceis entre nós, mas tem de ter sinceridade.

– Tá. Eu também quero ser sincera. Estou dizendo a verdade, não quero me permitir beber o seu sangue. Não consigo lidar com o que vai acontecer entre nós por causa disso. Não estou pronta para fazer sexo, mesmo que o mundo inteiro não estivesse virado de ponta-cabeça, descendo ralo abaixo.

– Virado de ponta-cabeça e descendo ralo abaixo... Parece sua avó falando.

– Heath, mudar de assunto não vai me fazer mudar de ideia. Não estou nada a fim de sexo, por isso não vou beber seu sangue.

– Nossa, Zo, não sou retardado, já entendi. Então, não vamos fazer sexo. Vamos passar um montão de anos sem sexo. Não é novidade para nós.

– Não é só questão de um desejar o outro. Você sabe o que a Carimbagem faz com a gente, com os dois. Já foi suficientemente intenso quando eu estava tão ferrada que quase morri. Seria dez vezes pior se eu bebesse seu sangue agora.

Heath engoliu em seco e passou a mão no cabelo.

– É, tá certo, eu sei disso. Mas vou dizer uma coisa: a Carimbagem funciona dos dois lados, não funciona? Quando você bebe meu sangue, sente as coisas que sinto, e eu sinto as coisas que você sente.

– É, e essas "coisas" têm tudo a ver com prazer e sexo.

– Tá, então, em vez de a gente se concentrar na parte do sexo, vamos nos concentrar na parte do prazer.

Olhei para ele de sobrancelhas em pé.

– Você é homem, Heath. Desde quando *não* se concentra na parte do sexo?

Em vez da resposta engraçadinha que eu esperava, sua expressão estava absolutamente séria.

– Quando foi que te pressionei por causa de sexo?

– Teve aquela vez na casa da árvore.

– Você estava na quarta série. Essa não conta. Além do mais, você me deu a maior porrada – ele não sorriu de verdade, mas seus olhos castanhos cintilaram.

– E aquela vez no banco de trás da sua caminhonete no verão passado, quando fomos para o lago?

– Também não conta. Você estava com aquele biquíni novo. E eu nem forcei a barra.

– Você veio pra cima de mim com essa sua mão boba.

— Bem, você estava com bem pouca roupa! — ele fez uma pausa, abaixando a voz para um tom normal. — O que quero dizer é que estamos juntos faz muito tempo. Claro que podemos ficar juntos sem sexo. Se eu quero ir pra cama com você? Com certeza! Se eu quero ir pra cama com você pensando nesse tal de Blake e preocupada com tudo que está acontecendo e *sem querer ir pra cama comigo?* De jeito nenhum! Nem pensar — ele puxou meu queixo de leve com o dedo e me fez encarar seu olhar. — Juro que não vai ser questão de sexo porque você e eu, o que existe entre a gente, está muito além disso. Me deixa fazer isso por você, Zoey.

Abri a boca, mas, antes que pudesse parar, me peguei murmurando: — Tá.

Ele sorriu como se tivesse acabado de ganhar o Super Bowl.[8]

— Maravilha!

— Mas sem sexo — reforcei.

— Com certeza, nada de sexo. Pode me chamar de Heath Nada de Sexo. Caraca, meu sobrenome agora é Nada de Sexo.

— Heath — pus o dedo nos seus lábios para calar sua boca. — Você tá bancando o mané.

— Ah, é. Tá — ele murmurou sob meu dedo. Então, soltou minha mão e enfiou a sua no bolso da calça, de onde tirou um canivetezinho. Depois, tirou o casaco e abriu o canivete. Era estranho, mas a lâmina pareceu de brinquedo naquele refeitório sombrio.

— Peraí! — quase gritei quando ele ia começar a fazer um corte no pescoço.

— Que foi?

— Hummm. Aqui? Vamos fazer isso aqui?

Ele levantou as sobrancelhas, surpreso.

— Por que não? Não vai rolar sexo, lembra?

— É claro que lembro — eu disse. — É que, bem, alguém pode acabar entrando.

— Stark está de guarda na porta. Ninguém vai passar por ele.

---

8   Importante torneio profissional de futebol americano. (N.T.)

Fiquei tão chocada que nem disse nada. Tipo, claro que o que estava acontecendo era ideia de Stark, mas ficar de guarda para preservar minha privacidade com Heath? Isso era simplesmente...

O cheiro do sangue de Heath me chegou às narinas e todos os pensamentos relacionados a Stark sumiram de minha mente. Meus olhos encontraram o pequeno filete vermelho no ponto de carne macia entre o pescoço e o ombro. Ele pôs o canivete na mesa e abriu os braços para mim.

– Vem cá, Zo. Agora somos só nós dois. Não tem mais ninguém pra gente pensar. Ninguém mais pra você se preocupar. Vem cá – ele repetiu.

Fui para os seus braços sentindo seu cheiro. Heath, sangue, desejo, casa e meu passado se misturaram em um abraço forte e familiar. Quando minha língua tocou a linha escarlate, senti que ele tremeu, contendo um gemido de puro desejo. Hesitei, mas era tarde demais. Seu sangue explodiu na minha boca. Sem conseguir me conter, pressionei meus lábios sobre sua pele e bebi. Naquele momento não queria saber se não estava pronta para fazer sexo ou se o mundo ao meu redor era um caos só, não me importava nem o fato de estarmos no meio do refeitório enquanto Stark guardava a porta (e provavelmente sentia tudo que eu estava sentindo). Naquele momento, só queria saber de Heath e seu sangue, seu corpo, seu toque.

– Sssh – a voz de Heath ficou profunda e meio rouca, mas estranhamente tranquilizante. – Tudo bem, Zo. Vai ser gostoso, mas não vai passar disso. Pense em como você vai ficar forte. Você tem que ficar forte, lembra? Você tem, tipo, um zilhão de gente contando com você. Eu conto com você; Stevie Rae conta com você; Aphrodite conta com você, apesar de eu achar essa menina a maior cachorra. Até Erik conta com você, não que alguém ligue para ele...

Heath falava sem parar. De repente, algo aconteceu. Sua voz não estava mais profunda e meio rouca. Ele começou a falar como Heath mesmo, como se a gente estivesse conversando sobre coisas normais e eu não estivesse sugando sangue de seu pescoço. Então, sem que pensasse muito, senti algo diferente, algo que transcendia o sexo puro, era outra coisa. Algo que me permitia pensar, que eu podia lidar. Mas que fique claro que eu estava gostando. Muito mesmo, demais. Mas a sensação boa se misturava a algo que eu só poderia descrever como normalidade, o que tornava a coisa controlável. Por isso, quando me senti forte e rejuvenescida, consegui me afastar. *Chega*, pensei e lambi a linha de sangue no pescoço de Heath, automaticamente transformando a endorfina em minha saliva de coagulante para anticoagulante. Vi o sangramento parar e o pequeno ferimento fechar, deixando apenas uma pequena linha rosada que denunciava ao mundo o que tinha acontecido entre nós.

Meus olhos procuraram os de Heath.

– Obrigada.

– Às ordens. Estarei sempre à sua disposição, Zo.

– Ótimo, porque vou sempre precisar de você para me lembrar de quem realmente sou.

Heath me beijou. Foi um beijo delicado, mas profundo e íntimo, e repleto de um desejo que eu sabia ele estava contendo, esperando que eu estivesse finalmente pronta para lhe dizer sim. Em vez disso, interrompi o beijo e me aninhei em seus braços. Senti que ele suspirou, mas seu abraço continuou firme e forte.

O som da porta do refeitório se abrindo nos fez pular.

– Zoey, você devia ir para o dormitório agora. O pessoal está esperando – Stark disse.

– É, tá certo, tô indo – respondi, saindo dos braços de Heath e ajudando-o a vestir o casaco.

– É melhor eu ir atrás de Darius e do resto do pessoal para dar aquela ajuda humana espetacular – Heath disse.

Como crianças culpadas, fomos até a porta que Stark segurava com uma cara sem expressão alguma.

– Stark – Heath o cumprimentou com a cabeça –, obrigado por me trazer para ela.

– Faz parte do meu trabalho – Stark respondeu secamente.

– Bem, então acho que você merece aumento de salário – Heath disse sorrindo, então se curvou e me deu um beijinho rápido, disse tchau e saiu apressado pela porta que dava para o meio do terreno da escola.

– Não gosto nada dessa parte do meu trabalho – ouvi Stark murmurar enquanto observávamos Heath sair.

– Como você disse, acho melhor irmos para o dormitório – falei, começando a caminhar rápido pelo corredor em direção à saída que dava para os dormitórios.

Stark me seguiu mantendo um silêncio bastante desagradável.

– Então... – ele finalmente disse com uma voz tensa. – Essa foi foda.

Falei sem pensar, e o ridículo daquelas palavras pareceu brotar da minha boca por vontade própria: – Quase. Quase foi, mas não rolou sexo – então, por incrível que pareça, ri. Bem, eu tinha desculpa de estar me sentindo muito bem. O sangue de Heath fizera com que me sentisse melhor do que nunca desde que Kalona brotara da terra para ferrar minha vida.

– Não tem graça – Stark disse.

– Desculpe. Foi um trocadilho idiota – falei em tom de desculpa, ri de novo e então fechei a boca.

– Vou fazer de tudo para fingir realmente que você não está toda animadinha e que não senti tudo que você sentiu lá dentro – Stark disse com uma voz tensa.

Apesar da minha euforia por ter bebido sangue, entendi que devia ter sido muito duro para Stark sentir o intenso prazer que outro cara me proporcionara e se dar conta de como eu e Heath éramos próximos e íntimos.

Deslizei meu braço por entre o braço dele. Primeiro ele continuou frio e duro e não fez nada, como se eu estivesse dando o braço a uma estátua, mas, à medida que fomos caminhando, senti que ele relaxou. Pouco antes de abrir a porta do dormitório das garotas para mim, olhei para ele e disse: – Obrigada por ser meu guerreiro. Obrigada por me ajudar a ficar forte, mesmo isso te magoando.

– Não tem de que, minha dama – ele sorriu para mim, mas me pareceu velho e muito, muito triste.

27

Zoey

– Você quer um refrigerante de cola também? – olhei para trás e gritei para Stark, que esperava impacientemente no salão principal do dormitório, que estava muito silencioso, muito estranho. Digo estranho por causa do silêncio, apesar do monte de novatos, garotas e garotos, aglomerados nas poltronas de olhos grudados nas tevês de tela plana. Sério mesmo. Eles estavam só sentados lá, olhando fixamente. Sem conversar. Sem dar risada. Nada. Até que levantaram os olhos quando Stark e eu entramos na sala. Na verdade, tive quase certeza de que alguns novatos nos olharam com ódio, mas continuaram sem dizer nada.

– Não, estou bem. Pegue seu refrigerante e vamos subir – ele disse, já caminhando em direção à escadaria.

– Tá, tá. Já vou. Eu só... – e então esbarrei em uma garota chamada Becca. – Nossa, desculpe! – falei já dando um passo para trás. – Não vi você porque eu estava...

– É, eu sei o que você estava fazendo. O que sempre faz. Dando mole pra algum cara.

Franzi a testa. Não conhecia Becca direito. Só sabia que ela tinha a maior queda por Erik. Ah, e eu também pegara Stark a mordendo e praticamente a estuprando antes de ele resolver ficar do lado do bem e fazer o Juramento Solene para ser meu guerreiro. É claro que Becca não se lembrava da parte do estupro, só do prazer de ser mordida, graças ao canalha que Stark era.

Mesmo assim, isso não lhe dava permissão para vir com essa postura ridícula pra cima de mim. Mas eu não tinha tempo de tirar satisfação e, sinceramente, não estava nem aí se ela era um verdadeiro poço podre de inveja. Então, soltei uma daquelas risadinhas de desprezo tipo as da Aphodite, dei a volta na garota e fui até a geladeira, abri a porta e comecei a procurar meu refrigerante de cola.

– Foi você quem fez isso, não foi? Você estragou tudo.

Suspirei. Achei minha lata de refrigerante de cola e dei meia-volta.

– Se você se refere a me livrar de Kalona, que não é Erebus renascido, e sim um imortal caído do mal, e a afugentar Neferet, que não é mais uma Grande Sacerdotisa de Nyx, e sim uma Tsi Sgili do mal que quer dominar o mundo, então sim. Sim, com a ajuda de alguns amigos, eu fiz isso.

– Por que você acha que sabe tudo?

– Eu com certeza não sei tudo. Se soubesse, saberia por que você ainda não consegue enxergar que Kalona, Neferet e os *Raven Mockers* são do mal, mesmo depois de eles matarem a professora Anastasia.

– O *Raven Mocker* só a matou porque você os irritou ao fugir e ao lutar contra Kalona, que muitos de nós achamos que é mesmo Erebus.

– Deixa de ser sem-noção, Becca. Kalona não é Erebus. Ele é pai dos *Raven Mockers*. Ele os criou estuprando mulheres Cherokees. Erebus não faria isso. Será que *isso* não ocorreu a nenhum de vocês?

Ela reagiu como se não tivesse ouvido uma só palavra do que eu disse.

– Quando você foi embora, ficou tudo ótimo. Agora que você voltou, está tudo uma merda de novo. Queria que você simplesmente fosse embora de vez e deixasse a gente fazer o que quer.

– *A gente*? Você quer dizer os garotos que estão na enfermaria porque quase foram mortos por seus amigos alados? Ou está falando de Dragon, que está lá fora sozinho sofrendo o luto pela mulher assassinada?

– Isso só aconteceu por sua causa. Ninguém foi atacado antes de você dar no pé.

– Sério mesmo, você não está ouvindo nada do que digo, né?

– Ei, Becca – Stark estava parado em frente à porta da cozinha, logo atrás dela.

Ela virou a cabeça, jogou o cabelo para trás e deu um sorrisinho oferecido para ele.

– E aí, Stark? Tudo bem?

– Erik tá liberado – ele disse, indo direto ao ponto.

Ela fez uma cara de quem não estava entendendo direito.

– Ele e Zoey terminaram – Stark acrescentou.

– É mesmo? – ela tentou soar indiferente, mas sua postura entregou o prazer que sentiu. Ela se virou novamente para mim. – Já estava na hora de ele te dar um pé na bunda.

– Foi o contrário, sua... sua... *vaca*! – eu disse sem pensar.

Becca chegou a dar um passo em direção a mim levantando a mão como se fosse me bater, o que me deixou tão chocada que nem pensei em chamar um dos elementos para dar uma porrada nela. Ainda bem que Stark não estava tão chocado e se pôs entre nós duas na hora.

– Becca, já te fiz mal demais. Não me faça empurrá-la para fora daqui. É melhor você simplesmente dar o fora – ele disse, assumindo bem o papel de guerreiro, perigoso.

Becca recuou no mesmo instante. – Ah, não tô nem aí. Até parece que me importo com essa garota a ponto de estragar minhas unhas batendo nela – ela deu meia-volta e saiu bufando.

Abri meu refrigerante e tomei um bom gole antes de dizer: – Olha, isso foi *realmente* sinistro.

– É, devo ter perdido a cabeça mesmo. Em meu estado normal, jamais interromperia uma boa briga de mulher.

Revirei os olhos. – Você é tão macho. Vamos logo lá pra cima, onde há menos loucos.

Saímos da cozinha e tivemos de passar pelo salão principal para subir a escada, o que implicava passar de novo por aquele bando de novatos enlouquecidos. Becca estava de cochichos com o grupo maior de novatos, mas parou de falar para me olhar com ódio mortal, e o resto do pessoal fez o mesmo.

Apertei o passo e subi os degraus quase pulando.

– Cara, que doideira – Stark disse enquanto andávamos apressados para o meu quarto.

Simplesmente fiz que sim com a cabeça. Era difícil para mim encontrar palavras para descrever como me sentia ao ver que quase todo mundo na minha escola, no meu *lar*, me odiava de morte. Quando abri a porta do meu quarto, fui imediatamente atacada por uma bola de pelo laranja que foi se enrolando em meus braços e miando feito uma velha reclamona.

– Nala! – ignorei seu jeitinho irritado e beijei seu focinho, o que a fez espirrar na minha cara. Ri e passei o refrigerante de cola para a outra mão para não derrubar na gata. – Que saudade de você, garotinha – apertei o rosto em seu pelo macio, o que a fez parar de reclamar e começar a ronronar.

– Quando você resolver terminar a agarração com sua gata, precisamos discutir assuntos importantes – Aphrodite chamou minha atenção.

– Ah, não seja tão maligna – Damien lhe disse.

– Olhe aqui a maligna, Damien – Aphrodite lhe fez um gesto grosseiro.

– Parem com isso! – Lenobia falou antes que eu mandasse os dois calarem a boca. – As cinzas do corpo de minha amiga ainda estão ardendo lá fora, e não estou com cabeça para discussão de adolescentes.

Aphrodite e Damien murmuraram desculpas e pareceram sem graça, então percebi que era a deixa para eu começar a falar.

– Tá, bem, aquele pessoal lá embaixo me odeia, todos eles.

– É mesmo? Quando chegamos o pessoal estava só robótico – Damien disse.

– Sério – Stark confirmou. – Quase tive que empurrar aquela tal de Becca, porque ela ia agredir Zoey.

Vi pelas caras de Aphrodite e de Damien que eles estavam se lembrando do passado nada belo de Stark. Nenhum dos dois disse nada.

– Isso não me surpreende – Lenobia disse.

Olhei para a Mestra de Equitação. – O que está havendo? Kalona foi embora. Pra valer. Tipo, acho que ele nem está mais no país. Como pode estar afetando os novatos?

– E os vampiros – Damien acrescentou. – Nenhum professor, exceto você, saiu para ficar com Dragon. Isso quer dizer que os demais também estão sobre a influência de Kalona.

– Ou então simplesmente se deixaram levar pelo medo – Lenobia disse. – É complicado afirmar se eles estão com medo ou se o demônio, mesmo não estando presente, ainda está agindo dentro deles.

– Ele não é um demônio – ouvi-me dizendo.

Lenobia me lançou um olhar incisivo.

– Por que diz isso, Zoey?

Senti-me desconfortável sob seu olhar questionador e me sentei na minha cama com Nala no colo.

– É que sei algumas coisas sobre ele, e uma delas é que ele não é um demônio.

– Que diferença faz o nome que lhe damos? – Erin perguntou.

– Ora, nomes verdadeiros são poderosos – Damien afirmou. – De acordo com a tradição, usar o nome verdadeiro da pessoa em um feitiço ou ritual tem mais efeito do que mandar a energia de modo genérico ou mesmo usar o primeiro nome.

– Você observou uma coisa certa, Damien. Então não vamos voltar a chamar Kalona de demônio – Lenobia disse.

– E também não vamos fazer como aquele pessoal lá embaixo e esquecer que ele é do mal – Erin continuou.

– Mas nem todos se esqueceram – corrigi. – O pessoal que está na enfermaria não estava sob o feitiço de Kalona, nem Lenobia, Dragon e Anastasia. Mas por quê? O que vocês têm que os outros não têm?

– Já concluímos que tanto Lenobia quanto Dragon e Anastasia receberam poderosos dons de Nyx – Damien disse.

– Tá, mas o que têm de especial os garotos e garotas que enfrentaram os *Raven Mockers*? – Aphrodite quis saber.

— Hanna Honeyyeager é capaz de fazer flores se abrirem – Damien se lembrou.

Olhei fixo para ele. – Flores? Sério mesmo?

— É – Damien deu de ombros. – Ela tem o dedo verde.

Suspirei.

— Que mais sabemos sobre o pessoal na enfermaria?

— T.J. é um boxeador dos bons – Erin falou.

— E Drew é excelente lutador – continuei.

— Mas alguns desses talentos consistem em um dom concedido pela Deusa? – Lenobia perguntou. – Vampiros costumam ser talentosos. É a tendência normal, não há nada de incomum nisso.

— Será que alguém sabe algo sobre aquele garoto chamado Ian Bowser? – perguntei. – Eu só o conheço por alto da aula de Teatro. Ele tinha a maior queda pela professora Nolan.

— Eu conheço – Erin disse. – Ele é realmente um fofo.

— Tá, ele é fofo – eu disse, sentindo-me arrasada em ver que aquele papo não alimentava muitas esperanças. Os garotos eram legais e tinham talentos especiais, mas talento especial não era o mesmo que ter um dom concedido por Nyx. – E Red, a garota nova?

— Nenhum de nós conhece essa garota – Damien olhou para Lenobia. – Você a conhece?

Lenobia balançou a cabeça.

— Não, só sei que Anastasia era sua mentora e que ela ficou tão rapidamente apegada à professora que não pensou duas vezes em arriscar sua vida para tentar salvá-la.

— O que não quer dizer nada de especial em relação a ela, a não ser que fez a coisa certa e... – minhas palavras cessaram quando me dei conta do que estava dizendo. De repente comecei a rir. – É isso!

Todo mundo me olhou com cara de quem não estava entendendo nada.

— Ela surtou – Aphrodite disse. – Ia acontecer mais cedo ou mais tarde.

— Não! Eu não surtei. Estou mais lúcida do que nunca. Encontrei a resposta. Deusa, é tão óbvio! Esse pessoal não tem nenhum superdom. São só jovens *que fizeram a coisa certa*.

Ninguém disse nada por vários segundos, e então Damien continuou meu raciocínio.

— É como na vida. Nyx nos dá todas as opções.

Sorri para ele. — E alguns de nós fazem opções com sabedoria.

— Alguns de nós fazem besteira — Stark completou.

— Deusa! É óbvio mesmo — Lenobia disse. — O encanto de Kalona não tem mistério.

— É tudo questão de escolha — Aphrodite disse.

— E de verdade — concluí.

— Realmente faz sentido — Damien disse. — Eu não entendia por que só três dos nossos professores conseguiam enxergar quem era Kalona. Sempre achei que *todos* os vampiros aqui eram especiais e tinham recebido dons da Deusa.

— E a maioria é assim mesmo — Lenobia confirmou.

— Mas, com ou sem dom, descobrir a verdade e tomar o rumo certo é sempre uma questão de escolha — Stark falou baixinho, e seu olhar prendeu o meu por um instante. — É disso que a gente não pode esquecer.

— Talvez seja por isso que Nyx nos trouxe para cá. Para nos lembrar de que todos os seus filhos têm liberdade para escolher — Lenobia disse.

Esta é toda a minha questão com A-ya. Eu tenho liberdade para não seguir seu caminho. Mas isso não quer dizer que Kalona também tem liberdade para escolher, podendo assim optar pelo bem ao invés do mal? Os pensamentos giraram em minha mente. Procurei pensar em outras coisas e disse: — Bem, alguém faz ideia do que fazer agora?

— Com certeza. Você segue Kalona. Nós vamos com você — Aphrodite respondeu. Ao ver todos os olhos se voltarem para ela, continuou: — Olha, Kalona já mostrou que é do mal, então vamos *optar* por destruí-lo — antes que conseguisse dizer alguma coisa, Aphrodite acrescentou: — Não é impossível. Uma das minhas visões mostrava Zoey matando Kalona.

— Visões? — Lenobia perguntou.

Aphrodite resumiu brevemente as duas visões que tivera, deixando de mencionar que na versão "não tão boa" eu ficava com Kalona. Então, quando ela terminou, limpei a garganta, tomei coragem e disse: – Na visão ruim eu estava com Kalona. Tipo *ficando* com ele, éramos amantes.

– Mas na outra visão você fez algo para derrotá-lo – Lenobia disse.

– Isso estava claro, apesar de todo o resto ser um caos só – Aphrodite disse. – Então, como eu ia dizendo, ela tem que ir atrás dele.

– Não estou gostando disso – Stark interveio.

– Nem eu – Lenobia ecoou. – Eu queria entender melhor... saber mais detalhes sobre o que originou a visão.

– Deusa! Eu sou uma toupeira – eu disse, enfiando a mão no bolso para pegar o pedaço de papel que havia colocado lá. – Esqueci-me do poema de Kramisha.

– Eca, eu também – Aphrodite exclamou. – Odeio poesia.

– Um fato que me intriga, minha bela – Darius disse ao entrar no quarto com Stevie Rae e Shaunee logo atrás. – Alguém com sua inteligência deveria gostar.

Aphrodite lhe sorriu docemente. – Se você lesse para mim, eu gostaria, mas, também, gosto de qualquer coisa que você leia para mim.

– Que nojo – Shaunee disse enquanto ia se sentar ao lado de Erin.

– Só – Erin concordou, sorrindo para sua gêmea.

– Ótimo, não perdemos a parte do poema – Stevie Rae falou, pulando de repente ao meu lado na cama e acariciando Nala. – Eu estava imaginando qual seria a novidade de Kramisha.

– Tá, bem... Vou ler em voz alta – eu disse e comecei:

Uma faca de dois gumes
Um lado destrói
Outro liberta
Sou seu nó górdio
Você vai me libertar ou me destruir?
Siga a verdade e assim você irá:
Na água me encontrar
Pelo fogo me purificar
Prisão na terra, nunca mais

O ar vai lhe sussurrar
O que já sabe o espírito:
Mesmo com tudo arrasado
Tudo é possível
Se você acreditar
Então ambos haveremos de ser livres.

– Odeio dizer isso, mas até eu sei que isso é de Kalona para você – Aphrodite falou, quebrando o pesado silêncio que se fez depois que terminei de ler.
– Também achei isso – Stevie Rae confirmou.
– Ah, inferno – murmurei.

28

Zoey

– Não estou gostando disso – agora era a voz de Stark.

– Você já disse isso – Aphrodite o repreendeu. – E ninguém aqui está gostando, mas isso não vai fazer essa droga de poema desaparecer.

– Profecia – Damien a corrigiu. – Os poemas de Kramisha são de natureza profética.

– O que não é necessariamente ruim – Darius disse. – Se temos uma profecia, isso quer dizer que estamos sendo avisados.

– Então esses poemas mais as visões de Aphrodite se combinam para se transformar em poderosos instrumentos para nós – Lenobia concluiu.

– Se conseguirmos decifrá-los – eu disse.

– Nós deciframos o último – Lenobia observou. – Vamos decifrar este também.

– Não importa o que aconteça, acho que todos concordamos que Zoey tem que ir atrás de Kalona – Darius afirmou.

– Fui criada para isso – eu disse, o que com certeza chamou a atenção de todos. – Odeio essa situação e não sei o que fazer. Na maior parte do tempo, sinto-me como se eu fosse uma enorme bola de neve rolando montanha abaixo no meio do inverno, mas não posso ignorar a verdade – lembrei-me do que Nyx me sussurrara e acrescentei:

– A verdade tem poder, como também existe poder no ato de fazer a escolha certa. A verdade é que estou conectada a Kalona. Lembro-me dessa conexão, e isso torna mais difícil para mim lidar com ele, mas algo dentro de mim o derrotou uma vez. Acho que tenho de encontrar esse algo e escolher derrotá-lo de novo.

– Desta vez para sempre? – Stevie Rae perguntou.

– Espero mesmo que sim – respondi.

– Bem, desta vez você não estará sozinha – Stark me lembrou.

– É verdade – disse Damien.

– Com certeza – Shaunee confirmou.

– É isso aí – Erin acrescentou.

– Um por todos e todos por Zoey! – Stevie Rae bradou.

Olhei para Aphrodite. Ela suspirou dramaticamente.

– Ótimo. Para onde a horda de nerds for, eu vou também.

Darius pôs o braço ao seu redor. – Você também não estará sozinha, minha bela.

Foi só mais tarde que me dei conta de que Stevie Rae não dissera nada sobre vir conosco.

– Toda essa solidariedade é ótima, mas não podemos fazer nada, pois não sabemos onde Kalona está – Lenobia nos lembrou.

– Bem, em meu sonho o vi em uma ilha. Na verdade, no topo de um castelo em uma ilha – especifiquei.

– E havia nela algo de familiar? – Damien quis saber.

– Não. Mas era muito linda. A água era incrivelmente azul e havia laranjeiras por toda parte.

– Isso não quer dizer muita coisa – Aphrodite disse. – Tem laranja em toda parte, Flórida, Califórnia, Mar Mediterrâneo. Todos esses lugares têm ilhas.

– Ele não está nos Estados Unidos – minha resposta foi automática. – Não sei como sei isso, mas sei.

– Então digamos que seja isso mesmo – Lenobia disse.

Sua confiança em mim me fez bem, mas ao mesmo tempo me deixou nervosa e meio enjoada.

– Tá bem, então – Stevie Rae disse. – Talvez você saiba mais coisas sobre onde ele está, mas *só precisa não pensar sobre isso um pouco para poder então pensar nisso.*

– Caipirona, você não tá falando coisa com coisa – Aphrodite se irritou. – Olha, vou traduzir do caipirês de Oklahoma para inglês – ela se voltou para mim. – Não pensar nisso quer dizer não pensar em como você sabe que ele não está nos Estados Unidos. Talvez esteja tentando se esforçar demais para decifrar de onde vem a informação. Talvez precise relaxar para que a informação venha até você.

– Foi exatamente o que eu disse – Stevie Rae murmurou.

– Elas parecem gêmeas – Shaunee observou.

– Hilário – Erin concordou.

– Calem a boca! – Aphrodite e Stevie Rae disseram juntas, o que fez as gêmeas caírem na risada.

– Ei, qual é a graça? – Jack perguntou ao entrar no quarto. Percebi que ele ainda tinha traços de lágrimas no rosto e que seus olhos pareciam atormentados.

Ele foi até Damien e se sentou ao seu lado, bem pertinho.

– Graça nenhuma. As gêmeas estão simplesmente sendo as gêmeas – Damien respondeu.

– Tudo bem, chega disso. É contraproducente e em nada nos ajuda a saber onde Kalona pode estar – Lenobia chamou a atenção.

– Eu sei onde Kalona está – Jack disse com total objetividade.

– Como assim, você sabe onde Kalona está? – Damien perguntou, enquanto todos nós olhávamos para Jack de boca aberta.

– Bem, ele e Neferet, eu quero dizer. Fácil – ele levantou seu iPhone. – A internet voltou a funcionar, e meu Twitter *Vamp* está enlouquecido. A net inteira só fala da morte súbita e misteriosa de Shekinah e de Neferet aparecendo no Conselho Supremo em Veneza dizendo que ela é Nyx Encarnada e que Kalona é Erebus de volta à terra e que, portanto, ela deveria ser a Sacerdotisa Suprema – nós ficamos olhando para ele. E sei que meu queixo caiu. Jack franziu a testa para nós. – Não estou inventando. Juro. Vocês podem ver aqui – ele ofereceu seu iPhone de novo, e Darius o pegou. Enquanto ele olhava para a tela, Damien abraçou Jack e o beijou na boca. – Você é o máximo! – ele disse ao namorado.

Jack sorriu e todo mundo começou a falar ao mesmo tempo.

Todos, menos Stark e eu.

No meio do caos, Heath entrou no quarto. Ele hesitou por um segundo e então deu a volta na cama e se sentou do meu outro lado, e assim fiquei entre ele e Stevie Rae.

– E então, Zo, o que está acontecendo?

– Jack encontrou Kalona e Neferet – Stevie Rae respondeu.

– Que bom – Heath disse. Ele me olhou nos olhos e acrescentou: – Peraí, talvez não seja nada bom.

– Por que não seria bom? – Stevie Rae perguntou.

– Pergunte a Zoey – Heath disse.

– O que houve, Zoey? – Damien perguntou, fazendo todos calarem a boca.

– Não era Veneza. Tenho certeza. Em meu sonho, Kalona não estava em Veneza. Tipo, jamais estive lá, mas já vi fotos e, corrijam-me se estiver errada, mas não tem montanha nenhuma em Veneza, certo?

– Nenhuma – Lenobia respondeu. – Já estive lá várias vezes.

– Talvez não seja ruim você na verdade não ter ido onde ele está realmente em seu sonho. Talvez isso signifique que os sonhos não são tão reais quanto você pensa – Aphrodite disse.

– Talvez.

– Parece que tem alguma coisa que não está se encaixando – Stark parecia confuso.

Contive minha irritação por saber que ele ficou bisbilhotando *fisicamente* o que eu dizia.

Aphrodite ignorou Stark e continuou falando: – Vocês se lembram de que nas minhas visões vi Neferet e Kalona em frente a um grupo de sete poderosas vampiras?

Concordei com a cabeça.

– *O Conselho Supremo dos Vampiros*! – Lenobia interrompeu. – Não sei como não pensei nisso imediatamente – ela balançou a cabeça, claramente irritada consigo mesma. – E eu concordo com Aphrodite. Zoey, talvez você tenha dado importância demais a esses sonhos. Kalona a está manipulando – ela disse gentilmente, como se esperasse que eu fosse surtar.

– Não, eu estou dizendo, Kalona não estava em Veneza, ele estava... – parei de falar quando uma lembrança me atingiu a testa como se fosse uma cacetada. – Droga! Kalona não estava em Veneza em meu último sonho, mas acho que sonhei com ele em Veneza uma noite dessas. Ele disse que gostava de lá, que sentia o poder do lugar e... – esfreguei a testa como se a massagem fosse fazer meu cérebro pensar melhor. – Eu me lembro... Ele disse que sentia algum tipo de poder ancestral no lugar e que entendia por que *eles* tinham escolhido esse lugar.

– Ele devia estar se referindo a nós, vampiros – Lenobia disse.

Pensei no sonho e franzi a testa, confusa. – Mas não acho que no sonho estávamos em Veneza. Tipo, vi aquele lugar famoso com as gôndolas e aquele relógio grande ao longe, mas era *ao longe*. A gente não estava lá de verdade.

– Z., não quero ser maldosa nem nada, mas você nunca fez o dever de casa? – Stevie Rae perguntou.

– Hein? – eu perguntei.

– Ilha de São Clemente – Lenobia falou.

– Hein? – repeti, mais confusa do que nunca.

Damien suspirou. – Seu *Manual do Novato 101* está por aqui?

Apontei minha escrivaninha com o queixo. – Está ali. Eu acho.

Ele se levantou, procurou no meio da bagunça que era a minha mesa e achou, enfim, meu *Manual do Novato*. Procurou por uns dois segundos (será que ele sabia tudo de cor?) e me passou o livro aberto. Pisquei os olhos, chocada, ao reconhecer o belo lugar cor de salmão que fora o cenário de meus sonhos com Kalona.

– Era lá, com certeza, que Kalona estava em um dos meus sonhos. Aliás, estávamos naquele banco ali – apontei para a foto.

Aphrodite de repente se soltou de Darius e veio espiar por sobre meu ombro.

– Droga! Eu devia ter reconhecido esse lugar. Juro, só posso ter me tornado uma retardada ao virar humana.

– Aphrodite, o que foi? – Stark perguntou, aproximando-se de mim.

– É o palácio que ela viu na segunda visão que teve da minha morte – respondi por ela e suspirei. – Eu sei que isso vai soar como idiotice, mas até agora não me lembrava. Tipo, lembro-me de perceber em meu sonho que podia ser esse o lugar onde você me viu me afogando, mas quando acordei... bem... – fiz uma pausa e olhei nos olhos de Stark. – Acordei e fiquei distraída – percebi que Stark entendeu que foi ele quem me acordou do sonho na primeira vez em que dormira comigo, quando ainda estava indeciso entre optar pelo caminho do bem ou do mal. – Além do mais – acrescentei afobadamente –, você me viu me afogando porque eu estava sozinha. Foi na época em que estava todo mundo bolado comigo. Não estou mais sozinha, portanto a visão não vai concretizar – olhei de Stark para Aphrodite ao me dar conta de que ela não falou mais nada e percebi que eu estava encarando Stark.

– Você não estava completamente sozinha na segunda visão de morte que tive com você – Aphrodite disse lentamente. – Cheguei a ver o rosto de Stark pouco antes de você ser morta. Ele estava lá.

– O quê? Que palhaçada! Eu jamais deixaria que acontecesse nada de mal a ela – Stark praticamente explodiu.

– Eu não disse que você era o culpado. Só que você estava lá – Aphrodite reagiu friamente.

– O que mais você viu? – Heath perguntou, levantando as costas e parecendo tão guerreiro e tão pronto para a briga quanto Stark.

– Aphrodite teve duas visões de Zoey sendo morta – Damien falou. – Em uma, ela era decapitada por um *Raven Mocker*.

– Isso quase aconteceu! – Heath disse. – Eu estava lá. Ela ainda tem a cicatriz e tudo.

– A questão é que *não* fui decapitada. E agora que meu cérebro está funcionando, vamos nos certificar de que não vou me afogar. E Aphrodite não viu muita coisa em nenhuma das duas visões.

– Mas você tem certeza de que a segunda visão de morte aconteceu na Ilha de São Clemente, no lugar onde fica o Conselho Supremo? – Lenobia perguntou.

Aphrodite apontou para o livro que ainda estava aberto no meu colo.

– Ali. Aquele é o palácio que vi quando ela estava morrendo.

– Tá, então vou tomar bastante cuidado – eu disse.

– Todos nós – Lenobia confirmou.

Fiquei lá sentada, tentando não demonstrar como já estava me sentindo claustrofóbica. Será que isso significa que ninguém vai me deixar em paz, nunca?

Stark não disse nada. E nem precisava. Sua linguagem corporal emanava frustração.

– Peraí. Acabei de me dar conta de uma coisa – Damien pegou o *Manual do Novato* da minha mão e virou a página. Então voltou a olhar para mim com um sorriso triunfante no rosto. – Eu sei onde fica a ilha de Kalona, e você tem razão. Não fica em Veneza – ele virou o livro para mim e perguntou: – É este aqui o lugar onde vocês estavam no seu sonho?

Damien abrira o livro em uma página que tinha um monte de texto (que eu obviamente não tinha lido) e uma ilustração de parte de uma linda ilha, cheia de montanhas e tingida de azul por causa do mar ao redor. No desenho vi o contorno de um castelo que me era bastante familiar.

– É isso – respondi solenemente. – Era lá que eu estava no meu último sonho. Onde diabos fica essa ilha?

– Itália, ilha de Capri – Lenobia respondeu por ele. – Lá aconteceram os primeiros Conselhos Supremos de Vampiros, que só mudaram para Veneza depois de 79 d.C.

Gostei de ver vários rostos com expressão de interrogação. Damien obviamente não era um deles. Com seu jeito professoral, ele explicou: – Os vampiros eram patronos de Pompeia. O Vesúvio entrou em erupção em agosto de 79 d.C. – todo mundo continuou olhando com cara de quem estava boiando, então Damien suspirou e continuou: – Capri é uma ilha que não fica longe de Pompeia.

– Ah, é, me lembro de ter lido algo sobre isso no capítulo de história – Stevie Rae disse.

Eu nem me lembrava porque nunca tinha lido o capítulo e, pelo jeito que Shaunee e Erin estavam inquietas, elas também não. Grande surpresa.

– Tá, é interessante, e é mesmo a tal ilha. Mas por que ele iria para lá se já faz um zilhão de anos que o Conselho Supremo não acontece lá? – perguntei.

– Porque ele quer que as coisas voltem a ser como eram nos tempos antigos – Stark disse. – Ele ficava repetindo isso o tempo todo.

– Então será que ele está em um palácio em São Clemente ou em Capri? – perguntei, ainda confusa.

– Disseram no Twitter que ele foi para o Conselho Supremo com Neferet há poucas horas. Então ele deve estar lá agora – Jack disse.

– Mas aposto que ele *montou acampamento* em Capri – Stark desafiou.

– Então, pelo jeito temos que viajar para a Itália – Damien disse.

– Tomara que esse bando de caipiras esteja com o passaporte em dia – Aphrodite disse.

29

Zoey

– Ah, não seja tão detestável, Aphrodite – Stevie Rae retrucou. – Você sabe que todos os novatos tiram passaportes assim que são Marcados. Faz parte de toda a história de "adolescente emancipado".

– Que bom que tenho passaporte – Heath disse. – Mesmo não sendo Marcado.

Para não gritar com Heath dizendo que ele não ia de jeito nenhum porque acabaria morrendo e, assim, matá-lo de vergonha na frente de todo mundo, procurei me concentrar na logística.

– Alguém sabe como vamos chegar à Itália?

– Primeira classe, espero – Aphrodite murmurou.

– Esta é a parte mais fácil da história. Simplesmente usaremos o jato da Morada da Noite – Lenobia respondeu. – Ou melhor, você e seu grupo usarão. Eu autorizo, mas não vou.

– Você não vai conosco? – meu estômago deu um nó. Lenobia era sábia e muito respeitada na comunidade *vamp*, até mesmo por Shekinah. Precisávamos que ela fosse conosco. Eu precisava!

– Ela não pode – Jack disse. Nós olhamos para ele, surpresos. – Ela tem que ficar aqui com Dragon e segurar as pontas para que a escola não fique completamente entregue ao Lado Negro, pois não sei o que Kalona consegue fazer, mas sei que continua fazendo, mesmo não estando mais aqui.

Lenobia sorriu para Jack.

– Você está absolutamente certo. Não posso deixar a Morada da Noite no momento – ela olhou ao redor do quarto, passando por cada um de nós, e finalmente parando em mim: – Você pode liderá-los. Você os tem liderado. Simplesmente continue a fazer o que vem fazendo.

Mas fiz besteira! Mais de uma vez! E nem sei se posso confiar em mim mesma perto de Kalona! A vontade que tinha era de berrar. Ao invés disso, tentei falar como adulta.

– Mas alguém tem que dizer ao Conselho Supremo o que realmente se passa em relação a Neferet e Kalona. Não posso fazer isso. Sou só uma novata.

– Não, Zoey, você é nossa Grande Sacerdotisa, a primeira novata Grande Sacerdotisa, e eles vão escutá-la porque Nyx está com você. Está claro para mim. Estava claro para Shekinah. Ficará claro para eles também.

Eu não tinha tanta certeza, mas todo mundo estava me encorajando tanto que cheguei a ficar com vontade de vomitar. Mas, ao invés disso, ou em vez de ceder à segunda opção, que seria me derreter em lágrimas, falei: – Quando partimos?

– O mais rápido possível – Lenobia respondeu prontamente. – Não fazemos ideia do alcance do estrago que Kalona está fazendo no momento. Pense no que ele fez aqui em questão de dias.

– Está quase amanhecendo. Temos que esperar o sol se pôr – a voz de Stark estava tensa de tanta frustração. – Imagino que agora, que a tempestade de gelo passou, o sol ficará visível, o que significa que Stevie Rae e eu vamos fritar ao tentar chegar até o avião.

– Vocês partem depois do pôr-do-sol – Lenobia disse. – Até lá, arrumem suas coisas, comam e descansem. Eu cuido dos preparativos.

– Acho que Zoey não devia ficar na Ilha de São Clemente – Stark disse e se voltou para Darius em busca de apoio. – Você não concorda que é péssima ideia para ela ficar exatamente onde Aphrodite a viu se afogando?

– Stark, ela também me viu sendo decapitada aqui em Tulsa. E não aconteceu, porque meus amigos não me deram as costas. *Onde* estou não é tão importante quanto o fato de eu saber que estou em perigo, e que eu estou cercada pelas pessoas que me protegem.

— Mas ela me viu com você! Se eu não puder te proteger, quem pode?

— Eu posso — Darius disse.

— O Ar também pode — Damien continuou.

— O Fogo pode tocar o terror — Shaunee acrescentou.

— Eu tenho a Água, e tenho certeza de que ela não vai deixar Zoey se afogar — Erin disse com tom indignado.

— A Terra vai sempre proteger Zoey — Stevie Rae disse, apesar de seus olhos expressivos transmitirem tristeza.

— Eu sou irritantemente humana, mas ainda sou bem malvada. Se alguém for para cima de Darius, de você e da horda de nerds, vai ter que se ver comigo também — agora era a vez de Aphrodite.

— Pode adicionar mais um nessa mistura de humanos, novatos e *vamps* — Heath disse.

— Viu? — falei para Stark enquanto piscava os olhos com força na tentativa de não deixar caírem as lágrimas que brotaram nos meus olhos. — Não depende só de você. Estamos todos juntos nessa.

O olhar de Stark se deteve no meu, e vi que estava agoniado. A morte da Grande Sacerdotisa à qual tinham prestado Juramento era o pesadelo de qualquer guerreiro. O fato de Aphrodite ter dito que ele estava na visão e que ele me via morrer bastara para abalar enormemente sua autoconfiança.

— Tenho certeza de que tudo vai dar certo. Juro — afirmei.

Ele assentiu e desviou o olhar, parecendo não aguentar mais me encarar.

— Muito bem. Mãos à obra. Pouca bagagem. Ninguém vai ter tempo de ficar carregando malas por lá. Cada um leva uma bolsa com coisas essenciais — Lenobia avisou. Vi Aphrodite ficar pálida de horror e tive de fingir que tossia para disfarçar a vontade de rir. — Encontro vocês no refeitório ao pôr-do-sol — ela começou a sair, mas então parou na porta. — Zoey, não se esqueça de dormir acompanhada. Vamos manter

Kalona o mais longe possível da sua cabeça, para que não fique sabendo que você vai atrás dele.

Engoli em seco, mas concordei.

– Tá, tudo bem.

– Abençoada seja – ela se despediu.

– Abençoada seja – nós respondemos em coro, e até Heath falou também.

Lenobia fechou a porta e ninguém disse nada por alguns instantes. Acho que estávamos todos meio aturdidos e nem tinha caído a ficha ainda de que estávamos na verdade indo para a Itália para falar com o Conselho Supremo dos Vampiros. Ou pelo menos eu ia falar. Caramba, que inferno. *Eu ia ter que falar diante do Conselho Supremo de Vampiros*. Ou talvez me desse dor de barriga e eu fizesse nas calças ao me deparar com todos aqueles vampiros velhos e poderosos. É. Isso certamente causaria sensação no Conselho. Eles me chamariam, no mínimo, de "Singular".

A pergunta de Jack interrompeu meu blá-blá-blá mental.

– O que faremos com Duquesa e os gatos?

Olhei para Nala, que ronronava ao meu lado, e disse: – Oh-oh.

– Não podemos levá-los – Stark afirmou. – Não tem como – então, soando mais ele mesmo, acrescentou: – Mas eles vão ficar furiosos quando voltarmos. Os gatos principalmente. Gatos são muito rancorosos.

Aphrodite deu uma risadinha sarcástica.

– Eu que o diga. Alguém viu minha gata por aí? Falando nisso, vou passar com ela um tempinho curto, porém de qualidade, enquanto pego algo para comer e faço a mala – ela sorriu fazendo charme para Darius. – Se quiser compartilhar desse tempinho curto, porém de qualidade, está convidado.

– Não precisa convidar duas vezes – ele respondeu. – Abençoada seja, Sacerdotisa – ele se despediu de mim antes de pegar a mão dela e ir para o quarto fazer sabe a Deusa o quê.

– É melhor arrumarmos nossas coisas também – Damien disse.

– Não acredito que vou ter que levar uma bolsinha de nada de roupas. Onde vou colocar meus sapatos? – Jack perguntou.

– Acho que só podemos levar um par de sapatos – Heath disse, prestativo.

Jack ainda estava dando seus ais e uis de horror ao sair com Damien.

Então fiquei com Stark, Heath e Stevie Rae. Antes que as coisas ficassem megassinistras, Stark me surpreendeu ao perguntar: – Heath, você pode dormir com Zoey?

– Ei, cara, por mim eu gostaria de *sempre* dormir com Zoey.

Dei um soco no braço dele, mas Heath sorriu feito um pateta.

– O que você vai fazer? – perguntei a Stark.

Ele não me olhou nos olhos.

– Quero conferir o perímetro antes de amanhecer e vou ver se Lenobia precisa de ajuda para arrumar as coisas. Depois vou pegar algo para comer.

– Onde você vai dormir?

– No escuro – ele se voltou para mim, curvando-se formalmente com o punho direito sobre o peito. – Abençoada seja, minha dama – antes que eu pudesse dizer mais alguma coisa, ele foi embora.

Fiquei em silêncio, perplexa.

– Ele está surtado por causa da visão de Aphrodite – Stevie Rae disse, saindo da minha cama e passando a revirar as gavetas que eram dela antes de morrer e desmorrer. Ainda bem que fiz Neferet e os *vamps* me devolverem suas coisas, porque assim ela tinha o que procurar nas gavetas.

– Não deixe Stark magoar você, Zo – Heath disse. – Ele está irritado consigo mesmo, não com você.

– Heath, agradeço a tentativa de fazer com que me sinta melhor, mas é esquisito demais ver você ficando do lado de Stark.

– Ei, estou do seu lado, gata! – ele bateu o seu ombro no meu e depois se esticou, alongando os braços, repetindo o velho truque, que eu já conhecia, para acabar colocando o braço no meu ombro.

– Ahn, Heath, será que você me faria um favorzão? – Stevie Rae perguntou.

– Claro!

– Você poderia ir até a cozinha, passando pela sala principal e virando à direita, e pegar algo para a gente comer? Tem sempre um monte de ingredientes para fazer sanduíches nas geladeiras. Pode procurar batatas fritas, mas provavelmente o máximo que vai conseguir achar são *pretzels* e aquelas batatas assadas saudáveis.

– Eca – Heath e eu dissemos ao mesmo tempo.

– Então, tudo bem? Você pode fazer isso?

– Tá, Stevie Rae, sem problema – Heath me abraçou e me deu um beijo molhado na testa antes de se levantar da cama. À porta, ele sorriu para Stevie Rae e disse: – Mas, da próxima vez que quiser falar sozinha com Zo, é só dizer. Sou humano e jogo futebol, mas não sou idiota.

– Da próxima vez, vou me lembrar disso – ela respondeu.

Ele piscou para mim e saiu.

– Deusa, ele tem muita energia – exclamei.

– Z., não posso ir para a Itália com vocês – Stevie Rae disse sem maiores delongas.

– O quê? Você tem que ir! Você é a terra. Eu preciso do círculo completo.

– Você já fez o círculo sem mim antes. Aphrodite pode entrar no meu lugar.

– Ela não pode ser a terra. Fica destruída.

– Mas eu sei que você já passou o espírito para ela antes e tudo deu certo. É só invocar e transferir o espírito para ela outra vez.

– Stevie Rae, preciso de você.

Minha melhor amiga abaixou a cabeça, parecendo completamente desolada.

– Por favor, não diz isso. Eu *tenho que ficar*. Não tenho escolha. Os novatos vermelhos precisam de mim mais do que você.

– Não precisam mais, não – falei severamente. – Eles estão na escola com um monte de *vamps* adultos e mesmo que eles estejam agindo de modo estranho, sua presença vai ser suficiente para impedir que seus novatos rejeitem a Transformação.

– Não é só isso. Não são só eles.

– Ah, não! Stevie Rae, você ainda está pensando naqueles novatos do mal.

– Eu sou a Grande Sacerdotisa deles – ela disse baixinho, implorando com os olhos para que eu compreendesse. – Eles são responsabilidade minha. Quando você estiver fora, antes que você tenha de descer lá e fazer algo de ruim com eles, eu posso tentar alcançá-los mais uma vez, fazer com que voltem a valorizar seu lado humano.

– Stevie Rae...

– Zoey! Escuta o que eu digo! É uma questão de *escolha*. Eu fiz a escolha certa. Stark fez a escolha certa. O pessoal que entrou no caminho do bem também escolheu certo, e nós chegamos a ser do mal. Como você mesma disse, você sabe como foi horrível para nós, mas isso mudou. Somos diferentes agora porque escolhemos ser diferentes. Não consigo deixar de achar que aqueles garotos também não possam ser bons. Só quero tentar.

– Não sei. E se eles te atacarem?

Stevie Rae riu, fazendo balançar sobre os ombros seus cachos curtos e louros.

– Ah, Z., qual é! Eles não podem me atacar. Estão *dentro* da terra. Se tentarem alguma coisa contra mim, chamo meu elemento para lhes dar uma surra, e eles sabem disso muito bem.

– Talvez eles estejam destinados mesmo a morrer, por isso não conseguem recuperar a própria humanidade – eu disse baixinho.

– Não posso acreditar nisso, pelo menos ainda não – Stevie Rae foi para sua antiga cama e se sentou na minha frente, como costumava fazer antes de o nosso mundo começar a explodir à nossa volta. – Quero ir com você. Quero mesmo. Caraca, Z., você está correndo mais perigo do que eu! Mas tenho que fazer o que é certo, e o certo é tentar achar esses garotos e dar a eles mais uma chance. Você entende?

– É, entendo. É que sinto muito a sua falta e queria que você fosse comigo.

Os olhos de Stevie Rae se encheram de lágrimas.

– Também sinto sua falta, Z. Foi horrível esconder esse assunto de você. Eu estava com medo de que não entendesse.

– Eu sei como é esse negócio de guardar segredo. É um saco.

– Sério mesmo, é bem pior do que isso – ela disse. – Nós ainda somos melhores amigas, não somos?

– Sempre seremos melhores amigas.

Sorrindo, ela se atirou em meus braços e demos um abraço tão forte que Nala acordou, ralhando conosco como se fosse mãe de alguém.

Heath escolheu esse momento para voltar para dentro do quarto. Com os braços cheios de comida, ele parou e ficou olhando.

– Sim! Eu morri e fui parar no paraíso das meninas que pegam outras meninas!

– *Aiminhadeusa*! – exclamei.

– Heath, você é mais nojento do que uma barata cascuda esmagada.

– Eca, que nojo – eu disse.

– Bem, o namorado é seu.

– Mas eu trouxe comida – Heath anunciou.

– Tudo bem, está perdoado – eu disse.

– Ei, fique sabendo que vou dormir aqui, na minha antiga cama. Por isso não vou querer vocês dois se agarrando aqui dentro do quarto, hein? Não curto essas coisas – Stevie Rae falou com Heath, mas eu respondi.

– Ahn, duas palavras para garotas que transam com o namorado na frente da colega de quarto: tô fora. Então não precisa se preocupar com o que vai rolar por aqui – bati no colchão. – Heath vai ser bonzinho porque nós já conversamos sobre como nosso relacionamento vai muito além do sexo. Não é, Heath?

Stevie Rae e eu o encaramos com olhos incisivos.

– É. Infelizmente, é trágico, mas é – ele admitiu com relutância.

– Ótimo. Vamos comer, depois vou ajudar Z. a fazer a mala e, depois, dormimos. Finalmente – Stevie Rae disse.

Eu estava quase caindo no sono, aconchegada nos braços fortes e familiares de Heath, quando me ocorreu: *Heath realmente não pode viajar com a gente.*

– Heath – sussurrei. – Precisamos conversar.

– Mudou de ideia quanto a não ficar de agarração comigo?

Dei uma cotovelada nele.

– Ai, que foi? – ele perguntou.

– Não quero que fique chateado, mas você realmente não pode ir para a Itália comigo.

– É ruim de eu não poder.

– Seus pais jamais deixarão você perder tantas aulas.

– Estamos nas férias de inverno.

– Não, vocês *estavam* sem aula por causa da tempestade de gelo. A tempestade já passou. Você volta às aulas daqui a um ou dois dias.

– Então faço o dever de casa quando voltar.

Tentei mudar de tática.

– Você tem de ficar e se concentrar nas suas notas. É o último semestre antes da faculdade. Se fizer besteira com suas notas, vai prejudicar seu diploma.

– Ah, isso é simples. Broken Arrow tem um sistema de conferência de notas e de estudo *on-line*, esqueceu?

– Como eu poderia me esquecer de algo tão irritante como o fato de meus pais poderem espiar minhas notas? – ao me dar conta do que disse, calei a boca.

– Viu? Posso estudar *on-line*. Vou me manter em dia. Você pode até me ajudar. Ou, melhor ainda, Damien pode me ajudar. Sem ofensa, Zo, mas acho que ele é melhor aluno do que você.

– Eu *sei* que ele é, mas isso não vem ao caso. Seus pais não vão deixar você ir.

– Eles não podem me impedir. Tenho dezoito anos.

– Heath, por favor. Já me sinto péssima por ter envolvido você em tudo isso. Não me torne responsável por esculachar seu último semestre na escola e expor sua vida a riscos.

– Já disse que sei me cuidar muito bem.

– Ótimo, vamos fazer um acordo. Ligue para seus pais quando acordarmos e pergunte se você pode viajar para a Itália comigo. Se disserem que sim, então você vai. Se disserem que não, você fica e vai estudar.

– Preciso contar a eles sobre Kalona e tudo mais?

– Acho que não é boa ideia expor ao público em geral que um imortal caído e uma ex-Grande Sacerdotisa enlouquecida estão tentando dominar o mundo. Portanto, não, você não precisa lhes contar essa parte.

Ele hesitou, e então disse: – Tá, por mim, pode ser.

– Jura?

– Juro.

– Ótimo, porque vou escutar a conversa toda, e não vai dar pra você me *titicar*.

– Você sabe que essa palavra não existe, Zo.

– Para *mim*, existe. Durma, Heath.

Ele apertou os braços ao meu redor.

– Eu te amo, Zo.

– Eu também te amo.

– Vou cuidar da sua segurança.

Adormeci nos braços de Heath, com um sorriso no rosto, e meu último pensamento consciente foi sobre como ele era forte e como admirava o autocontrole que vinha manifestando.

Meu pensamento seguinte não foi consciente, além de não ser nada tranquilizador: *Que diabo estou fazendo no teto deste castelo outra vez?*

30

Zoey

Era o mesmo teto de castelo, não restava dúvida. As laranjeiras estavam repletas de frutas gordas que perfumavam a brisa fria. No centro do pátio estava a mesma fonte em formato de mulher nua com água brotando das mãos levantadas. Ao vê-la pela segunda vez, entendi por que me parecia tão familiar. Ela me lembrava Nyx, ou pelo menos uma das faces da Deusa que eu conhecia. E então lembrei-me do que havia aprendido sobre este lugar – era o antigo local do Conselho Supremo de Vampiros original, por isso fazia total sentido a fonte se parecer com nossa Deusa. Quis me sentar ao lado dela e respirar fundo o cheiro de frutas cítricas e de mar. Não queria me voltar para onde meu instinto mandava e ver quem eu sabia que veria. Mas, como uma bola de neve rolando montanha abaixo, não consegui controlar a avalanche que acontecia em mim, e então me virei para a direção que minha alma apontava.

Kalona estava ajoelhado na beirada do teto em forma de dente do castelo. Estava de costas para mim, vestido, ou melhor, seminu como da última vez que estivéramos aqui – calça jeans e só. Suas asas negras se abriram, formando uma moldura ao seu redor, deixando visíveis apenas seus ombros bronzeados. A cabeça estava baixa e ele parecia não saber que eu estava lá. Meus pés foram na sua direção como se por vontade própria e, à medida que me aproximava, dei-me conta de que ele estava ajoelhado precisamente onde eu estava parada quando me joguei do alto do castelo.

Não estava longe dele quando o vi enrijecer os ombros. Ele ruflou as asas, levantou a cabeça e virou o pescoço para trás.

Estava chorando. Lágrimas escorriam por seu rosto. Ele parecia arrasado, destruído, completamente derrotado. Mas, no instante em que me viu, seu rosto mudou. Uma alegria inacreditável foi se expandindo nele de tal maneira que fui literalmente dominada por sua beleza incomparável. Ele se levantou e, dando um grito de felicidade, veio em minha direção.

Pensei que fosse me tomar nos braços, mas, no último segundo, ele se controlou e apenas levantou a mão como se fosse tocar meu rosto, mas seus dedos pararam perto da minha pele, hesitando por um instante, e então, sem me tocar, ele soltou o braço na lateral do corpo.

– Você voltou.

– Sonhos não são de verdade. Eu não morri – respondi, apesar de sentir muita dificuldade para falar.

– O reino dos sonhos faz parte do Mundo do Além. Não subestime o poder do que acontece aqui – ele enxugou o rosto com as costas da mão e, surpreendendo-me outra vez, deu uma risadinha constrangida. – Você deve me achar um bobo. É claro que eu sabia que você não estava morta. Mas, mesmo assim, foi tão real, tão horrivelmente familiar.

Eu o encarei sem saber o que dizer. Sem saber como reagir àquela versão de Kalona, que se parecia e agia mais como anjo do que como demônio. Lembrava-me o Kalona que se rendera a A-ya, entregando-se voluntariamente à armadilha de seu abraço com uma vulnerabilidade que ainda me assombrava. Era um contraste tão grande desde a última vez que eu estivera aqui, quando ele estava no modo de hiperdução, me apalpando e...

Olhei para ele com desconfiança.

– Como posso estar aqui de novo? Não estou dormindo sozinha, nem com uma de minhas amigas. Estou dormindo nos braços do cara humano com quem me Carimbei. Ele e eu, com certeza, somos mais do que amigos. Não era para você estar aqui – apontei para minha cabeça.

– Não estou dentro da sua cabeça. Você jamais me chamou para dentro de seus sonhos. Sou eu quem puxo sua essência para mim. Sou eu quem invade, não é você quem convida.

– Não foi o que você disse antes.

– Menti para você. Agora estou dizendo a verdade.

– Por quê?

– Pela mesma razão pela qual consegui atraí-la para cá através do seu sono, mesmo você estando nos braços de outro. Agora, pela primeira vez, minha motivação é pura. Não estou tentando manipulá-la nem seduzi-la. E só vou lhe dizer a verdade.

– Como você pode esperar que eu vá acreditar nisso?

– Você acreditar ou não, isso não muda a natureza da verdade. Você está aqui, Zoey, mas não devia. Isso já não é prova suficiente?

Mordi o lábio.

– Não sei. Não conheço as regras daqui.

– Mas você conhece o poder da verdade, você o mostrou a mim em sua última visita. Será que não pode usá-lo para verificar a veracidade do que lhe digo?

Graças a Damien, eu sabia que veracidade queria dizer verdade, portanto não foi por isso que fiquei lá mordendo o lábio com cara de ponto de interrogação. Minha cara de dúvida era porque não sabia como lhe responder. Kalona estava me desconcertando completamente. Até que, enfim, abri a boca para lhe dizer que não, eu não podia contar com o poder da verdade porque não fazia ideia sobre o que ele estaria mentindo... Mas ele levantou a mão e deteve minhas palavras.

– Você me perguntou uma vez se sempre fui como sou agora, e só lhe respondi com evasivas e mentiras. Hoje quero lhe dizer a verdade. Você vai permitir, Zoey?

Ele me chamou de Zoey! Não me chamou de A-ya nenhuma vez, como gostava de fazer. E não estava me tocando. Nem um pouquinho.

– Eu... eu não sei – gaguejei feito uma idiota e dei um passo para trás, achando que a fachada de bonzinho fosse se desfazer e que ele voltaria a ser o imortal sedutor de sempre. – O que você vai fazer para me mostrar?

Seus lindos olhos cor de âmbar murcharam de tristeza. Ele balançou a cabeça.

— Não, Zoey. Não precisa temer que eu vá tentar fazer amor com você. Se eu tentar trocar a verdade pela sedução, o sonho se desfaz e você acorda nos braços de outro homem. Para que eu possa lhe mostrar o que precisa ver, basta me dar a mão — ele me estendeu a mão forte e de aparência normal.

Hesitei.

— Dou-lhe minha palavra de que minha pele não vai queimá-la com o poder frio do desejo que sinto por você. Sei que você não tem motivo para confiar em mim, portanto apenas peço que acredite na verdade. Toque-me, e você vai ver que não estou mentindo.

É só um sonho, procurei lembrar. *Não importa o que ele diga sobre o Mundo do Além, um sonho é um sonho. Não é real.* Mas a verdade era real sim, tanto nos sonhos quanto no mundo desperto. E a triste verdade era que eu queria lhe dar minha mão. Queria ver o que ele tanto queria me mostrar.

Então, levantei a mão e segurei a dele.

Ele estava dizendo a verdade. Pela primeira vez, sua pele não me congelou com aquela paixão e aquele poder que eu não conseguia aceitar, apesar de também não conseguir rejeitá-lo completamente.

— Quero lhe mostrar meu passado — a mão que não estava segurando a minha fez um movimento no ar em frente a nós, como se ele estivesse esfregando uma janela invisível uma, duas, três vezes. Então, o ar se mexeu e, com um som terrível de alguma coisa se rasgando, algo se abriu na nossa frente, como se ele tivesse feito uma abertura na dimensão de sonhos. — Agora veja a verdade!

O rasgo no céu tremeu a seu comando e então, como se de repente uma enorme tela plana de tevê tivesse sido ligada, comecei a ver pedaços do passado de Kalona.

A primeira cena que vi foi tão linda que perdi o fôlego. Kalona estava lá, seminu como sempre, mas desta vez ele tinha em uma das mãos uma espada comprida e ameaçadora e outra presa nas costas, e *suas asas eram imaculadamente brancas!* Ele estava parado em frente à majestosa porta de um templo de mármore. Parecia perigoso e nobre, um verdadeiro guerreiro. Enquanto eu observava, sua expressão séria ficou mais suave e, quando uma mulher subiu a escadaria do templo, ele sorriu para ela com evidente adoração.

Merry meet, Kalona, meu guerreiro.

A voz daquela mulher reverberou misteriosamente e eu arfei. Não precisei ver o rosto da mulher. Reconheci sua voz no mesmo instante.

– Nyx! – gritei.

– De fato – Kalona respondeu. – Fiz o Juramento Solene para ser guerreiro de Nyx.

O Kalona da visão acompanhou sua Deusa para dentro de seu templo. A cena mudou, e de repente Kalona estava usando ambas as espadas para combater algo que eu não conseguia discernir. Era uma coisa preta que ficava mudando de forma. Em um minuto, era como uma enorme serpente; em outro, como uma boca aberta cheia de dentes brilhantes; em outro ainda, uma espécie de aranha com garras e presas.

– O que é isso?

– Apenas um aspecto do mal – Kalona falou lentamente, como se fosse difícil para ele dizer as palavras.

– Mas você não estava nos domínios de Nyx? Como o mal podia estar lá?

– O mal está em toda parte, assim como o bem. É assim que são feitos o mundo que você conhece e o Mundo do Além. É preciso haver equilíbrio, até mesmo nos domínios de Nyx.

– Era por isso que ela precisava de um guerreiro? – perguntei, assistindo à nova mudança de cena, que voltou a mostrar Kalona, com suas asas brancas resplandecentes, caminhando atrás de Nyx enquanto ela passeava por um prado luxuriante. Seu olhos nunca paravam, ficavam constantemente perscrutando a área ao redor e atrás da Deusa, segurando uma espada em riste e a outra ao seu alcance nas costas.

– Sim, é por isso que ela precisa de um guerreiro – ele respondeu.

– Precisa – testei a palavra e então consegui tirar os olhos das cenas do passado de Kalona para o Kalona do presente. – Se ela ainda precisa de um guerreiro, então por que você está aqui e não lá?

Ele empinou o queixo e seus olhos se encheram de dor. Ele me respondeu com uma voz arrasada: – Dê uma olhada lá e verá a verdade.

Voltei a me concentrar na mudança de cena e vi Nyx parada de frente para Kalona. Ele estava ajoelhado em frente a ela chorando, exatamente como estava no momento em que entrei neste sonho. Nessa encarnação, Nyx parecia tanto com a estátua de Maria que havia na gruta das Beneditinas que até fiquei ligeiramente chocada. Mas, à medida que continuei olhando, percebi que havia algo de errado com Nyx. Ao contrário da beleza serena da Maria das freiras, a expressão no seu rosto era dura e parecia estranhamente mais pétrea do que a da própria estátua.

Por favor, não faça isso, minha Deusa. A voz de Kalona nos alcançou. Parecia que ele estava implorando.

Eu não faço nada, Kalona. Você pode escolher. Eu concedo o livre-arbítrio até aos meus guerreiros, apesar de não pedir que o usem com sabedoria. Fiquei chocada com a frieza na voz de Nyx. Por um segundo, ela até me lembrou o jeito da Aphrodite de antigamente.

Não consigo evitar. Fui criado para sentir isto. Isto não é livre-arbítrio. É predestinação.

Ainda, como sua Deusa, digo-lhe que não é predestinado. Você foi moldado por seu desejo.

Não consigo deixar de sentir isto! Não consigo deixar de ser o que sou!

Você, meu guerreiro, está errado; portanto, deve arcar com as consequências do seu erro.

Nyx levantou seu braço perfeito e deu um peteleco em Kalona. O guerreiro, que estava ajoelhado, foi levantado, cambaleou para trás, tropeçou e caiu.

Eu fiquei olhando, enquanto ele gritava e se contorcia de agonia enquanto caía, caía e caía. Quando finalmente aterrissou, desconjuntado, arrebentado e ensanguentado em um campo luxuriante que lembrava a reserva nacional de Tallgrass Prairie, suas asas haviam perdido o tom branco e ganhado a cor preta, como asas de corvo, como eram agora.

Kalona soltou um grito cheio de dor e apagou as visões do passado. O ar se agitou perto de nós e voltamos ao jardim no teto do castelo.

Ele soltou minha mão, afastou-se de mim e foi se sentar em um banco debaixo de uma laranjeira. Mas não disse nada. Apenas ficou lá, sentado, olhando para o azul cintilante do Mar Mediterrâneo.

Eu fui atrás, mas não me sentei ao seu lado. Em vez disso, fiquei na frente dele, observando-o como se pudesse realmente julgar a verdade com meus olhos.

– Por que ela rejeitou você? O que foi que você fez?

Ele me olhou nos olhos.

– Eu a amava demais – sua voz soou tão desprovida de emoção que mais parecia a de um fantasma.

– Como você poderia amar *demais* sua Deusa? – perguntei automaticamente, apesar de a resposta me parecer óbvia. Estava careca de saber que havia diferentes tipos de amor. Claro que o amor de Kalona por Nyx era do tipo errado.

– Eu tinha ciúme. Até odiava Erebus.

Pisquei os olhos, surpresa. Erebus era consorte de Nyx, seu amante eterno.

– Meu amor por ela me levou a quebrar meu Juramento. Fiquei tão obcecado que não conseguia mais protegê-la. E falhei como seu guerreiro.

– Isso é terrível – falei, pensando em Stark. Fazia poucos dias que ele me oferecera seu Juramento Solene de Guerreiro, e eu já sabia que, se falhasse na minha proteção, seria como se uma parte de sua alma lhe fosse arrancada. E quanto tempo fazia que Kalona era guerreiro de Nyx? Séculos? Quanto tempo durava um pedaço de eternidade?

Não consegui acreditar quando me dei conta de que estava sentindo pena de Kalona. Eu não podia sentir pena dele! Claro que ele estava de coração partido e caiu dos domínios da Deusa, mas depois ele tinha se transformado em um vilão, ele tinha virado justamente o mal que antes combatia. Ele assentiu com a cabeça e, como se estivesse lendo meus pensamentos, disse: – Fiz coisas terríveis. E continuei fazendo. A queda me transformou. Depois, passei muito tempo dormente por dentro. Procurei, procurei, por séculos a fio, tentando encontrar alguma coisa, alguém que preenchesse a ferida sangrenta que Nyx deixou dentro da minha alma, do meu coração. Quando a encontrei, não sabia que ela não era de verdade, mas só uma ilusão criada para me prender. Fui espontaneamente para os seus braços. Você sabia que ela chorou quando começou a se transformar de novo no barro do qual tinha sido feita?

Quase dei um pulo. Sabia do que ele estava falando. Eu vivenciara isso com ela.

– Sei – respondi com um fiapo de voz. – Eu me lembro.

Ele arregalou os olhos, chocado.

– Você se lembra? Você tem acesso às memórias de A-ya?

Eu não queria dizer até que ponto, mas sabia que não podia mentir. Então, separei para ele um pedacinho de verdade com palavras tensas e curtas.

– Só de uma. Eu só me lembro de me dissolver. E me lembro de A-ya chorando.

– Fico feliz que você não se lembre de mais nada, pois o espírito dela ficou comigo, aprisionado na escuridão por um longo tempo. Não consegui tocá-la, mas senti sua presença. Acho que foi só por causa disso que consegui manter a sanidade – ele ficou arrepiado e começou a levantar as mãos, como se fosse, literalmente, tentar arrancar aquela memória da mente, e então ele ficou em silêncio por um bom tempo. Pensei que tivesse parado de contar seu passado, e passei a tentar filtrar o choque e a perplexidade em minha mente para formular uma pergunta, até que ele recomeçou a falar: – Então A-ya partiu. Foi quando comecei a chamar. Sussurrei ao mundo meu desejo de ser livre, e o mundo finalmente me ouviu.

– Você não está querendo dizer que Neferet o ouviu?

– É verdade que ela me ouviu, mas não foi só a Tsi Sgili que respondeu ao meu chamado.

Balancei a cabeça.

– Você não me chamou à Morada da Noite. Nyx me Marcou. Por isso estou lá.

– É? Eu só posso falar a verdade, senão nosso sonho desaparece, por isso não vou tentar persuadi-la de que sei mais do que sei. Só vou dizer o que acho. E acho que você também me ouviu. Ou pelo menos a parte em você que um dia foi A-ya me ouviu e reconheceu minha voz – ele hesitou, e então acrescentou: – Talvez a mão de Nyx esteja guiando sua reencarnação. Talvez a Deusa a tenha mandado para...

– Não! – eu não conseguia ouvir mais nada. Meu coração batia tão forte que pensei que fosse explodir para fora do meu peito. – Nyx não me mandou para você, e eu não sou A-ya de fato. Não interessa se trago em mim algumas memórias aleatórias da vida dela. Na vida atual, sou uma garota *de verdade*, com livre-arbítrio e dona da minha própria cabeça.

A expressão dele mudou de novo. Seus olhos transmitiram doçura, e ele me sorriu com ternura.

– Eu sei, Zoey, e é por isso que tenho tantos conflitos em relação ao que sinto por você. Acordei do período debaixo da terra querendo a boneca que me aprisionou, mas encontrei uma garota com livre-arbítrio que me combate.

– Por que você está fazendo isso? Por que está falando assim? Você não é realmente esse cara! – gritei, tentando derrubar no grito a sensação terrível e maravilhosa que me causavam suas palavras.

– Aconteceu quando você caiu. Eu me vi caindo e sofrendo por amor outra vez. Não dava para suportar. Jurei para mim mesmo que, se conseguisse trazê-la para mim outra vez, mostraria a verdade.

– Se isso for realmente verdade, então você precisa saber que virou o mal contra o qual antes lutava.

Ele desviou o olhar, mas antes vi vergonha em seus olhos.

– É. Eu sei.

– Eu escolhi um caminho diferente. Não posso amar o mal. E *esta* é uma verdade.

Os olhos dele se voltaram para mim no mesmo instante.

– E se eu optar por rejeitar o mal? E então?

Suas perguntas me pegaram totalmente desprevenida, então respondi, sem pensar, a primeira coisa que me veio à mente: – Você não pode rejeitar o mal enquanto estiver com Neferet.

– E se eu só for mau ao lado de Neferet? E se na verdade puder escolher pelo bem se estiver ao seu lado?

– Impossível – fiquei balançando a cabeça de um lado para o outro.

– Por que diz que é impossível? Isso já aconteceu antes. E você sabe disso, pois você causou opção pela escolha do bem. O guerreiro que está ligado a você é a maior prova disso.

– Não. Essa versão de você não é real. Você não é Stark. Você é um imortal caído, amante de Neferet, que estuprou várias mulheres, transformou as pessoas em escravos, matou gente. Seus filhos quase mataram minha avó. Um deles matou a professora Anastasia! – agarrei-me a todos os fatos negativos e os joguei na sua cara. – Os novatos e os professores na Morada da Noite começaram a questionar Nyx por sua causa. Eles continuam agindo errado. Seja escolha deles ou não, estão cheios de medo, ódio e inveja, como você estava em relação a Nyx!

Ele agiu como se eu não estivesse lá berrando e simplesmente disse: – Você salvou Stark. Não pode me salvar também?

– Não! – berrei.

Sentei-me na cama.

– Zo, tudo bem. Eu tô aqui – Heath estava lá, esfregando os olhos sonolentos com uma das mãos e alisando minhas costas com a outra.

– Ah, Deusa – minha voz saiu num longo e trêmulo suspiro.

– O que aconteceu? Pesadelo?

– É, foi. Um pesadelo muito esquisito – olhei para a cama do outro lado do quarto. Stevie Rae não se mexera. Nala estava aninhada perto do ombro dela. Minha gata olhou para mim e espirrou. – Traidora – eu lhe disse, tentando me forçar a voltar à normalidade.

– Bem, então volte a dormir. Esse negócio de trocar o dia pela noite está finalmente começando a funcionar comigo e quero aproveitar que estou me acostumando – Heath disse, abrindo os braços para mim.

– Tá bem, desculpe – deitei-me, enrolando-me toda em uma posição assustadoramente parecida à posição fetal.

– Volte a dormir – Heath repetiu em meio a um bocejo dos grandes. – Está tudo bem.

Fiquei um bom tempo acordada desejando desesperadamente que isso fosse verdade.

31

Zoey

Quando acordamos, perto do anoitecer, não aguentei pensar em Kalona e no sonho, por isso fui para cima de Heath.

– Bem, está na hora de ligar para sua mãe e seu pai para eles mandarem você voltar para casa.

– Você está bem, Z.? – Stevie Rae perguntou enquanto secava os cabelos com uma toalha. Nós tínhamos enfiado umas coisas na minha mochila de escola enquanto Heath tomava banho, e depois eu fui para o chuveiro, enquanto ele arrumava suas coisas. Sua pergunta me fez perceber que durante todo aquele tempo não fizera muito mais do que murmurar respostas monossilábicas para qualquer coisa que ela ou Heath dissesse.

– Sim. Tô de boa. Só vou sentir saudade de Heath, só isso – menti. Sim, certo, não era mentira de verdade, porque sentiria falta dele enquanto estivéssemos na Itália, mas não era este o motivo de não querer falar.

Era por causa de Kalona. Tinha medo de falar demais, acabar soltando alguma coisa sobre o sonho e terminar contando tudo a Stevie Rae. E não queria fazer isso na frente de Heath. Aliás, não era só isso. Não queria contar a ninguém sobre aquela versão diferente de Kalona que tinha visto pela primeira vez.

Não queria ouvi-los dizer que era tudo delírio e ilusão.

Heath me abraçou, e pulei de susto.

– Ai, que doçura, Zo – ele disse, sem saber da pavorosa confusão que se passava dentro da minha cabeça. – Mas você não vai sentir minha falta. Estou com um pressentimento positivo.

Olhei para ele balançando a cabeça negativamente: – Sua mãe jamais vai te deixar viajar para a Itália comigo.

– Com *você*, talvez não mesmo. Mas com a sua escola, aí é outro papo.

Antes que eu pudesse dizer qualquer coisa ele pegou o telefone e começamos a ouvir o seu lado da conversa: – Oi, mãe, sou eu.

– Tô, tô de boa.

– Tô, ainda tô com a Zoey – ele fez uma pausa e então me olhou e disse: – Mamãe mandou lembranças.

– Diga que mando lembranças também – e sussurrei: – *Fala logo!*

Ele assentiu.

– Olha só, mãe, falando na Zo, ela e uma galera da Morada da Noite estão indo para a Itália. Veneza, especificamente, na verdade uma ilha perto de Veneza. Sei lá, São Cle-lá-das-quantas. Onde o Conselho Supremo dos *vamps* se encontra e tal. Queria saber se posso ir com eles.

Cheguei a ouvir sua mãe levantando a voz e tive de me segurar para não rir. Eu sabia que ela ia surtar. É claro que não sabia da carta que Heath tinha na manga.

– Peraí, mãe. Não é nada demais. É como a viagem que eu queria fazer com a professora de Espanhol no verão passado, mas não pude porque estava começando os treinos de futebol. Lembra? – ele concordou com o que sei lá o que sua mãe estava dizendo. – É, coisa de escola. Vamos ficar oito dias, que nem a tal viagem à Espanha. Na verdade, acho que vou até poder praticar meu espanhol, porque italiano é tipo uma língua prima – ele fez outra pausa e então disse: – Tá, tudo bem, legal.

– Ela disse que tenho de perguntar ao meu pai – ele sussurrou, cobrindo o fone com a mão. Então ouvi que uma voz mais grossa entrou na linha e Heath disse: – Oi pai. Tô, tô legal – ele esperou o pai falar e então continuou: – É, é basicamente isso mesmo. Viagem de escola. Posso fazer o dever de casa *on-line* – Heath sorriu em resposta ao que o pai estava dizendo. – É mesmo? Eles suspenderam as aulas por uma semana por causa dos apagões na região? – ele balançou as sobrancelhas para mim. – Uau, então essa viagem veio bem a calhar mesmo. E, se liga só, pai, vamos voar no jatinho particular da Morada da Noite e ficar na ilha dos *vamps*, não vai custar nada.

Rangi os dentes. Não podia acreditar que ele estava enrolando seus pais com tamanha facilidade. É claro que, apesar de Nancy e Steve Luck serem ótimas pessoas e pais muito bons para Heath, a verdade é que não tinham a mais remota ideia de como as coisas eram com os adolescentes. Sério mesmo. Heath bebia álcool há anos, e eles nunca repararam, nem quando ele chegava em casa cheirando a vômito e cerveja. Eca.

– Ótimo, pai! Valeu mesmo! – a exuberância de Heath me fez piscar os olhos e voltar a me concentrar nele, abandonando meu blá--blá-blá mental. – Vou, vou ligar pra vocês todo dia sim – ele fez uma pausa enquanto o pai dizia algo mais. – Ah, quase me esqueci. Tá bem, enquanto Zo e o resto da galera se aprontam, vou dar um pulo em casa para pegar meu passaporte e umas roupas. Diz à mãe que só podemos levar uma bolsa cada, não dá para levar muita coisa. Tá, daqui a pouquinho a gente se vê! Tchau! – sorrindo como se estivesse de volta ao ensino fundamental e tivesse acabado de ganhar uma barra de chocolate extra no lanche, ele desligou.

– Mandou bem – Stevie Rae o elogiou.

– Eu tinha me esquecido completamente da tal viagem à Espanha – eu disse.

– Eu não. Então vou rapidinho em casa pegar meu passaporte e minhas coisas. Encontro vocês no aeroporto. Não vão embora sem mim! – ele me deu um beijinho rápido, pegou seu casaco e saiu correndo como se quisesse escapar antes que eu pudesse dizer que, os pais dele deixando ou não, ele *não ia*.

– Você vai mesmo deixar o Heath ir com vocês? – Stevie Rae perguntou.

– É – respondi, apática. – Acho que sim.

– Bem, que bom. Não quero ser maldosa nem nada, mas acho boa ideia por causa do negócio do sangue.

– Negócio do sangue?

– Z., ele é seu humano Carimbado. O sangue dele é superbom pra você. Você vai viver uma situação perigosa, vai enfrentar Kalona, Neferet e o Conselho Supremo, então pode ser que precise desse sangue superespecial.

– É, acho que você tem razão.

– Z., chega! Vai contar o que tá pegando?

Olhei para ela piscando os olhos, confusa.

– Como assim?

– Você tá parecendo um zumbi. Conta esse sonho "estranho" que teve.

– Pensei que você estivesse dormindo.

– Era o que queria que vocês pensassem caso você e Heath fossem ficar se pegando.

– Com você no quarto? Muito sem noção – respondi.

– Concordo, mas eu estava tentando ser educada mesmo assim.

– Nossa! Que horror. Eu não faria isso de jeito nenhum.

– Não vou deixar você mudar de assunto. O sonho, lembra? Conta aí.

Suspirei. Stevie Rae era minha melhor amiga, e eu tinha *mesmo* que conversar sobre o assunto.

– Foi com Kalona – falei sem pensar.

– Ele entrou no seu sonho, mesmo você dormindo com Heath?

– Não. Ele não entrou no meu sonho – respondi, ao mesmo tempo sincera e evasiva. – Foi mais tipo uma visão do que um sonho.

– Visão do quê?

– Do passado dele. Lá atrás. Antes de ele cair.

– Cair? De onde?

Respirei fundo e disse a verdade.

– Do lado de Nyx. Ele era guerreiro dela.

– *Aiminhadeusa*! – ela se sentou na cama. – Tem certeza?

– Sim... Não... Não sei! Parecia real, mas não sei direito. Não sei como fazer para saber direito – então perdi o fôlego. – Ah, não.

– O que foi?

– Na memória que tive de A-ya, ela disse algo sobre Kalona não ter sido feito para andar neste mundo – engoli em seco e juntei as mãos para tentar fazê-las parar de tremer. – E ela o chamou de guerreiro.

– Aiaiai. Você quer dizer que ela sabia que ele tinha sido guerreiro de Nyx antes de cair?

– Ah, Deusa, não sei – mas sabia, sim. No meu coração, eu sabia que A-ya andara tentando consolar Kalona como quem já estava acostumada a isso. Ele já tinha sido guerreiro antes; e queria voltar a sê-lo.

– Talvez fosse bom você falar com Lenobia sobre... – Stevie Rae começou.

– Não! Stevie Rae, prometa que não vai contar a ninguém. Eles já sabem que trago em mim a memória de A-ya com Kalona. Junte a isso as visões de Aphrodite, e eles vão ter um ataque. Vai todo mundo ficar achando que sou capaz de perder a cabeça com ele outra vez, e isso simplesmente não vai acontecer – minha voz saiu cheia de decisão, e me sentia bem decidida mesmo.

Não me importava se estava com enjoo no estômago. Não podia ficar com Kalona. Como dissera a ele, era impossível. Mas eu não precisava me preocupar com Stevie Rae me dedurando. Ela estava concordando com a cabeça e me olhando com olhos cheios de compreensão.

– Você quer descobrir por si mesma, não é?

– É. Parece besteira, não é?

– Não – ela disse com firmeza. – Às vezes, tem coisas que simplesmente não são de mais ninguém. E algumas que parecem totalmente impossíveis acabam bem diferentes do que esperamos.

– Você realmente acha isso?

– Espero que sim – ela respondeu, muito séria. Parecia que Stevie Rae queria dizer algo mais, mas foi interrompida por Aphrodite batendo na porta.

– Dá para vocês andarem logo? Todo mundo já está comendo, e temos um avião para pegar.

– Estamos prontas – Stevie Rae gritou e me jogou a mochila. – Acho que você devia seguir sua intuição, como Nyx sempre disse. Sei que já errou antes. E eu também. Mas nós duas optamos por ficar estritamente do lado de nossa Deusa, e no fim é isso que conta.

Assenti, subitamente sentindo dificuldade de falar.

Stevie Rae me abraçou.

– Você vai fazer a coisa certa. Eu sei que vai.

Dei uma risada, que mais pareceu choro, e disse: – É, mas depois de fazer quantas besteiras?

Ela sorriu para mim.

– A vida é assim mesmo. E estou começando a achar que a vida não seria tão emocionante se fosse perfeita.

– Bem que um pouquinho de tédio cairia bem agora – retruquei.

Nós estávamos dando risada quando chegamos ao corredor e encontramos Aphrodite irritada. Reparei que sua "mochila" era uma maleta de viagem Betsey Johnson tão estufada que quase estourava as costuras.

– Isso não vale – eu disse, apontando para sua bolsa.

– Vale sim. Só dei uma improvisadinha.

– Linda bolsa – Stevie Rae disse. – Eu bem que adoraria ter uma Betsey Johnson.

– Você é *country* demais para usar Betsey – Aphrodite respondeu.

– Não sou, não – Stevie Rae rebateu.

– É, sim – Aphrodite reafirmou. – Primeira demonstração de caipirice: esse jeans tenebroso. Roper? Fala sério! Vou te dizer uma coisinha: atualize-se.

– Ah, não. Você não vai ficar falando mal da minha calça Roper...

Deixei as duas baterem boca enquanto as acompanhava até o refeitório. Na verdade, quase nem ouvi. Minha mente estava a quilômetros de distância, naquele teto do castelo do meu sonho.

O refeitório estava cheio, mas, por mais bizarro que pareça, quieto demais quando Aphrodite, Stevie Rae e eu nos juntamos às gêmeas, Jack e Damien, que já estavam devorando ovos e bacon. Como já esperava, atraí um monte de olhares com desejos assassinos, principalmente das mesas onde as garotas estavam sentadas.

– Ignore-as. São umas coitadas – Aphrodite me disse.

– É muito bizarro ver que Kalona ainda está ferrando com a cabeça dessas garotas – Stevie Rae disse enquanto fazíamos nossos pratos e dávamos olhadinhas rápidas para trás. Tudo ali estava triste e praticamente em silêncio.

– A escolha também é delas – eu disse sem pensar.

– Como assim? – Stevie Rae perguntou.

Faminta, engoli umas garfadas de ovos e respondi: – Quero dizer que esse pessoal... – fiz uma pausa e indiquei o resto do salão com o garfo para enfatizar – ... que está olhando feio para nós e nos maltratando desse jeito insano... esse pessoal está escolhendo que seja assim. É, foi Kalona quem começou com isso, mas cada pessoa está escolhendo seu próprio caminho.

Stevie Rae falou de um jeito tranquilo e compreensivo, mas insistente mesmo assim.

– Isso pode ser verdade, Z., mas você precisa se lembrar de que isso aconteceu por causa de Kalona. Aliás, dele e de Neferet.

– A *verdade* é que Kalona não presta, e Zoey tem que resolver a situação com ele de uma vez por todas – Aphrodite interveio.

Meus ovos de repente pareceram menos saborosos.

Estávamos todos apinhados ao redor da mesa do refeitório, comendo e tentando fingir que não estavam todos nos fuzilando com os olhos, quando Stark se juntou a nós. Ele parecia cansado e, quando seus olhos se encontraram com os meus, percebi a tristeza neles. Vi a mesma tristeza nos olhos de Kalona quando falou de Nyx. *Stark acha que fracassou em seu dever de me proteger.*

Sorri para ele, cheia de vontade de tirar aquela preocupação do seu rosto.

– Oi – disse baixinho.

– Oi – ele respondeu.

Então nós percebemos que nossa mesa, bem como o refeitório inteiro, nos observava e prestava atenção no que dizíamos. Stark limpou a garganta, puxou uma cadeira e falou em voz baixa: – Darius e Lenobia já estão no aeroporto. Vou levar vocês no Hummer – ele olhou ao redor e vi que parte da tensão em seu rosto se desfez. – Então você mandou Heath para casa, imagino?

– Ele foi pegar o passaporte – Stevie Rae anunciou.

Claro que isso causou uma minicomoção em nossa mesa. Suspirei e esperei os ânimos se acalmarem. Quando todos finalmente se calaram, falei: – Sim, Heath vai com a gente. Ponto final.

Aphrodite arqueou uma das sobrancelhas.

– Bem, acho que faz sentido levar um estoque de sangue ambulante para você. Até o Senhor Arqueiro mal-encarado ali parece concordar com isso.

– Eu disse "ponto final" porque não vou discutir o assunto. E não chame Heath de estoque de sangue ambulante.

– É muita falta de educação mesmo – Stevie Rae concordou.

– Tô me lixando – Aphrodite disse, nitidamente sem parar para pensar, e as gêmeas começaram a rir automaticamente.

– Stevie Rae não vai com a gente – eu disse enquanto as gêmeas gargalhavam. – Sendo assim, quando fizermos o círculo Aphrodite vai representar o espírito.

As gêmeas se calaram. Todos olharam para Stevie Rae.

– Pode ser que eles não tenham salvação – Damien disse solenemente.

– Eu sei, mas vou tentar mais uma vez.

– Ei! – Aphrodite chamou Stevie Rae. – Dá para você fazer o favor de *não* morrer assassinada? De novo. Tenho certeza de que seria um desconforto terrível para mim.

– Ninguém vai me matar – Stevie Rae respondeu.

– Prometa que você não vai voltar lá sozinha – Jack pediu.

– Você tem que prometer – Stark quase deu uma ordem.

Eu não disse nada. Já não tinha mais tanta certeza de saber qual era a maneira certa de fazer as coisas. Felizmente meu silêncio não foi percebido, porque naquele exato momento os novatos vermelhos entraram no refeitório e todos que estavam olhando para nós se voltaram para eles, com caras de bobos, e começaram a cochichar entre si.

– É melhor dar uma olhada para ver se eles estão bem – Stevie Rae disse. Ela se levantou e sorriu para nós. – Vocês andem logo e façam tudo direitinho para poderem voltar logo para casa – ela me abraçou e sussurrou: – Você vai fazer a coisa certa.

– Você também vai – sussurrei em resposta.

Então ela se afastou, e fiquei olhando enquanto cuidava dos novatos vermelhos (que tinham acenado para nós ao entrar no refeitório). Stevie Rae agia com tanta naturalidade ao conversar com seu pessoal – falando com eles como se não fosse aquela a primeira vez, desde que haviam morrido, em que eles entravam no refeitório – que seu grupo começou a relaxar no mesmo instante, ignorando os olhares e sussurros.

– Ela é uma boa líder – eu disse, pensando alto.

– Espero que ela não se meta em nenhuma encrenca – Aphrodite disse. Eu tirei os olhos de Stevie Rae e me voltei para Aphrodite, que continuou: – Algumas pessoas, especialmente mortos-vivos do mal, não aceitam liderança nenhuma.

– Ela vai fazer a coisa certa – repeti as palavras de Stevie Rae.

– É, mas e eles, também vão fazer a coisa certa? – Aphrodite perguntou.

Eu não tinha resposta para aquilo, portanto voltei a comer meus ovos.

– Vocês já estão terminando o café? – Stark finalmente perguntou.

– Eu estou pronta – respondi.

Os demais concordaram, então pegamos nossas mochilas e fomos até a porta. Stark e eu saímos por último.

– Oi, Zoey.

A voz de Erik me fez parar. Stark ficou comigo, olhando com animosidade para meu ex-namorado.

— Oi, Erik — falei cuidadosamente.

— Boa sorte — ele disse.

— Obrigada — foi uma surpresa agradável ouvir seu tom neutro e ver que Vênus não estava pendurada nele. — Você vai voltar a dar aula de Teatro na escola?

— Vou, mas só até arrumarem outro professor. Por isso, se não estiver aqui quando você voltar, só quero que saiba que, hummm... — ele olhou de Stark para mim, e então terminou dizendo — ... que desejo boa sorte.

— Ah, tá. Bem, obrigada outra vez.

Ele assentiu e foi saindo às pressas do refeitório, provavelmente se dirigindo à sala de jantar dos professores.

— Ahn. Meio esquisito, mas legal da parte dele — eu disse.

— Ele faz cena demais — Stark respondeu, segurando a porta aberta para mim.

— É, eu percebi, mas mesmo assim fico feliz de ouvi-lo dizer algo gentil antes de partirmos. Odeio climão de ex-namorado.

— Mais uma razão para eu ficar feliz por tecnicamente não ser seu namorado — Stark disse.

O resto do grupo estava bem na nossa frente, de modo que tivemos uns momentos de privacidade. Eu estava tentando entender se Stark soara mesmo quase revoltado ao se definir como "não namorado" quando de repente ele perguntou: — Correu tudo bem ontem à noite? Você me acordou uma vez.

— Tudo bem.

Ele hesitou e voltou a falar: — Você não mordeu Heath outra vez.

Não foi uma pergunta, mas respondi mesmo assim, apesar de minha voz soar mais incisiva do que pretendia: — Não. Eu estava me sentindo bem, então não foi preciso.

— Mas, se você fizer isso, vou entender.

— Dá para não conversarmos sobre isso agora?

— Tá, tudo bem — caminhamos mais um pouco e estávamos quase no estacionamento quando ele diminuiu o passo para ficarmos mais um pouquinho a sós. — Você tá bolada comigo?

– Por que estaria?

Ele levantou os ombros.

– Bem, primeiro por causa das visões de Aphrodite. Ela viu que você estava em perigo. Perigo sério. Mas, ou ela me vê não fazendo nada, ou então simplesmente não me vê. E agora, com Heath indo com a gente para a Itália... – as palavras foram sumindo, e seu rosto transmitiu sua frustração.

– Stark, as visões de Aphrodite podem ser mudadas. Já fizemos isso várias vezes. Uma vez comigo mesma, inclusive. Vamos mudar aquela em que me afogo também. Na verdade, provavelmente será *você* quem vai mudar a visão. Você não vai deixar nada de ruim me acontecer.

– Mesmo eu não podendo sair debaixo de sol?

De repente, entendi uma das razões pelas quais aquele assunto o estava incomodando tanto. Ele achava que não poderia me ajudar quando eu precisasse dele.

– Você vai dar um jeito de me proteger, mesmo que não possa estar comigo em pessoa.

– Você acredita mesmo nisso?

– Acredito, de coração – eu disse sinceramente. – Eu jamais iria querer outro vampiro para ser meu guerreiro. Confio em você. Sempre.

Stark pareceu tirar uma tonelada das costas.

– Que bom ouvir isso de você.

Parei e o encarei.

– Eu teria dito isso antes, mas achei que já soubesse.

– Acho que sabia. Aqui no fundo – Stark tocou o peito na altura do coração. – Mas meus ouvidos precisavam escutar.

Enrosquei-me em seus braços e afundei meu rosto em seu pescoço.

– Eu confio em você. Sempre – repeti.

– Obrigado, minha dama – ele sussurrou e me envolveu com seus braços fortes.

Recuei um pouquinho e sorri para ele. De repente, Kalona pareceu muito distante, enquanto Stark era tudo para mim no aqui e agora. – Vamos dar um jeito nisso tudo e estaremos sempre juntos, como um guerreiro e sua dama.

– É o que quero – ele disse firmemente. – E que se dane o resto.
– Isso. Que se dane tudo e todo mundo – recusei-me a pensar em Kalona. Ele era um "talvez". Um grande, pavoroso e confuso "talvez". Stark era uma certeza. Segurei sua mão e, puxando-o comigo... sempre comigo... em direção ao Hummer, eu disse: – Vamos, guerreiro, vamos viajar para a Itália.

32

Zoey

– Em Veneza, há uma diferença de horário sete horas à frente daqui. – Lenobia explicou. Ela nos encontrou em frente ao ponto de checagem VIP. – Quando vocês aterrissarem, será o final da tarde por lá. Tentem dormir o máximo possível no avião. O Conselho Supremo vai se reunir assim que anoitecer, e vocês deverão estar lá, bem alertas.

– Como Stark vai aguentar o sol? – perguntei.

– Informei o Conselho Supremo quanto às necessidades de Stark, e me afirmaram que ele será protegido do sol. Você deve imaginar que eles estão bem ansiosos para conhecê-lo e extremamente curiosos sobre esse novo tipo de vampiro.

– Curiosos tipo querendo me estudar como se eu fosse um rato de laboratório? – Stark perguntou.

– Nós não deixaremos que isso aconteça – Darius interveio.

– Eu acho que você devia ter em mente que o Conselho Supremo é composto por sete das mais sábias e mais antigas Grandes Sacerdotisas vivas. Elas não se comportam de modo desumano e tampouco são impulsivas – Lenobia falou em tom de explicação.

– Então elas são todas tipo Shekinah? – Jack perguntou.

– Shekinah era a Sacerdotisa Suprema, portanto era única, mas todo membro do Conselho é eleito pelo corpo de vampiros. Eles ocupam a posição de membro durante cinquenta anos e então há uma nova eleição. Nenhum membro pode ocupar cargo nenhum consecutivamente. Os membros do Conselho vêm de toda parte do mundo e são famosos por sua sabedoria.

– O que significa que eles serão espertos o suficiente para não se deixar enganar por Kalona e Neferet – eu disse.

– Não é com esperteza que devemos nos preparar – Aphrodite alertou. – É uma questão de escolha. Tem um monte de vampiros *espertos* na nossa Morada da Noite que se deixaram atropelar por Kalona e Neferet.

– Aphrodite levantou uma questão pertinente – Damien se pronunciou.

– Então precisamos estar preparados para qualquer coisa – Darius lembrou.

– Exatamente o que penso – Stark concordou.

Lenobia assentiu solenemente: – Lembrem-se de que o resultado dessa empreitada pode mudar o mundo.

– Ai, que merda. Não nos pressione – Aphrodite disse.

Lenobia lançou-lhe um olhar incisivo, mas não disse nada. Surpreendendo-me, olhou para Jack: – Acho que você devia ficar aqui.

– Ih, sem chance! Eu vou aonde Damien for – Jack respondeu.

– Onde Damien está indo é perigoso – Lenobia observou.

– Aí é que vou mesmo.

– Acho que ele devia ir, sim – intervim. – Ele faz parte desta história. Além do mais – continuei, seguindo minha intuição e sentindo uma certeza por dentro, como se estivesse dando voz a algo que Nyx queria que todos ouvissem –, Jack tem uma afinidade.

– O quê? Eu tenho?

Sorri para ele.

– Acho que tem. Sua afinidade é com a magia da tecnologia do mundo moderno.

Damien sorriu.

– É verdade! Jack entende de qualquer coisa relacionada a audiovisual ou computadores. Eu achava que ele era um gênio da tecnologia, mas na verdade é uma deusa-gênio da tecnologia elevada ao quadrado.

– *Aimeudeus*! É mole ou quer mais? – Jack exclamou.

– Então você tem razão, Zoey. Jack deve ir com você. Nyx não lhe deu um dom à toa, e esse dom pode ser de grande valia agora.

– É, e também... – eu ia contar sobre nosso viajante extra quando Heath chegou correndo com uma mochila pendurada no ombro.

– Seu consorte também vai? – Lenobia terminou o que eu ia dizer no meu lugar, olhando para Heath com uma sobrancelha arqueada.

– Com toda certeza! – Heath disse, já colocando o braço no meu ombro. – Nunca se sabe quando Zo pode precisar me morder.

– Tá bem, Heath, todo mundo sabe disso – eu podia sentir as bochechas esquentando e evitei olhar para Stark.

– Na qualidade de consorte da Grande Sacerdotisa, você será admitido no Conselho – Lenobia disse a Heath. – Mas não vai poder falar.

– As regras de comportamento no Conselho são muitas, não é? – Damien perguntou.

Meu enjoo no estômago piorou: – Regras?

– Sim, são muitas – Lenobia voltou a falar. – É um antigo sistema projetado para evitar o caos e, ao mesmo tempo, dar voz aos ouvintes. Você deve seguir as regras, senão será convidada a se retirar.

– Mas não conheço as regras!

– Por isso minha amiga Erce, Mestre de Equitação da Ilha de São Clemente, encontrará vocês no aeroporto. Ela os levará aos seus quartos na ilha e lhes explicará a etiqueta básica do Conselho.

– Eu não posso falar nada?

– Você é retardado? – Aphrodite perguntou a Heath. – Foi o que Lenobia acabou de dizer.

– Tenho minhas dúvidas se eles sequer permitirão a *sua* entrada no Conselho – Lenobia disse a Aphrodite.

– O quê? Mas eu sou... – as palavras lhe faltaram. A verdade era que, tecnicamente, Aphrodite era humana. Uma humana estranha, mas mesmo assim...

– Erce está fazendo uma requisição para que seja permitida sua presença – Lenobia continuou. – Veremos se aceitam ou não.

– Por que vocês não vão entrando no avião? Preciso falar com Lenobia um instantinho.

– Vocês embarcam no portão vinte e seis – Lenobia disse. – Abençoados sejam, e que Nyx esteja com vocês.

– Abençoada seja! – todos disseram e foram para a fila de segurança que dava voltas.

– Como estão os novatos feridos? – perguntei.

– Bem melhores. Obrigada pelo que você fez por eles.

Dispensei os agradecimentos com um displicente gesto de mão.

– Estou feliz por eles estarem melhores. E Dragon?

– Está em luto profundo.

– Sinto muito.

– Derrote Kalona. Detenha Neferet. Isso vai ajudar Dragon.

Ignorei o pânico que começava a brotar em mim e mudei de assunto.

– O que você vai fazer em relação aos novatos vermelhos?

– Pensei nisso, e acredito que devemos honrar a vontade de sua Grande Sacerdotisa. Vou falar com Stevie Rae quando voltar à escola, e veremos então o que ela acha melhor para o seu pessoal.

Era esquisito ouvir Lenobia chamar Stevie Rae de Grande Sacerdotisa, mas era uma esquisitice boa.

– Você precisa saber que há mais novatos vermelhos além daqueles que estão com Stevie Rae.

Lenobia assentiu.

– Darius já me informou.

– O que você vai fazer com *eles*?

– Assim como os outros novatos vermelhos, esses também são decisão de Stevie Rae. É uma situação difícil. Nós nem sabemos exatamente no que eles se transformaram ou deixaram de se transformar – Lenobia pôs a mão no meu ombro. – Zoey, você não pode se deixar distrair pelo que possa estar acontecendo aqui. Concentre-se em Kalona, em Neferet e no Conselho Supremo. Confie que vou ficar aqui tomando conta de nossa Morada da Noite.

Suspirei.

— Tá, pode deixar. Pelo menos vou tentar.

Ela sorriu.

— Informei o Conselho Supremo que a consideramos nossa Grande Sacerdotisa.

Fiquei tão chocada que senti um arrepio.

— Sério mesmo?

— Sério mesmo. Você é, Zoey, porque merece. E você tem uma conexão com Nyx de um tipo que nenhum novato ou vampiro teve. Continue seguindo a Deusa e nos faça sentir orgulho.

— Eu vou fazer tudo que puder.

— E isso é tudo que lhe pedimos. Abençoada seja, Zoey Redbird.

— Abençoada seja — respondi. E então acompanhei minha gangue até o portão vinte e seis, tentando não pensar muito no fato de que a Grande Sacerdotisa de Nyx não tinha nada que ficar sonhando com o ex-guerreiro da Deusa.

— Vó, oi! Como a senhora está se sentindo?

— Ah, Zoey Passarinha! Hoje estou melhor. Acho que ganhei força com o fim da tempestade. O gelo é lindo, mas só em pequenas doses — minha avó disse.

— Ei, não pense que isso quer dizer que a senhora precisa voltar correndo para a fazenda de lavandas. Por favor, prometa que vai deixar a irmã Mary Angela tomar conta da senhora por enquanto.

— Ah, não precisa se preocupar, *u-we-tsi-a-ge-hu-tsa*. Descobri que gosto muito da companhia da irmã. Você vem me ver esta noite? Como vão as coisas na escola?

— Bem, vó, é por isso que estou ligando. Estou me preparando para pegar o jatinho da escola e voar para Veneza. Kalona e Neferet estão lá, e parece que estão querendo infiltrar o terror no Conselho Supremo.

— Isso é péssimo, *u-we-tsi-a-ge-hu-tsa*. Você não vai enfrentar essa batalha sozinha, vai?

– Nem pensar, vó. A gangue toda vai comigo, mais Heath.

– Ótimo. Não tenha medo de usar a conexão que ele tem com você; é a ordem natural das coisas.

Senti lágrimas ardendo no fundo da garganta. O amor constante de minha avó era toda a minha estrutura, apesar de minha vida ter virado uma coisa bizarra, cheia de vampiros, monstros e tudo mais.

– Eu te amo, vó – disse com a voz embargada.

– E eu te amo, *u-we-tsi-a-ge-hu-tsa*. Não se preocupe com esta velha. Concentre-se na missão que tem pela frente. Estarei aqui esperando por sua volta depois de vencer a batalha.

– A senhora parece muito certa de que vou vencer.

– Tenho certeza de que vai vencer, sim, *u-we-tsi-a-ge-hu-tsa*, e tenho certeza de que sua Deusa está vendo tudo de perto.

– Vó, eu tive um sonho muito estranho com Kalona – abaixei a voz, apesar de ter caminhado para longe do pessoal, que estava no portão esperando a hora de embarcar no nosso avião. – Eu vi que Kalona nem sempre foi mau. Ele já foi guerreiro de Nyx.

Vovó fez silêncio por um longo momento. E, enfim, ela voltou a falar: – Isso me parece mais uma visão do que um sonho.

Senti que o que ela estava dizendo tinha sentido.

– Uma visão! Então é verdade?

– Não necessariamente, apesar de conferir mais importância ao que você viu do que se fosse apenas um sonho. Ele parecia real?

Mordi o lábio e reconheci: – Sim, parecia que era de verdade.

– Lembre-se de equilibrar suas emoções com bom-senso. Escute seu coração, sua mente e sua alma.

– Estou tentando.

– Pese suas emoções com lógica e razão. Você não é A-ya. Você é Zoey Redbird e tem livre-arbítrio. Se ficar difícil demais, conte com seus amigos, especialmente Heath e Stark. Eles estão conectados a *você*, Zoey, e não ao fantasma de uma antiga boneca Cherokee.

– Tem razão, vó. Vou me lembrar. Eu sou eu, e isso não vai mudar.

– Zo! Hora de embarcar! – Heath gritou.

– Tenho que ir, vó. Eu te amo!
– Meu amor vai te acompanhar, *u-we-tsi-a-ge-hu-tsa*.

Entrei no avião sentindo-me renovada pelo amor de minha avó. Ela tinha razão. Eu precisava equilibrar o que sabia sobre Kalona e o que *achava* que sabia sobre ele.

Minha atitude positiva foi reforçada pelo avião ultralegal no qual estávamos embarcando. Era tudo tipo primeira classe, com enormes assentos de couro totalmente reclináveis e coberturas de janela supergrossas que imediatamente saí abaixando.

– O sol ainda não saiu, pateta – Aphrodite me disse.
– Só estou cuidando logo disso para o caso de você *esquecer* – abri aspas no ar com os dedos – de fechar depois.
– Não vou torrar o seu guerreiro – ela respondeu. – Isso iria sobrecarregar o *meu guerreiro*.
– Jamais estarei ocupado demais para você – Darius disse, sentando-se ao seu lado e levantando o braço que os separava para ficarem bem agarradinhos.
– Urgh! – Erin reagiu.
– Vamos para a parte de trás do avião, senão vamos acabar vomitando por causa de Aphrodite – Shaunee ecoou.
– Tem serviço de bebidas neste avião? – Damien perguntou.
– Espero que sim. Bem que queria um refrigerante de cola – eu disse, adorando sentir que todo mundo soava tão normal quanto eu subitamente me sentia.
– Lenobia disse que estaríamos sozinhos neste voo, mas aposto que se você procurar depois que tivermos decolado vai acabar encontrando algo para beber – Darius disse.
– Eu sei onde guardam os refrigerantes – Stark disse. – Foi neste avião que vim de Chicago. Assim que o avião decolar, eu pego para você – então ele fez um gesto mostrando o assento vazio ao seu lado. – Senta do meu lado?

– Ei, Zo! – Heath chamou da parte de trás do avião. – Guardei lugar para você aqui.

Suspirei.

– Sabe de uma coisa, acho que vou me sentar por aqui mesmo, sozinha, e tentar dormir. Esse negócio de fuso horário é de matar – respondi, escolhendo um lugar no meio do caminho entre Heath e Stark.

– Vou tomar um Xanax. Eu sei voar – Aphrodite disse. – Estarei novinha em folha para ir às lojas assim que pisarmos em *Venetia*.

– Lojas? – Shaunee se animou.

– Compras? – Erin completou.

– Talvez fosse uma boa fazer as pazes com a Aphrovaca – Shaunee disse.

– Excelente ideia, gêmea – Erin concordou.

Sorri por dentro ao ver que as gêmeas foram se sentar ao lado de Aphrodite, que primeiro as olhou com desprezo, mas logo começou, com elas, a listar animadamente as possibilidades de compras em Veneza.

– Tome – Stark me deu um cobertor e um travesseiro. – Às vezes esfria no avião, principalmente quando a pessoa está tentando dormir.

– Obrigada – agradeci. Quis lhe dizer como gostaria de me aninhar junto a ele, mas que não queria magoar Heath (que agora estava em inflamado debate com Jack sobre o que era melhor, Mac ou PC).

– Ei, tudo bem. Eu entendo – Stark disse, baixando a voz.

– Você é o melhor guerreiro no mundo.

Ele deu aquele seu sorrisinho metido, do qual eu gostava tanto, e me deu um beijo na testa.

– Vá dormir. Vou usar minha intuição para ficar sentindo o que você sente. Se sentir alguma coisa bizarra, eu te acordo.

– Conto com isso.

Aninhei-me com o cobertor e o travesseiro que meu guerreiro me dera e adormeci quase antes de decolarmos.

Se sonhei, não me lembro.

33

Stevie Rae

– Continuo discordando de você – Lenobia disse.

– Mas a decisão é minha, certo? – Stevie Rae perguntou.

– É. Eu só gostaria que você reconsiderasse. Deixe-me ir com você. Ou mesmo Dragon, ele poderia acompanhá-la.

– Dragon ainda está abalado demais pela morte de Anastasia, e você está praticamente respondendo sozinha pela Morada. Do jeito que as coisas estão, não acho que seja boa ideia você sair da escola no momento – Stevie Rae disse. – Escuta, vai dar tudo certo. Eu conheço o pessoal. Eles não vão tentar me machucar e, mesmo que tenham perdido o pouco juízo que ainda possam ter e tentem se meter comigo, não vão conseguir. Eu chamo a terra e espalho o terror. Não se preocupe. Já lidei com eles antes. Desta vez espero que consiga convencê-los a vir para cá comigo. Acho que voltar para a escola vai ser uma grande ajuda para eles.

Lenobia assentiu.

– É lógico. Retornar ao lugar onde se sentiram normais pela última vez pode ajudar a trazer de volta para eles essa sensação de normalidade.

– Foi o que pensei – Stevie Rae fez uma pausa e então acrescentou com uma voz suave e triste: – Às vezes, também sinto dentro de mim um conflito entre duas vozes diferentes. Parece que a escuridão está tão perto que quase dá para tocá-la. E vejo isso no meu grupo, naqueles que também retomaram sua humanidade. Para eles também nem sempre é fácil.

– Talvez vocês tenham sempre que fazer uma escolha. Talvez a linha entre o bem e o mal seja menos clara para você e seus novatos vermelhos.

– Mas isso faz de nós seres do mal? Ou sem valor?

– Não, claro que não.

– Então você pode entender por que eu tenho que voltar para a estação e falar com aquele pessoal outra vez. Não posso lhes dar as costas. Zoey não deu as costas a Stark, apesar de ele ter me flechado, o que foi péssimo da parte dele, aliás, mas no final deu tudo certo.

– Você será uma ótima Grande Sacerdotisa, Stevie Rae.

Stevie Rae ficou com as bochechas quentes.

– Eu não sou uma Grande Sacerdotisa de verdade. Sou a única coisa que eles têm.

– Você é Grande Sacerdotisa de verdade, sim. Acredite nisso. Acredite em si mesma – Lenobia sorriu para Stevie Rae. – Então, quando você volta à estação abandonada?

– Acho que vou dar uma olhada nos novatos vermelhos daqui para ver se estão bem. Sabe, ver se está tudo certo com os quartos e pegar umas roupas para eles e tal. Além disso, eles têm que ser colocados de volta nas suas classes, o que é um saco, porque as aulas mudam de semestre para semestre. Mas quero dar um pulo lá ainda esta noite.

– Esta noite? Tem certeza de que não quer esperar até amanhã? Não é melhor você se instalar direito aqui primeiro?

– Bem, a verdade é que não sei bem se vamos conseguir nos instalar aqui.

– É claro que vão. A Morada da Noite é seu lar.

– *Era* nosso lar. Agora a gente se sente melhor descansando debaixo da terra durante o dia – Stevie Rae deu seu típico sorriso nervoso. – Isso me faz soar como se eu devesse estar em um daqueles filmes de crimes violentos, não faz?

– Não, na verdade faz sentido. Você morreu. Quando isso acontece com qualquer um de nós, nossos corpos retornam à terra. Apesar de ressuscitados, vocês têm uma conexão com a terra que nós não temos – Lenobia hesitou. – Há um porão debaixo do edifício principal da Morada da Noite – ela disse. – É usado para estocagem e não é exatamente habitável, mas com um pouco de trabalho...

– Talvez – Stevie Rae disse. – Vamos ver primeiro o que acontece com o pessoal na estação de trem. Nós realmente gostamos de lá e arrumamos tudo bem direitinho.

– E por que não podemos levar e buscar seu pessoal de ônibus? Os humanos fazem isso todo dia.

Stevie Rae sorriu.

– A limusine amarelona!

Lenobia riu.

– Seja como for, vamos dar um jeito de fazer as coisas funcionarem bem para o seu pessoal. Vocês são parte de nós, e este é o seu lar.

– Lar... Soa tão bem... Bom, então é melhor eu começar a agir se quiser voltar à estação antes de começar a clarear.

– É importante que você dê a si mesma bastante tempo. Não quero que fique presa lá, e a previsão do tempo é de sol e céu claro em Oklahoma. Travis Meyers disse até que a temperatura vai subir o suficiente para derreter parte do gelo.

– Trav é meu meteorologista favorito. Mas não se preocupe, volto antes de clarear.

– Excelente, assim você terá tempo de me dizer como foram as coisas.

– Eu venho direto para cá – Stevie Rae começou a se levantar e então mudou de ideia. Ela tinha que perguntar uma coisa. Lenobia não acharia a pergunta tão esquisita assim, e o fato é que ela *tinha que perguntar*. – Hummm, então os *Raven Mockers* eram do mal mesmo, né?

A expressão serena no rosto de Lenobia foi tomada pela repulsa.

– Eu oro a Nyx para que eles tenham sido banidos deste mundo quando seu pai foi enxotado de Tulsa.

– Você já tinha ouvido falar neles antes? Tipo, você sabia da existência deles antes de eles surgirem do chão?

Lenobia balançou a cabeça.

– Não. Nunca tinha ouvido falar nem deles, nem da lenda dos Cherokees. Mas tem uma coisa em relação a eles que reconheci com muita facilidade.

– É mesmo? E o que foi?

– O mal. Já enfrentei o mal antes, e os *Raven Mockers* eram simplesmente mais uma das várias faces sinistras do mal.

– Você acha que eles eram totalmente do mal? Tipo, eram humanos em parte.

– Humanos em parte, não. Imortais em parte.

– É, foi o que quis dizer.

– E o imortal do qual eles são parte é completamente maligno.

– Mas, e se Kalona não tiver sido sempre do jeito que é agora? Ele veio de alguma parte. Talvez fosse do bem por lá e, se for isso mesmo, então talvez haja alguma parte do bem em um *Raven Mocker*.

Lenobia ficou olhando para Stevie Rae em silêncio antes de responder. Então, falou baixinho, mas com convicção.

– Sacerdotisa, não permita que a compaixão que você sente pelos novatos vermelhos deturpe sua percepção do mal. O mal existe em nosso mundo. E também existe no Mundo do Além. Ele é tão tangível lá quanto aqui. Há uma grande diferença entre um filho bastardo e uma criatura concebida depois de um estupro e cujo pai é uma manifestação do mal.

– Foi basicamente isso que a irmã Mary Angela também disse.

– A freira é uma mulher sábia – Lenobia fez uma pausa e então continuou: – Stevie Rae, você sentiu algo que eu deveria saber também?

– Ah, não! – ela disse afobadamente. – Eu só estava pensando, só isso. Sabe, pensando no bem e no mal, e nas escolhas que a gente faz. Então pensei que talvez alguns dos *Raven Mockers* também pudessem ter livre-arbítrio para escolher.

– Se eles podiam escolher, então já escolheram o caminho do mal muito tempo atrás – Lenobia respondeu.

– É, tenho certeza de que você está certa. Bem, é melhor me apressar. Eu volto para falar com você antes de amanhecer.

– Estarei esperando ansiosamente. Que Nyx lhe acompanhe, Sacerdotisa. E abençoada seja.

– Abençoada seja – Stevie Rae saiu apressada da estrebaria, como se a distância das palavras que ela dissera pudessem afastá-la do sentimento de culpa. O que tinha na cabeça para falar aquelas coisas sobre Rephaim para Lenobia? Ela precisava ficar de boca calada e parar de ficar pensando nele.

Mas como ela poderia se esquecer dele se havia boas chances de revê-lo ao voltar à estação abandonada?

Ela não devia tê-lo mandado para lá. Devia ter arrumado outra solução. Ou então tê-lo dedurado!

Não. Não. Agora era tarde demais para ficar pensando nessas coisas. Agora tudo que Stevie Rae podia fazer era minimizar o estrago. Primeiro, contatar os novatos vermelhos. Depois, lidar com o problema Rephaim. De novo.

É claro que ele talvez nem fosse um problema. Os novatos podiam não tê-lo encontrado. Ele não tinha cheiro de comida e não estava em condições de atacá-los. Devia estar escondido no túnel mais fundo e escuro de todos, lambendo as feridas. Ou então podia estar morto. Sabe lá o que aconteceria com um *Raven Mocker* se uma infecção daquelas tomasse conta.

Stevie Rae suspirou e pegou o celular que estava no bolso de seu agasalho com capuz. Torcendo para que o sinal estivesse de volta nos túneis, enviou uma mensagem de texto para Nicole:

Preciso te ver hoje.

Nem precisou esperar muito pela resposta.

Ocupada. Só volto de manhã.

Ela olhou para o celular franzindo o cenho e respondeu:

Volte antes.

Ela já estava andando de um lado para outro quando recebeu a resposta de Nicole.

Tô lá às 6.

Stevie Rae sentiu vontade de ranger os dentes. Seis da manhã era só uma hora e meia antes de o dia clarear. Caraca! Nicole conseguia mesmo tirá-la do sério. Ela sempre fora o maior problema lá embaixo. O resto do pessoal apenas ia atrás. Eles não eram exatamente legais, mas não eram como ela. Stevie Rae se lembrava de Nicole na escola, antes de morrer. Ela sempre fora do mal e não mudara em nada. Na verdade, piorou. Ou seja, o que Stevie Rae precisava fazer era pegar Nicole. Se ela rejeitasse a escuridão, o resto do pessoal provavelmente faria o mesmo.

OK.

Stevie Rae mandou a mensagem. Depois acrescentou:

Algo estranho rolando?

Ela respirou fundo e prendeu o ar esperando o telefone soar. Nicole ia dizer que tinha encontrado um *Raven Mocker*. Ela provavelmente ia achar Rephaim legal. Ou talvez ela o tenha simplesmente matado logo de cara, sem pensar duas vezes. De um jeito ou de outro, ela ia contar a Stevie Rae, sentindo-se a toda-poderosa e dona da situação.

Só procurando comida. Viva. Vamos nessa?

Stevie Rae sabia que não adiantava nada dizer de novo a Nicole que eles não deviam ficar comendo gente. Não, nem mesmo gente sem-teto ou maus motoristas (que eles gostavam de seguir e agarrar quando saíam de seus carros). Ela simplesmente respondeu:

Não. Te vejo às 6.
Hahahahahaha

Stevie Rae enfiou o celular de volta no bolso. A noite ia ser longa, especialmente aquela hora e meia entre as seis e o amanhecer.

Rephaim

– Então o plano é esse, passarinho. Topa? – sem avisar e sem ser convidada, Nicole, a líder dos novatos vermelhos, tinha entrado no quarto de Stevie Rae, que Rephaim tomara para si e dado um chute na cama para acordá-lo. Então começou a falar sobre seu plano de armar uma emboscada para Stevie Rae no teto do edifício.

– Mesmo que conseguisse agarrar a Vermelha perto do amanhecer no teto do prédio, como você pretende mantê-la por lá?

– A primeira parte é simples, porque não é um prédio qualquer. É este prédio aqui. Tem duas torres redondas lá em cima, bem bonitinhas e certinhas, com aquela merda de decoração que fizeram na época em que este lugar era alguma coisa. Elas se abrem para o céu, pois são o *teto*. A gente achou uma grade grande com uma espécie de tela de metal que dá para acorrentar em cima do topo de uma das torres. Não tem como ela sair. Ela é forte, mas não vai conseguir quebrar o metal. Além disso, lá ela não está ao alcance da terra. Ela vai ficar presa e, quando o sol nascer, vai fritar que nem hambúrguer.

– E por que ela estaria no teto, mesmo que seja no teto deste edifício?

– Mais simples ainda. Ela vai estar lá porque você vai levá-la até lá.

Rephaim só voltou a falar depois de conseguir controlar seu choque e escolher as palavras cuidadosamente.

– Você acha que posso fazer a Vermelha subir ao teto do edifício perto do amanhecer? Por que eu seria capaz de fazer isso? Não sou forte o bastante para dominá-la e carregá-la – ele disse, soando mais entediado do que curioso.

– Não vai ser preciso nada disso. Ela te salvou. E ela teve que fazer isso escondida de todo mundo. Para mim isso significa que você representa algo para ela. Talvez represente muita coisa – Nicole deu um riso debochado. – Stevie Rae é patética. Sempre achando que pode salvar o mundo, esse tipo de merda. Por isso ela é otária a ponto de voltar aqui perto do amanhecer. Ela acha que pode nos salvar. Bem, acontece que não queremos salvação nenhuma! – Nicole começou a rir e, à medida que a risada virou uma gargalhada insana, Rephaim viu a sombra escura como piche de Neferet se insinuar em seus olhos e tingir seu rosto de tal modo que ela pareceu à beira da histeria.

– Por que ela iria querer salvar vocês?

A pergunta de Rephaim encerrou a gargalhada de Nicole como se ele tivesse lhe dado uma bofetada.

– Qual é? Você não acha que a gente merece ser salvo? – rápida como um pensamento de inveja, ela foi até a cama e agarrou o pulso do braço bom de Rephaim. – Que tal eu saber o que você está pensando?

Ela ficou olhando para ele enquanto seu braço irradiava o calor de sua invasão mediúnica e, à medida que o calor se espalhava por seu corpo e sua alma, Rephaim se concentrou em uma coisa: sua raiva.

Nicole soltou o pulso e recuou.

– Uau – ela soltou uma risadinha desconfortável. – Você está bolado de verdade. O que que tá pegando?

– A quesssstão é essstar ferido e ssser deixado para trásss para ficar lidando com joguinhosss insssignificantesss.

Nicole voltou para bem perto dele e disse, rangendo os dentes: – Não é nada insignificante! Vamos nos livrar de Stevie Rae para podermos fazer a merda que temos que fazer, como dissemos a Neferet. Então, você vai colaborar? Ou deixamos você fora disso e partimos para o Plano B?

Rephaim não hesitou.

– O que é que você quer que eu faça?

Nicole deu um sorriso que ele achou parecido com o de um lagarto.

– Vamos te mostrar a escadaria que dá para a torre que fica mais longe daquela árvore idiota perto do teto. Não vou correr o risco de que ela dê um jeito de puxar a árvore para perto para fazê-la de cobertura contra o sol. Então você vai para a outra torre e espera. Vai ficar todo encolhido lá, como se a gente tivesse te arrastado para lá depois de te encher de porrada e te deixar quase sem sangue no corpo. Que é exatamente o que vou dizer a Stevie Rae que fizemos, mas vou deixar claro que você ainda está vivo. Quase morto, mas vivo.

– Ela vai lá me salvar – Rephaim disse com uma voz absolutamente desprovida de emoção.

– De novo. É. Contamos com isso. Depois que ela subir até lá, você continua encolhido. A gente joga a grade em cima da torre e prende com corrente. O sol vai nascer. Stevie Rae vai torrar. Aí a gente deixa você ir embora. Viu? É simples.

– Vai dar certo – Rephaim disse.

– Vai, e se liga só nessa. Se você resolver no último minuto que não quer ficar do nosso lado, Kurtis ou Starr atiram no seu rabo emplumado e jogamos você dentro da torre de qualquer jeito. Isso também vai dar certo para nós. Porque você é o Plano A e o Plano B, tá ligado? Só que em um você tá mais morto do que no outro.

– Como eu já te disse, meu pai me mandou levar a Vermelha para ele.

– É, mas não tô vendo seu papai por perto.

– Não sei por que você está fazendo este jogo comigo. Você já admitiu que sabe que meu pai não me abandonou. Ele vai voltar para resgatar seu filho favorito. Quando ele voltar, terei a Vermelha para lhe entregar.

– E você não se importa se ela estiver carbonizada?

– O estado de seu corpo não me interessa, contanto que esteja comigo.

– Bem, você pode ficar com ele à vontade. Não quero comer Stevie Rae, por isso não quero seu corpo – ela inclinou a cabeça para o lado e olhou para ele, analisando-o. – Vi o que se passa dentro dessa sua cabeça de passarinho e sei que você tá puto, mas também pesquei que está com uma culpa do caramba. Culpa do quê?

– Eu devia estar ao lado do meu pai. Qualquer coisa que não seja isso é inaceitável para mim.

Ela soltou uma risada nada engraçada.

– Você é o filhinho do papai, não é? – ela começou a afastar o cobertor que fazia o papel de porta do quarto. Enquanto ia saindo, ainda disse: – Durma um pouco. Você tem umas horinhas antes de ela chegar. E, se precisar de alguma coisa, Kurtis vai estar logo aqui fora com seu revólver. Peça que ele traz pra você. Fique aqui até eu chamar. Entendeu?

– Sssssim.

A novata vermelha saiu e Rephaim se acomodou de novo no ninho que fizera na cama de Stevie Rae. A última coisa em que pensou antes de embarcar em seu sono regenerador foi que teria sido melhor se a Vermelha o tivesse deixado morrer debaixo daquela árvore.

34

Zoey

Quando aterrissamos no aeroporto de Veneza, eu tinha acabado de acordar. Juro que dormi o tempo todo, e o único sonho que tive foi comigo e o castor gigante daqueles comerciais bizarros de remédios para dormir brincando de Palavras Cruzadas (jogo do qual não gosto). No sonho, eu ganhava dele tipo uns trocentos pares de sapatos de marca (e ele nem tinha pés de verdade). O sonho foi esquisito, mas inofensivo, e eu dormi como uma criança nas férias de verão.

A maioria do resto da minha gangue estava enxugando lágrimas e assoando os narizes.

– O que é que houve com todo mundo, caraca? – perguntei a Stark enquanto o avião manobrava na pista. Em algum momento durante o voo ele havia passado para o assento bem na minha frente.

Ele apontou com o queixo para o pessoal atrás de nós, inclusive Heath, que estava até com os olhos meio inchados.

– Eles acabaram de assistir *Milk*.[9] E choraram feito bebezinhos.

– Ah, o filme é ótimo. E também é supertriste – eu disse.

– É, eu vi quando foi lançado, mas resolvi manter minha compostura masculina e vim ler aqui – ele levantou o livro que tinha no colo, e reparei que se chamava *A Última Temporada,* de um cara chamado Pat Conroy.

– Você gosta mesmo de ler, né?

– É. Gosto mesmo.

---

[9] Trata-se de *Milk – A Voz da Igualdade*, filme de 2008, estrelado por Sean Penn, que conta a história do primeiro homossexual assumido a ser eleito para um cargo público. (N.T.)

– *Última temporada*? Como ele chegou ao tema do livro?

– Você quer mesmo saber?

– Sim, é claro que quero.

– Ele escreveu o livro para mostrar que o sofrimento pode ser uma fonte de força.

– Ahn – falei, de modo nada brilhante e intelectual.

– Ele é meu escritor favorito – Stark disse, meio tímido.

– Tenho que dar uma lida em algo dele.

– Ele não escreve livros de mulherzinha – Stark observou.

– Que estereótipo pavoroso! – eu estava começando meu discurso contra a postura misógina (palavra que eu aprendera com Damien quando eu li *A Letra Escarlate* na aula de Literatura) de considerar livros viris exclusividade dos homens e literatura vazia, fofinha e cheia de frescura coisa de garotas, mas então o avião deu uma virada e parou.

Olhamos uns para os outros meio sem saber o que fazer, mas em questão de segundos a porta da cabine do piloto se abriu e a vampira copiloto saiu sorrindo.

– Bem-vindos a *Venetia* – ela disse. – Sei que pelo menos um de vocês tem necessidades especiais, então paramos direto em um hangar particular – pude ouvir que as gêmeas estavam dando risadinhas mal disfarçadas por Stark precisar de tratamento especial, mas todos as ignoramos. – Erce os encontrará aqui. Ela será a acompanhante de vocês na Ilha de São Clemente. Prestem atenção para não esquecer nenhum de seus pertences e abençoados sejam – então ela foi para a porta da frente, puxou umas alavancas e abriu a porta do avião. Ouviu-se a maior barulheira, e então ela disse: – Podem desembarcar.

– Deixe, eu vou primeiro – eu disse a Stark, que já estava de pé, com o livro dentro da mochila pendurada no ombro. – Quero ter certeza de que realmente não tem sol nenhum lá fora para fritar você.

Stark ia começar a discutir comigo, mas Darius passou por nós, dizendo: – Fiquem aí. Eu aviso se estiver tudo tranquilo lá fora.

– Ele está fazendo *o guerreiro* – Aphrodite disse enquanto andava pelo corredor na frente de todos os outros, que tiveram que ficar atrás de sua mala Betsey Johnson de rodinhas. – Eu gosto quando ele fica cheio de testosterona, mas bem que ele gostaria que tivesse se lembrando de carregar minha mala.

– Ele precisa estar com as mãos livres caso tenha de defendê-la – Stark disse, deixando implícito o final da frase, "sua retardada".

Ela o fuzilou com o olhar, mas Darius logo voltou para dentro do avião.

– Tudo bem por aqui – ele assegurou.

Então nos viramos para a porta e fizemos fila que nem carneirinhos.

A vampira parada ao pé da escada pronta para nos receber era alta e de aparência régia, e sua pele era tão escura quanto a de Lenobia era clara, mas mesmo assim ela me lembrava nossa Mestre de Equitação. Erce tinha seu mesmo jeito calmo. Concluí que tinha algo a ver com a afinidade que ambas tinham com cavalos. Os cavalos, que são os animais mais legais do mundo depois dos gatos, escolhiam pessoas tranquilas e inteligentes.

– Meu nome é Erce. *Merry meet*, Zoey – seus olhos escuros encontraram os meus no mesmo instante, apesar de eu estar descendo a escada atrás de Stark e Darius.

– *Merry meet* – cumprimentei-a.

Então ela olhou para Stark. Seus olhos se arregalaram quando ela se deparou com as tatuagens vermelhas de setas detalhadamente decoradas de ambos os lados da lua crescente no meio de sua testa.

– Este é Stark – eu o apresentei, tentando quebrar o que era um silêncio desconfortável.

– *Merry meet*, Stark.

– *Merry meet* – ele respondeu automaticamente, apesar de soar tenso. Eu entendia como ele se sentia, mas eu já estava me acostumando a *vamps* e novatos encarando minhas estranhas tatuagens.

– Stark, tomei o cuidado de mandar instalar cortinas nas janelas de nosso barco, além de janelas com películas escuras, apesar de só faltar uma hora para o pôr-do-sol e ter caído neve quase o dia inteiro, de modo que o pouco sol que resta é bem fraquinho.

Erce tinha uma voz melodiosa e boa de ouvir, tão boa que até custei um pouquinho para entender o que estava dizendo.

– Barco? – perguntei. – Como ele vai chegar ao barco?

– É logo ali, Zo – Heath, que estava deslizando a escada com os pés para cima e com as mãos no corrimão frio e escorregadio, apontou com o queixo para a lateral do hangar. Em uma das extremidades do edifício, havia um deque retangular, com um portão que me lembrou uma garagem e, do outro lado, um barco preto de madeira brilhante. A parte superior da frente era de vidro, e vi dois vampiros altos parados perto do painel de instrumentos. Atrás deles havia uma escada de madeira reluzente que dava para o que parecia uma área de passageiros. Digo que parecia ser porque, apesar de haver janelas por toda a lateral do barco, elas estavam de fato completamente cobertas.

– Se o sol estiver detrás das nuvens, eu aguento – Stark disse.

– Então é verdade que o raio de sol não é apenas um desconforto para você? O sol literalmente o queima? – senti curiosidade na voz de Erce, mas sem forçar a barra nem olhar para ele como se fosse uma aberração. Ela soou sinceramente preocupada.

– Raios de sol diretos me matam – Stark disse de modo prático. – O sol poente ou indireto causa uma reação que pode variar entre o perigo e o desconforto.

– Interessante – ela achou graça.

– Interessante é um jeito de se ver a coisa. Eu diria que é irritante e inconveniente – Stark completou.

– Temos tempo de fazer umas compras antes da reunião do Conselho Supremo? – Aphrodite perguntou.

– Ah, você deve ser Aphrodite.

– Sim, *merry meet* e tal. E então, podemos fazer compras?

– Acho que vocês não terão tempo. Vamos levar meia hora para chegar à ilha, então vou acomodá-los e, mais importante, colocar todos a par das regras do Conselho. Na verdade, precisamos partir agora – ela começou a nos encaminhar ao barco.

– Eles vão me deixar falar ou não estou qualificada agora que sou *apenas* uma humana? – Aphrodite perguntou.

– A regra em relação aos humanos não tem nada a ver com eles não serem bons o bastante para falar perante o Conselho – Erce respondeu enquanto passávamos pela parte tipo cais do hangar e embarcávamos, entrando na cabine escura e luxuosa. – Os consortes têm sido aceitos no Conselho devido à sua importância para seus vampiros – ela fez uma pausa neste ponto para sorrir para Heath, que era total e obviamente humano. – Os humanos não podem falar perante o Conselho Supremo porque não podem opinar sobre políticas e questões privadas dos vampiros.

Heath suspirou dramaticamente, veio para perto de mim e, ignorando Stark, que estava sentado do meu outro lado, pôs os braços possessivamente em meus ombros.

– Vou te dar uma cotovelada se você não tirar o braço daí e se comportar direito – sussurrei.

Heath deu um sorriso acanhado e tirou o braço, mas não saiu do meu lado.

– Então, quer dizer que posso frequentar a gloriosa Reunião do Conselho, mas tenho que ficar de bico calado como o doador de sangue ali? – Aphrodite perguntou.

– Foi aberta uma exceção para você. Você pode ir e pode falar, mas todos vocês terão de seguir todas as demais regras do Conselho.

– O que significa, então, nada de compras agora – Aphrodite disse.

– É isso mesmo – Erce confirmou.

Fiquei impressionada com sua paciência. Lenobia provavelmente teria dado um passa-fora daqueles em Aphrodite por causa daquela postura de metida a espertinha.

– Todos os demais podem ir à Reunião do Conselho? Ah, oi... E *merry meet...* Meu nome é Jack.

– Vocês todos estão convidados ao encontro perante o Conselho.

– E quanto a Neferet e Kalona? Eles também estarão lá? – perguntei.

– Sim, mas Neferet agora se refere a si mesma como Nyx Encarnada, e Kalona diz que seu verdadeiro nome é Erebus.

– Isso é mentira – bradei.

Erce deu um sorriso amargo.

— É exatamente por isso, minha jovem e peculiar novata, que você está aqui.

Não falamos muito no decorrer da viagem. O motor do barco era barulhento e bastante perturbador. Balançava muito lá dentro, e tive de me concentrar para não vomitar.

O barco foi diminuindo a velocidade e começou a balançar em um ritmo mais ameno, indicando nossa chegada à ilha, quando a voz de Darius soou mais alta que o ruído do motor.

— Zoey!

Ele e Aphrodite estavam sentados a umas duas fileiras de onde eu estava, e tive de me virar para vê-lo. Stark também se virou, de modo que nós dois nos levantamos ao mesmo tempo.

— Aphrodite! O que houve? — corri até ela. Aphrodite estava segurando a cabeça com as mãos como se estivesse prestes a explodir. Darius parecia impotente. Ele ficou tocando um dos ombros dela, murmurando coisas que não consegui ouvir e tentando fazê-la olhar para ele.

— Ah, Deusa! Minha cabeça está me matando. Que porra é esta?

— Ela está tendo uma visão? — Erce perguntou, vindo por trás de mim.

— Não sei. Provavelmente — respondi. Ajoelhei-me de frente para Aphrodite e tentei fazê-la olhar nos meus olhos. — Aphrodite, sou eu, Zoey. Conte o que você está vendo.

— Estou com muito calor. Calor demais! — Aphrodite dizia. Seu rosto ficou corado e suado, apesar de estar frio no barco. Com olhos arregalados e apavorados, ela olhou ao redor, mas achei que não estava vendo o interior do luxuoso barco.

— Aphrodite, fale comigo! O que sua visão está mostrando?

Ela olhou para mim finalmente e me dei conta de que seus olhos estavam claros, e *não* repletos do doloroso sangue que surgia sempre que ela tinha uma de suas visões.

— Não tô vendo coisa nenhuma — ela arfou, abanando o rosto quente. — Não é visão. É Stevie Rae e nossa maldita Carimbagem. Tem alguma coisa acontecendo com ela. Alguma coisa muito, muito ruim.

35

Stevie Rae

Stevie Rae sabia que ia morrer, e agora de uma vez por todas. Ela estava com medo, com mais medo ainda do que estivera quando sangrou até morrer nos braços de Zoey, cercada por seus amigos. Agora o negócio era diferente. Desta vez era por causa de uma traição, não um ato biológico.

Sua cabeça doía terrivelmente. Ela esticou o braço e apalpou cuidadosamente a área da nuca. A mão ficou ensopada de sangue. Seus pensamentos estavam embaralhados. O que tinha acontecido? Stevie Rae tentou se sentar, mas uma terrível tontura tomou conta dela. Ela soltou um grunhido e começou a vomitar e a chorar com a dor causada pelo movimento. Então desmoronou para o lado, rolando para longe do vômito. Foi quando seus olhos cheios de lágrimas se voltaram para a gaiola de metal acima dela e para o céu, um céu que estava ficando cada vez menos cinza e mais azul.

De repente, ela recobrou a memória. Entrou em pânico, e sua respiração começou a ficar mais curta e intensa. Ela estava presa, e o sol estava nascendo! Mesmo agora, presa naquela gaiola e lembrando claramente da traição sofrida, Stevie Rae não queria acreditar.

Sentiu vontade de vomitar de novo e fechou os olhos, tentando retomar o equilíbrio. De olhos fechados, ela conseguia controlar aquela horrível tontura, e seus pensamentos começaram a ficar mais claros.

Os novatos vermelhos tinham feito aquilo. Nicole tinha se atrasado para o encontro. Não que isso fosse muito surpreendente, mas, irritada e cansada de esperar, Stevie Rae tinha começado a seguir seu rumo para sair dos túneis e voltar à Morada da Noite quando Nicole e Starr finalmente entraram no porão. Elas estavam rindo e brincando entre si, e estava na cara que tinham acabado de comer: suas bochechas ainda estavam rosadas e seus olhos tinham o brilho vermelho do sangue fresco. Stevie Rae tentara conversar com elas. Na verdade, tentara *argumentar com elas* e fazê-las voltar à Morada da Noite com ela. As duas novatas vermelhas passaram um bom tempo sendo sarcásticas e dando desculpas cretinas para não acompanhá-la: – Que nada, os *vamps* não deixam a gente comer *junk food,* e a gente *adora junk food*! E, também, a Will Rogers High School fica logo ali, descendo a rua, na esquina com a Cinco. Se eu quiser ir à escola, vou lá de noite para o *almoço*.

Mesmo assim, ela tentou falar sério e lhes dar boas razões para voltar à escola, não só por ser seu lar, mas porque havia muitas coisas sobre a vida de vampiro que elas não sabiam, nem Stevie Rae mesmo sabia. Elas *precisavam* da Morada da Noite.

Elas riram dela, chamaram-na de velha e disseram que achavam ótimo ficar na estação, ainda mais agora que eles estavam sozinhos. Então, Kurtis entrou no porão, arrastando seu corpanzil e parecendo sem fôlego e excitado. Stevie Rae se lembrava de ter tido uma sensação ruim no mesmo segundo em que o vira. A verdade é que ela jamais gostara do garoto. Ele era um fazendeiro grandalhão e boçal do nordeste de Oklahoma que achava que as mulheres eram seres abaixo dos porcos na Escala de Valores dos caipiras.

– É isso aí, peguei e comi! – ele praticamente vociferou.

– Aquele troço? Você só pode estar de sacanagem. Ele fede – Nicole disse.

– E como foi que você conseguiu fazer o bicho ficar parado enquanto comia? – Starr perguntou.

Kurtis limpou a boca com a manga. Tinha uma mancha vermelha na camisa e o seu cheiro atingiu Stevie Rae, deixando-a completamente perplexa.

Rephaim! Era o sangue de Rephaim.
— Primeiro apaguei o bicho. Nem foi difícil, com aquela asa quebrada e tudo.
— Do que você está falando? — Stevie Rae atirou as palavras em Kurtis. Ele piscou os olhos para ela como um bovino. Ela estava se preparando para agarrá-lo e sacudir o desgraçado, e talvez até fazer a terra se abrir e engolir aquela carcaça infeliz quando ele finalmente respondeu:
— Estou falando do passarinho. Como é que vocês os chamam mesmo, *Raven Mockers*? Apareceu um aqui. Nós ficamos caçando o bicho pela estação de trem a noite toda. Nikki e Starr ficaram de saco cheio e foram comer quatro comedores de carne no Taco Bell, que fica aberto a noite inteira, mas eu sou chegado num frango. Então continuei atrás dele. Tive que encurralar o bicho no teto de uma dessas torres, tá ligada, aquela mais longe da árvore — Kurtis apontou para o alto, à esquerda. — Mas eu agarrei o bicho.
— E o gosto era tão ruim quanto o cheiro? — o choque e o nojo de Nicole estavam tão evidentes quanto sua curiosidade.
Kurtis levantou os ombros enormes.
— Ei, eu como qualquer coisa. Ou qualquer um.
Todos caíram na risada. Menos Stevie Rae.
— Vocês estão com um *Raven Mocker* no teto?
— É. Não sei que diabo ele estava fazendo lá embaixo, pra começo de conversa. Ainda mais arrebentado daquele jeito — Nicole arqueou uma sobrancelha. — Pensei que você tivesse dito que não havia problema em voltar à Morada da Noite porque Neferet e Kalona tinham ido embora. Parece que eles deixaram umas merdas para trás, hein? Talvez nem tenham ido embora de verdade.
— Eles foram embora — Stevie Rae respondeu, já seguindo em direção à porta do porão. — Então nenhum de vocês quer voltar à escola comigo?
As três cabeças balançaram em silêncio com seus olhos vermelhos observando cada movimento de Stevie Rae.
— E quanto aos outros? Onde eles estão?
Nicole deu de ombros.

– Onde quiserem estar. Da próxima vez que encontrar com eles, dou o recado, que você disse que eles deviam voltar para a escola.

Kurtis caiu na gargalhada.

– Ei, essa foi boa. Vamos voltar, todo mundo, para a escola! Até parece que tô doido pra fazer isso!

– Olha, tenho que ir. Já está quase amanhecendo. Mas não terminei meu papo com vocês. E vocês devem saber que talvez eu resolva trazer os outros novatos vermelhos para voltar a morar aqui, mesmo oficialmente fazendo parte da Morada da Noite. E, se isso acontecer, vocês podem ficar com a gente se ficarem de boa, ou então vão ter que ir embora.

– Que tal assim: você fica com seus novatinhos covardes na escola e nós ficamos aqui, porque *é aqui* que a gente vive agora – Kurtis falou.

Stevie Rae parou de caminhar em direção à saída. Quase como se fosse sua segunda natureza, imaginou-se como uma árvore com raízes crescendo bem para o fundo daquele solo impressionante e incrível. *Terra, por favor, venha para mim.* No porão, já debaixo da terra e cercada por seu elemento, era simples encher seu corpo de poder. Quando ela falou, o chão tremeu e balançou com a força de sua irritação.

– Só vou dizer mais uma vez. Se eu trouxer os demais novatos vermelhos para cá, este será nosso lar. Se vocês agirem de boa, podem ficar. Do contrário, vão ter que ir embora – ela bateu o pé e a estação inteira balançou, fazendo cair uma cachoeira de argamassa do teto baixo do porão. Então Stevie Rae respirou fundo, esforçando-se para ficar calma, imaginando toda a energia que chamou fluindo de seu corpo de volta para a terra. Quando ela voltou a falar, sua voz soou normal, e a terra não tremeu: – Então vocês decidem. Eu volto amanhã. Té mais.

Sem olhar para eles de novo, Stevie Rae saiu às pressas do porão, em meio aos pedregulhos e grades de metal espalhadas aleatoriamente pelo terreno da estação abandonada, em direção à escadaria de pedra que conduzia do nível do estacionamento para o nível da rua, num local que já fora um dia uma agitada estação de trem. Ela teve que tomar cuidado ao subir as escadas. A chuva com granizo tinha parado, e o sol até que saíra no dia anterior, mas a noite derrubara a temperatura e quase tudo que havia degelado estava congelado de novo.

Ela chegou à rua circular e à grande entrada coberta que costumava proteger os passageiros do clima de Oklahoma. Olhou para cima, para cima e mais para cima.

Aquele edifício tinha um visual sinistro. Era só isso. Z. dizia que ele parecia saído de Gotham City. Stevie Rae achava mais tipo *Blade Runner* misturado a *Horror em Amityville*. Não que não adorasse os túneis debaixo do edifício, mas havia qualquer coisa naquela fachada de pedra, com aquela mistura esquisita de *art déco* e arquitetura fabril, que lhe causava arrepios.

É claro que parte da sensação sinistra podia se originar no fato de o céu negro ter ganhado tons de cinza. Pensando agora, ela devia ter parado ao ver que o céu estava cinza. Devia ter dado meia-volta, descido a escada, entrado no carro que pegara emprestado da escola e voltado à Morada da Noite.

Mas o que ela fez foi definir seu destino e, como diria Zoey, jogou porcaria no ventilador.

Ela sabia que havia escadarias circulares dentro da parte principal da estação que davam para as torres. Ela explorara bastante o território durante as semanas em que vivera por lá. Mas não ia voltar a entrar naquele edifício e correr o risco de ser vista por algum novato vermelho insano que fizesse perguntas e descobrisse a verdade.

O Plano B a levou a uma árvore que já fora obviamente decorativa, mas que crescera demais para o tamanho do círculo de concreto que a cercava, de modo que suas raízes racharam o concreto do estacionamento, expondo montes de terra congelada e permitindo que crescesse mais do que deveria. Como não havia folhas, Stevie Rae não pôde saber que tipo de árvore era, só sabia que era tão alta que os galhos roçavam o teto da estação, perto da primeira das duas torres, na parte frontal do teto do edifício, e que era suficientemente alta para ela.

Movendo-se rapidamente, Stevie Rae foi até a árvore e deu um pulo para agarrar o galho mais próximo da sua cabeça. Foi se arrastando pelo galho liso e desprovido de folhas, que balançou muito até ela conseguir chegar à parte principal da árvore. Continuou subindo, agradecendo a Nyx em silêncio por sua força extra de vampira vermelha, porque se fosse uma novata normal, ou talvez até *vamp*, jamais teria conseguido subir aquele galho traiçoeiro.

Quando subiu o máximo que conseguia, Stevie Rae se recompôs e então deu um pulo para o teto do edifício. Não perdeu tempo olhando para a primeira torre. O porcalhão caipira tinha dito que Rephaim estava na torre do outro lado da árvore. Ela correu de um lado a outro do teto do edifício e escalou a pequena distância para poder olhar de cima para o espaço circular.

Ele estava lá. Todo machucado e encolhido no canto da torre. Rephaim jazia imóvel e sangrando.

Sem pensar duas vezes, Stevie Rae passou as pernas por sobre o cume de pedra e saltou cerca de um metro e meio até o chão.

Ele estava todo encolhido, o braço bom segurando o braço ruim na tipoia suja. Alguém tinha feito um corte no antebraço dele, de onde obviamente Kurtis se alimentara, apesar de nem ter se dado ao trabalho de fechar o corte, e o cheiro estranho de seu sangue inumano empesteava o lugar. A atadura que imobilizara sua asa estava solta e tinha um monte de farrapos de toalhas ensanguentadas pendendo de seu corpo. Ele estava de olhos fechados.

– Rephaim, oi, você está me ouvindo?

Ele abriu os olhos no instante em que ouviu a voz de Stevie Rae.

– Não! – ele disse, fazendo esforço para se sentar. – Vá embora daqui. Eles vão te pren...

Então ela sentiu uma dor terrível na nuca e desmaiou escuridão adentro.

– Stevie Rae, você tem que acordar. Você tem que se mexer.

Ela finalmente sentiu a mão que lhe sacudia o ombro e reconheceu a voz de Rephaim. Abriu os olhos cuidadosamente, e o mundo não estava escuro, nem dando voltas, apesar de estar sentindo seu coração batendo dentro da cabeça.

– Rephaim – ela disse com a voz rouca. – O que aconteceu?

– Eles me usaram para prender você.

– Você queria me prender? – ela estava um pouquinho melhor do enjoo no estômago, mas sua mente ainda estava em câmera lenta.

– Não. O que queria era ficar sozinho para ficar bom e voltar para perto do meu pai. Eles não me deram escolha – o homem-pássaro se levantou com movimentos duros e se agachou por causa da grade de metal que formava um falso teto rebaixado. – Anda. Você tem pouco tempo. O sol já está nascendo.

Stevie Rae olhou para o céu e viu os suaves tons pastel que precedem a aurora da qual ela antigamente tanto gostava. Agora o céu clareando era uma imagem que lhe enchia do mais absoluto terror.

– Ah, Deusa! Preciso de ajuda para me levantar.

Rephaim agarrou sua mão e a puxou para cima, fazendo-a ficar ao seu lado, agachada como ele. Ela respirou fundo, levantou as mãos, agarrou o metal frio da grade e o empurrou. O metal rangeu um pouquinho, mas não saiu do lugar.

– Como essa grade foi presa? – ela perguntou.

– Acorrentada. Eles acorrentaram as bordas da grade com cadeados a tudo que há no teto, e não dá para arrastar nem mexer.

Stevie Rae empurrou a grade outra vez. Ela rangeu de novo, mas continuou firme onde estava. Ela estava presa no teto, e o sol estava nascendo! Usou toda sua força, empurrou, empurrou, agarrou a grade e tentou empurrá-la para o lado de modo que pudesse passar por uma fresta. O céu ficava mais claro a cada segundo. A pele de Stevie Rae tremia como um cavalo tentando afastar uma mosca.

– Quebre o metal – Rephaim pediu, ansioso. – Com sua força você consegue.

– Eu podia conseguir se estivesse debaixo da terra, ou pelo menos com os pés no chão – ela respondeu entre um ofego e outro enquanto continuava a lutar, impotente, contra a grade de metal. – Mas aqui em cima, a distância de todo esse edifício do meu elemento, simplesmente não tenho força suficiente – ela abaixou os olhos do céu para fitar os olhos escarlates de Rephaim. – Você devia se afastar de mim. Vou pegar fogo e não sei o tamanho das chamas, mas o negócio vai esquentar bastante por aqui.

Ela viu Rephaim se afastar e, cada vez perdendo mais as esperanças, voltou a lutar contra a grade estática. Seus dedos estavam começando a chamuscar, e Stevie Rae estava mordendo o lábio para não berrar, berrar, berrar...

– Aqui. O metal está enferrujado e mais fino, mais fraco.

Stevie Rae abaixou as mãos, enfiando-as automaticamente debaixo das axilas, e correu, agachada, até onde Rephaim apontava. Ela viu o metal enferrujado, agarrou-o com as duas mãos e então puxou com toda força. Ele cedeu um pouquinho, mas suas mãos começaram a fumegar, bem como seus pulsos.

– Ah, Deusa! – ela arfou. – Não vou conseguir. Sai, Rephaim, já tô começando a...

Em vez de correr, ele se aproximou o máximo que pôde, abrindo a asa boa para projetar um pouco de sombra. Então levantou o braço bom e segurou a grade enferrujada.

– Pense na terra. Concentre-se. Não pense no sol nem no céu. Puxe comigo. Agora!

Sob a sombra da asa, Stevie Rae agarrou a grade perto da mão dele. Ela fechou os olhos e ignorou a queimação nos dedos e a forte ardência na pele sensível que a mandava correr! Correr para qualquer parte, mas simplesmente sair do sol! Em vez disso, ela pensou na terra fria e escura, esperando-a lá embaixo como uma mãe amorosa. Stevie Rae puxou.

A grade se rompeu emitindo um ruído metálico, deixando uma abertura suficiente para uma pessoa passar por vez.

Rephaim recuou.

– Vai! – ele disse. – Rápido.

No instante em que Stevie Rae deixou de ser protegida por sua asa, seu corpo esquentou muito e começou a literalmente fumegar.

Instintivamente, ela caiu no chão e se dobrou em posição fetal, tentando proteger o rosto com os braços.

– Não consigo! – ela berrou, imobilizada de dor e pânico. – Vou pegar fogo.

– Se ficar aqui, vai – ele disse, saiu pela abertura e foi embora, deixando-a para trás. Stevie Rae sabia que ele tinha razão. Ela tinha que sair de lá, mas não conseguia vencer a paralisia do medo. A dor era demais. Era como se seu sangue estivesse fervendo em seu corpo. Mas, quando pensou que não ia mais aguentar, foi coberta por uma pequena sombra fresca.

– Pegue minha mão!

Franzindo o rosto sob o sol cruel, Stevie Rae olhou para cima. Rephaim estava lá, agachado sobre a grade com a asa boa aberta sobre ela, bloqueando o sol o máximo possível, com o braço bom esticado para ela.

– Agora, Stevie Rae. Anda logo!

Ela seguiu sua voz e o frescor de sua asa preta e agarrou sua mão. Ele não conseguia levantá-la sozinho. Era pesada demais, e ele só tinha um braço. Então ela usou a outra mão para agarrar o metal e se levantar.

– Vem comigo. Vou fazer sombra para você – Rephaim abriu a asa.

Stevie Rae não hesitou em aceitar o abraço, enterrando a cabeça nas plumas do peito dele e o envolvendo com os braços. Ele a abraçou com a asa e a levantou.

– Quero que você me leve até a árvore!

Então ele correu mancando, arrastando-se, mas alcançando o outro lado do teto. As partes externas dos braços de Stevie Rae estavam expostas ao sol, além de parte dos ombros e do pescoço, e, enquanto ele corria, ela começou a queimar. Sentindo-se desligada do próprio corpo, ela se perguntou que barulho horrível era aquele que estava ouvindo, até que se deu conta de que era a própria voz. Ela estava berrando de dor, terror e raiva.

Na beira do teto, ele gritou: – Segure firme. Vou pular para a árvore.

O *Raven Mocker* saltou. Seu corpo caiu errante, fazendo uma espiral por causa da falta de equilíbrio, e eles bateram com tudo na árvore.

A adrenalina ajudou Stevie Rae a se segurar nele e, dando graças por ele ter o corpo leve, ela o levantou, colocando-se entre Rephaim e a árvore. Encostada ao tronco da árvore ela lhe disse: – Tente se agarrar à árvore enquanto vou arrastando nós dois para baixo.

Então eles foram caindo de novo, enquanto a casca áspera da árvore arranhava as costas de Stevie Rae, que já estavam esfoladas e sangrando. Ela fechou os olhos e procurou sentir a terra, que a encontrou lá embaixo, serena, à sua espera.

– Terra, venha para mim! Abra-se e me abrigue!

Ouviu-se o som de algo rasgando, e o chão junto à base da árvore se abriu bem na hora para que Stevie Rae e Rephaim entrassem embaixo da terra fria e escura.

36

Zoey

Quando Aphrodite começou a gritar, Zoey só soube fazer uma coisa: – Espírito, venha para mim! – no mesmo instante, o espírito a preencheu com sua presença serena. – Ajude Aphrodite a se acalmar – ela sentiu o elemento sair de si mesma, e os gritos de Aphrodite viraram soluços e suspiros quase na mesma hora. – Darius, preciso do número do celular de Lenobia. Agora!

Darius estava abraçando Aphrodite, mas obedeceu. Pegou o celular do bolso da calça jeans e jogou para ela.

– Está nos contatos.

Torcendo para suas mãos não tremerem, Zoey acessou a lista de contatos e ligou para o número de Lenobia. Ela atendeu no primeiro toque: – Darius?

– É Zoey. Temos uma emergência. Cadê Stevie Rae?

– Ela foi à estação tentar convencer os outros novatos vermelhos a voltarem para a escola. Mas já era para ela ter voltado, pois está quase amanhecendo.

– Ela está em apuros.

– Queimando! – Aphrodite soluçou. – Ela está pegando fogo!

– Ela está do lado de fora, em algum lugar. Aphrodite disse que ela está queimando.

– Ah, Deusa! Ela não tem como dizer mais nada?

Percebi pela mudança na voz de Lenobia que ela estava em movimento.

— Aphrodite, você sabe dizer onde Stevie Rae está?

— N-não. Só sei que está do lado de fora.

— Ela não sabe onde está, só que está do lado de fora.

— Eu vou encontrá-la — Lenobia disse. — Ligue para mim se Aphrodite souber dizer algo mais.

— Você pode me ligar assim que Stevie Rae estiver fora de perigo? — perguntei, incapaz de considerar outra possibilidade. Lenobia desligou.

— Vamos levar Aphrodite para dentro, onde podemos lidar melhor com a situação — Erce pediu e conduziu o grupo para fora do barco. Eles entraram em uma construção anexa que não tinha nada a ver com o hangar do aeroporto. Era uma antiga construção de pedra. Só tive tempo de ficar aliviada por Stark estar protegido do sol enquanto Darius saía do barco com Aphrodite e passávamos às pressas com Erce sob a passagem encoberta abobadada.

Stark e eu apertamos o passo para acompanhar Erce.

— Aphrodite é Carimbada com Stevie Rae, que é a outra vampira vermelha — expliquei.

Erce assentiu, abrindo uma imponente porta de madeira e fazendo um gesto para que Darius carregasse Aphrodite para dentro.

— Lenobia me falou da Carimbagem entre elas.

— O que você pode fazer para ajudá-la?

Entramos em um amplo saguão. Tive uma impressão de extrema opulência ao ver aqueles tetos inacreditavelmente altos e um candelabro atrás do outro; então Erce nos apressou para entrarmos em um salão lateral.

— Deite-a naquele divã.

Nós nos comprimimos ao redor do divã, observando Aphrodite em silêncio. Erce se voltou para mim e disse baixinho: — Não há nada que se possa fazer pelo humano quando seu vampiro Carimbado está sofrendo. Ela vai sentir a dor de Stevie Rae até a crise acabar ou até ela morrer.

– Ela? – eu berrei. – Você se refere a Stevie Rae ou a Aphrodite?

– Qualquer uma das duas ou ambas. Vampiros podem sobreviver a eventos que matam seus consortes.

– Caraca – Heath murmurou.

– Minhas mãos! – Aphrodite gritou. – Estão queimando!

Não aguentei mais e fui até Aphrodite, quase imersa nos braços de Darius. O guerreiro estava sentado no divã, segurando-a com força nos braços e falando baixinho com ela. Seu rosto estava pálido e com uma expressão amarga. Seus olhos me imploravam para que a ajudasse. Peguei uma das mãos de Aphrodite. Estava quente demais, fora do normal.

– Você não está queimando. Olhe para mim, Aphrodite. Isso não está acontecendo com você. Está acontecendo com Stevie Rae.

– Eu sei bem como você se sente – Heath estava ao meu lado, encurvado sobre um dos joelhos e segurando a outra mão de Aphrodite. – É horrível ser Carimbado e acontecer algo de ruim com seu vampiro. Mas não é com você. Parece que é, mas não é.

– Eu não estaria passando mal desse jeito se Stevie Rae estivesse liberando a mixaria pra alguém – Aphrodite disse com uma voz estranhamente trêmula e fraca.

Heath seguiu inabalável.

– O que acontece não interessa. O que interessa é que dói. Você não pode se esquecer de que não é Stevie Rae de verdade, apesar de se sentir tão ligada a ela que é como se fizesse parte dela.

Pelo jeito, ele conseguiu alcançar algo dentro de Aphrodite.

– Mas eu não queria isso – ela deu um suspiro sentido e soluçou. – Eu não queria estar conectada a Stevie Rae, mas você queria estar ligado a Zoey.

Heath segurou sua mão e percebi que ela agarrou a dele com toda força. Todo mundo estava olhando para eles, mas acho que eu era a única a me sentir de fora.

– Queira ou não, às vezes é demais. Você tem que aprender a guardar uma parte do seu interior pra si mesma. Você tem que saber que sua alma não é compartilhada com ela, independente do que diz a Carimbagem.

– É isso! – Aphrodite soltou a minha mão e cobriu a mão de Heath com a dela. – Parece que estou repartindo minha alma. E eu não aguento isso.

– Aguenta sim. Apenas procure pensar que é uma sensação. Não é pra valer.

Recuei alguns passos.

– Aphrodite, você não corre perigo. Estamos todos aqui com você – Damien tocou o ombro dela.

– Tá tudo bem. E seu cabelo continua ótimo – Jack disse.

Aphrodite riu, uma pequena bolha sorrateira de normalidade em meio a um tormento inacreditável. Então ela disse: – Espera, de repente estou me sentindo melhor.

– Ótimo, porque você não pode morrer – Shaunee disse.

– É, precisamos da sua experiência nas compras – Erin confirmou. As gêmeas tentaram soar totalmente normais e indiferentes, mas estava na cara o quanto estavam preocupadas com Aphrodite.

– Aphrodite vai ficar bem. Ela vai superar isso – Stark disse.

Ele tinha passado para o meu lado, como sempre. Era uma presença firme, uma voz tranquila no meio da tempestade.

– Mas o que está acontecendo com Stevie Rae? – sussurrei para ele.

Ele me envolveu com o braço e apertou meus ombros.

Uma linda vampira de luminosos cabelos vermelhos entrou no recinto trazendo uma bandeja com uma jarra de água gelada, um copo e várias toalhas dobradas umedecidas.

Ela foi direto até Erce, que estava parada perto do divã. Erce fez um sinal com a mão para que ela pusesse a bandeja na mesinha de centro mais próxima. Observei a nova *vamp* enfiar a mão no bolso, pegar um frasco de comprimidos, entregá-lo a Erce e sair em seguida com a mesma discrição com que entrou.

Erce sacudiu o frasco para tirar um comprimido e se aproximou de Aphrodite. Eu havia me mexido sem me dar conta do que estava fazendo e, quando vi, já estava agarrando seu pulso.

– O que você está dando a ela?

Erce me olhou nos olhos.

– Algo para acalmá-la, para diminuir sua ansiedade.

– Mas... E se ela perder contato com Stevie Rae por causa disso?

– Você quer ter duas amigas mortas ou uma só? Escolha, Grande Sacerdotisa.

Forcei-me a engolir o urro primitivo que quase escapuliu da minha garganta. Eu não queria perder amiga nenhuma! Mas minha mente entendeu que minha melhor amiga estava a um oceano e meio continente de distância e não havia a menor necessidade de Aphrodite morrer. Então, soltei o pulso de Erce.

– Tome, filha. Beba isto aqui – Erce deu a pílula a Aphrodite e ajudou Darius a levar o copo de água gelada aos lábios dela. Aphrodite pegou a pílula e engoliu a água como se tivesse acabado de correr uma maratona.

– Deusa, tomara que seja Xanax – ela disse com a voz trêmula.

Achei que as coisas estavam melhorando. Aphrodite tinha parado de chorar e minha gangue tinha se espalhado nas poltronas acolchoadas do recinto, menos Heath e Stark, que continuava ao meu lado, enquanto Heath ainda segurava a mão de Aphrodite. Ele e Darius estavam conversando baixinho com ela. Então Aphrodite deu um grito, soltou a mão de Heath e saiu dos braços de Darius, enrolando-se em posição fetal.

– Estou queimando!

Heath olhou para mim.

– Você não pode ajudá-la?

– Estou canalizando o espírito. Só posso fazer isso. Stevie Rae está em Oklahoma, não tenho como ajudá-la! – praticamente berrei com Heath, minha frustração transformando-se em raiva.

Stark levou o braço ao meu ombro.

– Tudo bem. Vai dar tudo certo.

– Não sei como – respondi. – Como elas podem superar esta situação?

– Como um cara do mal pode virar guerreiro da Grande Sacerdotisa? – ele rebateu e sorriu. – Nyx está agindo tanto para uma quanto para a outra. Confie em sua Deusa.

Então fiquei lá parada, canalizando o espírito, assistindo à agonia de Aphrodite e confiando em minha Deusa.

De repente, Aphrodite berrou e levou as mãos às costas, gritando:
– Abre pra me dar cobertura! – então desmoronou, soluçando de alívio nos braços de Darius.

Aproximei-me dela com hesitação e me agachei para ver seu rosto.
– Ei, você está bem? Stevie Rae está viva?

Aphrodite levantou o rosto banhado em lágrimas para me olhar nos olhos.
– Acabou. Ela está em contato com a terra outra vez. Ela está viva.
– Ah, graças à Deusa! – exaltei e toquei seu ombro de leve. – Você também está bem?
– Acho que sim. Não. Peraí, não sei. Tô me sentindo estranha. Como se minha pele estivesse diferente.
– A vampira dela está ferida – Erce disse com uma voz que mal se ouviu. – Stevie Rae pode estar em segurança agora, mas aconteceu algo terrível com ela.
– Beba isto, meu amor – Darius disse, pegando o copo de água fresca das mãos de Erce e levando-o aos lábios de Aphrodite. – Isto vai ajudar.

Aphrodite engoliu a água. Ainda bem que Darius estava ajudando a segurar o copo, pois ela tremia tanto que, sozinha, teria derramado água em si mesma. Então se deitou, descansando nos braços dele, com a respiração curta, parecendo incapaz de respirar mais fundo sem sentir muita dor.

– Dói tudo – ela sussurrou para Darius.

Fui para perto de Erce, segurei seu pulso e a puxei para onde Aphrodite não conseguisse ouvir.
– Não tem como chamar um curandeiro *vamp*? – perguntei.
– Ela não é vampira, Sacerdotisa – Erce respondeu gentilmente. – Nosso terapeuta não tem como ajudá-la.
– Mas ela está assim por causa de um vampiro.
– É um risco que todo consorte corre. Seu destino está ligado ao de seu vampiro. Geralmente o consorte morre bem antes do vampiro, cuja morte é bastante difícil de acontecer. Essa situação é bem menos comum.

— Stevie Rae não morreu — sussurrei severamente.

— Ainda não mesmo, mas, observando sua consorte, posso dizer que ela corre algum perigo grave.

— Ela é consorte por engano — murmurei. — Aphrodite não tinha intenção de que isso acontecesse. Nem Stevie Rae.

— Intencional ou não, a conexão existe — Erce rebateu.

— Ai, minha Deusa! — Aphrodite se sentou, afastando-se completamente de Darius. Seu rosto era uma máscara de choque que se transformou lentamente, refletindo primeiramente dor e depois negação. Então ela tremeu uma vez com tamanha violência que ouvi seus dentes rangendo e, em seguida, ela cobriu o rosto com as mãos, desmanchando-se em um choro de cortar o coração.

Darius me lançou um olhar suplicante. Preparando-me para ouvir que Stevie Rae estava morta, fui até Aphrodite e me sentei ao lado dela no divã.

— Aphrodite? — tentei, sem sucesso, não falar com voz de choro. *Como Stevie Rae podia estar morta? O que eu ia fazer agora, um mundo inteiro nos separando e completamente sem cabeça para nada?* — Stevie Rae morreu?

Ouvi as gêmeas chorando e vi Damien tomando Jack nos braços. Aphrodite levantou o rosto e fiquei chocada ao ver seu velho sorriso sarcástico de sempre em meio às lágrimas.

— Morta? De jeito nenhum, não está morta coisa nenhuma. Ela só se Carimbou com outra pessoa!

37

Stevie Rae

A terra a engolira, e por um momento pareceu que tudo ia dar certo. A fria escuridão era um alívio para sua pele queimada, e ela soltou um lamento suave.

– Vermelha? Stevie Rae?

Ela só se deu conta de que ainda estava nos braços de Rephaim quando ele falou. Ela saiu dos seus braços e se afastou, mas gritou de dor quando as costas tocaram a parede de terra do buraco no chão aberto, e em seguida fechado por seu elemento.

– Você está bem? Eu... eu não estou enxergando você – Rephaim disse.

– Tô bem. Eu acho – sua voz a surpreendeu. Soou fraca, tão fora do normal que logo percebeu que, apesar de ter escapado do sol, ela talvez não tivesse escapado de seus efeitos.

– Não estou enxergando nada – ele disse.

– É porque a terra está bem fechada para me proteger dos raios do sol.

– Estamos presos aqui? – sua voz não era de pânico, mas também não estava lá tão calma.

– Não, eu posso levá-lo para onde você quiser – ela explicou. Então, pensando melhor, acrescentou: – E, bem, não tem tanta terra assim sobre nós. Se eu morrer você pode sair daqui bem fácil. Como você está? Essa asa deve estar doendo muito.

– Você acha que vai morrer? – ele perguntou, ignorando a pergunta sobre sua asa.

– Acho que não. Tá, na verdade, não sei. Sinto-me meio estranha.

– Estranha? Explique melhor.

– Como se não estivesse ligada ao meu corpo de verdade.

– Seu corpo está doendo?

Stevie Rae pensou e ficou surpresa com o que descobriu.

– Não. Na verdade, nem estou sentindo dor nenhuma – mas ainda estava esquisito sentir sua voz cada vez mais fraca.

De repente, Rephaim tocou o rosto dela com a mão, descendo pelo pescoço, braço e...

– Ai! Você tá me machucando!

– Você se queimou demais. Estou sentindo. Você precisa de ajuda.

– Não posso sair daqui, senão vou pegar fogo de vez – ela disse, imaginando por que a terra parecia girar abaixo dela.

– O que posso fazer para ajudá-la?

– Bem, você pode pegar uma lona bem grossa e resistente ou algo assim e colocar em cima de mim enquanto me leva para o banco de sangue no centro da cidade. Isso seria ótimo no momento – Stevie Rae se deitou, percebendo que jamais sentira tanta sede em sua vida. Ela imaginou com uma curiosidade quase indiferente se acabaria morrendo mesmo. Era uma pena, depois de tudo o que Rephaim fizera para ajudá-la.

– É de sangue que você precisa?

– Sangue é tudo o que preciso. É o que me faz funcionar, o que é bem nojento, mas não posso fazer nada. É assim. Quero que um raio me mate se eu estiver mentindo – ela deu uma risadinha ligeiramente histérica e então se recompôs. – Espera, nem teve tanta graça.

– Se não beber sangue você morre?

– Acho que sim – ela respondeu, achando difícil se importar muito com a situação.

– Então, se sangue serve para você ficar curada, tome o meu. Eu lhe devo a vida. Por isso a salvei lá no teto, mas, se você morrer aqui, não terei pagado minha dívida. Então, se você precisa de sangue, tome o meu – ele repetiu.

– Mas você tem um cheiro esquisito – ela disse sem pensar.

Ele soou irritado e ofendido na escuridão.

– É o que os novatos vermelhos também disseram. Meu sangue tem um cheiro esquisito para você porque não fui feito para ser sua presa. Eu sou filho de um imortal. Não sou sua vítima.

– Ei, eu não tenho vítimas; não mais – ela reclamou com voz fraca.

– Mas é verdade assim mesmo. Tenho cheiro diferente para você porque *sou* diferente. Não fui criado para ser seu almoço.

– Eu não disse isso – sua intenção foi falar de modo firme e meio defensivo. Mas sua voz soou fraca e ela sentiu a cabeça estranhamente grande, como se ela fosse se soltar do pescoço a qualquer segundo e flutuar em direção às nuvens como se fosse um balão de aniversário gigante.

– Com cheiro esquisito ou não, é sangue. Eu lhe devo a vida. Então você vai beber e sobreviver.

Stevie Rae gritou quando Rephaim a puxou para junto de seu corpo. Ela sentiu a pele dos braços e ombros queimados se rasgando e se misturando com a terra. Então descansou nas plumas macias de Rephaim e suspirou fundo. Nem seria tão ruim morrer ali, na terra, em um ninho de plumas. Se não se mexesse, nem doía tanto assim.

Entretanto, ela sentiu Rephaim se mexer. E se deu conta de que ele havia enfiado o bico no corte feito por Kurtis em seus bíceps. O ferimento tinha estancado, mas essa nova laceração começou a sangrar de imediato, enchendo aquele buraquinho debaixo da terra com o denso cheiro escarlate de seu sangue imortal.

Então ele se mexeu de novo e de repente ela sentiu aquele braço sangrando sobre seus lábios.

– Beba – ele disse rispidamente. – Ajude-me a ficar livre desta dívida.

Ela bebeu, primeiro de modo automático. O sangue era fedorento mesmo. Era um cheiro errado, errado, errado. Até que sentiu aquele gosto na língua.

O gosto era diferente de qualquer coisa que Stevie Rae poderia imaginar. Não era como o cheiro dele; não se parecia com isso nem vagamente. Foi uma surpresa incrível que encheu sua boca e sua alma com aquele sabor forte e complexo, absolutamente diferente de tudo que ela já experimentara.

Ela o ouviu chiar, e então ele usou de mais força na mão que segurava sua nuca, guiando-a até seu braço. Stevie Rae soltou um gemido. Beber o sangue do *Raven Mocker* podia não ser uma experiência sexual, mas tampouco era particularmente não sexual. Stevie Rae quase desejou já ter tido alguma experiência com homens – algo além de ficar de agarração com Dallas no escuro –, porque não sabia o que pensar de tudo que estava acontecendo em sua mente nem das sensações que agora invadiam seu corpo. Era uma coisa gostosa, quente e latejante, uma sensação poderosa, mas não lembrava nem de longe o que Dallas a fizera sentir.

Mas ela gostou. E lá, durante aquele momento ínfimo, Stevie Rae se esqueceu de que Rephaim era uma mistura de imortal e animal, fruto de violência e luxúria. Durante aquele instante, ela sentiu prazer com seu toque e com a força de seu sangue.

Foi então que sua Carimbagem com Aphrodite se desfez, e Stevie Rae, a primeira Grande Sacerdotisa vampira vermelha de Nyx, tornou-se Carimbada com Rephaim, o filho favorito de um imortal caído.

Ela conseguiu soltar a cabeça do aperto firme de Rephaim e sair de seus braços. Nenhum dos dois disse nada. O silêncio de seu pequeno recinto de terra foi preenchido apenas pelos sons dos dois arfando.

– Terra, preciso de você outra vez – Stevie Rae falou para a escuridão que a cercava. Sua voz voltou a soar normal. Seu corpo doía. Ela sentiu suas queimaduras e a pele em carne viva, mas o sangue de Rephaim permitiria que se recuperasse, e ela entendeu muito bem que estivera à beira da morte.

O elemento terra atendeu seu chamado, preenchendo aquele espaço com os aromas de um prado primaveril. Stevie Rae mirou para cima no escuro, para o ponto mais distante possível de si mesma: – Abra só um pedacinho ali em cima, só o bastante para entrar um pouquinho de luz, mas sem me queimar.

O elemento obedeceu. O chão tremeu acima deles e choveu terra quando se abriu uma fenda que deixou passar um pequeno filete de luz solar. Os olhos de Stevie Rae se adaptaram quase no mesmo instante, e ela viu Rephaim piscar os olhos surpresos enquanto tentava se acostumar com a iluminação repentina. Ele estava sentado perto dela, com uma aparência terrível, todo machucado e ensanguentado. Sua asa quebrada não estava mais presa pela atadura de toalha que ela improvisara e jazia nas costas, sem cuidado. Ela percebeu assim que sua visão clareou. Aqueles olhos humanos, tingidos de escarlate, encontraram os dela.

– Sua asa tá toda ferrada de novo – ela disse.

Ele resmungou alguma coisa, e Stevie Rae percebeu que era seu jeito masculino de concordar com ela.

– É melhor eu arrumar essa asa de novo – ela começou a se levantar, mas ele levantou a mão, fazendo-a parar.

– Você não deve se mexer. Precisa ficar descansando na sua terra para recobrar a força.

– Não, tudo bem. Não estou cem por cento, mas dei uma boa melhorada – ela hesitou e finalmente acrescentou: – Não dá para você perceber?

– Por que eu iria ... – as palavras do *Raven Mocker* terminaram bruscamente. Stevie Rae viu seus olhos se arregalando ao entender. – Como isso é possível? – ele perguntou.

– Não sei – ela respondeu, levantando-se e começando a livrá-lo dos farrapos de toalha que ainda estavam pendurados. – Não achei que fosse possível. Mas, bem, aqui estamos nós, e aqui está *ela*.

– Uma Carimbagem – ele exclamou.

– Entre nós – ela confirmou.

Nenhum dos dois disse nada. Quando ela terminou de puxar os farrapos soltos de toalha, falou: – Bom, vou prender e enfaixar sua asa como estava antes. Vai doer de novo. Desculpe. E, sem dúvida, desta vez vai doer em mim também.

— De verdade?

— É, bem, eu sei mais ou menos como funcionam essas coisas de Carimbagem, pois fui Carimbada com uma humana. Ela sabia tudo que acontecia comigo. Agora eu sou Carimbada com você, então faz sentido eu saber tudo sobre você, inclusive quando estiver morrendo de dor.

— Você continua Carimbada com ela?

Stevie Rae balançou a cabeça.

— Não, acho que não sou mais Carimbada com ela, que vai se sentir que nem pinto no lixo.

— Pinto no lixo?

— É só uma expressão que minha mãe costumava usar. Quer dizer que ela vai ficar feliz por não ser mais Carimbada.

— E você? Está como?

Stevie Rae olhou nos olhos dele e respondeu com sinceridade: — Estou totalmente confusa em relação a nós dois, mas não lamento em nada não ser mais Carimbada com Aphrodite. Agora aguente firme para eu poder terminar com isso — Rephaim permaneceu totalmente imóvel enquanto Stevie Rae recolocava sua asa no lugar. Foi ela quem arfou e soltou exclamações de dor e ficou pálida e trêmula após terminar. — Caraca, asa é um negócio que dói pra caramba.

Rephaim olhou para ela, concordando.

— Você também sentiu, não é?

— Infelizmente, senti sim. Foi quase pior do que morrer — ela olhou nos olhos dele. — A asa vai ficar boa?

— Vai melhorar.

— Mas... — ela sentiu as palavras querendo aparecer no fim da frase.

— Mas acho que nunca mais vou conseguir voar.

Stevie Rae cravou os olhos nos dele.

— Isso é péssimo, né?

— É sim.

— Talvez fique melhor do que você pensa. Se você for comigo para a Morada da Noite, posso...

— Não posso ir para lá — ele não alterou a voz, mas suas palavras ganharam um tom de sentença definitiva.

Stevie Rae tentou de novo: – Era o que eu achava antes, mas voltei para lá e eles me aceitaram. Quer dizer, alguns deles me aceitaram.

– Você sabe muito bem que comigo não seria a mesma coisa.

Stevie Rae baixou os olhos e encolheu os ombros.

– Você matou a professora Anastasia. Ela era tão legal. Dragon, companheiro dela, está totalmente perdido.

– Fiz o que fiz por meu pai.

– E ele te abandonou – Stevie Rae rebateu.

– Eu o decepcionei.

– Você quase morreu!

– Mesmo assim, ele é meu pai – ele disse baixinho.

– Rephaim, esta Carimbagem mudou alguma coisa em você? Ou a mudança foi só comigo?

– Mudança?

– É. Antes eu não sentia sua dor, agora sinto. Não sei dizer o que você está pensando, mas sinto as coisas em relação a você, tipo acho que eu seria capaz de saber onde você esteve e o que se passa com você mesmo estando bem longe de mim. É esquisito. É diferente do que tive com Aphrodite, mas está aqui, com certeza. Tem alguma coisa diferente em você?

Ele hesitou um bom tempo antes de responder e soou confuso quando enfim falou: – Estou sentindo um instinto de proteção em relação a você.

– Bem – Stevie Rae sorriu. – Você me protegeu da morte lá em cima.

– Eu estava pagando uma dívida. Agora existe algo maior.

– Tipo o quê?

– Algo como sentir uma espécie de náusea ao pensar que você poderia ter morrido hoje – ele admitiu com um tom de voz defensivo e irritado.

– Só isso?

– Não. Sim. Não sei! Não estou acostumado a isto – ele bateu no peito com o punho.

– Isso o quê?

– Este *sentimento* que tenho por você. Não sei como chamar isto.

– Podemos chamar de amizade?

– Impossível.

Stevie Rae sorriu.

– Bem, estive mesmo conversando com Zoey sobre como muitas vezes as coisas não são tão impossíveis quanto a gente acha. Nem tudo é preto ou branco, existem nuances.

– As coisas não são todas em preto e branco, mas são do bem ou do mal sim. Você e eu estamos em lados opostos da balança.

– Não acho que a coisa seja tão rígida assim.

– Eu continuo sendo filho do meu pai.

– Bem, então, como ficamos?

Antes que ele conseguisse responder, ambos ouviram gritos desesperados vindos de cima, passando pela pequena fenda na terra.

– Stevie Rae! Você está aí?

– É Lenobia – Stevie Rae disse.

– Stevie Rae! – outra voz se juntou à da Mestre de Equitação.

– Ai, droga! É Erik. Ele sabe o caminho para os túneis. Se eles descerem lá, o bicho vai pegar, a coisa vai ficar feia.

– Eles protegeriam você dos raios do sol?

– Ué, sim, imagino que sim. Eles não vão querer que eu pegue fogo.

– Então os chame. Você deve ir com eles – ele disse.

Stevie Rae se concentrou, balançou a mão e a pequena fenda na terra sobre o buraco onde estavam escondidos tremeu, fazendo-a aumentar de tamanho. Stevie Rae pressionou as costas contra o chão de terra. Então fechou as mãos em concha em volta da boca e gritou: – Lenobia! Erik! Tô aqui embaixo!

Ela se levantou rapidamente, apoiando as palmas das mãos na terra de ambos os lados de Rephaim.

– Terra, esconda-o para mim. Não deixe que o descubram.

Então ela deu um empurrão na parede do buraco e, como se fosse água descendo por um escoadouro, a terra cedeu em ondas sob ele, formando um cubículo do tamanho do *Raven Mocker*, para dentro do qual ele se arrastou com relutância.

– Stevie Rae? – a voz de Lenobia veio logo de cima da fenda no chão.

– Oi, tô aqui, mas só posso sair se você cobrir esta parte do chão com uma tenda ou algo assim.

– Vamos resolver isso. Fique aí onde você não corre perigo.

– Você está bem? Precisa que a gente traga *alguma coisa*? – Erik perguntou.

Stevie Rae entendeu que, ao dizer "alguma coisa", Erik estava na verdade se referindo a um dos sacos de sangue na geladeira que havia lá embaixo, nos túneis, mas ela não queria que ele fosse lá de jeito nenhum.

– Não! Eu estou bem. Só arrume alguma coisa para me proteger do sol.

– Sem problema. Voltamos em um segundo – Erik respondeu.

– Não vou a lugar algum – ela gritou para os dois ouvirem. Então se voltou para Rephaim: – E você?

– Eu fico aqui, escondido neste canto. Se você não disser a eles que estou aqui, não vão saber.

Ela balançou a cabeça.

– Não estou falando só de agora. É claro que não vou contar que você está aqui. Mas pra onde você vai?

– Voltar para os túneis eu não volto – ele afirmou.

– É, sem dúvida não seria boa ideia. Bem, deixe-me pensar. Depois que Lenobia e Erik tiverem ido embora, você pode sair facilmente. Os novatos vermelhos não podem ir atrás de você durante o dia, e está supercedo, a maioria das pessoas ainda está dormindo – ela considerou suas opções. Queria mantê-lo perto, e não só por saber que teria de ajudá-lo a conseguir comida e a trocar aqueles curativos imundos. Stevie Rae também estava ciente de que precisava ficar de olho nele. Rephaim ia melhorar e ficar forte como tinha sido um dia. E aí, o que ele faria?

Tinha também o detalhe de ela ser Carimbada com ele, o que tornava desconfortável a perspectiva de ficar muito longe dele. Estranho ela não ter sentido isso com Aphrodite...

– Stevie Rae, eles estão voltando, estou ouvindo – Rephaim a alertou. – Para onde devo ir?

– Ai, caraca... um... bem, você precisa ficar em algum lugar escondido, mas perto, para eu ter acesso a você. E não vai ser nada mal se for um lugar sinistro que afaste gente, ou pelo menos que não atraia gente que iria morrer de susto se topasse com você de noite – então ela arregalou os olhos e sorriu para ele. – Já sei! Depois do Halloween, eu, Z. e a galera fomos acompanhar uma daquelas excursões por lugares mal-assombrados de Tulsa. A gente conheceu um bonde antigo bem maneiro.

– Stevie Rae! Está tudo bem aí embaixo? – a voz de Erik veio de cima.

– Tá sim – ela respondeu, aumentando a voz.

– Vamos fazer uma espécie de tenda sobre essa fenda, chegando até a árvore. Isso já basta pra você conseguir sair?

– Basta um espaço coberto para mim. Posso sair daqui sem ajuda.

– Tá, então é só me avisar quando estiver pronta.

Stevie Rae se voltou para Rephaim.

– Então, o negócio é o seguinte. O último bonde para no Museu Gilcrease. Fica no norte de Tulsa. Tem uma casa grande e antiga bem no meio, e ela deve estar desocupada. Vivem dizendo que ela vai ser reformada, mas até agora não conseguiram levantar dinheiro. Você pode se esconder lá.

– As pessoas não vão me ver?

– De jeito nenhum! Não se você ficar dentro de casa durante o dia. É uma zona, tudo coberto por tábuas e trancas para os turistas não entrarem. E o melhor de tudo é que o lugar é supermal-assombrado! Por isso fazia parte da tal excursão. Parece que os fantasmas do sr. Gilcrease, de sua segunda esposa e até das crianças estão sempre por lá, portanto, quem vir ou ouvir algo estranho, ou seja, quem ouvir *você* vai ficar apavorado achando que é coisa dos fantasmas.

– Espíritos dos mortos.

Stevie Rae levantou as sobrancelhas.

– Não vá me dizer que tem medo deles!

– Não. Eu os entendo bem demais. Existi em espírito durante séculos.

– Caraca, foi mal. Eu tinha me esquecido que...

– Pronto, Stevie Rae! Estamos esperando você – Lenobia gritou.

– Tá, já vou subir. Mas vão para trás, senão podem cair quando eu abrir o buraco na terra – ela se levantou e foi mais para perto da fenda no chão, pela qual já não estava mais passando tanta luz. – Vou tirá-los daqui imediatamente. Daí você segue pela estrada de ferro e vai encontrar a estrada 244 rumo leste, vá por ela. Depois ela vira OK 51. Aí você segue pelo norte até ver a placa de saída para o Museu Gilcrease à direita. Daí é só seguir por essa estrada, que vai dar no museu. A essa altura a pior parte já vai ter passado, porque nessa estrada tem um monte de árvores e coisas onde se esconder. Onde você pode ter problema é na estrada principal. O negócio é ir o mais rápido possível, ficando sempre na lateral, pela vala. Se você se abaixar, ninguém que olhar de relance vai achar que é um pássaro gigante – Rephaim emitiu um som de repulsa, mas Stevie Rae o ignorou. – A casa fica no meio do terreno do museu. Fique escondido por lá que amanhã de noite apareço para levar comida e coisa e tal pra você.

Ele hesitou, mas acabou dizendo: – Não é uma decisão sábia da sua parte voltar a me ver.

– Nada disso foi sábio da minha parte, vamos combinar – ela respondeu.

– Quer dizer que provavelmente vou revê-la amanhã, porque, pelo jeito, nenhum de nós dois age de modo muito inteligente em relação ao outro.

– Bem, então tchau, até amanhã.

– Cuide-se. Se você não se cuidar... acho que talvez vá sentir sua perda – ele hesitou com as palavras como se não soubesse direito como pronunciá-las.

– É, eu digo o mesmo – Stevie Rae respondeu. Antes de levantar os braços para abrir a terra, acrescentou: – Obrigada por salvar minha vida. Sua dívida está totalmente paga.

– É estranho, mas não me sinto livre dela – sua voz soou bem baixa.

– É... Eu entendo o que você quer dizer.

E então, enquanto Rephaim se encolhia para entrar no vão dentro da terra, Stevie Rae invocou seu elemento, abriu a parte de cima do buraco e se deixou puxar por Lenobia e Erik.

Ninguém pensou em olhar para dentro do buraco. Ninguém desconfiou. E ninguém viu uma criatura meio corvo, meio homem, se arrastando até o Museu Gilcrease para se esconder em meio aos espíritos do passado.

38

Zoey

– Stevie Rae! Você está bem mesmo? – agarrei o celular com vontade de voar para Tulsa na velocidade da luz e ver com meus próprios olhos que minha melhor amiga estava viva e bem.

– Z.! Você parece tão preocupada. Não fique! Eu tô bem. Juro. Foi só um acidente cretino, idiota. Deusa, eu sou mesmo uma toupeira.

– O que aconteceu?

– Bem, eu me atrasei para sair da Morada da Noite. Que idiotice a minha. Devia ter ficado lá e esperado até amanhã para voltar aos túneis. Mas fui assim mesmo. E então, se liga só, achei que tinha ouvido alguém no telhado! Aí subi correndo porque estava quase amanhecendo e pensei que algum novato vermelho pudesse estar preso. Pelo amor da Deusa, preciso mandar examinar meus ouvidos. Era um *gato*. Um gato malhado grande e gordo uivando no teto. Comecei a me afastar e, como era de se esperar de uma animadora de torcida totalmente descoordenada como eu, caí e bati com a cabeça com tanta força que desmaiei. Você não ia acreditar na quantidade de sangue. Um pavor.

– Você caiu de cabeça no telhado? Pouco antes de amanhecer? – minha vontade foi a de sair do outro lado da ligação e apertar o pescoço dela.

– É, eu sei. Não foi nada brilhante da minha parte. Principalmente acordando com o sol na minha cara.

– Você se queimou? – senti meu estômago revirar. – Tipo, você ainda está toda ferrada por causa disso?

– Bem, é isso mesmo, comecei a me queimar, e deve ter sido por isso que acordei. E ainda estou bem tostada. Mas podia ter sido bem pior. Minha sorte foi que tive tempo de correr até aquela árvore perto do teto. Lembra dela?

Eu conhecia bem a tal árvore. Ela escondera algo que quase me matara.

– Lembro sim.

– Então, pulei para a árvore, desci por ela e fiz a terra abrir um buraco para me esconder. Foi como se tivesse passado um tornado e eu estivesse morando em um trailer.

– Foi lá que Lenobia te encontrou?

– É, Lenobia e Erik. Aliás, ele foi bem gente boa. Não que você devesse voltar com ele, mas achei que ia gostar de saber disso.

– Bem, então tá bom. Fico contente de saber que você não corre perigo – fiz uma pausa, sem saber direito como dizer esta parte. – Ahn, Stevie Rae, Aphrodite sofreu. Ainda mais com a Carimbagem entre vocês duas se rompendo.

– Sinto muito mesmo que ela tenha sofrido por minha causa.

– Sofrido? Tá de brincadeira? Achamos que ela fosse morrer. Ela estava queimando com você, Stevie Rae.

– Ah, minha Deusa! Eu não sabia disso.

– Stevie Rae, espera um instante – dei as costas a todos que estavam tentando ouvir minha conversa e fui saindo por aquele hall de entrada impressionante de tão lindo. Candelabros brancos de cristal com velas de verdade proporcionavam uma luz cálida e bruxuleante em cima dos tons de creme e dourado das cortinas, fazendo-me sentir como Alice no País das Maravilhas falando de um buraco de coelho com um mundo diferente. – Pronto, agora está melhor. Menos ouvidos aqui – continuei. – Aphrodite me disse que você estava presa. Ela tinha certeza.

– Z., eu tropecei e bati com a cabeça. Tenho certeza de que Aphrodite sentiu o pânico que senti. Tipo, eu acordei quase pegando fogo. Além do mais, caí em cima de um treco de metal no telhado e fiquei presa naquela porcaria. Tô te dizendo, quase morri outra vez de susto. Claro que ela ia sentir algo pesado.

– Então ninguém te agarrou? Ninguém te prendeu em parte alguma?

– Não, Z. – ela riu. – Isso é loucura. Mas daria uma história mais interessante do que eu tropeçar e bater com a cabeça.

Balancei a cabeça, ainda sem conseguir engolir direito o que estava ouvindo.

– Foi pavoroso, Stevie Rae. Cheguei a achar que fosse perder vocês duas.

– Tá tudo bem. Você não vai ficar sem mim, nem sem a xarope da Aphrodite. Apesar de eu não lamentar nem um pouquinho o fato de não ser mais Carimbada com ela.

– Pois é, outra parte muito esquisita. Como foi que isso aconteceu? A Carimbagem não se rompeu nem mesmo quando Darius bebeu o sangue de Aphrodite, e você sabe que eles têm aquela *coisa* entre eles.

– A única coisa que posso concluir é que corri mais risco de morrer do que pensei. Isso deve ter acabado com a nossa Carimbagem. E a gente não *queria* ficar unida. Talvez o *lance* dela com Darius tenha enfraquecido a Carimbagem.

– A Carimbagem de vocês não parecia nada fraca.

– Bem, acontece que a Carimbagem acabou, então só posso pensar que ela era fácil de quebrar.

– Pois o que vi do lado de cá não me pareceu nada fácil nem fraco.

– Bem, do ponto de vista de quem estava queimando debaixo do sol, também posso dizer que não foi nada fácil.

No mesmo instante, me senti mal por estar submetendo Stevie Rae àquele interrogatório. Ela quase tinha morrido (de verdade) e lá estava eu, atormentando a garota com detalhes.

– Ei, foi mal. É que fiquei preocupada pra caramba, só isso. E foi horrível ver Aphrodite sentindo a sua dor.

– Será que devo falar com ela? – Stevie Rae perguntou.

– Ahn, não. Pelo menos agora, não. Da última vez que vi Aphrodite, ela estava subindo uma escadaria impressionante nos braços de Darius para o que parecia uma suíte totalmente cara para dormir mais à vontade depois de tomar as drogas que os *vamps* lhe deram para tomar.

– Ah, que bom. Eles a medicaram. Aphrodite vai gostar disso – nós rimos, e o clima voltou a ficar normal entre a gente.

– Zoey? O Conselho Supremo está convocando para abrir a sessão. Você tem de ir – Erce chamou do fim do corredor.

– Eu tenho que resolver as coisas – eu disse para Stevie Rae.

– É, eu ouvi. Olha, quero dizer uma coisa que você tem que lembrar sempre. Siga seu coração, Z. Mesmo que pareça que está todo mundo contra e que você está fazendo a maior besteira do mundo. Siga a voz dentro de você que diz o que é melhor fazer. Você vai ficar bem surpresa quando vir o que acontece a partir disso – Stevie Rae me pediu.

Hesitei e acabei falando a primeira coisa que veio à minha mente.

– E isso pode salvar a sua vida?

– Pode. É bem provável.

– Precisamos conversar quando eu chegar em casa.

– Tô esperando. Mete bronca e põe moral, Z.

– Vou tentar – respondi. – Tchau, Stevie Rae. Que bom que você não morreu. De novo.

– Eu também fiquei aliviada. De novo.

Desligamos. Eu respirei fundo, endireitei os ombros e me preparei para encarar o Conselho Supremo.

O Conselho Supremo se reunia em uma catedral muito antiga que ficava bem ao lado do superlindo Hotel São Clemente Palace. Estava na cara que a construção tinha sido uma igreja católica, e eu imaginei o que a irmã Mary Angela pensaria das mudanças feitas pelos *vamps*. Eles tinham quase desfigurado totalmente o lugar, com exceção dos enormes acessórios de iluminação que pendiam do teto em grossas correntes de bronze, parecendo que estavam magicamente suspensos sobre as mesas na escola Hogwarts. Tinham alinhado os assentos em círculo em um estilo que eu me lembrava de ter estudado quando lemos *Medeia*. No piso de granito havia sete cadeiras esculpidas em mármore e posicionadas lado a lado. Achei-as lindas, mas pareciam do tipo que davam dormência e frio na bunda.

Os vitrais da catedral original com cenas de Jesus ensanguentado na cruz e um monte de santos católicos tinham sido substituídos por uma imagem de Nyx com os braços para cima segurando uma lua crescente entre as mãos, com um pentagrama brilhante logo atrás. Nos outros vitrais havia versões das quatro classes de emblemas que simbolizavam os anos letivos que todo novato galgava na Morada da Noite. Eu estava olhando ao redor da catedral, pensando em como eram lindos aqueles vitrais, quando reparei na cena pintada logo atrás da imagem de Nyx e senti tudo congelar dentro de mim.

Era Kalona! Com as asas bem abertas e o musculoso corpo nu, bronzeado e poderoso. De repente senti que estava tremendo.

Stark me deu o braço, como um *gentleman* conduzindo sua *lady* pela escadaria de pedras abaixo rumo ao espaço assemelhado a um anfiteatro perto do chão. Mas seu toque era forte e firme, e ele falou apenas para meus ouvidos escutarem: – Não é ele. É só uma imagem antiga de Erebus, como o símbolo de Nyx logo ali.

– Mas parece com ele o suficiente para todo mundo pensar que Kalona é mesmo Erebus – sussurrei freneticamente para Stark.

– É possível. E é por isso que você está aqui – ele murmurou.

– Zoey e Stark, esses são seus lugares – Erce apontou para uma fileira de assentos em frente e ao lado das sete cadeiras. – Os demais ficam na outra fileira, mais atrás – ela conduziu Damien, Jack e as gêmeas às fileiras atrás de nós, dizendo: – Não se esqueça de que você só pode falar se o Conselho reconhecê-la – Erce me lembrou.

– É, sim, eu me lembro – respondi. Tinha alguma coisa em Erce que estava me irritando. Tudo bem que ela era amiga de Lenobia, o que me fazia querer gostar dela, mas desde o surto de Aphrodite ela começara a se meter e a ficar dando ordens para mim e meus amigos. Eu insistira que Darius ficasse com Aphrodite, então fiquei basicamente olhando sem dizer muita coisa enquanto Erce ficava repetindo sem parar as regras do Conselho Supremo e o que não se podia fazer. Tudo bem que um imortal caído e uma ex-Grande Sacerdotisa vagabunda estavam tentando manipular o Conselho Supremo de Vampiros. Será que situar esse pessoal na realidade não era mais importante do que dar demonstrações de educação? É claro que Damien, Jack e as gêmeas concordaram com tudo, inocentes e intimidados.

– Vou ficar logo atrás de você, sentado ao lado de Damien e Jack. Este lugar não transmite vibrações muito amorosas aos humanos, então acho melhor ficar na minha – Heath disse.

Vi Stark trocar um longo olhar com ele.

– Você fique de olho nela – Stark quase estava ordenando.

Heath assentiu: – Eu sempre fico de olho nela.

– Ótimo. Vou me concentrar no resto – Stark disse.

– Tô ligado – Heath respondeu.

E eles não estavam brincando. Não estavam sendo sarcásticos nem bancando os machões ciumentos. Estavam tão preocupados que resolveram trabalhar em equipe.

Isso me deixou realmente paranoica.

Sei que era ridículo e imaturo, mas senti uma saudade terrível da minha avó. E desejei com todas as forças estar aconchegada na sua casinha na fazenda de lavandas em Oklahoma, comendo pipoca bem amanteigada, assistindo a uma maratona de musicais de Rodgers e Hammerstein e tendo como maior preocupação minha dificuldade de entender Geometria.

– O Conselho Supremo dos Vampiros!

– Não se esqueça de ficar de pé! – Erce virou o pescoço para sussurrar para mim.

Segurei-me para não revirar os olhos. O amplo salão caiu no mais absoluto silêncio. Levantei-me, como todo mundo, e fiquei de queixo caído quando as sete criaturas mais perfeitas que já vira entraram no recinto.

Todos os membros do Conselho Supremo eram mulheres, mas isto eu já sabia. Nossa sociedade é matriarcal, nada mais natural que seu Conselho governante seja composto apenas por mulheres. Eu sabia que eram velhas, mesmo para vampiras, elas eram mesmo. É claro que não dava para dizer a idade delas só de olhar. Só dava para ver como eram incrivelmente lindas e impressionantemente poderosas. Por um lado senti um tiquinho de prazer ao comprovar que os *vamps* podiam envelhecer e acabar morrendo, mas não ficavam enrugados nem com cara de Shar-Pei. Por outro lado, o poder que elas emanavam era totalmente assustador. Eu ficava enjoada só de pensar em falar diante delas, isso sem contar os demais vampiros macabros e sisudos que estavam na catedral. Stark cobriu minha mão com a sua e apertou. Segurei a mão dele com força, pensando em como eu queria ser mais velha, mais esperta e, com toda sinceridade, melhor para falar em público.

Ouvi o som de alguém entrando no recinto e olhei para ver Neferet e Kalona, que desciam a escadaria exalando segurança em direção aos dois lugares vazios na mesma fileira em que estávamos, só que os dois ficariam sentados diretamente diante do Conselho Supremo. Como se estivessem esperando pela chegada deles, o Conselho todo se sentou, sinalizando assim que já podíamos nos sentar também. Foi difícil não encarar Neferet e Kalona. Ela sempre fora linda, mas mudara durante os poucos dias em que fiquei sem vê-la. O ar ao seu redor parecia vibrar de tanto poder. Ela usava um vestido que me lembrou Roma antiga, parecendo uma toga. O vestido a deixava parecida com uma rainha. Ao lado dela, Kalona estava espetacular. Parece idiotice dizer que ele estava seminu: calça preta apenas, sem camisa nem sapatos, mas não parecia idiota em comparação aos demais. Parecia um deus que tinha resolvido caminhar pela Terra. Suas asas o envolviam como uma capa. Eu sabia que todos os olhos estavam voltados para ele, mas, quando nossos olhares se cruzaram, o mundo ruiu e só restamos Kalona e eu.

A lembrança de nosso último sonho se acendeu entre nós. Enxerguei nele o guerreiro de Nyx, aquele ser incrível que ficara ao lado dela e depois caiu por amá-la demais. E em seus olhos enxerguei vulnerabilidade e uma pergunta nítida. Ele queria saber se eu podia acreditar nele. Em minha mente ouvi suas palavras: *E se eu só for do mal com Neferet? E se a verdade for que, estando ao seu lado, eu possa escolher o bem?*

Minha mente ouviu aquelas palavras e as rejeitou outra vez. Mas coração era outra coisa. Ele tinha tocado meu coração e, apesar de eu estar prestes a negá-lo, fingir que ele não havia me alcançado, naquele momento quis que ele visse a verdade em meus olhos. Então lhe mostrei meu coração e deixei meus olhos lhe dizerem o que eu jamais poderia dizer.

A reação de Kalona veio na forma de um sorriso tão gentil que tive de desviar o olhar rapidamente.

– Zoey? – Stark sussurrou.

– Estou bem – automaticamente sussurrei em resposta.

– Seja forte. Não se deixe alcançar por ele.

Concordei e senti as pessoas olhando para mim com muito mais do que curiosidade normal pelas minhas tatuagens extras. Dei uma olhada para trás e vi Damien, Jack e as gêmeas olhando boquiabertos para Kalona. Então olhei nos olhos de Heath. Ele não estava olhando para Kalona. Estava olhando fixo para mim, nitidamente preocupado. Tentei sorrir para ele, mas acabou mais parecendo um sorriso constrangido de culpa.

Então um membro do Conselho falou, e fiquei aliviada de voltar minha atenção para ela.

– O Conselho Supremo está reunido em sessão especial. Eu, Duantia, abro a sessão. Que Nyx nos dê sabedoria e nos oriente.

– Que Nyx nos dê sabedoria e nos oriente – o resto do recinto entoou.

Ao nos passar as regras de comportamento, Erce nos informou os nomes dos membros do Conselho e descreveu cada uma delas. Eu sabia que Duantia era a mais velha, portanto era sua função abrir a sessão e decidir quando encerrá-la. Olhei bem para ela. Era inacreditável pensar que tivesse centenas de anos e que, tirando a intensa segurança e poder que emanava, seu único sinal externo de idade eram os fios prateados nos grossos cabelos castanhos.

— Temos perguntas a fazer para Neferet e para esse ser que se diz Erebus — vi os olhos verdes de Neferet se apertarem como fendas muito ligeiramente, mas ela assentiu graciosamente para Duantia.

Kalona se levantou e se curvou perante o Conselho.

— *Merry meet* outra vez — ele saudou Duantia e cumprimentou com a cabeça cada uma das outras seis membros do Conselho. Várias delas cumprimentaram-no de volta.

— Temos perguntas a fazer sobre suas origens — Duantia disse.

— Nada mais natural — Kalona respondeu.

Sua voz era profunda. Ele soou humilde, razoável e muito, muito honesto. Acho que eu, bem como quase todos os demais, queria ouvi-lo, a despeito de acreditar ou não no que ele dizia. E então fiz algo realmente tolo e completamente infantil. Como se fosse uma garotinha, fechei os olhos e fiz uma prece a Nyx com mais força do que jamais fizera na vida. *Por favor, só permita que ele diga a verdade. Se ele disser a verdade, talvez haja esperança para ele.*

— Você se diz Erebus renascido — Duantia disse. Eu abri os olhos e vi Kalona sorrir e responder.

— Eu sou, de fato, um ser imortal.

— Você é Erebus, consorte de Nyx?

Diga a verdade! Berrei mentalmente. *Diga a verdade!*

— Eu já estive ao lado de Nyx. Então caí na Terra. Agora estou aqui ao...

— Ao lado da Deusa Encarnada — Neferet o interrompeu, pondo-se ao lado de Kalona.

— Neferet, nós já conhecemos seu ponto de vista sobre quem é esse imortal — Duantia a repreendeu. Ela não levantou a voz, mas suas palavras soaram incisivas, deixando clara a ameaça. — O que nós queremos é saber mais diretamente do próprio imortal.

— Como qualquer consorte, curvo-me à minha senhora vampira — Kalona disse, curvando-se levemente para Neferet, que lhe sorriu de um modo triunfante que me fez ranger os dentes.

– Você espera que nós creiamos que a encarnação de Erebus nesta Terra não tem vontade própria?

– Seja na Terra ou ao lado de Nyx no Reino da Deusa, Erebus é fiel a sua senhora, e seus desejos refletem os dela. Posso dizer que conheço a verdade destas palavras por experiência pessoal.

E ele estava dizendo a verdade. Como guerreiro de Nyx, ele testemunhara a dedicação de Erebus a sua Deusa. É claro que o jeito com que formulou a resposta deixava claro que ele se dizia Erebus, sem, na verdade, dizer mentiras. *E não foi isso que eu pedi em prece que ele fizesse? Não pedi que ele falasse apenas a verdade?*

– Por que você abandonou o Reino de Nyx? – perguntou outro membro do Conselho, uma das vampiras que não o saudaram ao entrar.

– Eu caí – Kalona desviou o olhar dos membros do Conselho e se voltou para mim, terminando de responder como se nós dois estivéssemos sozinhos no recinto. – Optei por partir porque não acreditava mais que estivesse servindo bem à minha Deusa. No começo foi como se tivesse cometido um terrível engano, e então surgi da Terra para descobrir um novo reino e uma nova senhora. Ultimamente comecei a acreditar que posso, de fato, servir à minha Deusa outra vez, só que desta vez através de sua representante na Terra.

As sobrancelhas graciosamente arqueadas de Duantia subiram quando ela acompanhou o olhar dele, que pousou em mim. Seus olhos se arregalaram levemente.

– Zoey Redbird. O Conselho a reconhece.

39

Zoey

Sentindo calor e frio ao mesmo tempo, desviei meu olhar do de Kalona e me levantei para encarar o Conselho.

– Obrigada. *Merry meet*.

– *Merry meet* – Duantia respondeu e então continuou tranquilamente: – Nossa irmã Lenobia nos notificou que, em virtude da ausência de Neferet de sua Morada da Noite, você foi nomeada Grande Sacerdotisa; sendo assim, você representa a vontade deles.

– É inteiramente inapropriado uma novata ser nomeada Grande Sacerdotisa – Neferet interveio. Sei que ela estava totalmente "p" da vida, mas, em vez de demonstrar sua irritação, ela me lançou um sorriso indulgente, como se eu fosse uma menininha flagrada usando as roupas da mamãe. – Eu ainda sou a Grande Sacerdotisa da Morada da Noite de Tulsa.

– Não depois de ser deposta pelo Conselho da Morada – Duantia respondeu.

– O surgimento de Erebus e a morte de Shekinah abalaram profundamente a Morada da Noite de Tulsa, especialmente porque isso aconteceu logo após as terríveis e trágicas mortes de dois de nossos professores por humanos locais. Isso me entristece, mas os membros do Conselho de minha Morada não estão pensando com clareza.

– Que a Morada da Noite de Tulsa está em completa desordem é inegável. Não obstante, reconhecemos o direito deles de indicar uma nova Grande Sacerdotisa, apesar de ser extremamente incomum uma novata ser nomeada para tal posição – Duantia observou.

– Ela é uma novata extremamente incomum – agora era Kalona quem falava.

Senti o sorriso em sua voz. Mas não consegui olhar para ele.

Outro membro do Conselho levantou a voz. Seus olhos negros faiscaram e sua voz saiu aguda, quase sarcástica. Achei que se tratava de Tanatos, a vampira que adotara o nome que significava "morte" em grego.

– Interessante você falar em apoio a ela, Erebus, pois Lenobia diz que Zoey crê em outra versão sobre quem seria você.

– Eu disse que ela era extremamente incomum, não infalível – Kalona a corrigiu. Vários membros do Conselho deram risada, bem como muitos vampiros na plateia, apesar de Tanatos aparentemente não achar a menor graça. Senti Stark, sentado ao meu lado, retesar o corpo.

– Incomum e juveníssima Zoey Redbird, diga-nos então. Quem é o imortal alado aqui presente em sua opinião?

Minha boca estava tão seca que tive de engolir duas vezes antes de falar. E então, quando as palavras finalmente vieram, o que eu disse me pegou de surpresa, como se meu coração tivesse falado sem permissão da minha mente.

– Eu acredito que ele tem sido muitas coisas diferentes. E acho que costumava sim viver perto de Nyx, apesar de ele não ser Erebus.

– E se ele não é Erebus, quem é?

Concentrei-me na sabedoria dos olhos de Duantia e tentei bloquear tudo para falar apenas a verdade.

– Minha avó é do povo Cherokee, e eles têm uma velha lenda sobre ele. Esse povo o chama de Kalona. Ele viveu entre os Cherokees após cair do Reino de Nyx. Não acho que ele era ele mesmo naquela época. Ele fez coisas terríveis com as mulheres da tribo. Tornou-se pai de monstros. Minha avó me contou como ele foi aprisionado. Havia até uma canção que as pessoas do povo Cherokee costumavam cantar sobre como ele poderia se livrar da prisão, e Neferet seguiu as instruções, razão pela qual ele está aqui agora. Eu creio que esteja com Neferet por desejar ser o consorte da Deusa, e acho que ele escolheu errado. Neferet não é uma Deusa. Ela nem mesmo continua sendo Grande Sacerdotisa da Deusa.

Minha declaração foi recebida com exclamações de ultraje e descrença, a mais ruidosa delas vindo da própria Neferet: – Como ousa! Até parece que você, uma *criança* novata, poderia saber o que represento para Nyx?

– Não, Neferet – eu a encarei perante o Conselho. – Não faço a menor ideia do que você representa para Nyx. Não chego nem perto de entender no que você se transformou. Mas sei bem quem você *não é*. E você não é Grande Sacerdotisa de Nyx.

– Isso porque você acha que me suplantou!

– Não por isso, mas sim porque você se voltou contra a Deusa. Não tem nada a ver comigo – respondi.

Neferet me ignorou e apelou ao Conselho.

– Ela está apaixonada por Erebus. Por que tenho de me sujeitar às calúnias desta criança invejosa?

– Neferet, você já deixou clara sua intenção de ser a próxima Sacerdotisa Suprema. Para carregar esse título, você precisa ter sabedoria para lidar com todo tipo de controvérsia, inclusive as que envolvem sua pessoa – Duantia olhou de Neferet para Kalona. – O que tem a dizer sobre o pronunciamento de Zoey?

Senti os olhos dele sobre mim, mas mantive os meus fixamente cravados em Duantia.

– Digo que ela acredita estar dizendo a verdade. E reconheço que meu passado foi violento. Entretanto, eu jamais me disse imaculado. Mas recentemente encontrei meu caminho, e neste caminho está Nyx.

Eu não tinha como ignorar a verdade de suas palavras. Não consegui me segurar, e meus olhos se deixaram atrair por ele.

– Minhas experiências são a razão pela qual sinto a mais profunda certeza da necessidade de voltarmos aos valores de tempos ancestrais, do tempo em que vampiros e seus guerreiros caminhavam orgulhosos e fortes pela Terra, em vez de formar guetos em escolas e só ultrapassar os portões desses guetos com maquiagem para disfarçar nossas Marcas, como se a lua crescente da Deusa fosse motivo de vergonha. Os vampiros são filhos de Nyx, e a Deusa não nos criou para vivermos acuados na escuridão. Que todos nós ganhemos a luz!

Ele era magnífico. Ao falar, suas asas começaram a se abrir. Sua voz estava repleta de paixão. Todos olharam para ele. Mesmerizados por sua beleza, todos queríamos acreditar em seu mundo.

– E quando vocês estiverem prontos para serem conduzidos por Nyx Encarnada e seu consorte Erebus, poderemos então reviver os caminhos ancestrais para que assim possamos todos seguir orgulhosos e fortes, sem nos curvarmos à dependência e ao preconceito humano – Neferet disse ao lado de Kalona, gloriosa, e lhe deu o braço em um gesto carregado de sentimento de posse. – Até lá fiquem ouvindo choramingos de crianças, enquanto Erebus e eu retomamos Capri daqueles que já passaram tempo demais intrometidos em nosso antigo lar.

– Neferet, o Conselho não sancionará guerra contra os humanos. Você não pode forçá-los a abandonar suas casas na ilha – Duantia a avisou.

– Guerra? – Neferet riu, parecendo chocada e ao mesmo tempo achando graça. – Duantia, eu *comprei* o Castelo de Nyx do idoso humano que permitiu a decadência do imóvel. Se alguma de vocês do Conselho tivesse conferido, nós poderíamos ter recuperado nosso antigo lar a qualquer momento das últimas duas décadas – os olhos verdes de Neferet percorreram o recinto. Intensa e cativante em seu tom apaixonado, ela conquistou os ouvintes com seu discurso. – Foi lá que os vampiros encontraram a beleza de Pompeia. Foi lá que os vampiros comandaram a Costa Amalfitava, prenunciando séculos de prosperidade com sua sabedoria e benevolência. É lá que encontrarão o coração e a alma de Nyx e a riqueza da vida que ela deseja para seu povo. E é lá que encontrarão Erebus e a mim. Acompanhem-nos aqueles que ousarem viver!

Ela se virou e, como um redemoinho de seda, retirou-se do aposento. Antes de acompanhá-la, Kalona se curvou respeitosamente ao Conselho, levando o punho ao coração. Então ele olhou para mim e disse: – *Merry meet, merry part* e *merry meet* outra vez.

Depois que eles se retiraram, instalou-se um verdadeiro pandemônio. Todos falaram ao mesmo tempo, alguns nitidamente querendo chamar Neferet e Kalona de volta; outros indignados por eles terem partido. Ninguém, nenhum vampiro sequer, ficou contra eles. E sempre que o chamavam pelo nome, o chamavam de Erebus.

– Estão acreditando nele – Stark me disse.

Eu assenti. Ele me lançou um olhar cortante.

– Você acredita nele?

Abri minha boca sem saber como explicar ao meu guerreiro que não era tanto uma questão de acreditar em Kalona, e sim que eu estava começando a acreditar no que ele já fora e talvez pudesse voltar a ser.

A voz de Duantia reverberou pelo salão, calando a todos.

– Basta! Este aposento será imediatamente esvaziado. Não nos degradaremos a ponto de nos comportarmos como se fôssemos alguma turba caótica – guerreiros pareceram se materializar do meio de todos, e as vampiras e vampiros, ainda exaltados, começaram a se retirar.

– Zoey Redbird, falaremos com você amanhã. Compareça com seu círculo ao entardecer. Entendemos que a ex-novata e atual profetisa humana passou hoje pelo trauma do rompimento de Carimbagem. Se ela se recuperar, poderá acompanhar seu grupo amanhã.

– Sim, senhora – respondi.

Stark e eu saímos às pressas. Damien fez um sinal para que fôssemos para um jardim lateral, logo depois do caminho principal, onde o resto do pessoal esperava por nós.

– O que aconteceu lá dentro? – Damien foi direto ao assunto. – Pareceu até que você acredita nessa história de Kalona cair do lado de Nyx.

Eu tinha de lhes dizer a verdade. Respirei fundo e contei tudo aos meus amigos.

– Kalona me mostrou uma visão do passado, e nela eu vi que ele era guerreiro de Nyx.

– O quê? – Stark explodiu. – Guerreiro da Deusa? Isso é loucura! Passei algum tempo ao lado dele. Eu o vi agindo do jeito que é *de verdade*. Eu vi quem ele é, e ele não é guerreiro da nossa Deusa.

– Não é mais – tentei manter a voz calma, mas tive vontade de berrar com Stark. Ele não tinha tido a visão que eu tive. Como podia julgar se era verdade ou não? – Ele optou por abandonar Nyx. É claro que foi um erro. E é claro que ele fez coisas terríveis. Eu disse tudo isso.

– Mas você acredita nele – Stark disse com os lábios finos de tensão.

– Não! Eu não acredito que seja Erebus. Jamais disse isso.

– Não, Zo, mas o que você disse fez parecer que você pode estar do lado dele se ele rejeitar Neferet – Heath disse.

Eu já estava de saco cheio. Como sempre, esses garotos estavam me dando dor de cabeça.

– Será que vocês dois poderiam parar de encarar a situação como meus namorados? Será que dá para deixar de lado o ciúme e a posse e tentar encarar Kalona com objetividade?

– Não tenho ciúme nem sentimento de posse em relação a você, e acho que você está enganada se está começando a acreditar que Kalona é do bem – agora era Damien quem falava.

– Ele te pegou, Z. – Shaunee disse.

– Te enfeitiçou, tá na cara – Erin concordou.

– Não é nada disso! Não passei para o lado de Kalona! Só estou tentando enxergar a verdade aqui. E se a verdade for que ele costumava estar do lado certo? Talvez ele possa encontrar o caminho do bem outra vez.

Stark estava balançando a cabeça. E me voltei para ele: – Aconteceu com você, então como diabos pode garantir que não vai acontecer com ele?

– Ele está usando sua conexão com A-ya para bagunçar sua cabeça. Pense bem, Zoey – os olhos de Stark me imploravam por atenção.

– É o que venho tentando fazer. Pensar bem e encontrar a verdade *sem* interferência de ninguém, nem de A-ya. Como fiz com você.

– Não é a mesma coisa! Não passei séculos fazendo maldade. Não escravizei uma tribo inteira, não estuprei mulheres – Stark retrucou.

– Você ia estuprar Becca se Darius e eu não tivéssemos impedido! – as palavras saíram da minha boca antes que meu bom-senso as pudesse deter.

Stark chegou a recuar como se eu tivesse batido nele.

– Ele conseguiu. Ele entrou na sua cabeça, e com ele lá dentro não há mais espaço para o seu guerreiro – Stark deu meia-volta e foi caminhando pelas sombras adentro.

Só me dei conta de que estava chorando quando senti as lágrimas escorrendo do meu queixo para a camisa. Enxuguei o rosto com a mão trêmula. Então olhei para meus outros amigos.

– Quando Stevie Rae voltou, ela estava tão horrível que quase não a reconheci. Ela estava pavorosa, má, cruel. Do mal mesmo. Mas também não me virei contra ela. Acreditei em sua humanidade e, por não ter desistido, ela voltou – justifiquei.

– Mas Zoey, Stevie Rae era do bem antes de morrer e renascer. Todo mundo sabe disso. E se a verdade for que Kalona nunca teve bondade nem *humanidade* alguma a perder? E se sua escolha tiver sido sempre ficar do lado do mal? – Damien perguntou baixinho. – Para você estar dizendo tudo isso, o que ele mostrou deve parecer real, mas você tem pelo menos que considerar o fato de a visão não ter passado de ilusão. Ele pode ter mostrado algum tipo de "verdade" maquiada e parcial.

– Já andei pensando nisso – eu falei.

– Como Stark disse, será que você realmente pensou que a conexão que tem com A-ya e as lembranças que traz dela possam estar influenciando seu julgamento? – Erin perguntou.

Eu assenti, chorando mais ainda. Heath pegou minha mão.

– Zo, o filho favorito dele matou Anastasia e quase matou o resto do pessoal que se opôs a ele.

– Eu sei – respondi em prantos. *Mas e se ele só tiver deixado que fizessem isso por causa de Neferet?* Eu não disse as palavras em voz alta, mas Heath pareceu ler minha mente.

– Kalona está tentando alcançá-la porque foi você quem teve força para juntar todo mundo para bani-lo de Tulsa – Heath disse.

– E a visão de Aphrodite mostra que você é a única que tem força para derrotá-lo de vez – Damien reforçou.

– Parte de você foi feita para destruí-lo – Shaunee interveio.

– E essa mesma parte de você foi feita para amá-lo – Erin continuou.

– Você tem que se lembrar disso, Zo – Heath afirmou.

– Eu acho que você precisa conversar com Aphrodite – Damien sugeriu. – Eu vou acordá-la, e a Darius também. Vamos resolver isso. Você precisa descrever exatamente o que Kalona lhe mostrou na tal visão.

Eu assenti, mas sabia que não podia fazer o que eles queriam que eu fizesse. Não conseguiria conversar com Aphrodite e Darius. Não me sentindo tão arrasada.

– Tá, mas preciso de um minuto – esfreguei o rosto com a manga da camisa. Jack, que assistia a tudo com olhos grandes e preocupados, abriu sua bolsa e me deu um pacotinho de lenços. – Obrigada – funguei.

– Pode ficar. Provavelmente você vai chorar de novo mais tarde – ele disse, batendo no meu ombro.

– Por que vocês não vão indo para a suíte de Aphrodite? Vou me recompor e chego lá daqui a pouquinho.

– Não demore, tá? – Damien pediu.

Eu assenti e meus amigos se afastaram lentamente. Olhei para Heath.

– Preciso ficar sozinha.

– É, eu entendi, mas queria dizer uma coisa – ele me segurou pelos ombros e me fez olhar para ele. – Você tem que lutar contra essa coisa que você sente por Kalona, e não tô dizendo isso por ciúme nem nada. Eu amo você desde que éramos crianças. Não vou te deixar. Não vou te abandonar, não interessa o que você diga ou faça, mas Kalona não é como Stevie Rae ou Stark. Ele é imortal. Vem de outro tipo de mundo e, Zo, sinto que o que ele quer é dominar o mundo inteiro. É você quem pode impedir, então ele quer puxá-la para o lado dele. Ele entra nos seus sonhos, na sua mente, e tem uma parte dele que se conecta à sua alma. Sei disso porque também estou conectado à você.

Ficar sozinha com Heath até me acalmou. Ele era tão família para mim, era minha rocha humana, sempre ao meu lado, sempre querendo o que era realmente melhor para mim.

– Desculpe por chamar você de ciumento e possessivo – funguei e assoei o nariz.

Ele sorriu.

– Mas eu até que sou. Só que sempre soube que o que rola entre mim e você é uma coisa especial – ele apontou com o queixo para a direção tomada por Stark. – Seu namorado guerreiro não tem a mesma segurança que eu.

– É, bem, ele também não tem o mesmo nível de experiência comigo que você tem.

O sorriso dele se ampliou.

– Ninguém tem, gata!

Suspirei e caí em seus braços, abraçando-o com força.

– Você é como o lar para mim, Heath.

– É o que sempre serei, Zo – ele me puxou de volta e me beijou suavemente. – Bem, vou deixar você ficar sozinha, porque sei que ainda tem muitas lágrimas para chorar. E, enquanto você se organiza, que tal se eu procurar Stark para chamá-lo de otário ciumento, e quem sabe até dar uns socos na cara dele?

– Socos?

Heath deu de ombros.

– Um bom soco faz o cara se sentir melhor.

– Ahn, não se ele estiver levando o soco – retruquei.

– Tá bem. Então vou arrumar outro pra socar – ele balançou as sobrancelhas para mim. – Porque você com certeza não vai querer me ver de cara quebrada.

– Se você encontrá-lo, pode levá-lo ao quarto de Aphrodite?

– É o que pretendia fazer – ele respondeu e depois bagunçou meu cabelo. – Te amo, Zo.

– Eu também te amo, mas superdetesto quando você bagunça meu cabelo.

Ele deu um sorrisinho para mim, piscou o olho e foi atrás de Stark. Eu estava na verdade me sentindo um pouquinho melhor. Sentei-me no banco, assoei o nariz de novo, esfreguei os olhos e olhei para longe. Então me dei conta do que estava encarando e de onde estava sentada.

Era o banco de um dos meus primeiros sonhos com Kalona. Ele tinha sido construído em cima de um monte, de modo que de lá dava para ver por cima do enorme muro que cercava a ilha e avistei, ao longe, a iluminada Praça de São Marcos, que parecia uma terra encantada em uma noite de inverno. Às minhas costas estava o Hotel São Clemente Palace, todo aceso e cintilante. Ao redor do palácio, à minha direita, estava a antiga catedral transformada em Sala do Conselho Supremo. Toda esta beleza, todo este poder e majestade ao meu redor, e eu tão absorvida em meus problemas para poder sequer *ver* nada disso.

Talvez estivesse absorvida demais em meus problemas para conseguir *ver* Kalona também. E sei o que Aphrodite diria. Que estou concretizando a visão do mal. Talvez ela tivesse razão.

Levantei a cabeça e olhei para o céu noturno, tentando ver as camadas de nuvens que encobriam a lua. E então fiz uma prece.

– Nyx, preciso de você. Acho que estou perdida. Por favor, me ajude. Por favor, mostre-me alguma coisa que torne as coisas mais claras para mim. Não quero fazer besteira... outra vez...

40

Heath

Heath se perguntou se Zo tinha consciência de que o estava magoando. Não que ele quisesse se afastar dela. Não queria. Na verdade, queria mais. O problema era que também queria o que fosse melhor para ela, como sempre quisera. Desde o ensino fundamental. Ele se lembrava do dia em que se apaixonara. A mãe dela havia pirado e a levara até o salão de cabeleireiros onde trabalhava uma amiga. Elas decidiram, a mãe de Zo e sua amiga, que seria legal cortar curtinho os longos cabelos escuros de Zoey. Então, no dia seguinte, ela apareceu na escola com o cabelo bem curtinho, meio arrepiado.

As crianças ficaram cochichando e rindo dela. Ela arregalou os olhos castanhos, parecendo estar com medo, e Heath achou que ela era a menina mais linda que já vira. Ele foi lhe dizer que tinha gostado do cabelo, e disse isso em alto e bom som na frente de todos no refeitório na hora do almoço. Ela pareceu prestes a chorar, então ele segurou a bandeja para ela e se sentou ao seu lado, apesar de não ser considerado nem um pouco legal se sentar com uma garota. Naquele dia ela fizera alguma coisa com seu coração. E vinha fazendo desde então.

E assim, lá estava ele, tentando achar um cara que era dono de um pedaço do coração dela, pois isso era o melhor para Zoey. Heath passou a mão nos cabelos. Tudo isso ia acabar um dia. Um dia Zo voltaria para Tulsa e, apesar de ser certo que a Morada da Noite lhe ocuparia boa parte do tempo, ela estaria com ele quando pudesse. Eles voltariam a ir ao cinema. Ela assistiria às suas partidas de futebol na Universidade de Oklahoma. Tudo seria normal de novo, ou quase. Ele podia aguentar firme até então. Heath tinha certeza de que as coisas melhorariam assim que se resolvesse essa palhaçada com Kalona e Zo esclarecesse tudo. Ele teria então sua Zo de volta. Ou pelo menos o máximo que ela pudesse lhe dar. E já seria o suficiente.

Heath seguiu o caminho que levava para fora do palácio, mais ou menos na direção tomada por Stark. Olhou para os lados e não viu muita coisa, a não ser o grande muro de pedra à esquerda e, à direita, uma área parecida com um parque, cheia de cercas vivas quase da altura dele. Observou bem o parque enquanto caminhava, percebendo que as cercas haviam criado uma espécie de labirinto circular entremeado. Concluiu que devia ser um daqueles velhos labirintos, o que o fez lembrar do mito grego do Minotauro na ilha de um rei rico de cujo nome não se lembrava de jeito nenhum.

Droga, ele não tinha percebido como escurecera desde que se afastara das luzes do palácio. E também estava tudo parado. Tão parado que ele chegou a ouvir as ondas batendo logo do outro lado do muro. Heath se perguntou se deveria gritar por Stark, mas concluiu que não, pois, como Zo, ele também precisava de um tempinho para si mesmo. Todo esse papo de *vamp* era coisa demais para um cara normal como ele, de modo que precisava de um tempinho para processar tudo em sua mente. Não que não pudesse lidar com Stark e os outros *vamps*. Caramba, ele até que gostava de alguns *vamps* e de alguns novatos também. No fundo, até achava o tal de Stark um bom sujeito. Era só Kalona quem estava ferrando tudo.

Então, como se seus pensamentos tivessem atraído o imortal, Heath ouviu a voz de Kalona na noite vazia e diminuiu o passo, tomando cuidado para não fazer barulho ao pisar nas pedrinhas do chão.

– Saiu exatamente como planejado – Kalona estava dizendo.

– Odeio esses subterfúgios! Não aguento vê-lo fingindo ser algo que não é para ela.

Heath reconheceu a voz de Neferet e avançou alguns centímetros. Mantendo-se bem na sombra, abraçou a parede, fazendo o máximo de silêncio que podia. As vozes vinham da área do parque, mais para a frente e à direita, e à medida que ele foi avançando viu uma brecha na cerca viva que era, sem dúvida, uma entrada e saída para o labirinto. Através da brecha, ele avistou Kalona e Neferet. Estavam parados perto de uma fonte. Heath soltou um suspiro curto de alívio. O som da água em cascata com certeza estava abafando o som de seus passos. Pressionando o corpo junto ao muro de pedra, ele observou e escutou.

— Você chama de fingimento. Eu chamo de ponto de vista diferente — Kalona disse.

— Razão pela qual você pode mentir para ela e fazer parecer que diz a verdade — Neferet atirou-lhe as palavras.

Kalona deu de ombros.

— Zoey quer a verdade, então é a verdade que lhe dou.

— Verdade selecionada — Neferet o corrigiu.

— É claro. Mas todos os mortais, vampiros, humanos e novatos também não selecionam as próprias verdades?

— *Mortais*. Você fala como se estivesse muito distante de nós.

— Eu sou imortal, o que me torna diferente. Até de você, apesar de seus poderes de Tsi Sgili a estarem transformando em algo próximo de imortal.

— Sim, mas Zoey não chega nem perto de ser imortal. Continuo achando que devíamos matá-la.

— Você é uma criatura sedenta por sangue — Kalona riu. — O que você ia fazer, cortar sua cabeça e empalá-la como fez com os outros dois que entraram no seu caminho?

— Não seja ridículo. Eu não a mataria do mesmo modo que matei os outros. Seria óbvio demais. Ela podia simplesmente sofrer um infeliz acidente ao visitar Veneza amanhã ou depois.

O coração de Heath batia tão forte que teve certeza de que eles iam acabar ouvindo. Neferet matara os dois professores de Zoey! Kalona sabia disso e *achava graça*. Zo jamais acreditaria que ele tinha um lado bom depois de saber disso.

– Não – Kalona estava falando. – Nós não teremos de matar Zoey. Logo ela virá para mim por vontade própria; plantei as sementes para isso acontecer. Só preciso esperar a plantinha brotar, e então seus poderes, que são vastos mesmo ela sendo mortal, estarão à minha disposição.

– À *nossa* disposição – Neferet o corrigiu novamente.

Uma das asas negras de Kalona se abriu para fazer carinho na lateral do corpo de Neferet, que se inclinou em direção a ele.

– É claro, minha rainha – ele murmurou antes de beijá-la.

Heath se sentiu como se estivesse assistindo pornografia, mas estava preso onde estava. Não podia se mexer. E provavelmente teria de ficar onde estava até eles começarem o ato em si para depois escapar, procurar Zoey e contar tudo que ouviu.

Mas Neferet o surpreendeu ao se afastar de Kalona.

– Não. Você não pode fazer amor com Zoey em seus sonhos e com os olhos na frente de todo mundo e achar que vou abrir meu corpo para você. Não serei sua esta noite. Ela está por demais entre nós dois – Neferet se afastou de Kalona. Até Heath se sentiu capturado por sua beleza. Seus grossos cabelos avermelhados a envolviam, selvagens. O tecido sedoso que lhe emoldurava o corpo parecia uma segunda pele, e seus seios estavam quase totalmente expostos enquanto sua respiração ficava mais ofegante e rápida. – Sei que não sou imortal nem sou Zoey Redbird, mas meus poderes também são vastos, e você não deve se esquecer de que matei o último que tentou ter a mim e a ela – Neferet deu meia-volta. Com um movimento de mãos, ela abriu a cerca viva em frente e passou por ela, deixando Kalona em pé sozinho, olhando ela se afastar em meio à penumbra.

Heath estava se preparando para sair de fininho quando Kalona virou a cabeça e seus olhos cor de âmbar foram direto para onde ele estava parado.

– Então, humanozinho, quer dizer que agora você tem uma história para contar para minha Zoey – ele disse.

Heath olhou nos olhos do imortal e entendeu duas coisas claramente. Uma, aquela criatura ia matá-lo. Outra, ele tinha que mostrar a verdade a Zoey antes de morrer. Heath não se curvou ao olhar da criatura. Em vez disso, usou toda a força de vontade que aprendera a empregar em outro campo de batalha bem diferente, o do futebol, e pelo seu sangue Carimbado ao de Zoey tentou canalizar e encontrar o elemento com o qual ela tinha mais afinidade: o espírito. Seu coração e sua alma berraram na noite: *Espírito, venha para mim! Ajude-me a levar minha mensagem a Zo! Diga-lhe que ela tem que me achar!* Enquanto isso, ele dizia a Kalona com uma voz calma: – Ela não é sua Zoey.

– Ah, ela é sim – Kalona respondeu.

Zo! Venha para mim! A alma de Heath gritou.

– Que nada, você não conhece minha garota.

– A alma da sua garota me pertence, e não vou permitir que Neferet nem você nem *ninguém* mude isso – Kalona começou a caminhar em direção a Heath.

Zo! Somos eu e você, gatinha! Venha para mim!

– Qual é a expressão que os vampiros usam? – Kalona perguntou. – Acho que é "a curiosidade matou o gato". Parece que se aplica bem a esta situação.

Stark

– Eu sou um idiota – Stark resmungava consigo mesmo ao passar pela entrada principal do palácio.

– Senhor, precisa de alguma orientação? – perguntou um guerreiro que estava logo depois da entrada.

– Sim, preciso saber onde fica o quarto de Aphrodite. Sabe, a profetisa humana que veio conosco? Ah, eu sou Stark, guerreiro da Grande Sacerdotisa Zoey Redbird.

– Sabemos quem você é – respondeu o vampiro. Seus olhos pousaram nas tatuagens vermelhas de Stark. – É tudo muito fascinante.

– Bem, "fascinante" não seria o termo que eu usaria.

O guerreiro sorriu.

– Você não está unido a ela há muito tempo, certo?

– Não. Poucos dias.

– A coisa melhora. E piora.

– Obrigado. Acho – Stark deu um suspiro profundo. Apesar de Zoey deixá-lo maluco, ele sabia que jamais poderia voltar a se afastar dela. Ele era seu guerreiro. Seu lugar, por mais difícil que fosse, era ao seu lado.

O guerreiro riu.

– A suíte que procura fica na asa norte do palácio. Vá pela esquerda, suba a primeira escada à sua direita. No segundo andar há uma série de suítes onde seus amigos foram acomodados. Lá você os encontrará.

– Obrigado mais uma vez – Stark seguiu na direção indicada pelo guerreiro, caminhando a passos rápidos. Ele estava sentindo algo estranho na nuca. E odiava esta sensação. Ela indicava que algo estava errado e, portanto, não era hora de se aborrecer com Zoey.

Mas a dificuldade era grande. Ele sentiu a atração que ela tinha por Kalona! Por que diabos não enxergava que o cara era do mal? Não dava para encontrar nada de bom em Kalona – provavelmente nunca houve nada dentro dele que merecesse ser salvo.

Stark tinha de convencê-la que ele tinha razão. E, para tanto, não podia deixar que seus sentimentos por ela confundissem sua cabeça. Zoey era uma garota esperta. Ele ia conversar com ela. Com calma. Ela ia acabar ouvindo. Logo na primeira vez, quando se conheceram, antes mesmo de terem qualquer coisa a mais, ela o ouvira. Ele tinha certeza de que seria capaz de fazê-la ouvir outra vez.

Stark subiu a escadaria de três em três degraus. A primeira porta à esquerda estava parcialmente aberta e ele viu que era um quarto luxuoso com dois daqueles sofás pequenos e um monte de cadeiras desconfortáveis, todas em tons dourado e creme. Será que nunca ficavam sujas? Ele ouviu murmúrios e, quando estava abrindo mais a porta, as emoções de Zoey o esmagaram como um tsunami.

Medo! Raiva! Confusão! O que estava acontecendo na cabeça dela era uma mistura tão confusa que ele não conseguiu discernir qual seria dentre elas a emoção mais básica.

– Stark? O que aconteceu? – Darius apareceu na frente dele.

– Zoey! – ele mal conseguiu dizer. – Ela está em apuros! – e então a força que se abateu sobre ele o fez literalmente cambalear. Ele teria caído se Darius não o agarrasse.

– Aguente firme! Onde ela está? – Darius o agarrou pelos ombros e começou a sacudi-lo.

Stark levantou a cabeça e se deparou com os olhares dos amigos de Zoey. Ele balançou a cabeça, tentando espantar o terror e pensar direito.

– Eu não posso. Eu...

– Você precisa! Não tente pensar. Deixe os instintos fluírem. Um guerreiro sempre pode achar sua dama. Sempre.

Seu corpo tremia, mas Stark assentiu, deu meia-volta, respirou fundo três vezes e então disse uma só palavra.

– Zoey!

Aquele nome pareceu reverberar ao seu redor. Ele se concentrou no nome e não no caos em sua mente. Ele só pensou: *Zoey Redbird, minha dama*. E, como se tivessem criado vida própria, as palavras o impulsionaram.

Stark correu.

Ele sentiu Darius e os demais vindo logo atrás. Viu o olhar vagamente surpreso no rosto do guerreiro com quem acabara de falar, mas ignorou tudo. Só pensou em Zoey e deixou a força de seu Juramento Solene o conduzir ao lugar onde ela estava.

Parecia estar voando. Ele não se lembrava de ter encontrado o caminho pelo labirinto, mas depois se lembrou do barulho dos cascalhos em que pisara enquanto deixava até Darius para trás em seu ímpeto de velocidade movida a Juramento Solene.

Mesmo assim, ele chegou tarde demais.

Se Stark vivesse quinhentos anos, mesmo assim não se esqueceria do que viu ao dobrar um canto e chegar à pequena clareira. Sua alma estava eternamente marcada pela visão daquela cena.

Kalona e Heath estavam bem longe dele, de frente para o muro externo que cercava a ilha e a protegia dos olhos humanos de *Venetia*.

Zoey estava mais perto dele. A poucos metros, mas ela também estava correndo. Stark a viu levantar as mãos. Na mesma hora, ela comandou: – Espírito! Venha para mim!

Kalona também levantou as mãos, segurando o rosto de Heath com a mão em concha, quase como se o acariciasse.

Então, com um só movimento, impossível de ser detido, o imortal caído torceu a cabeça de Heath, quebrando seu pescoço e matando-o no mesmo instante.

– *Não!* – Zoey atirou a bola formada pelo espírito em Kalona e berrou com uma voz arrancada de sua alma e carregada de tamanha angústia que Stark quase não reconheceu como sendo dela.

Kalona soltou Heath e se voltou para olhar para ela com uma expressão de choque intenso. Ele foi atingido pelo poder dos elementos, que o capturou em um redemoinho e o jogou por cima do muro e oceano abaixo. Kalona soltou um grito desesperado, abriu as asas enormes, emergiu da água e voou pelo frio céu noturno afora.

Mas Stark não estava nem querendo saber de Kalona ou de Heath. Foi para Zoey que ele correu. Ela jazia caída no chão, não muito longe do corpo de Heath. Estava com o rosto virado para baixo, e Stark entendeu a terrível verdade antes mesmo de alcançá-la. Mesmo assim, ele se ajoelhou e a virou delicadamente. Ela estava de olhos abertos, mas vazios, fitando o nada.

Com exceção da Marca da lua crescente cor de safira que todo novato normal tinha, todas as tatuagens haviam desaparecido.

Darius os alcançou primeiro. Ele se abaixou ao lado de Zoey, procurando sentir seu pulso.

– Ela está viva – Darius disse. Então, entendeu o que estava vendo e soltou um ofego. – Deusa! As tatuagens dela – ele tocou o rosto de Zoey gentilmente. – Não entendo – balançando a cabeça, confuso, ele olhou para Heath. – O garoto...

– Está morto – Stark disse, impressionado com a normalidade de sua voz enquanto tudo nele gritava por dentro. Aphrodite e Damien chegaram correndo.

– Ah, Deusa! – Aphrodite disse, agachando-se ao lado da cabeça de Zoey. – As tatuagens dela!

– Zoey! – Damien gritou.

Stark ouviu Jack e as gêmeas se aproximando. Estavam todos chorando. Mas a única coisa que conseguiu fazer foi puxá-la para seus braços e a abraçar forte. Ele tinha que tê-la protegido. Ele *tinha que ter conseguido*.

Foi a voz de Aphrodite que finalmente atravessou seu pesar e o alcançou.

– Stark! Temos que levar Zoey de volta para o palácio. Lá alguém poderá ajudá-la. Ela ainda está viva.

Stark encarou o olhar de Aphrodite.

– Neste momento seu corpo respira, mas só isso.

– O que você está dizendo? *Ela ainda está viva* – Aphrodite repetiu teimosamente.

– Zoey viu Kalona matar Heath e chamou o espírito para tentar impedir, mas chegou tarde demais para salvá-lo – *como eu também para salvá-la*, Stark gritou por dentro. Mas, com uma voz tão calma que parecia a de um estranho, ele continuou a explicar: – Quando ela atirou o espírito em Kalona, Zoey viu que chegara tarde demais e sua alma se despedaçou. Sei porque estou ligado à sua alma e senti quando ela se despedaçou. Zoey não está mais aqui. Isto aqui é só sua concha vazia.

Então James Stark, guerreiro de Zoey Redbird, baixou a cabeça e começou a chorar.

Epílogo

Zoey

Dei um longo suspiro de satisfação. Paz... Sério mesmo, não me lembrava de jamais ter me sentido tão sem estresse nenhum. Deusa, que dia lindo estava fazendo. O sol estava espetacular, todo dourado e brilhante naquele céu tão azul que parecia cobertura de bolo; tão azul que meus olhos deviam ter doído. Mas não doeram. O que era meio esquisito. Raios fortes de sol supostamente me doíam nos olhos. Ahn. Ah, sei lá.

O prado era lindo de morrer. E me lembrava alguma coisa. Comecei a tentar me lembrar, mas resolvi não me esforçar muito para pensar. O dia estava bonito demais para pensar. Eu só queria respirar aquele doce ar de verão e liberar toda a tensão idiota que se formara dentro do meu corpo. A grama balançava de leve em minhas pernas como delicadas plumas.

Plumas.

Qual era o problema com as plumas?

– Nada. Não pense – sorri ao perceber que minhas palavras se tornaram visíveis, criando formas faiscantes de púrpura no ar.

Havia uma fileira de árvores na minha frente, todas repletas de flores brancas que me pareceram flocos de neve. O vento roçava delicadamente pelos galhos, fazendo soar uma música no ar que me fez dançar, pular e dar piruetas pelo bosque, inalando fundo o aroma das flores. Parei para pensar um instante onde estava, mas não pareceu muito importante. Ou pelo menos não tão importante quanto a paz, a música e a dança.

Então me perguntei como tinha ido parar naquele lugar. E aí parei. Tá, quer dizer, eu não parei de verdade. Só diminuí o passo.

Foi quando ouvi aquilo. Era um som tipo *zing, plop!* O som me pareceu confortavelmente familiar, então fui seguindo pelo bosque. Mais pedaços de céu azul vazavam pelas árvores, desta vez me lembrando topázios e águas-marinhas.

Água.

Dei um gritinho de felicidade e saí correndo em direção à margem de um lago incrivelmente claro.

Zing, plop!

O som veio de uma pequena curva na praia do lago, então segui o som, cantarolando baixinho minha canção favorita do musical *Hairspray*.

O deque avançava sobre o lago, parecia perfeito para pescar. E havia um cara sentado na ponta do deque, atirando a linha que fazia *zing* e depois fazia *plop* ao bater na água.

Era estranho. Eu não sabia quem era ele, mas de repente um pânico terrível invadiu meu dia lindo e maravilhoso. Não! Eu não queria vê-lo! Comecei a balançar a cabeça e a recuar, mas tropecei em um galho e o barulho o fez virar para trás.

O sorrisão naquele rosto lindo desapareceu quando ele me viu.

– Zoey!

A voz de Heath fez acontecer. Minha memória voltou toda. A tristeza foi tanta que me fez cair de joelhos. Ele se levantou e correu na minha direção, a tempo de me tomar nos braços quando caí.

– Mas não era para você estar aqui! Você morreu! – choraminguei em seu peito.

– Zo, minha gatinha, este é o Mundo do Além. Não sou eu que não devia estar aqui. É você.

Então a memória se abateu sobre mim, afogando-me em desespero, escuridão e realidade enquanto meu mundo se despedaçava e tudo ficava preto.

Descubra o que irá acontecer em

Queimada

o próximo livro da fascinante série
The House of Night

1

Kalona

Kalona levantou as mãos. Não hesitou. Não havia a menor dúvida em sua mente sobre o que fazer. Não permitiria que nada nem ninguém entrasse em seu caminho, e aquele garoto humano estava se interpondo entre ele e aquilo que era seu desejo. Não fazia questão de matar o garoto e tampouco que permanecesse vivo. Era simplesmente uma necessidade. Não sentiu remorso nem arrependimento. Como tinha sido a norma ao longo dos séculos desde que ele caíra, Kalona *sentia* pouquíssimo. Então, com total indiferença, o imortal alado torceu o pescoço do garoto e pôs fim à sua vida.

– *Não!*

A angústia transmitida por aquela única palavra congelou o coração de Kalona. Ele soltou o corpo sem vida do garoto e se virou a tempo de ver Zoey correndo em sua direção. Seus olhos se encontraram. Nos dela havia desespero e ódio. Nos dele, uma impossível negação do óbvio. Ele tentou formular as palavras que a fariam entender e quem sabe perdoá-lo. Mas não havia nada que pudesse dizer para mudar o que ela vira. E, mesmo que pudesse fazer o impossível, já não havia mais tempo.

Zoey atirou sobre ele toda a força do elemento espírito.

O imortal foi atingido com uma força além da matéria. O espírito era sua essência, seu âmago, o elemento que o sustentara por séculos e com o qual sempre se dera melhor e que sempre o tornara mais poderoso. O ataque de Zoey o extinguira. A força que o levantara era tão grande que o atirou por sobre o enorme muro de pedra que separava a ilha dos vampiros e o Golfo de Veneza. Foi engolfado e asfixiado pela água gelada. Houve um momento em que a dor dentro de Kalona foi tão terrível que ele parou de lutar. Talvez devesse deixar que se acabasse aquela terrível luta pela vida e seus ornamentos. E talvez devesse se permitir ser vencido por ela. Mas, menos de um segundo depois de pensar isso, ele *sentiu*. A alma de Zoey se despedaçou e, assim como sua queda o transportara de uma dimensão a outra, o espírito de Zoey partira deste mundo.

Tomar ciência daquilo era um golpe muito pior do que o que ela lhe desferira. Zoey não! Ele jamais quisera machucá-la. Apesar de todas as tramoias de Neferet, em meio a todas as manipulações e planos da Tsi Sgili, ele se agarrava firme à certeza de que, apesar de tudo, usaria seus vastos poderes de imortal para garantir a segurança de Zoey, pois, no final das contas, ela era o mais próximo que ele conseguiria chegar de Nyx nesta dimensão – e esta era a única dimensão que lhe restava.

Lutando para se recuperar do ataque de Zoey, Kalona levantou seu corpo avantajado das ondas fortes e assimilou a verdade. Por causa dele, o espírito de Zoey se fora, o que significava que ela ia morrer. Ao aspirar a primeira golfada de ar, soltou um violento berro de desespero, reverberando a última palavra de Zoey.

– *Não!*

Kalona acreditara *mesmo*, desde sua queda, que não tinha mais sentimentos de verdade? Fora tolo, equivocara-se, estivera profundamente errado. Ele emergiu todo esfarrapado e foi bombardeado por diversas emoções que lhe racharam o espírito já ferido, enfurecendo-se com ele, enfraquecendo-o, sangrando-lhe o coração. Com a visão turva e embaçada, olhou para o outro lado da lagoa, apertando os olhos para ver as luzes que anunciavam a terra. Jamais conseguiria chegar lá. Tinha de voltar para o palácio. Ele não tinha escolha. Usando suas últimas reservas de força, Kalona bateu as asas contra o ar gélido, voando por sobre o muro e caindo sobre a terra congelada.

Ele não sabia quanto tempo passara na fria escuridão da noite despedaçada enquanto as emoções lhe subjugavam a alma abalada. Em algum recôndito remoto de sua mente, ele sentia a familiaridade do que lhe acontecera. Ele havia caído de novo, só que desta vez havia sido mais o espírito do que o corpo – apesar de seu corpo aparentemente ter deixado de obedecer a seus comandos.

Ele sentiu sua presença antes de ela falar. Desde o começo, tinha sido assim entre eles dois, quisesse ele ou não. Eles simplesmente sentiam um ao outro.

– Você deixou Stark vê-lo matando o garoto!– a voz de Neferet era mais frígida do que o mar de inverno.

Kalona levantou a cabeça para ver mais do que o salto agulha do sapato dela. Ele a fitou, piscando os olhos para tentar enxergar melhor.

– Acidente – ele encontrou sua voz novamente e conseguiu fazer soar um sussurro enfraquecido. – Não era para Zoey estar lá.

– Acidentes são inaceitáveis, e não me importo nem um pouco se ela estava lá. Na verdade, até que é conveniente ela ter visto.

– Você sabe que a alma dela foi despedaçada? – Kalona odiava aquela fraqueza nada natural em sua voz e aquela letargia esquisita em seu corpo, quase tanto quanto odiava o efeito que a beleza gelada de Neferet exercia sobre ele.

– Creio que a maioria dos vampiros que estão na ilha já saiba. Como é típico de Zoey, seu espírito não partiu de modo muito discreto. Mas me pergunto quantos vampiros também sentiram o golpe que a pirralha lhe deu antes de partir – pensativa, Neferet tamborilou uma das unhas compridas e afiadas no queixo.

Kalona permaneceu em silêncio, lutando para se equilibrar e reestruturar o espírito arrasado, mas a terra sob seu corpo era real demais, e ele não tinha força para se levantar e alimentar sua alma com os vestígios nebulosos do Mundo do Além que flutuavam por lá.

– Não, acho que ninguém sentiu – Neferet continuou com seu tom mais frio e calculista. – Nenhum deles tem ligação com as Trevas *nem com você*, como eu tenho. Não é, meu amor?

— Nós temos uma ligação única — Kalona conseguiu dizer, apesar de desejar que aquelas palavras não representassem a verdade.

— De fato... — ela respondeu, ainda distraída com os próprios pensamentos. Então Neferet arregalou os olhos ao se dar conta de algo. — Faz tempo que me pergunto como A-ya conseguiu ferir logo *você*, um imortal fisicamente tão poderoso, a ponto de aprisioná-lo com aqueles ridículos trapos Cherokees. Acho que a Zoeyzinha acaba de me dar a resposta que você escondeu tão cuidadosamente. Seu corpo *pode* ser atingido, mas só através do espírito. Não é fascinante?

— Eu vou ficar bom — ele pôs o máximo de força que podia na voz. — Leve-me de volta ao castelo em Capri. Leve-me para o telhado, para o mais perto possível do céu, e eu recobrarei as forças.

— Imagino que sim, caso eu estivesse propensa a fazer isso. Mas tenho outros planos para você, meu amor — Neferet levantou os braços sobre ele. Enquanto falava, ela começou a gesticular com os longos dedos no ar, criando formas intrincadas, como se fosse uma aranha tecendo sua teia. — Eu não vou permitir que Zoey se meta entre nós de novo.

— Uma alma despedaçada é uma sentença de morte. Zoey não é mais uma ameaça para nós — ele disse. Kalona observou Neferet com olhos críticos. Envolvia-a uma escuridão que ele conhecia bem demais. Passara vidas inteiras combatendo as Trevas antes de abraçar seu gélido poder. As Trevas pulsavam e adejavam sob os dedos dela, familiares e incansáveis. *Ela não devia poder comandar as Trevas de modo tão tangível.* O pensamento lhe veio como o eco de sinos fúnebres em sua mente exaurida. *Uma Grande Sacerdotisa não devia ter esse poder.*

Mas Neferet já não era mais apenas uma Grande Sacerdotisa. Já fazia algum tempo que ela havia extrapolado os limites e não tinha nenhuma dificuldade em controlar as Trevas que invocava.

Ela está se tornando imortal, Kalona percebeu. E então o medo se juntou ao arrependimento e ao desespero e à raiva que já ferviam em silêncio no interior do guerreiro *caído* de Nyx.

— Alguns acham que seria uma sentença de morte — Neferet falou calmamente enquanto desenhava mais e mais tramas negras no ar —, mas

Zoey tem o lamentável hábito de sobreviver. Desta vez, vou cuidar pessoalmente de sua morte.

– A alma de Zoey também tem o hábito de reencarnar – ele respondeu, lançando a isca para tentar desviar o foco de Neferet.

– Então a matarei repetidas vezes! – a concentração de Neferet apenas aumentou com a raiva causada pelas palavras de Kalona. A escuridão que ela projetava se intensificou, latejando de poder na atmosfera ao redor de si.

– Neferet – ele tentou alcançá-la ao chamá-la pelo nome. – Você sabe mesmo o que está tentando controlar?

Ela olhou nos olhos dele e, pela primeira vez, Kalona viu a mancha escarlate aninhada no breu dos seus olhos.

– Claro que sei. É o que os seres inferiores chamam de "mal".

– Eu não sou um ser inferior, e por muito tempo também assim chamei.

– Ah, mas faz séculos que não chama mais – ela deu uma risada maligna. – Mas parece que ultimamente você tem vivido demais nas sombras do passado, ao invés de se regozijar com o encantador poder das Trevas do presente. E eu sei de quem é a culpa.

Fazendo um esforço tremendo, Kalona se sentou.

– Não. Eu não quero que você se mexa – Neferet mexeu um dedo em sua direção e um fio de breu se enrolou em seu pescoço, apertou-o e o jogou de novo no chão.

– O que você quer de mim?

– Que você siga o espírito de Zoey no Mundo do Além e não deixe que nenhum de seus *amigos* – ela pronunciou a palavra com desprezo – consiga arrumar um jeito de fazer seu corpo voltar à vida.

O imortal ficou perplexo.

– Nyx me baniu do Mundo do Além. Não posso seguir Zoey.

– Ah, aí é que você se engana, meu amor. Sabe, você pensa de modo literal demais. Nyx o expulsou, você caiu, não pode voltar. Faz séculos que você acredita nisso. Bem, *você*, literalmente falando, não pode – ela soltou um suspiro dramático enquanto ele a fitava sem entender nada.

– Seu lindo corpo foi banido, só isso. Por acaso Nyx falou algo sobre sua alma imortal?

– Ela não precisa dizer. Se uma alma se separa do corpo por tempo demais, o corpo morre.

– Mas seu corpo não é mortal e, sendo assim, pode ficar separado do corpo indefinidamente sem morrer – ela respondeu.

Kalona se esforçou para não demonstrar o terror que sentiu ao ouvir aquelas palavras.

– É verdade que não posso morrer, mas isso não significa que eu sobreviva ileso se o espírito deixar meu corpo por muito tempo – *eu posso envelhecer... enlouquecer... me transformar em uma eterna concha vazia de mim mesmo...* As possibilidades giraram em sua mente.

Neferet deu de ombros.

– Então você terá que terminar sua tarefa logo para poder retornar a seu lindo corpo imortal antes que lhe aconteça algum dano irreparável – ela sorriu sedutoramente. – Eu detestaria que algo acontecesse com seu corpo, meu amor.

– Neferet, não faça isso. Você está acionando princípios que exigirão sua paga, e você não vai querer encarar as consequências.

– *Não* me ameace! Eu o libertei da prisão. Eu o amei. E então vi você se engraçar para uma adolescente mortal. Eu quero que ela suma da minha vida! Consequências? Eu as recebo! Não sou nenhuma Grande Sacerdotisa fraca e ineficaz que deve obediência a Deusa nenhuma. Você não entende isso? Será que aquela garota lhe virou tanto a cabeça que preciso lhe dizer isso para você entender? Eu sou tão imortal quanto você, Kalona! – a voz de Neferet soou espectral e carregada de poder. – Nós combinamos perfeitamente. Você também achava isso e vai voltar a achar quando Zoey Redbird for destruída.

Kalona olhou fixo para ela, entendendo que Neferet estava completamente louca de fato, e se perguntou por que essa loucura só aumentava seu poder e intensificava sua beleza.

– Então foi isso que resolvi fazer – ela continuou, falando metodicamente. – Vou manter seu corpo sexy e imortal enfiado debaixo da terra enquanto sua alma viaja ao Mundo do Além e providencia para que Zoey jamais retorne.

– Nyx não vai permitir! – Kalona falou antes de pensar.

– Nyx sempre permite o livre-arbítrio. Como sua ex-Grande Sacerdotisa, sei perfeitamente bem que ela vai permitir que você viaje *em espírito* ao Mundo do Além – Neferet disse manhosamente. – Lembre-se Kalona, meu verdadeiro amor, se você matar Zoey, estará removendo o último impedimento para ficarmos juntos. Você e eu teremos um poder inimaginável neste mundo de maravilhas. Pense nisso. Subjugaremos os humanos e restabeleceremos o reino dos vampiros com toda a beleza, paixão e poder ilimitado que isso implica. A Terra será nossa. Nós daremos nova vida ao glorioso passado!

Kalona sabia que ela estava querendo atingir seu ponto fraco. Amaldiçoou a si mesmo em silêncio por ter permitido que ela o conhecesse tão profundamente. Ele confiara nela, e assim Neferet sabia que, por não ser Erebus, ele não poderia jamais governar com Nyx o Mundo do Além. E ela sabia também do desejo insano que tinha de poder recriar nesse mundo moderno o que pudesse recuperar daquilo que perdera.

– Sabe, meu amor, se parar para pensar não há nada mais lógico do que você seguir Zoey e cortar a ligação entre sua alma e seu corpo. Fazer isto implica realizar seus mais íntimos desejos – Neferet falou com ligeira indiferença, como se estivesse falando sobre o tecido de seu vestido.

– E como vou achar a alma de Zoey? – ele tentou acompanhar seu tom prático. – O Mundo do Além é um vasto domínio, apenas os Deuses e Deusas podem percorrê-lo.

A expressão vazia de Neferet ganhou traços tensos, tornando difícil admirar sua beleza estonteante.

– Não finja que sua alma não está ligada à dela! – a Tsi Sgili imortal respirou fundo e prosseguiu em tom mais controlado: – Admita, meu amor, mesmo que ninguém consiga achar Zoey, você consegue. Então, qual é sua escolha, Kalona? Dominar a Terra ao meu lado ou continuar escravo do passado?

– Escolho dominar. Eu sempre escolho dominar – ele respondeu sem hesitar.

Assim que falou, os olhos de Neferet mudaram. O verde se deixou tomar totalmente pelo escarlate. Ela voltou suas órbitas faiscantes para ele, observando-o, aprisionando-o, hipnotizando-o.

– Então me ouça, Kalona, guerreiro caído de Nyx. Juro manter seu corpo fora de perigo. Quando Zoey Redbird, novata e Grande Sacerdotisa de Nyx, estiver morta, juro remover essas correntes de breu e permitir a volta de seu espírito. Então o levarei para o topo de nosso castelo em Capri e deixarei o céu lhe soprar força e vida para que você venha a dominar este mundo como meu consorte, meu protetor, meu *Erebus* – incapaz de impedi-la, Kalona viu Neferet arranhar a palma da mão direita com a unha afiada. Abarcando o sangue que se empoçou na palma, ela levantou a mão em oferta: – Pelo sangue, clamo este poder; pelo sangue, firmo este juramento! – ao seu redor, as Trevas se mexeram e desceram à sua palma, retorcendo-se, tremendo, sorvendo. Kalona sentiu o clamor das Trevas. Elas falavam à sua alma com sussurros sedutores e poderosos.

– *Sim!* – a palavra saiu gemida do fundo da garganta de Kalona ao se render às Trevas sedentas.

Neferet continuou com a voz amplificada e cheia de poder: – Por sua própria escolha, selo este juramento de sangue com Trevas, mas se você fracassar...

– Não vou!

O sorriso de Neferet foi de uma beleza sobrenatural; seus olhos se inflamaram de sangue.

– Se você, Kalona, guerreiro caído de Nyx, fracassar em sua promessa de destruir Zoey Redbird, novata Grande Sacerdotisa de Nyx, eu dominarei seu espírito enquanto imortal você for.

As palavras que ele disse em resposta foram espontâneas, incitadas pela sedução das Trevas que ele preferiu por séculos ao invés da Luz: – Se eu fracassar, você dominará meu espírito enquanto imortal eu for.

– E assim está jurado! – Neferet fez outro corte na palma da mão, traçando um "x" na carne. O cheiro de cobre atingiu as narinas de Kalona como fumaça subindo do fogo, enquanto ela novamente levantou a mão para as Trevas: – Que assim seja! – o rosto de Neferet se retorceu de dor enquanto as Trevas voltavam a beber seu sangue; mas ela não se mexeu: permaneceu imóvel enquanto o ar pulsava ao seu redor, inflado pelo sangue e pelo juramento.

Só então ela abaixou a mão. Pôs a língua serpentiforme para fora e lambeu a linha escarlate, pondo fim ao sangramento. Neferet foi até Kalona, curvou-se e levou as mãos delicadamente ao rosto dele, da mesma forma como ele segurara o rosto do garoto humano antes de desferir o golpe mortal. Ele sentiu as Trevas vibrando ao redor e dentro dela, como se fossem um touro raivoso esperando ansiosamente pelo comando de sua senhora.

Os lábios avermelhados de sangue de Neferet pararam pouco antes de tocar os dele.

– Pelo poder que corre em meu sangue e pela força das vidas que ceifei, eu lhes ordeno, meus deliciosos fios de Trevas, que removam do corpo a alma Sob Juramento deste imortal e a lancem no Mundo do Além. Em troca da obediência às minhas ordens, juro que lhes ofertarei em sacrifício uma vida inocente que ainda não conseguiram ceifar. Que assim seja, e assim será!

Neferet respirou fundo, e Kalona viu os fios de breu que ela invocara lhe roçarem os lábios vermelhos e fartos. Ela aspirou as Trevas até ser por elas preenchida e então cobriu a boca de Kalona com a dela e, naquele beijo lúgubre manchado de sangue, ela soprou as Trevas para dentro dele com tanta força que lhe arrancou do corpo a alma já abatida. Enquanto sua alma se retorcia em agonia silenciosa, Kalona foi forçado a subir, subir, até alcançar o reino de onde fora banido por sua Deusa, largando assim seu corpo sem vida, acorrentado ao Juramento pelas forças do mal e à mercê de Neferet.

Saiba mais, dê sua opinião:

Conheça - www.novoseculo.com.br
Leia - www.novoseculo.com.br/blog

Curta - /NovoSeculoEditora

Siga - @NovoSeculo

Assista - /EditoraNovoSeculo

novo século®